ME, WITHOUT WORDS

KIRA MINTTU

ME, WITHOUT WORDS

ROMAN

ink rebels

Impressum

Redaktion: INK REBELS
Lektorat: Franziska Fischer
Korrektorat: Susanne Meier
Umschlaggestaltung: Julia Dibbern
Umschlagabbildung: Istockphoto/martin-dm
Verlag:
c/o SpaceBit Software GmbH
Wieseck 21
16225 Eberswalde
www.ink-rebels.de

Herstellung und Vertrieb der Lizenzausgabe:
Amrûn Verlag Jürgen Eglseer
www.amrun-verlag.de
ISBN 978-3-95869-291-6

Die Deutsche Nationalbibliothek verzeichnet diese Publikation in der Deutschen Nationalbibliografie; detaillierte bibliografische Daten sind im Internet über http://dnb.d-nb.de abrufbar

1 17

FUER ALLE INK REBELLINEN

EINS

Die Stille ist so laut, demnächst werde ich schreien, um sie zu übertönen. Mit der Gabel ziehe ich Furchen durch den Reis, zerquetsche das faserige Fleisch auf meinem Teller. Kratzgeräusche steigen zur Zimmerdecke. An meinen Armen stellen sich die feinen Haare auf.

»Julika.« Die Hände meiner Mutter umfassen noch immer das Besteck, verharren aber reglos neben ihrem Teller. »Bitte.«

Hühnchen. Ich picke die zerdrückten Klumpen aus dem Reis und schiebe sie an den Tellerrand. Ein paar Erbsen kullern dabei auf den Tisch, gleichgültig sehe ich ihnen hinterher. Ein Klacken ist zu hören, als ich das Gewicht verlagere und das einzige Stuhlbein ohne schützenden Filz aufs Parkett trifft. Der Filznoppen hat sich bereits vor einer Weile gelöst, mein Vater wollte sich eigentlich darum kümmern, aber derzeit spielt hier so etwas keine große Rolle mehr.

Hin und wieder klappert es leise, ein zartes Klirren, Einatmen, Schnaufen, Kaugeräusche. Kaugeräusche sind ekelhaft. Hat man sie erst mal wahrgenommen, kriegt man sie nicht mehr aus dem Ohr. Mein Vater atmet beim Essen schwerer, so als würde es ihn anstrengen. Kauen, kauen, schnaufen, kauen.

Die Kaugeräusche meiner Mutter sind unauffälliger. Wie ein Kaninchen mümmelt sie eilig alles hinunter, schluckt, hat schon den nächsten Bissen auf der Gabel. Kauenkauenkauen.

»Iss wenigstens ein bisschen Fleisch, Julika.« Meine Mutter hat ihr rasendes Gemümmel unterbrochen, um mich erneut vorwurfsvoll anzusehen. Auf ihrer Gabel verharrt ein Häufchen Reis bewegungslos in der Luft.

»Lass sie doch. Sie mag halt kein Huhn.« Mein Vater hält den Kopf gesenkt, während er spricht. Es sieht aus, als würde er sich mit seinem Essen unterhalten. Mehrere Sekunden lang brennt ihm der Blick meiner Mutter ein kleines Loch in die Schädelplatte.

Ich spieße eine Erbse auf, noch eine, noch eine, noch eine. Eine grüne Erbsenkette reiht sich die Gabelzinken entlang, drückt sich immer enger zusammen, bis die ersten Erbsen zarte Risse bekommen und die dünne Haut aufplatzt.

Es ist noch gar nicht so lange her, da habe ich die Stille noch auflösen wollen, die Luft verdünnen, uns allen das Atmen ein wenig erleichtern. Gar nicht so leicht, wenn das eigene Hirn unaufhaltsam in das schwarze Loch des gemeinsamen Abendessens gesogen wird.

Morgen schreiben wir Mathe. Ich bin am Wochenende bei Katinka. Ich muss noch Hausaufgaben machen.

Meistens sind diese Sätze einfach in das gemaserte dunkle Holz des Esstischs gesickert und haben sich dort in einzelne Worte, Silben, Buchstaben aufgelöst. Der Klang meiner Stimme schwebte eine Weile im Raum, wurde dünner und verblasste, wie der Rauch von Geburtstagskerzen, die man gerade ausgepustet hat. Wünsch dir was.

Manchmal kam eine Antwort von meiner Mutter. *Hast du alles durchgearbeitet? Schwerer Stoff? Mathe ist ja kein Problem für dich.*

Manchmal antwortete mein Vater. *Wie geht's Katinka so? Habe ich lange nicht mehr gesehen. Grüß sie von mir, ja?*

Und entweder habe ich mit meiner Mutter oder mit meinem Vater geredet, und sobald ich damit aufhörte, war die Stille wieder da, dichter und schwerer als zuvor, wälzte sich zwischen unseren Köpfen hindurch, die wir über die Teller gebeugt hielten.

Kauen, schnaufen, kauenkauenkauen.

Wenn wenigstens Musik laufen würde.

Reis, Erbsen und Hühnchen kleben am Tellerrand, ich lege die Gabel beiseite. »Ich geh in mein Zimmer.«

»Du hast doch fast gar nichts gegessen!«

»Lass sie doch.«

Beim Aufstehen rutscht das Stuhlbein quietschend übers Parkett. Versuchsweise schicke ich ein Lächeln über den Tisch, das mein Vater nicht sieht und den anklagenden Blick meiner Mutter nicht im Geringsten verändert.

»Ich hab ja heute Mittag in der Schule gegessen.«

Sie hebt nur die Augenbrauen und winkt resigniert ab. »Bring bitte deinen Teller in die Küche.«

Wortlos werfe ich die Serviette zum Besteck und lasse mich von der hinter mir wieder anschwellenden Stilleblase zur Tür hinausdrücken.

Unsere Küche ist riesig. Meine Mutter hat die Wände orange und hellgrün streichen lassen. Wenn alles weiß sei, habe sie das Bedürfnis, Haken für Rinderhälften einzuschlagen, hat sie gemeint. Mein Vater hat gelacht. Ich kann mich deutlich daran erinnern, dass es mal Zeiten gab, in denen die beiden miteinander lachen konnten. Ich hätte dieses Lachen aufnehmen sollen. Zur Erinnerung. Oder als Beweis. Mit der Serviette schiebe ich Hühnchen und Reis in den zitronengelben Mülleimer, der unter der Fensterfront steht.

Sie liebt Farben, meine Mutter. Man sieht das auch ihren Bildern an, für die sie regelmäßig rund um den Globus fliegt. Ihre Bilder leuchten. Ich wäre jederzeit in der Lage, unter tausend Fotos diejenigen herauszusuchen, die meine Mutter gemacht hat. Eigentlich fotografiert sie Klamotten an großen, dünnbeinigen Models mit gelangweilten Gesichtern, aber irgendwann hat sie damit begonnen, nach stinknormalen Menschen zu suchen, nach bunten Menschen. Sie quatscht Leute einfach an, und wenn meine Mutter lächelt, wundert es mich nicht, dass sie die meisten dazu bringt, sich von ihr ablichten zu lassen.

Mein Vater hat früher immer gesagt, er habe sich in ihr Lächeln verliebt, in dieses Lächeln, das dir die Sonne verspricht. Und mein Vater ist ein Mensch, der die Sonne immer etwas dringender zu brauchen scheint als andere. Auf den meisten Bildern von meinen Eltern strahlt meine Mutter direkt in die Kamera, und er lächelt stolz auf sie hinunter. Stolz und auch ein bisschen überrascht, so als könne er gar nicht richtig begreifen, warum diese strahlende Frau ausgerechnet an seinem Arm hängt. Angeblich funktioniert es zwischen zwei Menschen ja besonders gut, wenn sie sich ergänzen. Früher war das vielleicht auch mal so. Wenn meine Mutter von einer ihrer Fotostrecken nach Hause gekommen ist, ist es immer mein Vater gewesen, der sie als Erster in den Arm genommen hat, ganz egal, wie sehr ich mich darauf gefreut hatte, sie wiederzusehen. Er öffnete ihr die Tür, sie ließ ihre Tasche fallen und er legte seine Arme um sie.

»Ausatmen. Einatmen«, hat meine Mutter dann gesagt, und in den ersten Sekunden hat sie auch nichts weiter getan.

Ausgeatmet. Eingeatmet.

Aber irgendwann hat sie nicht mehr geklingelt, sondern den Schlüssel benutzt, und mein Vater hat nicht mehr darauf geachtet, zu Hause zu sein, wenn er wusste, sie würde vor der Tür stehen, sondern ist bis spät in die Nacht bei seiner Arbeit geblieben.

Geräusche aus dem Esszimmer lassen mich zusammenzucken. Achtlos reiße ich die Spülmaschine auf, stelle den Teller hinein und verschwinde in meinem Zimmer.

»Hi, Juli! Ich wollte dich gerade anrufen!« Katinka klingt aufgekratzt.

»Wieso, was ist los?«

»Wir haben das Interview mit Everlost!«

»Cool.« Dankbar schiebe ich meine Eltern und ihre Probleme beiseite und kuschele mich mit dem Handy am Ohr bequemer in meinen Lesesessel. Dass Katinka Everlost für unseren Musikblog *Listen Up!* kriegen würde, hätte ich, ehrlich gesagt, nicht erwartet, auch wenn ich immer wieder das Gegenteil behauptet habe - sie gehören zu den Bands, um die sich garantiert jedes Magazin und jeder Blog reißt. »Wie kam das jetzt?«

Katinka lacht, und ich muss lächeln, noch bevor ich ihre Antwort höre. »Jako sagt, wir hätten nur Glück gehabt.«

Jako sitzt vermutlich gerade in Katinkas Zimmer und grinst sein anbetungswürdiges Jako-Grinsen. Seit die beiden zusammen sind, sind die Zeiten, in denen ich bei Katinka herumsitze, irgendwie seltener geworden.

Schnell blinzele ich diesen Gedanken wieder weg.

»Willst du mitkommen?«, fragt Katinka.

»Wohin?«

»Zu Everlost! Wohin sonst?«

»Ja klar, wann ist das Konzert noch mal?«

»Dauert noch. Irgendwann kurz vor Weihnachten.«

Schon wieder höre ich meine beste Freundin lachen, dann wird das Gespräch plötzlich unterbrochen. Verdutzt blicke ich auf mein Telefon, das jetzt wieder zu klingeln beginnt.

»Entschuldige!« Katinka lacht immer noch. »Jako hat gerade … hör auf!«

Das klingt ein bisschen zu fröhlich, um es ernst nehmen zu können. Einige Sekunden lang lausche ich dem Geraschel am anderen Ende, dann räuspere ich mich. »Sollen wir später noch mal telefonieren?«

»Ich ruf dich an, wenn Jako gegangen ist, ja? Er hat übrigens gerade gesagt, zu Everlost würden wir nur über seinen toten Körper alleine hingehen. Keine Ahnung, ob er ihre Musik so gut findet, oder ob er sich Sorgen macht, wir könnten die Jungs beim Interview nach ihren Nummern fragen …«

Was auch immer nach diesem Satz in Katinkas Zimmer passiert, bekomme ich nicht mehr mit, denn ein zweites Mal werde ich abgehängt. Inzwischen bin ich so weit runtergerutscht, dass mein Kopf bequem auf der dicken Armlehne liegt, während meine Beine über dem

Polster baumeln. Eine Weile starre ich an die Zimmerdecke.

Everlost. Der Ritterschlag für unseren Blog. Das ist toll.

Ganz schwach kann ich draußen ein Auto die Straße entlangfahren hören. Ansonsten herrscht Totenstille. In der Wohnung scheint sich niemand außer mir zu befinden, aber ich weiß, sie sind beide da, mein Vater in seinem Arbeitszimmer, meine Mutter an ihrem Schreibtisch im Schlafzimmer.

Ich tippe Levins Nummer an.

»Hey!«, ruft er. »Wo bist du? Kommst du heute noch ins *Easy*?«

Erleichtert atme ich aus. Auf genau so etwas habe ich gehofft. Mit neuem Schwung hieve ich mich aus dem Sessel. »In einer halben Stunde bin ich da!«

Im Vorbeilaufen überprüfe ich mein Outfit in dem Spiegel, der gegenüber vom Bett an der Wand lehnt. Top und Jeans sind für einen Laden wie das *Easy* völlig in Ordnung. Es ist nur ein kleiner, wenn auch gemütlicher Schuppen hier in Frankfurt und besitzt nicht einmal eine Tanzfläche – weniger sehen und gesehen werden als einfach nur nett zusammensitzen und sich unterhalten. Trotzdem, meine Haare … ich werfe sie nach vorne, wühle sie ein bisschen durch und spare nicht mit Haarspray. Besser. Katinka hat mal gesagt, ich würde aussehen wie eine Elfe auf einem Rockkonzert. Sie hat es nett gemeint, aber ich habe schon bessere Komplimente gekriegt. Wenn man nur einssiebenundfünfzig groß und noch dazu blond ist, muss man wirklich tun, was man kann, um der »klein und putzig«-Falle zu entgehen.

Meine Mutter telefoniert hinter der geschlossenen Schlafzimmertür, und ich laufe daran vorbei, um die Biegung des langen Flurs bis zum Arbeitszimmer. Mit einem Klopfen stecke ich vorsichtig den Kopf hinein. Irgendjemand hat meinen Vater wie ein Abziehbild vom Esszimmertisch abgeknibbelt und hinter seinen Schreibtisch geklebt. Statt vor einem Teller sitzt er nun vornübergebeugt am Rechner und sieht erst auf, als er meine Stimme hört. »Ich treffe mich noch mit Levin.«

Über den Schreibtisch hinweg starrt er mich an. Seine Augen hinter der randlosen Brille wirken stumpf, die Mundwinkel hängen nach unten. Eigentlich sind seine Haare ebenso hell wie meine, aber angestrahlt vom kalten Computerlicht scheinen sie grau. »Was?«

»Ich geh noch mal los und treffe mich mit Levin. Im *Easy*«, setze ich hinzu.

»Im *Easy*«, wiederholt er und sieht nicht so aus, als habe er mich verstanden. Oder als würde ihn überhaupt interessieren, wohin ich jetzt gehe. Nach einigen Sekunden drücke ich langsam die Türklinke wieder nach unten.

»Juli?«

»Ja?«

»Wie hast du … ich meine, was …« Er unterbricht sich und nimmt einen neuen Anlauf. »Wie geht es Levin?«

»Gut.«

Was ist das denn für eine seltsame Frage? Der Blick meines Vaters ist zurück zum Bildschirm gewandert, und es scheint ewig zu dauern, bis er endlich weiterspricht. »Versteht ihr euch noch gut, du und Levin?«

»Ja, klar. Wieso?«

»Nur so. Es ist schön zu wissen, dass zwischen euch alles in Ordnung ist, das freut mich für dich.« Erst bei den letzten Worten sieht er mich wieder an. »Das freut mich wirklich.«

Verunsichert ziehe ich die Schultern hoch. Worauf will er hinaus? Levin und ich sind seit fast fünf Monaten zusammen, und mein Vater hat noch nie etwas Vergleichbares von sich gegeben. Wieso interessiert ihn auf einmal, wie es zwischen uns läuft?

Seine Finger gleiten über die Tastatur, es klackert leise. Ich ertappe mich beim Nägelkauen und lasse die Hand wieder sinken.

»Ich geh dann, ja?«

Ein flüchtiges Nicken, er hat sich schon wieder in seine Arbeit vertieft. Lautlos schließe ich die Tür.

Levin sitzt mit Finn und Milla an einem der langen Holztische im *Easy*. Zwischen ihnen stehen drei Biergläser – das ist eine Überraschung. Milla ist derzeit leider Finns Freundin. Sie ist sechzehn, also genauso alt wie Katinka und ich, und dass sie Bier trinkt, ist mir neu. Ich persönlich hab's damit nicht so, und ich möchte wetten, Milla schmeckt es auch nicht, aber na ja, wenn's cool macht.

Die umliegenden Tische sind nur spärlich besetzt, um diese Zeit ist hier nicht viel los. Levin steht auf, und übergangslos schalte ich in den Ich-bin-gut-drauf-Modus.

»Hey!« Er trägt eines seiner vielen Tourshirts von einer Band, deren kreativer Schriftzug kaum zu entziffern ist, und seine nur leicht gebräunte Haut wirkt hier drinnen dunkler als gewöhnlich. Weißblonde Strähnen fallen ihm vors Gesicht, als er sich zu mir runterbeugt. Zu Levins besten Eigenschaften gehört, dass er zu cool ist, um cool zu tun. Ihm ist völlig egal, ob es vielleicht nicht angesagt sein könnte, vor allen Leuten seine Freundin zu küssen. Wenn ihm danach ist, macht er es einfach, und wenn wir uns sehen, ist ihm eigentlich immer danach. Zum Glück. Nur ungern lasse ich zu, dass er sich irgendwann von mir löst.

»Weißt du, wo Jako rumhängt? Ich hab ihn vorhin angerufen, aber er geht nicht ran.« Levin hat mich mit sich auf die Bank gezogen, sein Arm landet auf meinen Schultern, rutscht jedoch im nächsten Moment wieder herunter. »Was magst du trinken?«

»Cola. Jako ist bei Katinka, wahrscheinlich hört er sein Handy nicht.«

Levin wirft mir einen vielsagenden Blick zu, während er sich an mir vorbeiquetscht und in Richtung Bar abzieht. Finn hat sich eine Haarsträhne von Milla um den Finger gedreht, jetzt lässt er los, und die Haare springen in einer sich immer weiter auffächernden Spirale zurück. Milla selbst starrt auf ihr Smartphone und tut so, als habe sie gar nicht mitbekommen, dass ich mittlerweile auch da bin.

»Und? Wie sieht's aus?«, erkundigt sich Finn über den Tisch hinweg.

»Wir haben das Interview mit Everlost.«

Gerade hat Finn nach seinem Glas gegriffen, doch jetzt setzt er es mit einem Ruck wieder ab. »Was? Im Ernst? Mit Everlost? Steht schon fest, wer's macht?«

»Ich glaube, Katinka will das selbst übernehmen.«

»Auf gar keinen Fall!« Er streckt die Beine von sich, zerrt sein Handy aus der Hosentasche und rennt einen

Moment später um ein Haar Levin über den Haufen, der gerade mit meiner Cola und noch einem Bier für sich zurückgekehrt ist.

»Wo will der denn hin?«

»Er will Katinka davon überzeugen, dass er der Richtige für Everlost ist.«

»Everlost? Hat Katinka das tatsächlich durchgekriegt?« Levin sieht noch einmal in die Richtung, in die Finn verschwunden ist, bevor er sich wieder neben mich fallen lässt. »Damit gehört *Listen Up!* dann wohl ab sofort zu den etablierten Musikblogs.«

Ich lehne mich zurück, um etwas Abstand zu der betont desinteressiert guckenden Milla herzustellen, und ziehe Levin mit. »Vielleicht. Noch vor einem Vierteljahr hätten wir die jedenfalls nicht gekriegt. Denk an Odd Fish.«

Odd Fish spielen in Everlosts Größenordnung, und Levin erinnert sich bestimmt daran, dass wir mit unserem Blog vor einigen Monaten keine Chance auf ein Interview mit ihnen hatten. Sie gehören zu seinen Lieblingsbands, vermutlich hätte er für ein Interview sogar Katinka zu bequatschen versucht, genau wie Finn, der in diesem Moment glücksstrahlend wieder auftaucht und sich auf seinen Platz neben Milla schiebt. Die rutscht zur Seite, aber Finn ist viel zu euphorisch, um das zu bemerken.

»Mit Everlost!« Sein Gesicht sieht aus wie ein sommersprossiger Smiley.

»Jetzt sind wir also wichtig.« Levin lässt sein Bier gegen Finns Glas klirren.

»Oder Jako hat recht, und wir hatten einfach Glück«, werfe ich ein.

»Hat er das gesagt?« Levin schüttelt den Kopf. »Katinka meinte doch, Everlost könnten wir gleich vergessen, weil das Management der Band nicht mehr als eine Handvoll Interviews zulassen würde.«

»Vielleicht ist ja einer abgesprungen.«

»Da springt niemand ab. Und außerdem: Würden sie dann auf uns kommen, wären wir – wichtig.«

Milla streicht plötzlich ihre Haare zurück und steht auf. »Ich muss los.«

»Schon?« Finn, der unserem Gespräch halbherzig zugehört hat, erwacht aus seiner seligen Benommenheit und drückt sich überrascht gegen die Banklehne, um sie vorbeizulassen. »Ich dachte, du hättest den ganzen Abend Zeit?«

»Ich hab noch was mit Lea ausgemacht.«

»Warum kommt die nicht einfach hierher?«

»Hat halt nicht jeder Lust, ständig nur im *Easy* rumzuhängen.« Flüchtig nickt sie in unsere Richtung, und Sekunden später ist da nur noch Finn, der Milla verwirrt hinterherstarrt.

Ich kralle meine Finger in Levins Oberschenkel.

Finn sieht plötzlich schrecklich geknickt aus. »Keine Ahnung, was mit der in letzter Zeit los ist.« Sein Lachen wirkt gekünstelt.

Ich könnt's ihm sagen. Zumindest bin ich ziemlich sicher, dass ich das könnte. Aber er würde wohl eher nicht hören wollen, dass seine Freundin garantiert einfach nur schon den Nächsten im Visier hat, und deshalb halte ich lieber meine Klappe.

»Soll ich dir noch ein Bier holen?« Levin hat sich schon aufgerichtet, doch Finn schüttelt den Kopf. »Vergiss es, ich hau auch ab.« Er rutscht von der Bank. »Bis dann.«

Ich sehe ihm hinterher, bis Levin mich an sich drückt. »Jetzt haben uns alle verlassen. Was wollen wir machen?«

»Weiß nicht.« Ich kuschele mich enger an ihn.

»Ist alles in Ordnung mit dir?«

»Wieso?« Mein Herz schlägt schneller. Ich glaube, ausgerechnet hier möchte ich nicht unbedingt über das zähe Abendessen von vorhin reden. Oder darüber, dass meine Eltern durch die Wohnung laufen und so tun, als sähen sie einander nicht.

»Du wirkst so … abwesend. Nicht nur heute Abend, das ist mir in letzter Zeit schon häufiger mal aufgefallen.«

»Abwesend?« Ich küsse seine Unterlippe. »Fühlt sich das abwesend an?«

Aus den Augenwinkeln sehe ich, wie Levin sein Glas auf den Tisch stellt. »Nicht wirklich.«

Irgendwann werde ich ihm wohl alles erzählen. Obwohl, was gibt es da schon zu sagen? Bei uns ist es so schrecklich still? Ich glaube, meine Eltern hassen sich? Albern.

»Wo warst du?«

Es ist kurz nach elf, die Haustür ist gerade hinter mir ins Schloss gefallen, und überrascht starre ich meine Mutter an, die in dieser Sekunde das Licht im Flur anknipst. Irgendeine Creme glänzt in ihrem Gesicht, die schulterlangen, dunklen Haare hat sie mit einem Tuch zurückgebunden.

»Im *Easy*. Mit Levin.« Langsam lasse ich meine Tasche von der Schulter gleiten. »Ich hab Papa Bescheid gesagt.«

Der stechende Blick verschwindet aus ihren Augen, plötzlich sieht sie nur noch müde aus, müde und gereizt. Sie seufzt hörbar auf, ihre Schultern sacken nach unten. »Der ist nicht da.« Mit einer Hand fährt sie sich über die Stirn, dreht sich auf dem Absatz um und tapst in Hausschuhen ins Wohnzimmer.

Zögernd folge ich ihr. »Es tut mir leid, ich konnte doch nicht wissen –«

Sie unterbricht mich mit einer knappen Handbewegung. »Nein, natürlich nicht.« Vor ihr auf dem Wohnzimmertisch steht ein Glas Wein, das sie jetzt nimmt und in einem Zug austrinkt. »Es wäre besser, wenn du in Zukunft einen Zettel an die Tür hängen würdest, könntest du das tun?«

»Ja, klar.« Behutsam lasse ich mich auf der Sofakante nieder. »Ich könnte auch einfach euch beiden Bescheid sagen.«

»Oder so.«

»Warum hast du nicht angerufen?«

»Das habe ich.«

Oh. Das ging an mir vorbei.

Sie hat sich in die Polster zurücksinken lassen und presst ihre Fingerspitzen gegen die Schläfen. »Ich bin müde. Ich denke, ich gehe jetzt besser ins Bett. Ich habe mir Sorgen gemacht.«

»Habt ihr vor, euch zu trennen?«

Bis zu dieser Sekunde habe ich nicht gewusst, dass ich das sagen würde, aber jetzt ist es raus. Ich wünschte, ich könnte den Satz wieder einfangen, ihn zurückholen, wegsperren und vergraben.

Meine Mutter hat sich nicht gerührt, nicht mal leicht gezuckt. Verrückterweise lächelt sie jetzt. Was gibt's da zu lächeln? Mir springt gleich das Herz aus der Brust, und sie lächelt. Ihre Hände falten sich in ihrem Schoß, während sie mich direkt ansieht.

»Nein«, sagt sie. »Nein, so weit sind wir noch nicht.«

Lang ausgestreckt liege ich auf meinem Bett, das Handy neben mir. Eigentlich habe ich Katinka zurückrufen wollen, aber sie hat auf die Mailbox gesprochen, dass Jako noch bei ihr ist. Wenn ich sie anrufe, wird Katinka ungefähr genauso oft mit mir wie mit ihm sprechen. Und nachdem ich nicht mal richtig in Worte fassen kann, was ich überhaupt sagen will, habe ich keine Lust, meine unausgegorenen Gedanken nicht nur mit meiner Freundin, sondern gleichzeitig auch noch mit Jako teilen zu müssen. Außerdem heule ich vielleicht, sobald ich den Mund aufmache.

Levin?

Sehr, sehr lange starre ich den Lichtfleck an, den die Nachttischlampe gegen die Zimmerdecke wirft. Irgendwie glaube ich, dass Levin für solche Gespräche nicht der Richtige ist. Ich mag ihn für seine Art, die Dinge leicht zu nehmen, wirklich, das tue ich. Und ich will das Ganze ja auch leicht nehmen, verdammt, aber wenn Levin damit beginnt, es abzutun, wird mein Kopf alles an schwerem Geschütz auffahren, was es dagegen zu sagen gibt, und ich will mir da lieber gar nicht zuhören müssen.

So weit sind wir noch nicht.

Noch nicht.

Noch.

Und wenn sie so weit sind, sagt mir dann jemand rechtzeitig Bescheid?

Zwei

Am nächsten Morgen schenke ich mir gerade ein Glas Orangensaft ein, als mein Vater in die Küche kommt. »Guten Morgen.«

»Morgen.«

»Ist deine Mutter schon gegangen?«

»Vor etwa einer halben Stunde.«

Sie war noch bei mir im Zimmer, um sich zu verabschieden, und hat sich immerhin so viel Zeit genommen, mir außerdem zu sagen, ich müsse dringend mal wieder meinen Schreibtisch aufräumen. Anzunehmen, dass sie heute Abend wieder da sein wird, doch so genau weiß man das bei ihr nie.

Ich drehe mich zum Fenster und lasse mich von den Sonnenstrahlen blenden. Ist deine Mutter schon gegangen? Warum kann er nicht einfach fragen, ob Annegret noch da ist? Deine Mutter. Als wäre sie nicht mehr als das, nur eben meine Mutter, die zufälligerweise auch hier wohnt.

»Musst du nicht schon weg sein?« Mein Vater hat die Espressomaschine eingeschaltet und lehnt jetzt wartend daneben, bis der Druck hoch genug ist.

»Ich geh gleich.«

Mit einem schwachen Lächeln frickelt er an seinen Manschettenknöpfen herum. »So war das nicht gemeint. Soll ich dich ein Stück mitnehmen?«

Kopfschütteln. »Schon okay.«

Eine Weile stehen wir in der sonnendurchfluteten Küche und schweigen vor uns hin. Aus der geöffneten Espressotüte duftet es nach gemahlenen Kaffeebohnen. Es könnte ein behagliches Schweigen sein, ist es aber nicht. Ich weiß, mein Vater zermartert sich gerade das Hirn darüber, was er in diesem Moment sagen könnte, aber ich bin nicht in der Stimmung, ihm entgegenzukommen. Sein Blick wandert knapp an meinem Gesicht vorbei, und ich wende mich ab.

Heute kommt Lynn, unsere Haushaltshilfe. Sie ist zweimal in der Woche hier und bringt in erster Linie in Ordnung, was ich so an Chaos fabriziere. Ist ja sonst kaum jemand zu Hause. Manchmal kocht sie auch was.

Ich stelle das Glas in die Spülmaschine und sehe wieder zu meinem Vater, der inzwischen damit begonnen hat, Milch aufzuschäumen. »Bis heute Abend?«

»Wird sicher spät. Tut mir leid. Ich schau noch mal in dein Zimmer, wenn ich wieder da bin.«

»Ist gut. Bis dann.«

Natürlich wird es spät. Wird es nicht immer spät? Irgendwann werde ich ihm mal sagen, dass es keinen Grund gibt, mitten in der Nacht vorsichtig die Tür zu meinem Zimmer zu öffnen. Falls er das überhaupt tut.

»Triffst du dich heute Nachmittag noch mit Katinka oder Levin?«, ruft mir mein Vater hinterher, aber bevor ich ihm antworten kann, fällt die Haustür ins Schloss. Ich mache mir nicht die Mühe, sie noch einmal aufzuschließen.

Katinka steht schon vor unserem Klassenzimmer, zusammen mit Jako, der neben den Garderobenhaken an der Wand lehnt. Sie hat die Arme um seine Hüften gelegt und erzählt ihm weiß der Himmel was. Immer wieder werfen vorbeilaufende Schülerinnen verstohlene Blicke in ihre Richtung, aber das scheinen weder Katinka noch Jako zu bemerken. Seit das zwischen den beiden offiziell ist, hat wahrscheinlich schon mehr als ein Mädchen nachts in ihr Kissen geweint.

In vielerlei Hinsicht ist Jako das genaue Gegenteil von Levin. Er hat dunkle Haare und tiefblaue Augen. Allein deshalb guckt eigentlich jede auch noch ein zweites Mal hin. Wenn er will, kann er ziemlich arrogant rüberkommen, dabei ist er nur nicht der Typ, der jede Sekunde für etwas anderes Feuer und Flamme ist, während Levin sich in Windeseile für neue Dinge begeistern kann. Trotzdem betrachtet Levin Jako als seinen besten Kumpel und umgekehrt. Oder vielleicht auch gerade deswegen.

»Hi.«

»Hey, Juli!« Katinka dreht sich so schnell um, dass ihre Locken fliegen. »Wo warst du gestern Abend denn noch?«

»Mit Levin im *Easy*. Ist spät geworden.«

»Du hättest ruhig trotzdem noch mal zurückrufen können.« Freundlich stupst sie mich an. Sie hat Jako losgelassen, der sich jetzt von der Wand abstößt und mich anlächelt. »Hi, Juli.« Er legt einen Arm um Katinka, schiebt ihre Haare beiseite und küsst sie auf die Schläfe. »Ich geh dann.«

Es war noch vor den Sommerferien, als Katinka festgestellt hat, sie würde sich für Levin und mich ja wirklich freuen, es sei aber trotzdem verflixt anstrengend, uns ständig dabei zusehen zu müssen, wie wir aufeinanderhängen. Mittlerweile weiß ich ziemlich genau, was sie damit gemeint hat. Ein bisschen ungeduldig warte ich auf den Moment, in dem meiner Freundin wieder einfällt, dass ich noch existiere.

Im Klassenraum lässt Katinka ihren Rucksack neben unsere Bank fallen. »Wie war's gestern?«

»Nett. War nicht viel los. Finn und Milla waren auch da.«

»Oh Gott.«

Diese Reaktion habe ich erwartet. Mit einem halben Lächeln setze ich mich neben sie. »Sie blieb nicht lange.«

»Dann war Lea auch dabei, oder?«

»Nö.«

Katinka murmelt etwas, während sie sich zu ihrem Rucksack runterbeugt, um einen Stift und einen Ordner hervorzuziehen. Es dürfte nichts Freundliches gewesen sein. Jeder weiß, dass Lea scharf auf Jako ist, und wo Milla ist, ist Lea normalerweise nicht weit. Finn fällt mir wieder ein.

»Was ist?«

»Hm?«

»Du siehst plötzlich so schlecht gelaunt aus«, erklärt Katinka skeptisch. »War Lea doch da? War irgendwas?«

»Nein, wirklich nicht, nur Milla hat –«

»Guten Morgen, meine Damen und Herren!« Herr Lorenz, unser Mathelehrer, betritt die Klasse und wirft seine Aktenmappe auf den Schreibtisch. »Nehmen Sie alles vom Tisch bis auf einen Stift. Louisa, würden Sie bitte diese Arbeitsblätter nach hinten weiterreichen?«

In das allgemeine Aufstöhnen hinein beugt sich Katinka zu mir. »Was hat Milla?«

»Das mit ihr und Finn, das läuft nicht mehr lange, glaube ich.«

»Ab sofort möchte ich hier niemanden mehr reden hören!«

Katinka sinkt auf ihren Platz zurück. Mit gekräuselter Nase wirft sie mir noch einen neugierigen Blick zu, dann zieht sie den Stapel Papier heran, der gerade bei unserem Tisch angekommen ist.

Direkt nach dem Klingeln greift Katinka das Thema wieder auf. »Was ist also mit Milla und Finn?«

»Milla ist total früh gegangen. Und sie saß die ganze Zeit da, als wäre sie sowieso am liebsten woanders.«

Wir laufen durch die Gänge zur Mensa und weichen entgegenkommenden Schülern aus. In meinen Gedanken rauscht Milla ein weiteres Mal genervt ab. »Sie ist mit Finn schon durch, glaube ich.«

»Gut für ihn.« Schwungvoll zieht Katinka die Glastür zur Mensa auf, grinst mich kurz an und reckt dann auf der Suche nach Jako und Levin den Hals.

»Na ja.« Ich folge meiner Freundin, die sich zwischen den Tischen hindurch drängelt. »Das wird er wohl anders sehen.«

Doch Katinka hört schon gar nicht mehr richtig zu. Strahlend rutscht sie zu Jako auf die Bank, der beim Umdrehen mit seinem Ellbogen um ein Haar eine Wasserflasche vom Tisch fegt. Levin ist wie üblich aufgestanden, und ich vergesse, was ich gerade noch über Finn und Milla habe sagen wollen. Mit Sicherheit sind wir der hassenswerteste Glückliche-Pärchen-Tisch der kompletten Schule. Würde ich jetzt irgendwo in der Nähe sitzen, wäre ich garantiert die Erste, die augenrollend einen Spruch über uns ablassen würde.

»Wir haben gerade beschlossen, später noch zum See zu fahren.« Jako sieht erst zu Katinka, dann zu mir. »Kommt ihr mit? Wer weiß, wie lange es noch so warm bleibt.«

»Ja, klar! Oder, Juli?«

»Gute Idee!« Ich habe bestimmt keine Lust, zu Hause rumzuhängen. Und Jako hat recht – es ist Ende September. Sehr lange dauern die schönen Tage bestimmt nicht mehr an. »Wann wollen wir uns treffen?«

»Gegen halb vier?« Levin legt mir einen Arm um die Schultern. »Ich fahr bei dir vorbei und sammle dich ein.«

Levin kommt früher als erwartet. Ich bin noch dabei, meine Badesachen zusammenzusuchen, und habe noch nicht mal die Sonnencreme gefunden, als vor meinem Fenster das Motorengeräusch seiner Suzi zu hören ist. Ach, egal. Sonnencreme wird schon irgendeiner dabeihaben. Ich ziehe mir die Motorradjacke über und greife nach dem Helm, der in der Ecke neben meinem Kleiderschrank liegt. Beides sind nicht ganz uneigennützige Geschenke von Levin, der sich direkt nach seinem achtzehnten Geburtstag eine gebrauchte Suzuki zugelegt hat. Schnell hefte ich noch einen Zettel an die Wohnungstür, auch wenn der vermutlich sowieso von niemandem gelesen werden wird, und springe dann die Stufen im Treppenhaus hinunter.

Am See ist die Hölle los. Ganz eindeutig sind wir nicht die Einzigen, die die letzten warmen Tage ausnutzen wollen. Katinka und Jako sitzen noch nicht dort, wo wir immer unsere Handtücher ausbreiten, und wir lassen unsere Taschen fallen, bevor Levin sich aus seiner

Motorradkleidung schält und sehnsüchtig zum glitzernden Wasser schaut.

»Geh ruhig.« Gerade habe ich erfolgreich Levins Rucksack nach der Sonnencreme durchgewühlt. »Ich bleib hier, falls sie auftauchen.«

»Ja?«

Er ist so eindeutig hin- und hergerissen zwischen dem Wunsch, ins Wasser zu springen, und dem schlechten Gewissen, mich hier alleine in der Hitze braten zu lassen, dass ich lachen muss. »Ja, wirklich. Geh ins Wasser.«

Ein dankbarer Blick, dann verschwindet er im Gewühl, und ich lasse mich nach hinten sinken. Mit geschlossenen Augen genieße ich das Gefühl der Sonnenstrahlen auf der Haut, und erst, als sich mein Bauch unter meinen Händen heiß anfühlt, drehe ich mich zufrieden herum, um unter der Sonnenbrille hindurch auf die Uhr zu blinzeln.

»Achtung!«

Ein Schwall eiskalten Wassers ergießt sich über meine Schultern. Vor Schreck bleibt mir die Luft weg. Ungelenk rappele ich mich hoch und sehe im nächsten Moment auf einen Typen, der mit zerknirschtem Gesichtsausdruck vor mir in die Hocke gegangen ist. Hinter ihm zieht ein weiterer Kerl mit einer Flasche in der Hand es vor, die Flucht zu ergreifen.

»Sorry.« Der Typ grinst mich an. »Das galt nicht dir.«

Er hat ein scharf geschnittenes Gesicht, nasse, dunkle Haare hängen vor seinen Augen. Mit einer Hand streift er sie nach hinten. »Kann ich's wieder gut machen?«

»Was willst du tun? Mich trocken pusten?«

»Soll ich?«

Bitte?

Als er lacht, fallen mir seine etwas zu spitzen Eckzähne auf. Großartig, Edward, der Vampir. Nur braun gebrannt. Sein Grinsen ist jetzt ein wenig breiter. »Eigentlich habe ich mehr an etwas zu trinken gedacht. Oder ein Eis?«

»Nein, danke.«

Jetzt stehe ich ganz auf, und auch Edward erhebt sich. Oh Mann, der Typ ist ja riesig. Mit meiner Zwergengröße reiche ich Levin bis knapp unters Kinn, aber bei dem Typen müsste ich mich schon auf die Zehenspitzen stellen, um wenigstens über seine Schulter sehen zu können. Von der Mitte seines Oberarmes zieht sich ein Tattoo hinauf, ein Gewirr aus Linien und ineinander verschlungenen Spiralen in einem matten Braunton. Unwillkürlich bleibt mein Blick daran hängen.

»Ich bin Marc.«

Ich reiße mich von der Tätowierung los und starre auf die Hand, die er mir entgegenhält. Zögernd schlage ich ein. »Juli.«

»Juli?«

»Julika. Juli.«

»Schöner Name.«

Sein Blick fixiert mich, und ich recke das Kinn nach vorne. Langsam lässt er meine Hand wieder los. »Bist du häufiger hier?«

»Ja, schon.«

»Wohnst du in der Nähe?«

»Mhm.«

Wo bleibt Levin eigentlich? Kreischende Kinder, sonnenverbrannte Rücken und schwitzende Menschen, so weit das Auge reicht, aber kein Levin, der tropfnass zu seinem Handtuch zurückkehren würde.

Marc-Edward räuspert sich. »Hör mal … nächstes Wochenende macht ein Freund von mir eine Party. Komm doch auch.«

Überrascht wende ich mich ihm wieder zu. Mit locker herabhängenden Armen steht er vor mir und wirkt nicht im Entferntesten so, als habe er gerade ein paar Stationen beim allgemein üblichen Kennenlernritual übersprungen. Geduldige Zurückhaltung scheint nicht zu seinen hervorstechendsten Eigenschaften zu gehören.

»Moment.« Er hebt eine Hand, als wolle er mich anweisen, mich nicht von der Stelle zu rühren, und läuft einige Meter weiter zum Handtuchlager einer Gruppe Typen, von denen die meisten grinsend in meine Richtung sehen. Genervt lasse ich mich auf mein feuchtes Handtuch fallen. Was soll das hier eigentlich?

»Hier.« Marc legt einen zusammengefalteten Zettel neben mich. »Falls du Lust hast. Würde mich freuen.«

Seine spitzen Eckzähne blitzen auf, als er mir noch mal zulächelt, dann trabt er davon. Beeindruckendes Ego.

Ein Rucksack fällt auf mein Handtuch.

»Wer war das denn?« Katinka schaut mit gerunzelter Stirn hinter Marc her, der sich gerade wieder zu seinen Freunden setzt. Irgendjemand klopft ihm lachend auf die Schulter.

»Keine Ahnung. Irgendein Marc.«

»Irgendein Marc?«

»Hi! Wo ist denn Levin?« Jako wirft sein Handtuch neben Katinkas Rucksack und zieht sich bereits das Shirt über den Kopf.

»Schon im Wasser.«

»Na dann – kommt ihr auch?«

»Klar.« Ich zerknülle Marcs Zettel, werfe ihn zusammen mit meiner Sonnenbrille in die Tasche und springe auf. »Ich hab nur auf euch gewartet.«

Schnell streift Katinka ihren Rock und die abgewetzten Chucks ab und dreht ihre Haare zu einem Knoten zusammen. Sekunden später stürzen wir endlich zum See.

»Hat jemand meine Sonnenbrille gesehen?« Katinka gibt sich alle Mühe, ihre nassen Haare zu entwirren, und schaut dabei suchend über das Gras. Es ist halb acht und deutlich frischer als noch vor wenigen Stunden.

»Vorsicht, du stehst gleich drauf.« Levin ist dabei, seine Stiefel anzuziehen. Wackelig balanciert er auf einem Bein. »Wollen wir irgendwo noch was essen?«

»Wir wollten noch was für *Listen Up!* machen.« Katinka, die inzwischen neben Jako kniet und sich abmüht, ein zusammengerolltes Handtuch in ihren Rucksack zu stopfen, sieht auf. »In den nächsten Wochen sind so viele Bands auf Tour, wir müssen unbedingt mal wieder die Download-Files der aktuellen Alben durchgehen, um herauszusuchen, was wir noch besprechen sollten.«

Ich wette, Katinka denkt bei diesen Sätzen an *Giants & Dwarfs,* der zumindest in Deutschland bekannteste und am weitesten verbreitete Blog, wenn es um Rock und Alternative geht, eine Art virtuelle Bibel für jeden, der sich für diese Musikrichtung interessiert. In den nächsten Tagen werden sie ihre jährliche Liste der fünfundzwanzig besten Musikblogs veröffentlichen, *Listen Up!* ist nominiert, und Katinka will natürlich brandaktuell sein.

»Sag Bescheid, wenn ich was übernehmen kann.« Levin steht mittlerweile wieder aufrecht, an seinem Arm hängen unsere Helme. »Juli? Was ist mit dir?«

»Auf jeden Fall will ich noch was essen.«

Sollten zu Hause im Kühlschrank neben Milch und Orangensaft mehr als eine angebrochene Packung Toastbrot und ein paar Scheiben Käse mit gewellten Rändern liegen, wäre ich wirklich überrascht. Heute steht darin vielleicht noch eine Schüssel mit dem Rest vom Hühnchenreis und natürlich der Weißwein meiner Mutter, aber trotzdem ist der Gegensatz zwischen dem außerordentlich geräumigen, aber meist leeren Kühlschrank und der mit jedem erdenklichen Hightech ausgestatteten Küche doch ziemlich frustrierend. Als Levin vor Monaten das erste Mal unvorbereitet die Kühlschranktür öffnete, stellte er nach einem langen Blick fest, dass praktischerweise noch genug Platz sei, um zwei, drei Kisten Bier zu kühlen.

Jako steht auf und schwingt sich sein Handtuch über die Schultern. Er ist der einzige Mensch, den ich kenne, der zum Schwimmen selten mehr mitnimmt. Katinka winkt mir lächelnd zu. »Dann sehen wir uns morgen in der Schule.«

Automatisch winke ich zurück. Noch vor wenigen Wochen wäre ich mit Katinka abgezogen und Levin mit Jako. Seit Jako und Katinka zusammen sind, hat sich wirklich einiges geändert. Meine Beziehung zu Levin hat jedenfalls nie so viel Zeit vereinnahmt.

Mein Blick fällt auf Marc. Einige aus seiner Gruppe sind damit beschäftigt, zwei Einweggrills in Gang zu bringen, Rauch weht von ihrem Platz zu uns hinüber. Über den Nachmittag hinweg ist er mir immer wieder ins

Sichtfeld geraten, zwei, drei Male habe ich ihn mit ein paar anderen zum Wasser gehen sehen. Mittlerweile sind einige Mädchen zu der Gruppe gestoßen, und gerade in dieser Sekunde sitzt eine von ihnen neben ihm. Sie ist sehr schlank, mit tiefschwarzen Haaren. Ihre Hand berührt seine Schulter. Plötzlich sieht Marc mich direkt an, und hastig wende ich mich ab.

»Wollen wir?« Levin legt von hinten einen Arm um mich. Ich umfasse mit beiden Händen seinen Unterarm, lehne mich zurück und schließe die Augen. In solchen Momenten habe ich gegen meine Größe ausnahmsweise nichts einzuwenden. Levin steht hinter mir wie ein Baum, ein Felsen, eine Mauer, und für ein paar Sekunden achte ich nur auf seinen Herzschlag.

Seine Lippen streifen über meine Haare, dann seine Stimme, leise: »Juli?«

»Hm?«

»Alles klar bei dir?«

»Ja. Ja, sicher. Gehen wir.«

Wir landen mit Pizza bei mir zu Hause. Direkt nach dem Reinkommen löse ich den Zettel von der Eingangstür und lege ihn umgedreht auf die Anrichte. Die Botschaft *Bin mit Levin unterwegs* werde ich ja wohl noch häufiger brauchen. Wie erwartet sind meine Eltern noch nicht da. Es ist Viertel nach acht – vor elf, halb zwölf ist mit keinem der beiden zu rechnen.

»In dein Zimmer?« Mit den Pizzakartons im Arm sieht Levin mich fragend an.

»Klar.« Ich habe nicht vor, das gute Porzellan rauszuholen.

In der Wohnung ist es dämmerig, aber wir verzichten darauf, eine Lampe einzuschalten. Ich mag es, wenn das Licht immer schwächer wird und Schatten aus den Ecken kriechen. Farben verblassen, Geräusche treten deutlicher hervor, der Kühlschrank, das Knarren des Parkettbodens. Ich fühle mich dann manchmal wie in einem dieser alten Schwarz-Weiß-Filme, so einer, in dem Frauen mit gelackt aussehenden, dunklen Haaren immer ein bisschen zu schnell tanzen und alle paar Sekunden Sprechtafeln die Handlung unterbrechen. Levin hat sich einen Block von meinem Schreibtisch gegriffen, ein paar Worte draufgeschrieben und sich das Teil unters Kinn gehalten, als ich ihm das anvertraut habe. *Kiss me* stand darauf.

Er legt die beiden Kartons auf mein Bett, zieht eines der Kissen am Kopfende hoch und macht es sich bequem. Ich sorge für Musik, bevor ich mich zu ihm setze. In kürzester Zeit haben wir den Inhalt der Pizzakartons vernichtet.

»Wir hätten noch Eis mitnehmen sollen.« Levin greift nach meinem Arm und zieht mich zu sich. Die leeren Pappkartons rutschen auf den Boden. Mit einem zufriedenen Seufzer kuschele ich mich zurecht. Während seine Hände leicht über meine Oberarme streichen, beobachte ich, wie sich das Licht im Zimmer mit der langsam untergehenden Sonne verändert.

»Levin?«

»Hm?«

»Triffst du dich mit Jako eigentlich seltener, seit er mit Katinka zusammen ist?«

Es dauert eine Weile, bis er antwortet. »Ich glaube nicht. Keine Ahnung. Vielleicht ein bisschen seltener.«

Seine Fingerspitzen gleiten über die weiche Haut der Innenseite meiner Arme bis hinunter zu den Handgelenken und wieder zurück. Mit geschlossenen Augen drücke ich mein Gesicht in sein Shirt. Er riecht nach See, nach Gras, ein bisschen nach Kokos. Ich spüre seinen Atem auf der Stirn, seine Muskeln spannen sich an, und er beugt sich vor, so weit, dass ich mich mit einem leisen Lachen zurückfallen lasse. In der nächsten Sekunde ist er dicht über mir, küsst meinen Hals, mein Kinn, findet meine Lippen. Ich wühle beide Hände in seine weichen Haare und schalte den zermürbenden Gedankenstrom der letzten Tage und Wochen endlich einmal ab.

Irgendwann richtet Levin sich auf, um sein hochgerutschtes Shirt endgültig über den Kopf zu ziehen. Kurz blinzele ich, fühle unter meinen Fingern die glatte Haut seines Oberkörpers, und plötzlich kommt es mir so vor, als verändere sich etwas. Levin scheint schwerer zu werden, und verwirrt schiebe ich ihn zurück.

»Was ist?«

»Nichts. Gar nichts. Ich hab nur … vergiss es. Ich weiß auch nicht.« Ich will ihn wieder an mich ziehen, doch Levin stützt den Kopf in die Hand und sieht mich an. »Vielleicht …« Sein Gesicht liegt im Schatten, und plötzlich finde ich den Gedanken an ein hell erleuchtetes Zimmer doch ganz reizvoll. Ich weiß, was Levin gleich sagen wird, aber ich wünschte, er würde es nicht tun.

»Vielleicht ist jetzt ein guter Moment, um … ein bisschen weiter zu gehen.«

Nein. Ist es nicht. Ich krame in meinen sich überstürzenden Gedanken. Normalerweise finde ich es nicht schwer, genau das zu sagen, was ich will oder nicht will, aber jetzt, in dieser Situation – es fühlt sich überhaupt nicht richtig an, aber ich kann doch nicht einfach so ›Vergiss es‹ sagen, oder?

»Juli?«

»Vergiss es.«

Ein Knall lässt mich hochfahren. Um mich herum ist es dunkel, nur unter meiner Zimmertür schimmert ein heller Spalt. Benommen blinzele ich auf die Leuchtziffern des Weckers. Kurz nach drei. Während ich gegen die Müdigkeit ankämpfe, die noch immer wie eine Decke auf mir liegt, versuche ich, das Geräusch von eben einzuordnen. Jetzt ist nichts mehr zu hören, keine Schritte, keine Stimmen. Einzig das Licht im Flur zeigt an, dass mein Vater oder meine Mutter oder vielleicht sogar beide mittlerweile nach Hause gekommen sein müssen.

Levin ist gegangen, ohne Licht zu machen.

Meine Worte haben ihn verletzt. In dem Moment, in dem ich sie aussprach, habe ich mir bereits gewünscht, ich wäre weniger schroff gewesen, weniger abweisend. Unter ihrer Wucht ist er richtiggehend zurückgezuckt, das Lächeln auf seinem Gesicht verschwand innerhalb eines Wimpernschlags. Dabei hatte ich ihn nicht kränken wollen, mir fiel nur so schnell nichts anderes ein.

»Levin, entschuldige …«

»Nein, schon in Ordnung«, unterbrach er mich, noch bevor ich ihm erklären konnte, was in dieser Sekunde in mir vorging, und vielleicht war das nicht einmal das Schlechteste, denn ich kann nicht ausschließen, dass alles, was ich noch hätte sagen wollen, alles, was ich noch hätte sagen können, ihn vielleicht sogar noch mehr getroffen hätte. »Es ist okay«, wiederholte er und ließ sich dabei auf den Rücken fallen. Wo eben noch Nähe war, breitete sich unbehagliches Schweigen aus.

Warum war ich nur so grob gewesen, so direkt? Hätte ich Levins Vorstoß nicht irgendwie weniger scharf ausbremsen können? Ich richtete mich auf, um in sein Gesicht zu sehen. Der immer unbekümmerte Levin. Jetzt lag er da, sein Mund ein schmaler Strich. Und ich war schuld daran. Mein schlechtes Gewissen schob sich von den hinteren Rängen vor in die erste Reihe. Alles in mir sehnte sich danach, Levins Unbeschwertheit wiederherzustellen, seinen gefrorenen Gesichtsausdruck aufzulösen.

»Tut mir leid«, murmelte ich lahm, und Levins Augen öffneten sich.

»Hey, kein Drama.« Ansatzweise kehrte ein Lächeln in sein Gesicht zurück. »Es hat eben einfach noch nicht gepasst.«

Ein seltsamer Laut beendet abrupt meine Grübelei. Ich halte den Atem an und konzentriere mich wieder auf meine Umgebung. Durch das gekippte Fenster ist ein schwaches Wispern zu hören, Wind, der durch die Blätter in den vereinzelt stehenden Bäumen unserer Straße fährt, doch das war es nicht, was ich eben gehört habe. Angestrengt lausche ich in die Dunkelheit, aber das Geräusch wiederholt sich nicht. Die Decke rutscht zur Seite, als ich aus dem Bett klettere, meine Füße berühren den kühlen Holzboden. Lautlos tappe ich zur Zimmertür und drücke die Klinke herunter.

Sekundenlang blinzele ich in den erleuchteten Flur. Er ist leer, die Tür gegenüber zum Schlafzimmer meiner Eltern geschlossen. Ein schneller Blick nach rechts auf den

Schrank mit den vielen Schubladen, der unter einem schwarzen Fenster steht, dann bin ich mit zwei Schritten bei der Schlafzimmertür und presse mein Ohr gegen das Holz, das sich unter meinen eiskalten Händen warm anfühlt.

Nichts. Überhaupt nichts. Ich überlege nur kurz, eigentlich überlege ich gar nicht, bevor ich die Tür langsam öffne.

Meine Augen stellen sich schneller auf die Dunkelheit des leeren Zimmers ein als auf die Helligkeit im Flur. Die Laken und Kissen auf dem Doppelbett ruhen glatt und unbenutzt. Ein Kribbeln kriecht mir den Rücken hinauf. Kurz nach drei. Müsste nicht wenigstens der Umriss meines Vaters unter den Decken zu erkennen sein? Um diese Uhrzeit sitzt er doch nicht mehr im Büro. Meine Mutter bleibt häufiger spontan über Nacht fort. Fotoshootings verlaufen unberechenbar, und wenn eine Serie abgebrochen werden muss, weil das Licht nicht mehr stimmt oder das Model sich als untauglich erweist, übernachtet sie im Hotel, um es am nächsten Morgen noch einmal zu versuchen.

Aber mein Vater … mein Vater bleibt nie über Nacht weg, ohne das anzukündigen. Nie.

Verstört weiche ich zurück, und in diesem Moment höre ich es wieder. Ein unterdrücktes Schnaufen, das plötzlich abbricht, so als bekomme jemand zu wenig Luft. Meine Haare stellen sich bei diesem Laut auf, mein Herz schlägt so rasend schnell, dass ich mir unwillkürlich eine Hand auf die Brust lege. Das Handy liegt noch neben meinem Bett, doch statt zurückzulaufen, schlagen meine Füße fast von alleine den Weg nach vorne ein. Direkt vor mir liegt der breite Zugang zur Küche, keine Tür, auch hier hat meine Mutter das letzte Wort gehabt. Offene Räume, Luft, Licht. Jetzt jedoch dominieren die Schatten, und mit aufgerissenen Augen versuche ich, etwas zu erkennen. Alles bleibt still, keine Bewegung deutet darauf hin, dass sich dort jemand aufhalten könnte. Mit angehaltenem Atem taste ich mich an der Wand entlang, fühle den rauen Putz unter den Fingern. In einer weichen Kurve verläuft der Flur vor der Küche nach rechts, und genau vor dieser Biegung bleibe ich stehen. Auf einmal bin ich völlig sicher, dass ich nicht alleine bin. Irgendwo rechts von mir atmet jemand, atmet, als würde er nicht wollen, dass man dieses Atmen hört. Die Wohnungstür liegt am Ende des Flurs, und in dieser Sekunde wünsche ich mir verzweifelt, nicht ich müsse diejenige sein, die sich mit verkrampften Schultern Zentimeter für Zentimeter nach vorne drückt, sondern mein Vater wäre hier, meine Mutter, irgendjemand.

Aber was auch immer hinter dieser Biegung ist, wer auch immer dort steht, ich will es sehen, ich will es wissen. Auch wenn ich mich gleich übergebe vor Angst, auf gar keinen Fall kann ich wieder in mein Zimmer zurück und dort den Notruf wählen. Was, wenn derjenige auf mich aufmerksam wird, was, wenn ich mich umdrehe und plötzlich höre, wie jemand hinter mir herläuft?

Ich beuge mich weit vor.

Im ersten Moment ist da nur eine Gestalt, und noch bevor ich erkenne, um wen es sich handelt, verwandelt die Tatsache, dass ich recht hatte, die Tatsache, dass in einigen Metern Entfernung wirklich jemand steht, mein Entsetzen in spitzes Eis, das direkt meine Lungen durchbohrt. Dann schärft sich mein Blick, und alles in mir wird schwer.

Mein Vater kauert zusammengekrümmt vor der Tür, die Stirn dagegen gepresst. Die geballte Faust neben seinem Kopf wirkt gleichzeitig verkrampft und seltsam schlaff. Seine Schultern zittern, ruckartig atmet er ein, nur ein, nicht wieder aus.

Das Geräusch von eben schlängelt sich wie ein fernes Echo zurück in meinen Kopf, und jetzt weiß ich, was ich gehört habe, jetzt weiß ich, dass es ein Schluchzen war, ein hohler Ton, unterdrückt und doch entkommen.

Und es ist mein Vater, der vor der Wohnungstür kniet und weint, nein, er weint nicht, er keucht, er kämpft, das Schluchzen unterdrückend.

Noch nie, noch niemals habe ich ihn so erlebt. So aufgelöst. So zerstört.

Der Knall, der mich geweckt hat – war das die Tür? Ist meine Mutter gegangen? Wohin? Warum?

Vorsichtig schiebe ich mich zurück, ohne meinen Vater aus den Augen zu lassen, und erst als ich nichts mehr von ihm sehe, haste ich lautlos zurück in mein Zimmer. Mit zitternden Händen schließe ich die Tür, lehne mich mit dem Rücken dagegen und rutsche Stück für Stück daran hinunter.

Die Bettdecke liegt halb auf dem Boden, blicklos starre ich sie an.

Dann ziehe ich langsam das weite Shirt über meine Beine, drücke die Zehen von innen auf den Saum, schlinge die Arme um mich und lege den Kopf auf die Knie.

DREI

Mir ist kalt.

Es dauert einige Sekunden, bevor mir klar wird, dass ich zusammengerollt auf dem Boden vor meiner Zimmertür liege. Und noch ein paar Sekunden mehr, bis mir auch wieder einfällt, warum.

Alles schmerzt. Mein Rücken, meine Beine, mein Kopf. Ich fühle mich zerschlagen, von außen und von innen. Mühsam richte ich mich auf, fahre über meine eiskalten Arme. Das Licht im Zimmer ist noch grau, doch draußen, auf der Hauswand gegenüber, liegt bereits ein goldener Schimmer. Es wird wieder ein schöner Tag werden.

Mit steifen Schritten wanke ich in mein Badezimmer und drehe die Dusche auf. Es dauert ewig, bis mein Körper das inwendige Zittern einstellt, und danach ist da nur noch ein zäher Druck, eine leichte Übelkeit.

Was mach ich denn jetzt?

Wie soll ich mich meinem Vater gegenüber verhalten, wenn wir uns gleich in der Küche gegenüberstehen? Falls wir uns überhaupt gleich gegenüberstehen.

Das Entsetzen von gestern Nacht breitet seine Arme in mir aus. Was, wenn er gar nicht da ist? Was, wenn er auch gegangen ist, wenn ich ganz alleine in der Wohnung bin?

In fliegender Hast drehe ich das Wasser ab und wickele mich in ein Handtuch, während ich barfuß zur Tür laufe. Kurz bevor ich die leere Küche erreiche, komme ich auf dem glatten Parkettboden ins Rutschen. Keiner hat die Espressomaschine eingeschaltet. Wasser rinnt mir aus den Haaren in den Nacken, unsicher ziehe ich das Handtuch fester um meine Schultern. Es ist niemand hier.

Hinter mir öffnet sich die Schlafzimmertür, und zu Tode erschrocken fahre ich mit einem kläglichen Japsen herum.

»Juli?« Mein Vater zuckt zusammen, seine Hände verharren am Krawattenknoten. »Was ist denn mit dir los?«

»Ich …« Der Impuls, erleichtert auf ihn zuzustürzen und mich in seine Arme zu werfen, ist für einen Moment beinahe übermächtig. »Ich hab gedacht, du bist schon gegangen.«

Langsam zieht mein Vater den Knoten fest. »Warum sollte ich denn schon gegangen sein?«

Ja, warum? Es kommt selten vor, dass mein Vater vor mir das Haus verlässt, und wenn das der Fall ist, sagt er mir am Abend vorher Bescheid. Es kommt aber auch selten vor, dass er weinend vor der Haustür kniet.

Das Gefühl der Übelkeit verstärkt sich.

»Keine Ahnung. Ich hab mich … ich hab mich erschrocken.«

»Erschrocken?«

»Ich zieh mich mal an, glaube ich.« Mit abgewandtem Gesicht tapse ich an meinem Vater vorbei, und zum Glück hält er mich nicht zurück. Sein Blick eben war verwirrt, in erster Linie verwirrt, aber auch ein bisschen misstrauisch. Ob er an gestern Nacht denkt, ob er sich fragt, was ich davon mitbekommen haben könnte?

In meinem Zimmer werfe ich das feuchte Handtuch aufs Bett, bevor mein Blick auf die nasse Spur fällt, die sich vom Badezimmer bis zur Tür zieht. Ich greife noch mal nach dem Handtuch, um den Boden trocken zu wischen.

Hätte ich etwas sagen sollen? Was war gestern Nacht los? Ich habe dich gesehen, ich habe dich weinen sehen.

Die Handballen gegen die Augen gedrückt, versuche ich, wieder runterzukommen. Ich wollte das gar nicht sehen. Ich wollte meinen Vater nicht so sehen. So verzweifelt, so hilflos.

Darauf kann ich meinen Vater doch nicht ansprechen. Alles würde greifbarer, größer werden. Und überhaupt, er wollte schließlich gar nicht, dass ich mitbekomme, was gestern Nacht passiert ist. Sein ersticktes Schluchzen in meinem Kopf. Wenn ich ihn danach frage, würde es vielleicht … irgendwas zwischen uns kaputtmachen.

Ich wische meine Handflächen am Handtuch ab.

»Juli?« Die Stimme meines Vaters dringt durch die Tür. »Musst du nicht los?«

»Ich komme gleich!«

Klinge ich normal? So wie immer? Oder fällt ihm auf, dass hier etwas ganz und gar nicht in Ordnung ist, hört man es mir an? Angespannt knapse ich mit den Zähnen eine Kerbe in einen Fingernagel, ruckele daran herum, bis der Riss im Nagel lang genug ist, um einen schmalen Halbmond abzuziehen, vorsichtig, damit die Haut nicht einreißt.

Nur das gedämpfte Brummen der Espressomaschine ist zu hören, sonst nichts.

In der Küche ist mein Vater dabei, Milch aufzuschäumen. Ich hole den Orangensaft aus dem Kühlschrank.

»Ist Mama nicht da?«

Das ist eine unverfängliche Frage. Völlig normal. Immerhin wollte sie eigentlich gestern Abend nach Hause kommen.

Mein Vater steht mit dem Rücken zu mir vor der Espressomaschine und greift nach dem Siebträger für das Pulver. Seine Bewegungen sind bedächtig, beinahe konzentriert. »Sie ist noch nicht wieder da.«

Nein? Und ist sie auch nicht da gewesen? Nur kurz vielleicht?

Er dreht sich nicht um.

Könnte es tatsächlich sein, dass meine Mutter gestern gar nicht nach Hause gekommen ist? Doch warum war mein Vater dann so aufgelöst?

Ich glaube, er hat mich gerade belogen.

Ich frage mich, ob er das schon öfter getan hat.

»Juli!« Katinka stürzt auf mich zu, sobald sie mich erblickt hat. »Schau dir das mal an!«

Sie hält mir ihr Smartphone dicht vor die Nase, und ich greife nach ihrem Handgelenk, um etwas Abstand zwischen mich und das Ding zu bringen. Buchstaben tanzen vor meinen Augen, weil Katinka es in ihrer Aufregung nicht schafft, auch nur ansatzweise stillzustehen.

»Was ist das?«

»Die Liste! Die Liste aus dem *Giants & Dwarfs*! Rate, welcher Blog auf Platz acht steht?« Sie strahlt mich an.

Zu jedem anderen Zeitpunkt wäre ich Katinka vermutlich um den Hals gefallen, jetzt jedoch muss ich mich sogar zu einem Lächeln zwingen. Ich weiß, ihr ganzes Herz hängt an *Listen Up!*, und sie hat in den letzten Wochen so hart dafür gearbeitet, aber im Moment fühlt sich einfach alles, was damit zusammenhängt, blass und unwirklich an.

Trotzdem gebe ich mir Mühe. »Im Ernst? Wow, das ist toll! Was schreiben sie über uns?«

Zum Glück ist Katinka viel zu aufgedreht, als dass ihr meine reichlich lahme Reaktion auffallen würde. »Dass wir Senkrechtstarter sind!«, ruft sie und lacht. »Ich muss mir nachher gleich mal ansehen, wie sich das auf unsere Zugriffszahlen auswirkt. Immerhin haben die uns direkt verlinkt.« Den Blick auf ihr Smartphone gerichtet, folgt sie mir in den Klassenraum.

Ich lasse meine Sachen fallen und beobachte sie dabei, wie sie sich in Zeitlupe auf ihrem Platz niederlässt. »Katinka?«

»Hm?«

»Ich würde das Ding wegtun, bevor Herr Eisenhut reinkommt.«

»Mhm, gleich.«

Mit im Nacken verschränkten Armen lehne ich mich nach hinten und schließe die Augen. Wenn ich nur damit aufhören könnte, an letzte Nacht zu denken.

Erst als ich Levin in der Pause sehe, fällt mir die Sache zwischen uns von gestern wieder ein. Er steht mit dem Rücken zu mir vor Jako neben der Schulhofmauer, und als Jako uns entdeckt und lächelt, dreht er sich um.

»Jako!« Katinka fliegt an mir vorbei. »Hast du's schon gesehen? Wir sind auf der Liste!«

Wie ein Roboter überbrücke ich die restlichen Meter, lasse mich in Levins geöffneten Arme fallen und drücke mich seufzend gegen ihn. Levin lacht und streicht mir durch die Haare. »Ich finde auch, wir haben uns lange nicht gesehen.«

Am liebsten würde ich ihn einfach so lange festhalten, bis ich mir sicher sein kann, dass ich nicht losheulen muss, aber Levin tritt schon einen Schritt zurück. Ich blinzele hastig, die plötzlich aufsteigenden Tränen überraschen mich selbst. Entschlossen konzentriere ich mich wieder auf meine Umgebung.

»... treffen wir uns vor dem *Nachtleben*, in Ordnung?«, sagt Katinka gerade zu Jako.

Ich kann mir ungefähr zusammenreimen, worüber sie reden. Keine Ahnung, wer da heute spielt, aber im *Nachtleben* finden viele der Interviews statt, die wir für *Listen Up!* machen. Vermutlich steht heute wieder eins an. »Um wen geht es denn?«, hake ich nach.

»Dream Works. Hast du da mal reingehört?«, fragt Katinka.

Nach kurzem Überlegen schüttele ich den Kopf. »Glaub nicht.«

»Aber ich«, schaltet Levin sich ein. »Die sind ziemlich gut.«

Jako sieht zu Levin. »Wenn du willst, übernimm du doch die Fotos, und wenn Juli sich dann noch um das Interview kümmern würde, könnten Katinka und ich heute mal einen *Listen Up!*-freien Abend machen.«

Er zwinkert Katinka zu, die ihn stirnrunzelnd mustert. »Wir haben gestern über zwei Stunden an diesem Interview gearbeitet«, beginnt sie, doch Jako stupst sie in die Seite, bevor sie weiterreden kann. »Ja, klar«, sagt er. »War nur ein Witz.«

Katinka ist nicht besänftigt. »Wenn du nicht mitwillst, sag das doch einfach. Ich kann auch Finn fragen.«

»Katinka, es war ein Scherz, ehrlich.« Jako lächelt sie treuherzig an. Wenn er in die Charmeoffensive geht, kann ihm eigentlich niemand widerstehen, und auch Katinka lässt sich jetzt nur noch halbherzig widerstrebend von ihm in die Arme ziehen. Ich nehme Levin seine Wasserflasche aus der Hand und trinke einen Schluck. Eigentlich sollte Jako wissen, dass Katinka ziemlich humorlos werden kann, sobald es um ihren Blog geht, verstehen kann ich ihn dennoch. Er hat schon immer viel für *Listen Up!* gemacht, aber seit einiger Zeit plant Katinka ihn ständig ein. Ich glaube, sie ist noch gar nicht auf die Idee gekommen, dass nicht jeder einen Großteil seiner Freizeit in den Blog investieren möchte.

»Okay, und was machst du heute?«, wendet Levin sich an mich.

Erstmalig lässt sich heraushören, dass der gestrige Abend auch bei ihm nachwirkt. Normalerweise hätte er einfach gefragt, was wir später noch unternehmen wollen.

Ich zucke mit den Schultern. »Weiß noch nicht.«

Heute Morgen auf dem Weg zur Schule habe ich mir eigentlich vorgenommen, Katinka zu fragen, ob ich bei ihr übernachten könne, aber so, wie es aussieht, ist das wohl hinfällig.

»Wir könnten uns *Assassins's Creed* ansehen, der läuft seit heute«, sagt Levin.

»Ja okay. Gute Idee.«

»Erzählt mir, wie der Film war.« Katinka steht noch immer an Jako gelehnt. »Den will ich vielleicht auch sehen.«

Auf dem Nachhauseweg gehen Katinka und ich wie üblich ein Stück gemeinsam. Während sie von dem Interview heute Abend erzählt, schweifen meine Gedanken immer wieder zu der vergangenen Nacht zurück. Ich würde gerne Katinkas Meinung dazu hören, aber jetzt scheint nicht wirklich der passende Moment für solch ein Thema zu sein.

»Keep on Dreaming haben ihr zweites Album übrigens für März kommenden Jahres angekündigt.«

Ich horche auf. »Sind sie dann auch auf Tour?«

»Na klar.«

»Und? Gehst du hin?«

»Aber sicher.« Katinka erwidert meinen Blick und beißt sich grinsend auf die Unterlippe.

»Mit oder ohne Jako?«

»Mit.« Ihr Gesichtsausdruck wird ernst. »Wenn er möchte.«

Darauf würde ich wetten. Ich jedenfalls würde mitkommen wollen, wenn Levin planen würde, zu dem Konzert einer Band zu gehen, mit deren Sängerin er mal was hatte.

»Denkst du manchmal noch über McMillan nach?«

Katinka zögert einen Augenblick. »Manchmal«, gibt sie schließlich zu. »An bestimmte Dinge.«

Eine Weile laufen wir schweigend nebeneinander her.

Wenn ich an bestimmte Dinge denke, die mit James McMillan zu tun haben, sehe ich ihn immer vor unserer Schule aus diesem Sportwagen steigen. Ich bin mir allerdings ziemlich sicher, dass Katinka an andere Momente denkt.

»Hast du jetzt noch ein bisschen Zeit?«, unterbreche ich schließlich die Stille zwischen uns.

Katinka sieht auf die Uhr. »Klar. Wollen wir zu mir gehen?«

Ich nicke erleichtert. Die letzte Nacht steckt wie ein vergifteter Splitter in mir, und wenn ich nicht mit Katinka darüber reden kann, mit wem dann?

Katinkas Mutter ist noch nicht zu Hause. Nur Tom, ihr kleiner Bruder, steckt neugierig den Kopf aus seinem Zimmer, als er uns die Treppe hochsteigen hört. Na ja, kleiner Bruder. Er ist vierzehn, aber einen ganzen Kopf größer als ich. »Ach, du bist's.« Mit diesen Worten zieht er die Tür wieder zu.

Katinka verdreht die Augen und schüttelt den Kopf. »Erwarte bloß nicht mehr von ihm«, erklärt sie halblaut, »im Moment tut er so, als würde er spätestens nächsten Monat ausziehen. Was keine schlechte Idee wäre.«

Jegliches Nachfragen spare ich mir. Katinka und ich waren vier, als wir uns im Kindergarten kennenlernten, und Tom zwei. Ein Jahr später kam er in unsere Gruppe und bewies bereits damals, wie anstrengend kleine Brüder sein können. Einen Großteil der Zeit erlebe ich die beiden streitend, aber vermutlich ist das unter Geschwistern normal. In den seltenen Momenten, in denen so was wie Einigkeit zwischen ihnen hindurchschimmert, spürt man aber immerhin, dass die Gefahr, einer könne dem anderen nachts mal ein Kissen aufs Gesicht drücken, doch ziemlich gering ist.

Nicht zum ersten Mal frage ich mich, wie es wohl wäre, wenn ich zu Hause nicht so alleine wäre. Also, kein Einzelkind, meine ich.

Katinka sorgt für Musik und lässt sich danach zu mir aufs Bett fallen, der einzig halbwegs freie Platz in ihrem Zimmer. »Glaubst du, Jako denkt noch über McMillan nach?«, fragt sie.

Überrascht sehe ich sie an. »Frag ihn doch.«

»Hab ich schon. Er sagt, für ihn sei das Thema abgeschlossen.«

»Und?«

»Na ja.« Sie rollt sich auf den Bauch und stützt den Kopf in die Hände. »Seit der Sache mit McMillan fühlt sich zwischen uns einiges anders an.«

»Seit der Sache mit McMillan seid ihr zusammen. Ist ja wohl kein Wunder, dass sich das anders anfühlt.«

Nachdenklich zupft Katinka an der Bettdecke herum. »Manchmal hab ich einfach das Gefühl, er vertraut mir nicht mehr richtig.« Sie steigt auf meinen lockeren Tonfall nicht ein.

»Katinka.« Ich versuche, ihren Blick einzufangen. »Ihr seid jetzt seit fast drei Monaten zusammen, und direkt davor hast du es ihm mit deinem Hin und Her wirklich nicht gerade leicht gemacht.«

Aufseufzend vergräbt sie das Gesicht in der bunt gemusterten Tagesdecke. »Sag doch nicht so was«, tönt es dumpf.

Ich beuge mich vor und ziehe sanft an einer ihrer Locken. »Selbst für jemanden wie Jako war es bestimmt nicht leicht, mit einem wie James McMillan zu konkurrieren.«

Vergeblich versuche ich, ein Kichern zu unterdrücken. Katinkas Gesicht taucht zwischen ihren Haaren auf. »Du findest das lustig!«, grollt sie.

»Nein.« Ich bemühe mich um einen ernsten Gesichtsausdruck. »Aber was hat deine Mutter damals gesagt, als du ihr endlich erzählt hast, warum du unbedingt nach Paris fahren musst?«

Katinka fällt in meinen nächsten Satz mit ein: »Muss es denn ausgerechnet der Sänger einer Rockband sein? Hätte es nicht irgendein netter Junge aus deiner Schule auch getan?« Jetzt kichert sie ebenfalls. Dieser Spruch ist zwischen uns mittlerweile legendär.

Ich greife nach Katinkas Hand, froh, dass sie nicht mehr so trübsinnig klingt. »Jako hat das damals bestimmt auch gedacht, der Arme. Das braucht einfach noch ein bisschen Zeit. Du bist ja auch nicht gerade völlig entspannt, wenn es um Lea geht«, füge ich hinzu.

»Das mit Lea ist ja auch was völlig anderes! Wo ist McMillan im Moment? In den USA, das neue Album aufnehmen. Und wo ist Lea? Vermutlich lungert sie gerade vor Jakos Haustür rum.«

Das Blöde ist, dass sie mit dieser Aussage durchaus recht haben könnte.

Auf dem Heimweg lasse ich mir den Nachmittag noch mal durch den Kopf gehen. Gäbe es Lea nicht, würde sich Katinka nicht immer noch so viele Gedanken um diese Geschichte mit McMillan machen. Klar, Leas ständige Versuche, Jakos Aufmerksamkeit auf sich zu ziehen, sind total dreist, aber wenn ich das richtig mitbekomme, verhält er sich ihr gegenüber völlig neutral. Vielleicht etwas zu neutral, okay. Seine gleichbleibende Freundlichkeit beinahe jedem gegenüber hat Katinka schon immer in den Wahnsinn getrieben.

Trotzdem. Eigentlich ist es Katinka, die Jako nicht mehr so ganz traut. Ich glaube, irgendwo in ihr sitzt die Angst, er könne vielleicht doch noch beschließen, für ausgleichende Gerechtigkeit zu sorgen.

Gedankenverloren laufe ich die zwei Stockwerke zu unserer Wohnung hinauf und will gerade den Schlüssel ins Schloss schieben, als ich die Stimmen meiner Eltern höre, die durch die Tür dringen. Ich sehe auf die Uhr. Kurz nach fünf. Das ist ziemlich früh, zumindest für meinen Vater. Warum ist er schon zu Hause?

»Wenn du glaubst …« Meine Mutter. Sie klingt schrill und aufgebracht.

Ich kann nicht alles verstehen und bin mir in dieser Sekunde auch nicht sicher, ob ich es besser finden würde, wenn ich es könnte.

»… ist die Tür!«, höre ich meinen Vater brüllen und direkt im Anschluss die Stimme meiner Mutter: »Das ist auch meine Wohnung!«

Als hätte die Wucht ihrer Worte mir einen Stoß versetzt, taumele ich einige Schritte nach hinten, drehe mich um und stolpere die Stufen wieder hinunter.

»Bist du noch zu Hause?« Ohne nach links oder rechts zu sehen, laufe ich die Straße runter, das Telefon ans Ohr gepresst.

»Juli? Ich wollte eben los, um dich abzuholen.«

»Ich komm zu dir.«

»Wieso …«

Bevor Levin weitersprechen kann, falle ich ihm ins Wort. »Ich bin gerade in deiner Nähe. Müssen wir heute ins Kino gehen?«

»Was, wieso … nein, natürlich nicht, aber warum –«

»Ich erklär's dir, wenn ich bei dir bin, okay?«

Und ich werde auch versuchen, ihm zu erklären, warum ich jetzt einfach die Verbindung unterbreche. Bei jedem Einatmen zieht ein stechender Schmerz durch meine Brust. Mir ist nicht nach Heulen, mir ist nach Schreien, aber selbst wenn ich mich nicht an den Menschen stören würde, die um mich herum auf Fahrrädern und in Autos und zu Fuß unterwegs sind, meine Lungen würden nicht mitspielen. Es ist, als würden sie sich zusammenballen und jede Sauerstoffaufnahme verweigern.

Sind meine Eltern jetzt also so weit?

Wie lange ist es her, dass meine Mutter zu mir gesagt hat, sie seien es nicht? Zwei Tage? Drei? Was war das gestern Nacht? Warum steht mein Vater morgens in der Küche und tut so, als sei alles in Ordnung? Für wie blöd halten die mich eigentlich?

Irgendwas nimmt gerade Fahrt auf, irgendwas ist letzte Nacht passiert, und das Schweigen zwischen meinen Eltern wurde durchbrochen, und wie oft habe ich gedacht, alles sei besser als dieses Schweigen? Das hier ist nicht besser.

Das ist … das ist … au, verdammt!

Ich sehe dem Mann nach, der mich gerade fast über den Haufen gerannt hat und der jetzt stur weitergeht, ohne sich auch nur umzudrehen. Idiot!

Und jetzt heule ich doch. Kann es nicht verhindern, das Schluchzen steigt auf wie Milch, die über den Topfrand quillt. Hastig drängele ich mich in eine schmale Seitenstraße, die hinter den Geschäften mit ihren Glasfassaden entlangführt, laufe vorbei an abgestellten Fahrrädern und Mülltonnen. Brummende Klimaanlagen über mir und ein moderiger Geruch in der Luft. Vor der Tür eines Nagelstudios werde ich langsamer und wische mir mit dem Ärmel übers Gesicht. Blöde Heulerei.

Auf der anderen Straßenseite stehen zwei Typen in dunklen Klamotten und blicken in meine Richtung. Automatisch wende ich mich ab. Zu spät, aus den Augenwinkeln sehe ich einen der beiden schon zu mir schlendern.

»Haschisch, Gras, Koks, MDMA?« Seine Stimme ist leise, aber deutlich. Er steht viel zu nah vor mir, so nah, dass ich den herben Geruch seiner Lederjacke riechen kann.

Kopfschüttelnd dränge ich mich an ihm vorbei. Er geht mir nicht nach, und ich laufe weiter, bis ich das Ende der engen Straße erreicht habe.

Mein Herz klopft immer noch viel zu schnell, als ich mich auf einen der Drahtstühle neben einer Bushaltestelle setze.

Wenn ich zu Levin will, muss ich zurück zur Parallelstraße. Mit angezogenen Beinen kaue ich an einem Fingernagel, dann krame ich mein Telefon aus der Tasche und rufe Katinka an.

»Hi, Juli! Hast du was vergessen?«

»Hi … nein, ich … hast du noch kurz Zeit?«

»Ja, aber sehr kurz.« Für einen Moment wird ihre Stimme leiser, dann ist sie wieder klar zu verstehen. »Worum geht's?«

»Es ist –«

»Warte mal eben, da klopft jemand an … kann ich dich gleich zurückrufen?«

»Ja, klar.«

Mit dem Finger wische ich zwischen meinen Apps hin und her. Vermutlich hat gerade Jako bei Katinka angerufen.

Eine ältere Frau lässt sich mit einem unterdrückten Ächzen neben mir nieder. Sie ist ziemlich dick, ihre runden, weichen Arme sind nur wenige Zentimeter von meinen entfernt, und ich rutsche zur Seite. Mit beiden Händen umfasst sie den Griff einer großen Tasche, die sie auf ihren Schoss gestellt hat. Plötzlich wendet sie sich mir zu: »Fahren Sie auch zum Textorbad?« Sie spricht sehr laut, viel zu laut für den geringen Abstand zwischen uns. Wahrscheinlich hört sie nicht gut.

»Nein, ich warte nur auf jemanden.«

»Ich schwimme jeden Tag! Eine Stunde!« Ihr Gesicht sieht aus, als würde sie mich zu einem Wettkampf herausfordern. »Jeden Tag«, wiederholt sie und klopft bekräftigend auf ihre Tasche, und noch während ich überlege, was um alles in der Welt diese Frau jetzt von mir erwartet, klingelt mein Telefon.

»Sorry, Jako war's. Er schafft es nicht ganz pünktlich, aber egal. Was wolltest du eben sagen?«

»Ich wollte …«

Die Frau neben mir sieht mich interessiert an. Ich stelle die Beine auf den Boden zurück und stehe auf. »Ich wollte nur kurz mit dir reden … es geht um meine Eltern.«

Weiter hinten sehe ich den Bus heranrollen und schiebe mich an den Leuten vorbei, die an den Straßenrand treten.

»Um deine Eltern? Ist deine Mutter wieder unterwegs?«

Wir haben uns schon oft über ihre Mutter unterhalten, die früher ständig versucht hat, Katinka und Tom zu gemeinsamen Aktivitäten zu bewegen, und ob das anstrengender sei als Eltern wie meine, die sich ganz darauf verlassen, dass ich alt genug bin, um nicht zu verhungern, wenn sie sich tage-, oder im Falle meiner Mutter sogar wochenlang, kaum mehr zu normalen Zeiten blicken lassen. Geld liegt in der Schublade, Juli, bestell dir eine Pizza. Lynn kommt morgen, ich habe sie gebeten, dir eine Kleinigkeit zu kochen. Vielleicht kannst du ja heute bei Katinka übernachten?

»Juli, bist du noch dran?«

»Ja. Ja, entschuldige, ich bin noch dran, es ist … ich bin gerade nach Hause gekommen, und da … also, eigentlich ging es schon gestern Nacht los, ich bin aufgewacht, weil ich irgendwas gehört hatte, und da war mein Vater im Flur, und er war ziemlich fertig, er –«

»Was ist denn?!«

Irritiert halte ich inne.

»Juli, bleib dran, ja? Was?«

Im Hintergrund erahne ich die Stimme von Katinkas Mutter. Worum genau es geht, kann ich nicht verstehen, aber sonderlich glücklich hört sich meine Freundin nicht an.

»Ja! Ja, das weiß ich doch … das hab ich schon gemacht! … Das geht jetzt nicht mehr, ich muss gleich los!«

Mit halbem Ohr höre ich Katinka erklären, warum sie was auch immer nicht mehr erledigen kann, während ich mit gesenktem Kopf weiterlaufe und entgegenkommenden Passanten ausweiche. Irgendwie war das eine blöde

Idee, über alles am Telefon reden zu wollen. Im letzten Moment schlenkere ich zur Seite, bevor mich eine Frau mit Kinderwagen niedermähen kann, da klopft es in meiner Leitung an. Levin. Ach, verdammt, ich habe ihm ja gesagt, ich sei gleich da.

»Katinka?«, rufe ich.

Zwei Mädchen, die gerade an mir vorbeigehen, sehen mich neugierig an, aber Katinka hört mich natürlich nicht. Kurzerhand schiebe ich sie in die Warteschleife.

»Hey! Wo bleibst du denn?«

»Ich bin noch unterwegs, ich hab gerade Katinka in der Leitung.«

»Finn ist eben vorbeigekommen, wir dachten, wenn wir nicht ins Kino gehen, könnten wir heute Abend vielleicht ins *Cave*, oder?«

Abrupt bleibe ich stehen. Ich will nicht ins *Cave*. Ich will nicht zwischen tausend quatschenden und tanzenden Leuten stehen, ich will sogar noch weniger ins *Cave* als ins Kino, aber wenn Finn jetzt neben Levin steht, fehlen mir die Worte, das zu erklären.

»Juli? Wie sieht's aus? Kommst du mit?«

»Nein, ich … ich denke, nicht.«

»Wieso nicht? Einfach 'n bisschen was trinken? Was willst du denn machen?«

»Ich wollte …« Hilflos hebe ich eine Hand. »Ich wollte nur in Ruhe mit dir reden, denke ich.«

Am anderen Ende bleibt es still. Ich drücke mich an die Hauswand, um nicht der ganzen Welt im Weg zu stehen. »Levin? Hallo?«

»Geht es um gestern?«

»Was?«

»Für mich war das völlig in Ordnung, falls es darum geht.«

»Wovon … mh!« Ach, das. »Nein, es geht –«

»Wir können natürlich trotzdem darüber reden, wenn du willst, aber vielleicht nicht ausgerechnet heute«, unterbricht Levin mich.

Frustriert fahre ich mir mit der Hand über die Stirn. »Nein, darum geht es nicht, sondern … es geht um …«

»Was hast du gesagt?«

»Ach, egal. Vergiss es. Ein andermal. Ich muss aufhören, Levin, ich hab Katinka nur auf die andere Leitung gelegt.«

»Kommst du jetzt gar nicht mehr?«

»Nein, heute nicht. Mir ist einfach nicht danach, im *Cave* rumzuhängen.«

»Dann schlag was anderes vor.«

»Nein, vergiss es einfach, in Ordnung?« Das kam zu scharf.

»Okay.«

Gerade ist es mir beinahe egal, ob Levin einmal mehr angefressen ist oder nicht. Mit seinem reservierten Abschiedsgruß im Ohr klicke ich mich zu Katinka zurück, doch wie ich es schon erwartet habe, ist sie nicht mehr in der Leitung. Ich tippe ihre Nummer an.

»Hey, du warst auf einmal weg.«

»Levin hat angerufen, und du hast mich nicht gehört. Bist du schon unterwegs?«

»Ja, ich bin auf dem Weg zur U-Bahn. Kann sein, dass die Verbindung abbricht, aber schnell: Was ist mit deinen Eltern? Dein Vater war fertig? Hat er wieder so viel zu tun im Moment?«

»Nein … nein, es ist …« Ich kann das Thema jetzt nicht anschneiden, wenn ich jede Sekunde damit rechnen muss, dass unser Gespräch unterbrochen wird. »Weißt du schon, wann du ungefähr wieder zu Hause bist?«

»Jako und ich wollen uns noch das Konzert ansehen, es wird also sicher spät. Soll ich dich anrufen, wenn wir rauskommen?«

»Nein.« Jako. Finn. Muss ich eigentlich immer mit mindestens zwei Leuten gleichzeitig über meine Probleme reden? »Nein, passt schon. Es hat Zeit bis morgen. Wir sehen uns in der Schule.«

»Alles klar. Drück mir die Daumen, dass das Interview gut läuft!«

»Mach ich. Bis dann.«

Ich starre so lange auf das Handy, bis das Display schwarz wird. Okay. Und jetzt? Mit einem Knopfdruck bringe ich das Smartphone wieder zum Leuchten.

»Hallo?«

»Papa? Ich bin's. Ich wollte nur Bescheid sagen, ich bin jetzt gleich zu Hause.«

VIER

Sollten meine Eltern sich darüber gewundert haben, dass ich seit Neuestem ankündige, wenn ich mich auf den Heimweg mache, verliert zumindest keiner ein Wort darüber. Im ersten Moment wirkt die Wohnung ohnehin so, als sei mal wieder niemand zu Hause. Keine Ahnung, was ich erwartet habe. Umgestürzte Möbel? Scherben? Irgendeinen Hauch von Unordnung, der darauf schließen ließe, dass hier noch vor Kurzem zwei Menschen dabei waren, ihr bisheriges Leben in die Tonne zu treten? Aber es gibt nicht mal einen verschobenen Stuhl, alles ist so aufgeräumt wie immer, und niemand lässt sich blicken, während ich durch den langen, hellen Flur zu meinem Zimmer gehe.

Die Stille macht mich wahnsinnig. Denken meine Eltern wirklich, sie würden die Fassade immer noch aufrecht halten? Wie ticken die denn, wenn sie ernsthaft glauben, das, was sie hier veranstalten, wäre der Vergangenheit, die wir zusammen hatten, auch nur im Entferntesten ähnlich?

Kurz bevor ich mein Zimmer erreiche, drehe ich mich um und gehe stattdessen in die Küche. Am liebsten würde ich gegen die Wände hämmern. Ich nehme mir ein Glas aus dem Schrank und fülle es mit Wasser. Nicht, weil ich Durst hätte. Aber ich bin in der Küche, und mein Hirn befiehlt mir, irgendwas zu tun, was man normalerweise in Küchen tut.

In jeder einzelnen Sekunde scheine ich bis hundert zählen zu können, während ich mein Wasser trinke. Als das Glas leer ist, wiege ich es in der Hand, stelle es schließlich in die Spüle und reiße den Schrank darüber auf. Über den Knall, als ich die Schranktür wieder zuwerfe, erschrecke ich beinahe selbst. Für einen Moment hängt das Echo in der Luft, dann rieselt die Stille erneut von den Wänden. Noch einmal schlage ich die Schranktür mit einer Wucht zu, die das Geschirr dahinter zum Klirren bringt. Noch mal.

»Juli! Was machst du denn?« Mein Vater steht in der Küche und sieht mich entgeistert an.

Ich verpasse der Schranktür einen letzten, behutsamen Schubs und erwidere dabei seinen Blick. Jetzt. Sag es einfach.

»Was soll denn das?« Er wirkt hilflos. »Das geht doch kaputt.«

Fast muss ich lachen. Als wäre ich es, die hier irgendwas kaputtmachen würde. Als ginge es um diese blöde Schranktür.

»Ich hab was gesucht.«

»Du hast was gesucht?« In seine Hilflosigkeit mischt sich jetzt Ärger. »Wenn du das nächste Mal etwas suchst, dann demoliere dabei bitte nicht die Einrichtung, ja?«

Ich kann nicht glauben, dass er Anstalten macht, die Küche wieder zu verlassen. »Papa!«

Das kam lauter als beabsichtigt, und ihn trotzdem nicht zusammenzucken zu sehen, macht mir mit einem Mal klar, dass er es weiß. Er weiß, dass ich es weiß, aber er hat beschlossen, so zu tun, als gäbe es nichts, worüber man sprechen müsste.

»Ich hab euch vorhin gehört! Ich hab euch streiten gehört!«

Ich könnte ihn dafür schlagen, wie seine Schultern herabfallen. Er dreht sich zu mir um. »Es ist normal, dass man sich manchmal streitet, Juli.« Jetzt lächelt er sogar und weiß vermutlich gar nicht, wie traurig das aussieht. »Es tut mir leid, dass du das mitbekommen hast.«

»Aber …« Plötzlich scheint es zwei Julis zu geben, eine, die das, was mein Vater gesagt hat, tatsächlich glauben möchte, und eine, die höhnisch lacht und mit dem Finger auf die total bescheuerte andere Juli zeigt. »Es hat sich nicht wie ein normaler Streit angehört.« Das letzte Wort ist eigentlich gar kein Wort, mehr ein Schlucken oder so was wie umgekippte Buchstaben.

Mein Vater hebt eine Hand, nur ein wenig, und selbst diese schwache Bewegung scheint ihn viel Energie zu kosten. »Es ist gerade nicht ganz leicht.« Beide stehen wir da und scheinen über diesen letzten Satz nachzudenken. »Aber solche Zeiten gibt es. Sie gehen auch wieder vorbei.«

Und was kommt danach? Oder vielleicht möchte ich das auch gar nicht wissen. Trennung. Scheidung. Bei wem willst du lieber bleiben?

Mein Vater geht einige Schritte auf mich zu, als wolle er mich in den Arm nehmen, aber vielleicht ist es mein Blick oder meine Haltung, oder er hat es sich einfach anders überlegt, denn er bleibt stehen. Sein Mund verzieht sich zu einer Art »Das wird schon«-Linie, mit der Fingerspitze stupst er gegen meine Nase. Dann holt er tief Luft und verlässt die Küche.

Ja, höhnt die andere Juli in mir, jetzt kann sich zumindest deine Nasenspitze getröstet fühlen, was?

»Wo ist Mama?«, rufe ich ihm hinterher.

Er dreht sich nicht mal mehr um. »Sie hat sich hingelegt. Lass sie schlafen.«

In meinem Zimmer liege ich auf dem Bett und starre aus dem Fenster. Meine Mutter schläft also. Im Ernst? Scheint ja ein ziemlich fester Schlaf zu sein. Vielleicht ist sie wieder abgehauen. Aber nein, das hätte mein Vater gesagt, obwohl er es mit Sicherheit anders formuliert hätte. Vermutlich hätte er behauptet, sie habe noch einen Termin.

Wenn ich mich nur auf meinen Brustkorb konzentriere, kann ich spüren, wie sich meine Rippen Millimeter für Millimeter aufeinander zu bewegen, sich ineinander haken und meine Lunge zerquetschen.

Ein paar Mal atme ich so tief durch, wie ich kann. Ich muss mit diesem Mist aufhören. Meine Eltern ziehen gerade ihr eigenes Ding durch und haben beschlossen, mich dabei außen vor zu lassen. Na und? Das heißt ja nicht, dass ich irgendwo in Schockstarre liegen und darauf warten muss, was als Nächstes passiert.

»Juli? Hi!« Levin ist so schnell am Telefon, als hätte er auf meinen Anruf gewartet. Vielleicht hat er das ja sogar, vielleicht hat er das Telefon neben sich gelegt und gehofft, ich würde mich noch mal melden.

»Levin …« Im Hintergrund lacht jemand, und das ist nicht Finn. »Bist du zu Hause?«

»Nein, im *Cave*.«

»Du bist ins *Cave* gegangen?« Meine Stimme ist viel zu schrill. Levins Antwort lässt auf sich warten, also schiebe ich wütend hinterher: »Was machst du im *Cave?*«

Ich führe mich auf, als würde ich immer noch mit meinem Vater reden. Warum sollte Levin nicht ins *Cave* gehen? Nur, weil ich gesagt habe, ich würde nicht mitgehen wollen?

»Juli, worüber regst du dich eigentlich so auf?«

Levin hätte jedes Recht der Welt, langsam mal sauer zu werden, stattdessen hört er sich einfach nur ratlos an. So schnell, wie ich in die Luft gegangen bin, falle ich wieder in mich zusammen.

»Soll ich vorbeikommen?«, fragt er.

»Das ist keine gute Idee.« Ich will ja nicht mal selbst hier sein. »Kann ich heute bei dir übernachten?«

Darüber, dass er keine Sekunde überlegen muss, bin ich dankbar. »Klar.«

Natürlich sitzt mein Vater an seinem Schreibtisch. Sein »Was gibt's?« klingt forsch und irgendwie aufgesetzt. Immer noch hält er an diesem lächerlichen Theater fest. Ich weiß, dass du weißt, dass ich es weiß, können wir also damit aufhören, so zu tun, als hinge hier nur vorübergehend der Haussegen ein bisschen schief?, möchte ich sagen, sage ich aber nicht, stattdessen frage ich: »Ich würde heute gerne bei Levin übernachten, wäre das in Ordnung?«

Nachdenklich sieht er mich an. »Du hast morgen Schule.«

»Ich nehme einfach alles mit.«

Seinen Blick kann ich nicht einordnen, angespannt warte ich auf seine Reaktion. Mit Sicherheit ist ihm klar, dass ich dabei bin, die Flucht zu ergreifen, die Frage ist nur, wird er sich querstellen oder mich durchwinken?

»In Ordnung.« Er nickt bedächtig, und ich habe das unbestimmte Gefühl, dass er sich gerade selbst bestätigt. Ja, besser sie verschwindet von der Bildfläche, dann können wir uns hier in Ruhe zusammenschreien.

»Ich bin morgen Abend nicht da, sondern komme erst am Samstag wieder, vielleicht sogar erst am Sonntag. Aber deine Mutter wird hier sein.«

»Okay. Wo bist du?«

»In Lissabon. Ich fliege morgen früh.«

»Irgendein Projekt?«

Er nickt wieder. »Irgendein Projekt. Ich kann dich anrufen, wenn du möchtest.«

»Wenn du's schaffst«, erwidere ich schulterzuckend.

Jetzt lächelt er, versucht es zumindest. »Es tut mir wirklich leid, Juli. Alles. Es kommen auch wieder bessere Zeiten, versprochen.«

Nun bin ich diejenige, die nickt. Was soll ich darauf auch antworten? Dass ich nicht glaube, dass das, was er für bessere Zeiten hält, mit dem übereinstimmen wird, was ich will?

»Okay«, erwidere ich nur, »bis Samstag dann. Oder Sonntag.«

»Ich hab dich lieb, Juli, vergiss das nicht.«

Eine Sekunde lang friere ich im Türrahmen fest. Das hat er schon so lange nicht mehr gesagt, ich habe bereits vergessen, dass Väter so etwas mitunter zu ihren Töchtern sagen. Und obwohl meine Augen zu brennen beginnen, und obwohl ich gerne einfach »Ich dich auch« sagen würde, die neue, grausame Juli in mir denkt lediglich: Tja, wenn dein Vater sich plötzlich daran erinnert, dann wisch dir am besten jede Hoffnung, es könne vielleicht doch noch alles gut werden, von der Backe.

Sehr leise schließe ich die Tür hinter mir.

Ich habe Levin gesagt, ich würde gegen halb acht bei ihm sein. Vom *Cave* zu sich nach Hause benötigt er keine halbe Stunde, trotzdem bin ich erleichtert, dass er es ist, der mir die Tür aufmacht, und nicht seine Mutter oder sein Vater. »Hi. Bist du alleine?«, vergewissere ich mich.

»Ja, klar. Meinst du, nach den letzten Diskussionen mit dir schleppe ich Milla oder Finn mit?«

Es soll ein Scherz sein, er lächelt, aber mir ist nicht nach Sprüchen. »Sind deine Eltern zu Hause?« Denen sollte ich wohl zumindest mal Hallo sagen.

»Die haben Besuch. Sie wissen Bescheid, dass du hier übernachtest.«

Vor Levin steige ich die teppichüberzogenen Stufen in das obere Stockwerk hinauf und lasse in seinem Zimmer überrascht den Rucksack sinken. Er hat Kerzen angezündet und sogar ein bisschen für Ordnung gesorgt. Normalerweise herrscht hier ein Chaos aus Kleidungsstücken, Büchern, Schulzeug und Notenblättern, und auch wenn er den Kram offensichtlich nur in die Ecken geschoben hat, sieht es anders aus als sonst. Sogar die Musik im Hintergrund ist eher ruhig, alles läuft so eindeutig auf etwas Besonderes hinaus, dass ich mich am liebsten umdrehen und wieder verschwinden würde.

Levin geht an mir vorbei und wirft sich auf das abgewetzte Sofa. Mit einer Hand klopft er auf den Platz neben sich. Wenigstens hat er sich nicht aufs Bett gesetzt. Beklommen setze ich mich neben ihn. Eine volle Minute lang versuche ich, nicht über die Kerzen nachzudenken.

»Also, erzähl«, sagt Levin schließlich. »Was ist los mit dir?« Er ist weit nach unten gerutscht. Im Kerzenlicht wirken seine Haare heller als gewöhnlich, ein starker Kontrast zu dem schwarzen T-Shirt, das er trägt. Einige glatte Strähnen sind ihm ins Gesicht gefallen, ohne dass er Anstalten machen würde, sie zurückzustreichen. Er sieht mich einfach nur an.

»Es geht um meine Eltern«, beginne ich. »Sie … sie streiten.« Das klingt blass, viel, viel blasser, als die Realität sich anfühlt. »Vielleicht trennen sie sich.«

Levin bleibt stumm, sein Gesichtsausdruck verändert sich nicht. Eine der Kerzen knistert plötzlich, ihre Flamme schießt nach oben, flackert und wird wieder so klein wie vorher.

»Das ist scheiße«, sagt er schließlich leise. Er streckt einen Arm aus. »Komm her.«

Ich zögere nur kurz. Mir ist so sehr danach, festgehalten zu werden. Sein Shirt riecht schwach nach Zigaretten, darunter liegt sein eigener, ganz Levin-typischer Geruch.

»Seit wann ist das denn so?«

»Weiß nicht.« Ein melodisches Gitarrensolo driftet an meinem Ohr vorbei. »Ich weiß nicht, wann es mir zum ersten Mal aufgefallen ist. Aber es kommt mir so vor, als ginge das schon ewig.«

Er streichelt über meine Haare. »Ist es denn schon sicher, das mit der Trennung? Vielleicht … wird es ja wieder?«

Ja, vielleicht. Ich will, will, will das so sehr.

In den letzten Monaten habe ich mit Katinka oft darüber gesprochen, was wir nach der Schule machen werden. Ob wir studieren sollten, und wenn ja, was überhaupt. Oder ob wir uns ein Jahr Auszeit nehmen und durch die Welt reisen. Katinka will nach Norwegen, ich würde gerne eine Weile durch die USA fahren. Ich habe einen Freund, bei dem ich sogar übernachte, ich kümmere mich überwiegend alleine um meine Angelegenheiten und brauche die Hilfe meiner Eltern kaum noch, und trotzdem. Wenn ich an meinen Vater denke und daran, was er zu mir gesagt hat, bevor ich gegangen bin, möchte ich wieder fünf Jahre alt sein und schreien »Nein! Ihr dürft euch nicht trennen! Ihr sollt zusammenbleiben, für immer und immer! Ich will euch beide behalten!«

Levin bewegt sich, küsst meine Stirn, und obwohl mir im ersten Moment überhaupt nicht danach ist, bleibe ich weich, lasse zu, dass er sich weiter zu mir runterbeugt und sein Mund meine Lippen berührt. Für einen Moment denke ich, dass es schon in Ordnung ist, sich vielleicht doch richtig anfühlt. Dann streicht Levins warme Hand plötzlich über meinen Rücken, schiebt sich unter mein Shirt, und in der nächsten Sekunde ist mir alles zu viel. Abrupt drehe ich den Kopf und rücke von ihm ab. »Was soll das denn jetzt? Spinnst du?«, fahre ich den erschrockenen Levin an. »Das ist doch wohl nicht dein Ernst, dass du ausgerechnet jetzt nur daran denkst!«

»Woran …?« In seine Verwirrung mischt sich erst so was wie Schuldbewusstsein, dann Ärger. Er steht auf, läuft quer durchs Zimmer und schlägt mit der flachen Hand auf den Lichtschalter. Die leuchtenden Kerzen werden zu unscheinbar flackernden Lichtpünktchen.

»Ich habe überhaupt nicht daran gedacht!«, erklärt er in schneidendem Ton. »Kein Grund also, schon wieder so zu tun, als wäre sonst was Schreckliches von mir zu erwarten.« Er öffnet die Zimmertür. »Ich bin dann mal im Bad. Wenn du dich traust, hier zu übernachten, kannst du das Bett oder das Sofa haben, ist mir egal.«

Als Levin wiederkommt, habe ich mich bereits in die Decke eingekuschelt, die über der Lehne lag. Von ihm abgewandt, atme ich so leise wie möglich. Levin pustet die Kerzen aus, und unmittelbar darauf löscht er das Licht. Dann ist es still.

Es kann nicht später sein als halb neun oder neun. Trotzdem fühle ich mich todmüde. Keine Ahnung, ob es eine gute Idee war, hierzubleiben. Eigentlich war nur der Gedanke, wieder nach Hause zu gehen, ein wenig schlimmer.

Levin bewegt sich, seine Decke raschelt.

Ob meine Eltern sich gerade wieder anschreien? Neue Tatsachen schaffen? Ich höre meinen Vater »Da ist die Tür!« brüllen und sehe meine Mutter mit hocherhobenem Kopf an ihm vorbeirauschen, einen Koffer in der Hand.

Aber das würden sie nicht machen, oder? Sie würde nicht einfach gehen, er würde sie nicht einfach fortschicken.

Ich habe doch auch mitzureden, ich gehöre doch auch zur Familie. Wie oft haben wir zu dritt am Tisch gesessen, um über irgendwas zu diskutieren, das mit mir zu tun hatte?

Und jetzt? Kann ich sie nicht zwingen, über sich selbst nachzudenken? Kann ich sie nicht zwingen, sich zu erinnern? Kann ich sie nicht zwingen, sich wieder zu lieben, es wenigstens zu versuchen?

Hallo, fünfjährige Juli, spöttelt die grausame Juli. Willkommen in der Realität.

»Juli?« Levins Stimme schwebt in meine wirren Gedanken hinein, wirbelt das, was bereits zu einem halben Traum geworden ist, wieder auf und holt mich für einen Moment an die Oberfläche zurück. »Es tut mir leid.«

»Das ist auch meine Wohnung!«, schreit meine Mutter und sieht mich an. »Ich komme heute später, Juli, vielleicht auch gar nicht mehr. Willst du mitkommen?«

Wieso tut es Levin leid? Er kann doch gar nichts dafür.

FUENF

Die Stimmung am nächsten Morgen ist gedämpft, und ich habe das unangenehme Gefühl, das ist ganz alleine meine Schuld. Weder Levin noch ich erwähnen auch nur mit einer Silbe den gestrigen Abend, und obwohl ich über unseren Streit gar nicht reden möchte, bereue ich, über die andere Sache gesprochen zu haben. Es ist, als hätte ich alles, was ich über meine Eltern erzählt habe, in ein schwarzes Loch fallen lassen oder an einem einsamen Strand übers Meer gebrüllt.

Von Levin kommt kein Wort und keine Geste, nicht einmal ein Blick, aus dem ich herauslesen könnte, dass er noch an das denkt, was ich ihm gestern anvertraut habe. Ich will nicht bemitleidet werden oder so. Ich will nur, dass meine Probleme nicht einfach im Nirwana versickern. Das ist doch wohl nicht zu viel verlangt, oder?

»Willst du noch was frühstücken?« Levin hat ein paar Hefte in seine Umhängetasche geworfen und sieht mich an.

Ich schüttele den Kopf.

»Gut, dann lass uns gehen. Wir sind zwar ein bisschen früh dran, aber das ist ja auch mal eine nette Abwechslung, was?« Er hält mir die Tür auf, und ich gehe an ihm vorbei die Treppe hinunter.

Auf dem Weg zur Schule schweigen wir uns an. Mir fällt einfach nichts ein, das wichtig genug wäre, um dafür auch nur den Mund zu öffnen.

Vor dem Schultor bleibt Levin stehen. Der Abschiedskuss verrutscht ein wenig. »Bis später.« Er sieht mich an, und einen Moment lang denke ich, er will noch etwas sagen, doch dann wendet er sich ab und läuft die Stufen zum Eingang hoch. Die hätten wir eigentlich noch zusammengehen können.

Katinka und Jako im Doppelpack ertrage ich heute nicht. Mit einem knappen Gruß laufe ich an ihnen vorbei, ignoriere ihr Gekuschel und fange gerade noch den erstaunten Blick auf, den Katinka Jako zuwirft.

Wenige Sekunden später sitzt sie neben mir. »Hey, guten Morgen! Was ist denn mit dir los?«

»Nix. Was soll denn los sein?«

Sie hat ihre langen Locken zu einem Knoten zusammengesteckt und dreht ratlos an einer Strähne herum, die den Spangen entwischt ist. »Du hast doch ganz eindeutig schlechte Laune.«

»Hab ich nicht. Ich bin nur müde, das ist alles.«

»Wie war der Film?«

Was denn für ein Film? Ach so, der Film. Dass ich ursprünglich mit Levin ins Kino wollte, habe ich völlig vergessen. Ist ja auch schon gefühlt ein halbes Leben her.

»Wir sind doch nicht ins Kino gegangen.«

»Wieso nicht? Was habt ihr dann gemacht?«

Ich zucke mit den Schultern. »Nicht so viel. Bei Levin rumgehangen.«

Katinka beugt sich vor, aber in diesem Moment wird die Tür mit Schwung geöffnet, und unsere Deutschlehrerin Frau Berggruen betritt den Raum. »Guten Morgen!«

Frau Berggruen wirkt eigentlich immer so, als würde sie im nächsten Moment passenderweise *Im Frühtau zu Berge* anstimmen wollen, und bereits jetzt rutsche ich erschöpft tiefer in meinen Stuhl. Gott sei Dank ist heute Freitag. Oder auch nicht Gott sei Dank – was soll ich eigentlich am Wochenende machen? Hoffentlich hat Katinka Zeit.

In der Pause redet Katinka nur über das Interview von gestern Abend. Muss wohl gut gelaufen sein. Und als sie endlich damit fertig ist, fängt Jako mit Levin ein Gespräch über das Konzert an, das sie sich danach noch angesehen haben. Ich weiß nicht, was mit mir los ist, oder anders, ich weiß natürlich sehr gut, was mit mir los ist, aber es ist doch irgendwie erschreckend, dass mich die Themen meiner Freunde im Moment absolut einen Dreck interessieren. Katinka und Jako starten ein paar Male den Versuch, mich in ihr Gespräch einzubeziehen, doch nach der dritten oder vierten einsilbigen Antwort meinerseits geben sie auf. Ich sehe Katinkas Blick allerdings an, dass es damit für sie noch lange nicht erledigt ist.

Später, auf dem Heimweg, kommt sie auch ohne Umschweife zur Sache. »Also, Juli, jetzt erzähl endlich! Was ist los? Habt ihr euch gestritten, du und Levin?«

»Nein! Oder vielleicht doch. Ich weiß es eigentlich gar nicht so genau.«

»Was soll das denn heißen? War irgendwas gestern Abend?«

Ich finde nicht gleich eine Antwort auf diese Frage. »Ich hab bei Levin übernachtet«, setze ich an, »und es war einfach … es war … ich glaube, Levin würde gerne viel weiter gehen.«

»Oh.«

Eine Weile laufen wir schweigend nebeneinander her.

»Seid ihr, also du und Jako, ihr habt noch nicht …?«

»Hey!« Katinka knufft mich in die Seite. »Das wüsstest du.« Sie grinst mich an, und ich versuche dieses Grinsen zu erwidern, statt »Was weiß denn ich?« zu sagen. Irgendwie kann ich mich zurzeit selbst nicht leiden.

»Hat er … ich meine, setzt Levin dich unter Druck?«

»Nein, nicht richtig. Aber es steht hinter allem, was er tut, weißt du? Gestern hat er sogar Kerzen angezündet.«

»Levin?«

Vielleicht würde ich auch lachen, wenn ich gerade ein bisschen bessere Laune hätte, die habe ich aber nicht, und deshalb rede ich nicht weiter.

Katinka legt mir eine Hand auf den Arm. »Entschuldige«, sagt sie. »Aber Levin und Kerzen … als Romantiker ist er bisher ja nicht unbedingt aufgefallen.«

»Wobei es vielleicht sogar hätte romantisch sein können«, nehme ich ihn in Schutz. »Es ist nur im Moment einfach alles ein bisschen schwierig. Was machst du am Wochenende?«, frage ich übergangslos.

»Tom und ich sind bei meinem Vater.«

Ach Mist, stimmt ja. Daran habe ich gar nicht mehr gedacht. Ungefähr jedes dritte Wochenende verbringen die beiden in einem Reihenhaus im Grünen bei ihrer Zweitfamilie. Katinkas Vater ist mittlerweile mit einer anderen Frau zusammen, die auch gleich noch zwei Kinder in das Familienglück gebracht hat. Ich weiß, dass Katinka gar keine Lust auf diese Wochenenden hat, trotzdem breitet sich ein fieser Druck in meinem Magen aus. Warum hat sie gleich zwei Eltern, die ihr Leben quasi um sie rum stricken, und ich habe niemanden, der sich für mich interessiert?

Inzwischen sind wir an der Ecke angekommen, an der wir für gewöhnlich in verschiedene Richtungen weitergehen.

»Sag mal, wie war das eigentlich bei euch, als sich deine Eltern getrennt haben?«

Katinka reißt die Augen auf. »Wieso? Wollen deine Eltern sich trennen?«

Ich starre sie nur an. Gestatten, die neue und nicht verbesserte Juli, derzeit verdammt nahe am Wasser gebaut.

»Ich kann mich nicht mehr so gut erinnern«, sagt Katinka langsam, »ich war ja erst fünf. Aber es war nicht besonders schön. Ich glaube, es gab ziemlich viele Diskussionen.«

»Was für Diskussionen?«

»Na ja, du weißt schon, jede Menge Streitereien und so. Juli, wollen sich deine Eltern etwa trennen?«

»Weiß ich nicht«, antworte ich hilflos. »Es könnte sein.«

»Bist du deshalb im Moment so … na ja, so wie du eben gerade bist?«

Ich spare mir die Ahnungslostuerei und nicke einfach. Katinka legt ihre Arme um mich. »Wir fahren nachher schon, aber ich bin Sonntagnachmittag wieder da. Soll ich dann vorbeikommen?«

»Okay.«

»Ich ruf dich heute Abend auf jeden Fall an.«

»Okay.«

»Das wird schon wieder. Meinst du nicht?«

»Mh.« Nach diesem Satz winde ich mich aus Katinkas Armen und versuche mich an einem ansatzweise optimistischen Lächeln. »Ich werd's ja sehen.«

Zu Hause geht mir immer noch Katinkas letzte Bemerkung im Kopf herum. Ich lehne in der Küche an der Arbeitsplatte und warte darauf, dass die Mikrowelle meine Tiefkühlpizza wieder freigibt.

Das wird schon wieder. Warum nicht gleich Kopf hoch, mach dir nichts draus, es kommen auch wieder schöne Zeiten?

Ich weiß, so hat sie es nicht gemeint, zumindest hoffe ich, dass sie es nicht so gemeint hat, aber es würde mir besser gehen, wenn sie nicht ausgerechnet so eine abgedroschene Floskel verwendet hätte.

Die Mikrowelle piepst, und ich nehme mir ein Geschirrtuch, um den Teller anfassen zu können.

Na gut, es würde mir vielleicht nicht besser gehen, überlege ich, während ich die Pizza in mein Zimmer balanciere, aber zumindest würde es mir nicht noch schlechter gehen. Abgesehen davon, dass jedem »Das wird schon wieder« ein fieser Unterton von »Stell dich nicht so an« anhaftet – Katinka sollte doch wohl am besten wissen, dass sich die Dinge manchmal eben nicht mehr zusammenfügen lassen.

Wie so oft ist niemand außer mir in der Wohnung. Meine Mutter hat nirgendwo eine Nachricht hingelegt, daher gehe ich davon aus, dass sie heute Abend nach Hause kommen wird. Wann auch immer.

Die Pizza ist in der Mitte nur lauwarm, weshalb ich sie nach drei Stücken von mir wegschiebe.

Es ist Freitagnachmittag, und ich habe keine Ahnung, was ich mit dem restlichen Tag anfangen soll. Ich packe die Schmutzwäsche aus meinem Rucksack in den Wäschekorb und setze mich an den Schreibtisch, um Hausaufgaben zu erledigen.

Normalerweise hätte ich in der Schule was mit Levin ausgemacht. Heute jedoch haben wir uns einfach voneinander verabschiedet. Bis dann. Irgendwann. Man sieht sich. Ob ich ihn anrufen soll?

Mit einem Kugelschreiber in der Hand sitze ich vor meinem Matheheft und blicke zum Telefon. Was sollte ich ihm sagen? Ich weiß ja nicht mal, ob er nach gestern überhaupt Lust hat, mich zu treffen.

Außerdem fühle ich mich müde. In letzter Zeit bin ich ständig müde. Ich glaube, ich leg mich einfach für eine halbe Stunde hin. Vielleicht kann ich danach wieder klarer denken.

»Juli? Juli! Bist du krank?« Die Stimme meiner Mutter reißt mich aus dem Tiefschlaf. Ich fühle mich, als läge ich unter einem meterhohen Berg Sand, und jeder einzelne Teil meines Körpers weigert sich, unter diesen Voraussetzungen den Betrieb aufzunehmen.

»Was ist denn?«, nuschele ich mit halbgeschlossenen Lidern.

»Wieso liegst du am helllichten Tag im Bett? Geht es dir nicht gut?«

»Doch … Ich war nur müde. Ich hab Hausaufgaben gemacht.«

»Hausaufgaben? Na gut … Hast du vor, für heute gleich im Bett zu bleiben? Es ist erst Viertel vor sechs.«

Viertel vor sechs schon?

»Ich wollte gerade Sushi bestellen. Möchtest du auch welches?«

»Nein, ich hab vorhin schon Pizza gegessen.«

»Das sehe ich.« Sie rümpft die Nase. »Könntest du deine Essensreste bitte in den Kühlschrank oder in den Mülleimer tun? Dein ganzes Zimmer riecht nach kaltem Käse.«

»Ich riech nix.«

»Tu' einfach trotzdem, worum ich dich bitte. Hast du vor, für heute gleich im Bett zu bleiben?«

»Weiß ich noch nicht.«

»Ich muss später noch einmal los, aber ich komme heute Nacht zurück. Dein Vater ist ja nicht da.«

War das ein Vorwurf? Will sie mir damit sagen, dass sie nur wegen mir hier sein muss?

»Du kannst von mir aus gerne über Nacht wegbleiben. Musst du arbeiten?«

Sie zögert. »Ja.«

»Macht mir nichts aus. Geh ruhig.«

»Du könntest bei Katinka schlafen.«

»Die ist bei ihrem Vater.«

Meine Mutter seufzt. »Was ist mit Levin?«

»Wo ist das Problem? Es ist doch nur eine Nacht.«

Zweifelnd sieht sie mich an. »Dein Vater ist vermutlich schon morgen Vormittag wieder da. Und ich werde versuchen, nicht so lange wegzubleiben, okay? Du hast meine Nummer, wenn was ist, ruf an.«

Mir ist völlig schleierhaft, warum sie so ein Getue veranstaltet. Ich glaube, ich war zehn oder elf, als ich das erste Mal über Nacht alleine zu Hause war.

»Vielleicht siehst du dir noch einen Film an? Oder vielleicht mag Levin ja auch vorbeikommen?« »Irgendwas werde ich schon machen.«

Einige Sekunden steht sie vor meinem Bett und sieht auf mich runter. Dann streicht sie plötzlich ein paar Haare aus meinem Gesicht, beinahe zucke ich zusammen.

Schau an, meldet sich mein Zweit-Ich. Nach deinem Vater jetzt auch noch deine Mutter.

Trotzdem greife ich unwillkürlich nach ihrer Hand. Sie erträgt diese Berührung nur einige Augenblicke lang, dann entzieht sie ihre Finger sanft meinem Griff. »Hab einen schönen Abend«, sagt sie und tritt den Rückzug an.

Etwa zwanzig Minuten später klingelt es. Das wird wohl das Sushi sein. Meine Mutter lacht – warum kann sie eigentlich mit jedem x-beliebigen Fremden lachen, aber nicht mit uns?

Nach wie vor liege ich im Bett und zweifele langsam selbst daran, ob ich es heute noch mal verlassen werde. Wozu auch? Katinka ist nicht da, Levin hat sich nicht gemeldet, und die anderen werden heute Abend mit Sicherheit entweder ins *Easy* oder ins *Cave* gehen. Die anderen und Levin, korrigiere ich mich. Ob er erwartet, dass ich auch komme?

Gleichgültig mustere ich meinen Rucksack, der neben dem Schreibtisch liegt. Ich habe keine Lust, Levin gegenüber so zu tun, als sei alles in Ordnung. Wir sollten über das reden, was da im Moment zwischen uns läuft, aber auch dazu habe ich keine Lust. Ich habe keine Lust, Milla zu treffen, ich habe keine Lust zu gar nichts, und ich habe keine Lust, weiter im Bett zu bleiben. Irgendwas passt da nicht so gut.

Meine Mutter läuft durch den Flur ins Schlafzimmer. Wahrscheinlich packt sie ihre Tasche. Die Minuten verstreichen, dann höre ich sie wieder mit jemandem reden, und im ersten Moment denke ich an meinen Vater, bevor ich mich daran erinnere, dass der ja gar nicht da ist. Ich hebe den Kopf, verstehe aber trotzdem kein Wort.

Jetzt nähern sich ihre Schritte, rasch greife ich nach einem der Bücher, die sich neben meinem Bett auf dem Boden stapeln.

Im nächsten Moment steht sie wieder in meinem Zimmer. »Juli?«

»Mhm?«

»Ich bin jetzt weg, okay? Ein Rest Sushi ist noch im Kühlschrank, wenn du magst.«

»Ist gut.«

»Bist du heute Abend hier?«

»Denke schon.«

Sie scheint zu überlegen, ob es noch etwas zu sagen gibt, dann schiebt sie sich langsam nach hinten. »Hab noch einen schönen Abend. Ich denke, ich schaff's bis morgen Nachmittag.«

»Alles klar.«

Behutsam zieht sie die Tür zu. Wenige Sekunden später fällt die Wohnungstür ins Schloss, und ich schubse das Buch aus meinem Bett. Ächzend wuchte ich mich hoch. Und jetzt?

Ziemlich lange sitze ich einfach auf der Bettkante und starre vor mich hin. In den Sonnenstrahlen, die schräg durch das Fenster fallen, flimmert Staub in der Luft. Eigentlich ein widerlicher Gedanke, dass man den die ganze Zeit einatmet.

Ohne ein bestimmtes Ziel stehe ich auf. Vielleicht will ich mir was zu trinken holen, doch bevor ich die Tür erreiche, fällt mein Blick auf den zusammengeknüllten Zettel neben dem Kleiderschrank. Noch während ich darüber nachdenke, ob ich mir die Mühe machen und ihn in den Papierkorb werfen soll, schleicht sich ein Gedanke heran.

Der Zettel muss aus dem Rucksack gefallen sein, als ich die Schmutzwäsche herausgezerrt habe, und ich ahne, was darauf zu lesen sein wird.

Hammanstraße. Eine Hausnummer. Und der Vermerk *Freitag, ab 20.00 Uhr, bei Jansen klingeln.*

In der Küche lege ich den Zettel neben die Espressomaschine, öffne den Kühlschrank, klaue mir ein Maki aus der Plastikschale und schlage die Tür wieder zu.

Ich könnte einfach hingehen. Mal ganz neue Leute treffen. Keine Milla, keine Lea, niemand, der auf irgendwelche Erklärungen von mir warten würde. Nur mal vorbeischauen, und wenn die Musik mies ist, gehe ich eben wieder.

Spricht doch nichts dagegen.

Mit Marcs Notiz in der Hand laufe ich zu meinem Zimmer zurück und reiße den Kleiderschrank auf. Es ist kurz nach sieben. Ich habe nicht vor, als Erste auf der Matte zu stehen, aber bis ich mich umgezogen habe … soll ich die Haare schnell noch waschen? Quatsch, Blödsinn, sie sind völlig okay.

Ich winde mich aus meinem T-Shirt und schlüpfe in ein eng anliegendes Teil mit dünnen Trägern. Vor dem Wandspiegel hantiere ich eine Weile mit grauem Kajal und schwarzem Mascara herum, bevor ich meine hellen Haare mit einer Handvoll dünner Spangen nach oben stecke, um anschließend einzelne Strähnen wieder herauszuzupfen.

Wo sind meine Stiefel? Den Zettel und das Telefon verstaue ich in den Reißverschlusstaschen meiner Jacke. Jetzt noch ein letzter prüfender Blick in den Spiegel – ich hoffe, ich sehe älter aus. Wenn ich von der Gruppe ausgehe, die sich am See versammelt hatte, werden auf dieser Party garantiert nicht überwiegend Sechzehnjährige rumhängen. Eine Nachricht an irgendwen kann ich mir schenken, ist ja sowieso keiner zu Hause.

Um halb neun stehe ich vor der angegebenen Adresse. Ein großes Stadthaus, Fenster mit geschwungenen Bögen und breite Balkone, die von Säulen abgestützt werden. Direkt daneben ist der Holzhausenpark. Nette Gegend.

Das Haus ist viergeschossig, die obersten Wohnungen liegen direkt unter dem Dach, und noch während ich dastehe und nach oben sehe, ziehen ein paar Mädchen an mir vorbei und schlendern durch das offenstehende Tor in den Hof. Hohe, schmiedeeiserne Gitter, eine Laterne beleuchtet die Einfahrt.

Unschlüssig stopfe ich die Hände in die Jackentaschen. Was vor einer halben Stunde noch wie eine gute Idee erschien, kommt mir plötzlich fragwürdig vor. Neue Leute … was mache ich, wenn die sich alle völlig zudröhnen?

Dann verschwindest du einfach wieder.

Aber ich kenne da wirklich niemanden.

Na und? Das war doch gerade eben noch das Gute daran.

»Hey, wartest du auf jemanden?« Ein Typ steht neben mir und lächelt auf mich runter. Er sieht nett aus, harmlos. Ich schüttele den Kopf.

»Kommst du mit rein?« Er nickt in Richtung Einfahrt. »Oder willst du gar nicht zur Party?«

»Doch. Ich dachte nur, vielleicht … egal.« Wenn ich jetzt nach Hause gehe, werde ich den ganzen Abend und die ganze Nacht alleine in einer völlig verlassenen Wohnung hocken. Ich gebe mir einen Ruck und marschiere los.

Der Typ schließt sich mir an. »Ich bin Samuel. Sam.« Während wir die Treppen hinaufsteigen, hält er mir eine Hand entgegen, und ich ergreife sie kurz.

»Juli.«

»Woher kennst du Leander?«

»Ich kenne ihn gar nicht. Ein Freund von ihm hat mich eingeladen. Marc.«

»Marc? Marc Steinweg?«

»Ziemlich groß, braune Haare, Tattoo am Oberarm?« Auf dem Treppenabsatz drehe ich mich zu Sam um und sehe ihn nicken. »Dann vermutlich Marc Steinweg.«

Sam läuft mir schweigend hinterher, als ich mich daran mache, die nächsten Stufen zu erklimmen. Es ist nicht schwer, herauszufinden, hinter welcher Tür die Party steigt, Musik und Gelächter hallen durch das Treppenhaus, trotzdem lasse ich Sam den Vortritt. Er legt den Finger auf den Klingelknopf und hält ihn so lange gedrückt, bis die Tür aufgerissen wird.

»Sam!« Ein Kerl mit einer Bierflasche in der Hand strahlt uns an, als wären wir die Gäste, auf die er am sehnsüchtigsten gewartet hat. Er legt Sam einen Arm um die Schultern und holt ihn fast von den Beinen, als er ihn ins Innere der Wohnung schubst. Dann fasst er mich ins Auge. »Hey, hey. Und das ist?«

Sein Blick wandert zurück zu Sam, der die Augen verdreht und sich unter dem Arm seines Freundes herauswindet. »Das ist Juli. Sie gehört nicht zu mir. Marc hat sie eingeladen.«

»Marc? Ach so?« Er schaut mich wieder an, doch seine Frage gilt nach wie vor Sam. Das ist doch lächerlich.

»Hallo?« Ich trete vor und wedele dem Typen mit einer Hand vor der Nase herum. »Kannst du mich hören? Ich spreche deine Sprache. Und mitunter antworte ich auch. Versuch's doch einfach mal.«

Seinem Gesichtsausdruck nach zu urteilen, waren das zu viele Informationen auf einmal. Verdutzt sieht er mich an, und noch ehe er eine passende Antwort aus seinem vermutlich derzeit begrenzten Repertoire zusammengebastelt hat, schiebt sich Sam lachend an ihm vorbei. »Komm, wir besorgen uns was zu trinken.« Er greift nach meinem Arm, und ich lasse mich mitziehen. »Was willst du haben?«

»Eine Apfelschorle.«

Er wirft mir einen belustigten »Wirklich? Eine Apfelschorle?«-Blick zu, den ich erwidere, bis er mit den Schultern zuckt. »Die wird sich vielleicht auch auftreiben lassen.«

Die Wohnung, die ziemlich groß zu sein scheint, ist voller Menschen, und wie erwartet, kenne ich absolut niemanden. Wir schlängeln uns an mehreren Gruppen vorbei in einen Raum, der in eine offene Küche übergeht. An und auf einem langen Holztisch sitzen Leute, ebenso wie dicht aneinandergedrängt in den Sesseln und auf einem riesigen Ledersofa, und es scheint niemanden zu geben, der keine Flasche oder kein Glas in der Hand hält.

Sam reißt einen Kühlschrank auf, der mindestens genauso groß ist wie der bei uns zu Hause. Ich erhasche einen Blick auf unzählige Bier- und Weißweinflaschen, in der Tür selbst klemmt eine Batterie Hochprozentiges.

»Sieht schlecht aus«, erklärt Sam. »Vielleicht einen gespritzten Aperol?«

»Nein, dann trinke ich Wasser.«

»Wer trinkt Wasser?« Ein Typ löst sich aus einer Gruppe, die ganz in der Nähe steht, und nimmt mich grinsend ins Visier. Sam verdünnisiert sich.

»Wasser gibt's hier nicht. Es sei denn, du möchtest duschen.« Sein dämliches Grinsen verbreitert sich. »Ich würde mitkommen.«

Wow, großartig. Das verspricht ja, die genialste Party aller Zeiten zu werden. Mit einem Augenrollen lasse ich ihn stehen und öffne auf der Suche nach Gläsern auf gut Glück einen der Hängeschränke. Das dämliche Gelächter hinter mir ignorierend, drehe ich den Wasserhahn auf. Wenn es so weitergeht, wird das jedenfalls die mit Abstand kürzeste Party, auf der ich jemals gewesen bin.

»Juli!« Sam drängelt sich zu mir durch, und ich bin nicht undankbar darüber, dass er zurückgekehrt ist, auch wenn er sich zwischendurch ebenfalls in die Gruppe der Bierflaschenhalter eingereiht hat. »Komm mit.«

»Wohin?«

»Erst mal weg vom Kühlschrank.« Er bahnt uns einen Gang zu dem L-förmigen Sofa und quetscht sich dort in eine Lücke. Ich bleibe stehen. Er erwartet doch wohl nicht, dass ich mich dazu setze? Soll ich es mir auf seinem Schoß bequem machen, oder was? Sam hat jedoch bereits damit begonnen, die Leute links und rechts zur

Seite zu schieben, und obwohl sie murren und stöhnen, schaufelt er mir einen Platz frei. Der ist zwar immer noch schmal, aber ich setze mich schon allein deshalb, weil ich keinen Bock mehr habe, zwischen Leuten zu stehen, die mich allesamt um mindestens einen halben Kopf überragen. Das sind so Momente, in denen ich was dafür geben würde, größer zu sein.

»Wie alt bist du?«

Klar, das musste ja kommen.

»Siebzehn.« Ein Jahr mehr oder weniger. Egal.

»Siebzehn? Ich hätte dich jünger geschätzt.«

»Dann bist du gut im Schätzen, eigentlich bin ich nämlich dreizehn.«

»Im Ernst?« Jetzt sieht er entsetzt aus.

»Nein, Blödsinn. Ich bin sechzehn«, brumme ich. »Und wie alt bist du?«

»Achtzehn. Nächste Woche neunzehn. Woher kennst du Marc?«

»Ich kenne ihn eigentlich gar nicht.« Steif sitze ich auf der Sofakante und nippe an meinem Wasser. Wenn ich mich nach hinten lehne, werden meine Füße den Boden nicht mehr berühren, und auf gar keinen Fall werde ich hier wie ein Kleinkind mit baumelnden Beinen herumsitzen »Wir sind die Tage am See ins Gespräch gekommen.«

Genau. Ins Gespräch gekommen. Wie man eben so miteinander ins Gespräch kommt, nachdem ein halber Liter eiskaltes Wasser über einem ausgeschüttet wurde.

Sam nickt. Meine Antwort scheint ihm auszureichen. Die Musik hier ist furchtbar, mainstreamiger Dance-Pop, durchzogen von Synthesizern und elektronischem Beat.

Würde sich Sam nicht so ins Zeug legen, ein Gespräch mit mir auf die Beine zu stellen, würde ich jetzt wohl schon den Weg zurück zur Haustür suchen. Aber er ist nett, es gibt keinen Grund, ihn einfach sitzen zu lassen. Früher oder später wird er sich ein neues Bier holen, und ich werde mich formvollendet von ihm verabschieden.

So eine bescheuerte Idee, auf diese Party zu gehen.

»Hey!« Der Typ aus der Küche. »Wie wär's damit?« Er hält mir ein Glas entgegen, in dem jede Menge Eiswürfel und mehrere Scheiben Limone schwimmen. »Garantiert besser als Wasser.«

»Stell es einfach auf den Tisch.« Ich werde den Teufel tun und mich auf eine Diskussion mit ihm einlassen. Darauf legt er es doch nur an.

»Hier?« Er stellt das Glas nicht ab, sondern setzt sich auf die Kante des flachen, weißen Holzblocks, der vor dem Sofa steht. Obwohl der Tisch wirklich niedrig ist, befindet sich der Typ dadurch mit mir auf Augenhöhe. In meinem nächsten Leben werde ich ein Basketballstar.

Immer noch hält er mir dieses dämliche Glas hin.

»Genau hier.« Ich beuge mich vor, nehme ihm den Drink aus der Hand und stelle ihn auf der matt glänzenden Oberfläche ab. »Pass auf, dass du ihn nicht umwirfst, wenn du gleich wieder aufstehst.«

Die Überraschung in seinem Gesicht dauert leider nur wenige Sekunden, dann hat er sich wieder gefangen und schiebt sich so weit vor, bis seine Knie meine berühren. Er legt beide Hände auf meine Beine. »Wer sagt denn, dass ich wieder aufstehen will?«

Das sind ja völlig neue Maßstäbe, die hier beim Aufdringlichsein angelegt werden! Sam neben mir hält sich an seinem Bier fest und gibt sich trotz seines ihm deutlich anzusehenden Unbehagens alle Mühe, unbeteiligt zu erscheinen. Loser.

Ich arbeite mich nach oben, und der Typ vor mir erhebt sich ebenfalls. Immerhin muss er dafür seine Hände von mir nehmen.

»Und jetzt?«, grinst er.

Er baut sich absichtlich so auf, dass sein Oberkörper mich beinahe berührt. Erstmalig fühle ich ein dumpfes Stechen im Magen. Herrgott, ich bin in einem Raum voller Menschen, was soll schon passieren?

Dieser dämliche Idiot beugt sich noch ein bisschen weiter zu mir runter, aber bevor er mir ins Ohr flüstern konnte, was er mir ins Ohr flüstern wollte – falls er nicht sonst was vorhatte, so genau will ich das gar nicht wissen –, bringt ihn eine Stimme dazu, wieder hochzufahren.

»Hi, Juli.«

Wer hätte gedacht, dass ich tatsächlich glücklich darüber sein würde, Marc wiederzusehen?

Mr. Flashy dagegen wirkt jetzt ein bisschen ungnädig. »Marc. Kennt ihr euch?«

Marc schaut ihn nur kurz von oben herab an – das fällt ihm leicht – und wendet sich wieder mir zu. »Bist du schon lange hier?« Er trägt ein dunkelgraues Shirt und locker sitzende Jeans. Die Linien auf seinem Oberarm sind in diesem Licht erst auf den zweiten Blick zu erkennen. BadBoy-Style. Angezogen sieht er älter aus.

Ich schiebe mich an dem aufdringlichen Typen von eben vorbei und greife aus dem Reflex heraus nach Marcs Hand, weil ich dabei ins Stolpern gerate. Es ist einfach viel zu eng hier. »Danke«, sage ich und lasse ihn sofort wieder los. »Ich bin noch nicht lange da. Vielleicht seit zwanzig Minuten.«

»Schön.« Er lächelt mir zu, und ich erwarte als Nächstes eine Variante von »Freut mich, dass du gekommen bist«. Stattdessen macht er eine Kopfbewegung hin zu meinem Glas. »Ist das Wasser?«

Ich nicke. Okay, dann spielen wir eben dieses Spiel noch mal.

»Wie gefällt's dir hier bis jetzt?«

»Ganz gut.« Diese Antwort hat er meiner Überraschung zu verdanken. Kommen wir jetzt zur Wahrheit. »Die Musik könnte besser sein.«

»Ja? Was hörst du denn so?«

Er tritt einige Schritte näher an eine Glasfront, hinter der ein Balkon zur Straße hin abgeht, und ich folge ihm.

»Gitarrenlastigeres. Odd Fish. Fall Out Boy. Keep On Dreaming. So was in der Art.«

»Mh. Warte kurz.«

Er drängelt sich zwischen die Leute, und als er verschwunden ist, blicke ich zum Fenster hinaus. Draußen auf dem Balkon brennen Kerzen, schemenhaft kann ich Gestalten erkennen, ansonsten sehe ich in erster Linie mein eigenes Spiegelbild. Irgendwas fühlt sich hier ungut an, aber ich bekomme nicht zu fassen, was genau es ist. Vielleicht sollte ich einfach verschwinden.

Die Musik geht aus, und Stimmengewirr erhebt sich.

»Hey!«

»Was soll das?«

»Musik!«

Den Song, der jetzt einsetzt, kenne ich. Er ist von einem der älteren Alben von Faith No More.

Eine halbe Minute später steht Marc wieder neben mir. »War nicht so einfach, was zu finden«, erklärt er. »Außerdem musste ich die ganze Zeit den DJ von mir abhalten.« Er beugt sich zu mir runter und fügt leiser hinzu: »Den findest du jetzt im Eisfach.«

Ich gönne ihm ein schwaches Lächeln. »Im Eisfach.«

Marc nickt. »Ich hab alle Gefrierbeutel dafür aufgebraucht.«

Jetzt muss ich doch lachen. Mit einer Schulter lehnt er sich gegen die Fensterscheibe. Auf seinem Gesicht liegt dieses Grinsen, das ich von unserer Begegnung am See bereits kenne, seine Augen sind schwarz in dem dämmerigen Licht. Er weiß recht gut, wie er auf andere wirkt, und ich stelle mich so, dass ich ihn nicht direkt ansehen muss. Zu spät. Gerade sind zwei Dinge passiert. Zum einen habe ich Marc ein kleines bisschen zu lange angestarrt, und zum anderen ist mir klar geworden, was genau sich hier nicht richtig anfühlt: die Tatsache, dass ich auf die Einladung eines wildfremden Typen hin auf eine Party gehe. Ohne Levin.

»Weißt du was?« Auf der Suche nach einem Platz, an dem ich mein Glas abstellen kann, schaue ich mich um. »Ich glaube, ich gehe besser wieder.«

Für einen Moment hebt er die Augenbrauen, aber es wundert mich mittlerweile nicht mehr, dass sein nächster Satz nicht »Was denn, jetzt schon?« oder »Wieso das denn?« lautet.

»Okay«, sagt er lächelnd. »War nett.«

Bei mir reicht es nur noch zum Heben eines Mundwinkels, dann bahne ich mir einen Weg in die Richtung, in der ich den Weg nach draußen vermute, und stelle im

Vorübergehen das Glas in ein Regal. Die Stimmung auf dieser Party ist mir zu abgehoben. Ein Mädchen tanzt auf einem Sessel und kreischt dabei vor Lachen. Mehrere Typen mustern sie mit einem Blick, der mich schlucken lässt. So eine irrsinnige Idee, hier aufzutauchen.

Direkt neben der Haustür ist ein Pärchen am Knutschen, und ich gucke hastig nach unten, weil der Typ das Shirt seiner Freundin so weit nach oben geschoben hat, dass sie quasi halb nackt dasteht. Kriegt die das gar nicht mit? Meine Güte, es ist gerade mal zehn – ich dachte bisher, solche Aktionen finden nur im total besoffenen Zustand irgendwann nach Mitternacht statt. Und dann auch nicht im hellerleuchteten Flur an einer Stelle, wo jeder vorbeikommt. Erleichtert drücke ich mich ins Treppenhaus und springe die Stufen hinunter.

Draußen im Hof stehen ein paar Leute abseits von der Laterne, deren Licht nur einen kleinen Bereich der Einfahrt erhellt. Ohne innezuhalten, löse ich den Knoten meiner Jacke, die ich mir um die Hüften gebunden habe, und schlüpfe in die Ärmel. Als ich durch das offenstehende Tor auf den Gehweg trete, lacht jemand laut auf.

»Hey!«

»Hey, du!«

Nicht umdrehen. Vielleicht meinen die gar nicht mich. Stattdessen ziehe ich die Jacke vor der Brust zusammen und beschleunige meinen Schritt. Cool bleiben.

»Bleib doch mal stehen!«

Wieder dieses Gelächter. In meiner Aufregung bemerke ich beinahe zu spät, dass ich unmittelbar davor bin, geradeaus den Radweg zu nehmen, der direkt am Holzhausenpark vorbeiführt und auf beiden Seiten von Büschen und Bäumen begrenzt wird. Sehr viel besser ist die Straße, in die ich stattdessen abbiege, im Moment allerdings auch nicht. Viele parkende Autos und nur wenige Laternen, deren Licht zu gleichen Teilen jeweils die Hälfte des Gehwegs und der Straße beleuchtet. Obwohl ich mich am liebsten in Luft auflösen möchte, laufe ich direkt durch die Lichtkegel, möglichst weit entfernt von den Hecken rechts und den schwarzen Hofeinfahrten links.

Mir folgen Schritte und leise Stimmen, und wenn ich bis eben nur beunruhigt war, kriecht jetzt Angst in mir hoch.

Ein gutes Stück von mir entfernt schaltet eine Ampel auf Rot. Bis dahin muss ich es schaffen. Da vorne fahren Autos, sind Menschen. Aber es liegen noch mindestens zweihundert Meter zwischen mir und dieser Hauptstraße, und genau bei diesem Gedanken angekommen, sprinte ich los.

Jemand ruft: »Sie haut ab«, und klingt dabei sogar noch belustigt, und ich renne, was das Zeug hält. Für diese kurze Strecke habe ich auf dem Hinweg keine fünf Minuten gebraucht, jetzt kommt sie mir endlos vor. Schritte nähern sich viel zu schnell, eine Hand verpasst mir einen Stoß, und noch während ich nach vorne fliege, denke ich, dass in den Fenstern über mir doch Licht brennt, dass da irgendwo Menschen in ihren Wohnungen sitzen. Dann haut es mir die Luft aus den Lungen, als ich der Länge nach aufschlage und über die Steinplatten schlittere.

»Ups«, lacht es über mir, »bist du hingefallen?«

In meinem Schultergelenk explodiert ein scharfer Schmerz, jemand reißt mich hoch, und ich kann nicht mal schreien, weil mir immer noch die Luft dafür fehlt, und dann ruft wieder jemand: »Hey!«, und alles friert ein.

Der Typ, der meinen Arm umklammert, lässt los, sofort sacke ich zurück auf die Knie.

Es ist Marc, der da die Straße runterkommt, Marc und noch jemand anderes, und obwohl die Scheißkerle neben mir zu dritt sind, weichen sie zurück.

»Pascal? Marc? Was habt ihr … kennt ihr die?« Erstaunt, nur aufgesetzt lässig, die Anspannung dahinter ist deutlich zu hören.

Es gelingt mir, aufzustehen, Gott sei Dank. Ich will hier nicht wie ein kaputtes Spielzeug herumliegen, obwohl ich ziemlich kaputt bin, wie ich im nächsten Moment feststellen muss. Meine Hose ist hin, über dem linken Knie zieht sich ein breiter Riss, Dreck und Blut haben zu dunklen Flecken im grauen Jeansstoff geführt. Auch meine Handflächen bluten, verwirrt versuche ich, ein paar Steinchen abzuschütteln, die in den Abschürfungen kleben. Mir wird schlecht.

»Hey, Marc …« Der Typ, der eben schon mal gesprochen hat, tritt mit leicht ausgebreiteten Armen einen Schritt auf Marc zu, aber einer seiner Kumpel hält ihn zurück. Er schüttelt den Kopf.

Marc beachtet beide nicht. Er sieht mich an.

Dann wendet er sich demjenigen zu, mit dem er gekommen ist. Ich kann ihn nicht verstehen, aber im nächsten Moment tritt sein Freund nach vorne. »Verpisst euch.« Er sagt es nicht laut, trotzdem treten die drei Dreckstypen sofort den Rückzug an.

»Scheiße«, murmelt einer von ihnen. Sie verschwinden den Weg zurück, den sie eben noch hinter mir hergerannt sind, und ich wünschte, ein Lastwagen würde um die Ecke gedonnert kommen.

»Kannst du laufen?«

Wütend fahre ich herum und gerate dabei nur ein bisschen ins Schwanken. »Was hast du denn für beschissene Freunde?«, rufe ich oder hätte es gerne gerufen, kann jedoch nicht verhindern, dass die Frage ziemlich krächzend klingt.

Ein stechender Schmerz durchschießt meine Hüfte, während ich mich ein paar Schritte an der Hauswand entlangschleppe. Das letzte Mal hab ich mich so zerschlagen, als ich mit dem Fahrrad die Einfahrt zu einer Tiefgarage runtergebrettert bin und kurz vor dem Garagentor zugeben musste, dass Katinka recht hatte: Man kann dann nicht mehr rechtzeitig bremsen.

»So kommst du nie nach Hause. Wo musst du hin?« Marc ist mir gefolgt, ohne den Abstand zwischen uns zu verringern.

»Lass mich in Ruhe.« Ich versuche, ruhiger zu atmen. »Hau einfach ab.«

Er hebt beide Hände. Wohin ist eigentlich sein Freund verschwunden?

»Juli.« In diesem Tonfall redet man normalerweise nur mit Kleinkindern. »Ich habe mit den Typen von eben nichts zu tun. Du siehst … echt heftig aus. Ich ruf dir ein Taxi, okay?«

»Seh ich aus, als hätte ich Geld für ein Taxi?« Das sollte scharf klingen, aber dazu hätte ich lauter reden müssen. Mir tut alles weh. Irgendwas läuft klebrig meinen Unterarm runter. Ich muss wirklich verflucht schnell gewesen sein.

»Bleib jetzt einfach stehen, okay?« Er zieht ein Smartphone aus der Hosentasche und tippt es an. »Ich möchte ein Taxi bestellen.«

Ja, mach doch einfach. Ignorier mich. Mit mir kann anscheinend jeder machen, was er will.

»Tut es sehr weh?«

»Was denkst du denn!?«

»Du blutest im Gesicht.«

Ach, verdammt, das auch noch.

Marc fährt mit beiden Händen in seine Jeans, vielleicht sucht er Taschentücher. »Bin gleich wieder da.« Mit langen Schritten läuft er zu der Kreuzung, die mir eben noch kilometerweit weg erschien. Er spricht einen Typen an, der den Kopf schüttelt, dann verschwindet er hinter der Hausecke.

Was mache ich, wenn jetzt das Taxi kommt? Das werde ich wohl kaum mit meiner U-Bahn-Karte bezahlen können.

Du steigst einfach nicht ein, erkläre ich mir in dem Moment, in dem Marc wieder in mein Sichtfeld rückt. In der Hand hält er tatsächlich ein Päckchen Taschentücher. Bei mir angekommen, schüttelt er eines davon auf und streckt es mir entgegen. Meine Finger machen es blutig, bevor ich überhaupt damit beginnen kann, ein wenig zielgerichteter vorzugehen.

»Wo?«, frage ich.

»Am Kinn. Und … hier.«

Er zeigt auf meine linke Wange, unbeholfen drücke ich das Taschentuch dagegen. Nachdem ich die ganze Zeit zumindest nicht geheult habe, schießen mir jetzt die Tränen in die Augen. Es tut verflixt weh.

»Scheint nur oberflächlich zu sein«, sagt Marc. »Es wird vermutlich nicht stark anschwellen.«

»Bist du ein Fachmann für so was, oder wie?«, schnappe ich und drehe mich zur Seite. Das hätte ich mal besser gelassen, denn mit plötzlichen Bewegungen scheint mein Körper auch nicht mehr klarzukommen. Ich stütze mich an der Hauswand ab.

»Das ist das Taxi.«

Einen Moment lang sieht es so aus, als würde er seinen Arm um mich legen wollen, aber er schiebt mich nur sachte nach vorne, während er die Autotür aufhält. Steifbeinig klettere ich in den Wagen.

»Wo musst du hin?« Marc lässt sich neben mich fallen, überrascht starre ich ihn an. »Du siehst wirklich heftig aus, Juli. Ich bring dich nach Hause und bin dann weg, okay?«

»Was ist denn mit Ihrer Freundin passiert?« Der Taxifahrer hat sich zu uns rumgedreht.

»Sie ist gestürzt.«

»Du bist gestürzt?« Er macht keine Anstalten, loszufahren, und wie sollte er auch, er weiß ja noch gar nicht, wo ich hinwill.

Ich erwidere seinen fassungslosen Blick. Nein, das ist nicht der einzige Grund, macht mir mein nur träge arbeitendes Hirn klar. Er will es noch mal von dir hören. Will sicher sein, dass Marc dich nicht verprügelt hat oder so.

»Er hat damit nichts zu tun«, sage ich daher. »Ich bin gerannt und …«, wurde gestoßen. Müsste ich nicht eigentlich zur Polizei gehen?

»Sieht nicht gut aus«, erklärt der Taxifahrer in meine Überlegungen hinein. »Wo wollt ihr hin?«

Eine Viertelstunde später bezahlt Marc den Fahrer und hilft mir aus dem Auto. Mein Körper badet in einem sanften Dauerschmerz, der an einigen Stellen wieder stechender wird, während ich die Treppen zu unserer Wohnung hochsteige. Ich höre Marcs Schritte hinter mir und bin froh, ihm nicht erzählt zu haben, dass heute Nacht kein Mensch bei mir zu Hause ist. Er war nett, er hat mir geholfen, und er hat auch während der Fahrt keine Anstalten gemacht, mir zu nahe zu kommen, aber trotzdem. Hätte er mich nicht zu dieser Party eingeladen, wo sich solche gestörten Leute rumtreiben, wäre das alles überhaupt nicht passiert.

Du hättest ja gar nicht hingehen müssen, erinnere ich mich und beiße die Zähne zusammen, während ich mit meinen blutverschmierten Händen versuche, den Schlüssel ins Schloss zu kriegen.

»Lass mich.« Marc nimmt mir die Schlüssel aus der Hand. »Ist bei dir jemand zu Hause?«

»Mein Vater.«

»Okay.« Er nickt. »Nur, dass du nicht alleine bist, falls du doch noch umkippst.«

»Warum sollte ich?«

Er zuckt mit den Schultern. »Du siehst ein bisschen so aus.«

Keine Ahnung, warum mich das jetzt wütend macht. Immerhin habe ich nicht die ganze Zeit wimmernd neben ihm gesessen, oder? »So schnell kipp ich nicht um!«, fauche ich. Dann fällt mir meine Überlegung aus dem Taxi wieder ein. »Du kennst diese Typen von vorhin, oder?«

Ich kann in seinem Gesicht nichts lesen, als er antwortet: »Vom Sehen.«

»Meinst du nicht … ich denke, ich sollte zur Polizei gehen, oder?«

»Versuchen kannst du es.« Das Licht im Treppenhaus geht aus, zeitgleich tasten wir nach dem Schalter. Ich zucke zurück, als meine Finger seine Hand berühren.

»Geh mit deinen Eltern hin«, fährt Marc fort, als sei gar nichts gewesen. »Du bist noch nicht achtzehn, oder?«

»Sechzehn«, murmele ich. Mit meinen Eltern. Vergiss es.

Marc tritt zurück, und seine Bewegung bringt die Gedanken, die in mir aufgestiegen sind, zum Platzen. »Gute Nacht, Juli. Ich hoffe, du kannst schlafen.«

Sekunden später läuft er die Treppen hinunter.

SECHS

Am nächsten Morgen starre ich eine ganze Weile verschlafen auf die Flecken auf meinem Kopfkissen, bevor mir endlich klar wird, worum es sich dabei handelt. Die Wunde im Gesicht muss in der Nacht wieder geblutet haben. Auf das Schlimmste vorbereitet, richte ich mich auf und betrachte mich in dem Spiegel gegenüber meines Bettes.

Gestern Abend habe ich im Badezimmer noch einen ausführlichen Ganzkörpercheck gemacht. Beide Knie, die Handflächen und der linke Ellbogen sind aufgeschlagen, dazu die Verletzung im Gesicht und mein Hüftknochen, der sich anfühlt, als sei er geprellt oder so. Jedenfalls tut die Stelle viel mehr weh, als man beim Anblick des schwachen dunklen Flecks vermuten würde.

Knie, Ellbogen und Hüfte kann ich verdecken, die zerschrammten Hände fallen auf den ersten Blick nicht auf. Bleiben der Kratzer über dem Wangenknochen und eine kleine Stelle am Kinn. Vermutlich kann ich froh sein, dass ich gestern nicht noch ein paar Zähne ausgespuckt habe.

Müde lasse ich mich wieder auf den Rücken sinken.

Genau genommen kann ich wohl froh sein, überhaupt einigermaßen glimpflich aus dieser Geschichte herausgekommen zu sein. Mein Hirn weigert sich, eine deutlichere Vorstellung davon herauszurücken, was auf offener Straße noch alles hätte passieren können, trotzdem fühle ich mich heute Morgen beinahe schlechter als gestern Nacht.

Was waren das nur für Leute? Das war einfach eine Party, oder? Wie viel muss man getrunken haben, um so auszuticken?

Ich drehe mich zur Seite und angele nach meinem Handy. Katinka hat heute Morgen um Viertel nach acht eine Nachricht geschrieben. *Tut mir leid, ich hab's gestern nicht mehr geschafft. Melde dich, wenn du wach bist.*

Stimmt, sie wollte ja eigentlich anrufen. Levin hat sich überhaupt nicht gemeldet. Vielleicht ist er sauer.

Ich lege das Telefon wieder auf den Nachttisch und wälze mich aus dem Bett. Die Sonnenflecken auf dem Holzboden fühlen sich warm unter meinen Füßen an. Im Badezimmer klebe ich neue Pflaster über die Schürfwunden und ziehe frische Klamotten an. Es tut weh, wenn Wasser über meine Hände läuft, und mit zusammengebissenen Zähnen sehe ich in den Spiegel. Immerhin hatte Marc recht, die Stelle im Gesicht ist nicht angeschwollen. Auch wenn ich mein Kopfkissen neu beziehen muss, sieht die Wunde zum Glück nicht besonders spektakulär aus.

Ich verschiebe den Rückruf an Katinka und gehe erst mal in die Küche. Meine Gedanken wandern zu Marc. Wenn er gestern nicht aufgetaucht wäre … Er muss mir nachgegangen sein. Wieso eigentlich? Und wieso nimmt er dafür einen Freund mit? Oder war das nur Zufall, und die beiden wollten draußen bloß eine rauchen? Nein, Quatsch, während dieser Party haben genug Leute geraucht, dazu hätten sie nicht rausgehen müssen. Also ist es einfach nur Glück gewesen? Glück im Unglück, sozusagen?

Ich reiße die Kühlschranktür auf.

Letzten Endes ist der Grund völlig egal. Auf jeden Fall werde ich garantiert nicht mehr alleine zu irgendeiner Party gehen, auf der ich niemanden kenne.

Mein Telefon klingelt, und im Laufschritt eile ich in mein Zimmer zurück, wobei ich den Schmerz ignoriere, der von meinem Hüftknochen ausgeht. Ein Blick auf das Display. Mein Rückruf an Katinka hat sich wohl erledigt.

»Hi! Hab ich dich geweckt?«

»Nein, hast du nicht.« Mit einem verhaltenen Stöhnen lasse ich mich aufs Bett sinken.

»Tut mir leid, dass ich gestern nicht mehr angerufen habe. Wir waren essen. Und mein Vater hat bei dieser Gelegenheit verkündet, dass er und Gisela sich verlobt haben! Kannst du dir das bitte vorstellen? Die beiden wollen tatsächlich heiraten!«

»War Gisela dabei?«

»Nein. Ich schätze mal, es sollte ein ganz privates Gespräch werden. So im allerengsten Kreis.«

»Was hat Tom gesagt?«

»Er hat gesagt, wortwörtlich: Ja. Okay.« Katinka lacht, und es klingt ein bisschen überdreht. »Ich glaube, mein Vater war sich nicht sicher, ob er enttäuscht über diese Reaktion sein sollte, oder dankbar, dass keiner von uns eine Szene hingelegt hat.«

Ich grinse meine Zimmerdecke an. So wie Katinkas Bruder im Moment drauf ist, würde er eher sterben, als auch nur einen Funken Emotion zu zeigen. »Und was sagst du dazu?«

»Na ja.« Beinahe kann ich sie mit den Schultern zucken sehen. »Irgendwann musste es ja passieren. Und Gisela ist ganz nett. Vorher gab es Schlimmere. Wie klingt das denn?«, redet sie gleich weiter, »ich meine, sie ist wirklich nett. Sie kommt nachher vorbei, dann wird das Thema wohl noch mal in großer Runde breitgetreten. Das wird bestimmt schrecklich. Vor allem für Tom.« Sie kichert, und ich muss lächeln.

Was würde ich wohl sagen, wenn mein Vater mir erklären würde, dass er eine andere Frau zu heiraten gedenkt. Irgendeine Gisela. Womöglich ebenfalls mit Kindern. Oh Gott.

»Wie geht's dir?«, will Katinka wissen.

»Gut.«

Ja klar, gut. Wieso sage ich eigentlich immer automatisch »Gut«?

»Soll ich morgen direkt zu dir kommen?«, hakt Katinka nach.

Ich strecke die Beine durch und fühle, wie der Stoff meiner Hose an einem der Pflaster hängen bleibt.

»Ja, mach das doch. Wann kannst du hier sein?«

»So gegen vier? Und dann erzählst du noch mal in Ruhe, was bei euch zu Hause gerade los ist.«

Ich habe das Handy mit in die Küche genommen und mustere es, während ich meinen Orangensaft trinke. Ruf ich jetzt Levin an oder nicht? Und wenn ja, was sag ich ihm? Erzähle ich von dem Abend gestern? Dann werde ich wohl auch erklären müssen, warum ich überhaupt zu dieser Party gegangen bin.

Seit wir zusammen sind, ist es noch nie vorgekommen, dass wir so lange nichts voneinander haben hören lassen. Klar, wir sehen uns in der Schule, aber das gilt eigentlich nicht. Es wird die Stimmung zwischen uns garantiert nicht verbessern, wenn ich jetzt auch noch Marc ins Spiel bringe, aber wenn ich es nicht tue, bringt mich mein schlechtes Gewissen demnächst um. Und mir geht's auch ohne dieses Gefühl schon mies genug.

Ich tippe seine Nummer an und lasse es klingeln.

»Hey, Juli.« Levin klingt, als sei er noch gar nicht richtig wach, dabei ist es kurz vor elf. »Was gibt's?«

Tja, was gibt's? Ich war gestern auf einer Party und hab mich von dem Typen, der mich dorthin eingeladen hat, vor drei Idioten retten lassen. Und bei dir so? »Nichts Besonderes. Ich wollte mich nur mal melden.«

»Ah so«, murmelt er. »Kann ich dich später zurückrufen? Ich glaub, ich muss erst mal den Kopf unter Wasser halten. Wie spät ist es?«

»Elf.«

Er gibt ein undefinierbares Geräusch von sich, das ich noch am ehesten mit einem nicht sehr gesellschaftsfähigen Kraftausdruck in Verbindung bringen würde.

»Spät geworden?«, frage ich.

»Ein bisschen.«

»Wo seid ihr gewesen?«

»Im *Cave*.« Er gähnt, und mein Puls beschleunigt sich.

»Du hättest ja mal anrufen können.«

»Du ja auch«, erwidert er.

Klar, ich auch. Plötzlich fühle ich mich leer. Meine Hand schmerzt, sobald ich das Telefon fester umfasse, und ich hab keine Lust auf irgendwelche »Wen lässt das alles mehr kalt?«-Spielchen. Ob Milla dabei war? Bestimmt.

»Juli, ich melde mich nachher, okay?«

Levin klingt friedfertig, trotzdem muss ich mich für meine Antwort ziemlich zusammenreißen. »Ist gut. Bis später.«

Er legt auf, ohne noch etwas zu erwidern. Ziemlich lange starre ich auf den bescheuerten Kühlschrank.

Ein Klicken im Flur lässt mich zusammenzucken.

»Hallo?« Meine Mutter.

Ich rutsche von der Arbeitsplatte. Das sieht sie nicht so gern.

»Julika? Bist du da?«

»In der Küche!«

Meine Mutter kommt hereingeeilt, ganz die aufgelöste Hektik, wie so oft, aber immerhin lächelt sie. »Hallo, Julika!« Sie wirft ihre Handtasche auf einen der Barhocker. »Alles in Ordnung?« Das Lächeln verschwindet. »Was hast du denn gemacht?«

Ich weiche zurück, als sie auf mich zugeht und eine Hand nach meinem Gesicht ausstreckt.

»Nichts Schlimmes. Ich bin hingefallen.«

»Du bist hingefallen?« Langsam sinkt ihre Hand nach unten, irritiert sieht sie mich an. »Wo?«

»Wie wo? Draußen. Auf der Straße.«

Ihre Augenbrauen ziehen sich zusammen, und ich mache mich auf ein längeres Verhör gefasst.

»Einfach so? Du bist einfach so aufs Gesicht gestürzt?«

»Irgendwo drauf muss ich ja fallen«, erwidere ich ein bisschen zu schnippisch.

»War Levin dabei?«

»Nein.«

»Nein? Wieso –«

»Ich bin einfach hingefallen, okay? Ich kann so was ganz alleine! Wieso muss denn unbedingt Levin dabei sein?«, unterbreche ich sie, und sie öffnet den Mund, um was auch immer zu erwidern, als das Smartphone in ihrer Handtasche klingelt. Mit erhobenem Zeigefinger geht sie zwei Schritte zurück, bevor sie nach ihrer Tasche greift, und ich nutze die Gelegenheit, um an ihr vorbei in mein Zimmer zu verschwinden. Durch die Tür höre ich sie mit ihrer unbeschwerten Telefonstimme sprechen.

Von einem Moment auf den anderen habe ich das dringende Bedürfnis, etwas zu tun, das sich sinnvoll anfühlt. Irgendwas, das ein bisschen für Ordnung steht. Ich sehe mich in meinem fast aufgeräumten Zimmer um und greife schließlich nach dem Kopfkissen.

Der schmutzige Bezug liegt in der Wäsche, und ich sitze mit meinem Laptop am Schreibtisch, da klingelt es unten an der Haustür. Wahrscheinlich hat meine Mutter mal wieder irgendwas zu essen bestellt, oder für einen unserer Nachbarn wird ein Paket abgegeben. Kurz darauf ist die Stimme meiner Mutter zu hören, dann das Klicken der Wohnungstür. Sie redet immer noch. Könnte es Levin sein? Er wollte anrufen, aber vielleicht …

Noch bevor es an meiner Tür klopft, habe ich mich bereits umgedreht. »Ja?«

»Julika? Du hast Besuch.« Meine Mutter tritt zur Seite, und ich bin froh, dass ich sitze, als ich erkenne, wer neben ihr steht.

»Hi.« Marc wirkt so entspannt, als sei er schon hundert Male hier gewesen. Mit einem letzten neugierigen Blick zieht meine Mutter die Tür wieder hinter sich zu.

Interessiert sieht Marc sich in meinem Zimmer um. Auf dem Bett sitzt Fluffy, mein Stoffhund. Es ist nicht so, dass ich ihn zum Schlafen brauchen würde, er sitzt da eben einfach. Ein paar Klamotten liegen am Fußende, vorhin habe ich es erst mit engen Jeans probiert, musste aber feststellen, dass die für aufgescheuerte Knie nicht wirklich geeignet sind. Marcs Blick streift die beiden Fotos, die neben der Nachttischlampe stehen. Auf einem bin ich zusammen mit Katinka zu sehen, es ist ein Selfie, Katinka hat es gemacht, wir lachen, und es ist das schönste Beste-Freundinnen-Bild der Welt, auf dem anderen stehe ich vor Levin, seine Stirn gegen meine gelehnt. Das hat auch Katinka gemacht.

»Was willst du denn hier?«, frage ich endlich.

»Schauen, wie's dir geht.« Mit locker verschränkten Armen lehnt er sich gegen die Tür. Er trägt ein ausgeleiertes, helles Shirt zu Jeans und Sneakers, seine Haare wirken zerzaust, aber ich könnte wetten, dass er da nichts dem Zufall überlässt. Mein Zimmer hat sich nie so sehr nach einem verdammten Kinderzimmer angefühlt wie jetzt. Ich wünschte, wenigstens Fluffy wäre unter dem Kopfkissen versteckt.

»Mir geht's gut.« Meine Standardantwort, auch brauchbar für unerwartet eintreffende Typen, die plötzlich alles irgendwie kleiner wirken lassen. Wie zuvor meine Mutter mustert er jetzt prüfend die Stelle über meinem Wangenknochen. Ich klappe den Rechner zu und stehe auf. Eine Übersprungshandlung, die ich sofort bereue. Sitzend ist man eben kleiner als sein Gegenüber.

Wenn man aber steht, und das keinen allzu großen Unterschied zu machen scheint … »Musst du noch mehr wissen?«

Das leichte Grinsen, das die ganze Zeit auf seinem Gesicht gelegen hat, vertieft sich, aber ich habe ohnehin nicht erwartet, dass ihn mein reservierter Tonfall aus der Fassung bringen würde. Marc stößt sich von der Tür ab und kommt auf mich zu. »Eigentlich bin ich dir gestern nachgegangen, weil ich dachte, du gibst mir vielleicht deine Nummer, aber irgendwie glaube ich nicht, dass ich dich jetzt danach zu fragen brauche.« Er greift nach einem Bleistift. Sein Arm berührt meine Schulter, während er Zahlen auf einen Collegeblock schreibt. »Ich geb dir meine. Wenn du Lust hast, ruf einfach an.«

Noch bevor ich mir Gedanken darüber machen kann, ob er mir nicht vielleicht gerade ein wenig zu nahe kommt, richtet er sich wieder auf. Etwas an ihm riecht gut.

Mit einem Kopfnicken zieht er die Tür auf und ist im nächsten Moment verschwunden. Draußen im Flur höre ich ihn ein paar Worte mit meiner Mutter wechseln, dann fällt die Wohnungstür ins Schloss. Ich sehe zu dem Block auf dem Schreibtisch. Wenn darauf keine Handynummer stünde, würde ich mich wohl fragen, ob ich gestern nicht doch heftiger mit dem Kopf aufgeschlagen bin, als ich bisher gedacht habe.

»Julika?« Meine Mutter sieht herein. Geklopft wird offenbar nur in Begleitung. »Sag mal, wer war das denn?«

»Marc.«

»Marc? Wer ist Marc? Woher kennt ihr euch?«

»Von … vom See«, erwidere ich.

»Vom See?«

»Ja, vom See. Ich hab ihn kennengelernt, als ich vor ein paar Tagen mit Katinka da war.«

Meine Mutter sieht mich abwartend an, aber meiner Meinung nach reicht das fürs Erste an Informationen.

»Er ist sicher nett«, sagt sie jetzt und presst kurz die Lippen zusammen. »Wie alt ist er?«

»Ähm …« Woher soll ich das wissen? »Neunzehn.«

Neunzehn klingt gut. Harmlos. Allerdings ist Marc niemals neunzehn, aber meiner Mutter scheint meine Behauptung auszureichen.

»Gehst du heute noch einmal weg?« Der bohrende Unterton in ihrer Stimme ist verschwunden, jetzt ist sie schon wieder mit sich selbst beschäftigt. Auch die Schramme in meinem Gesicht scheint sie bereits akzeptiert zu haben.

»Weiß ich noch nicht. Glaub nicht.«

Fast erwarte ich, dass sie doch wieder misstrauisch wird. Immerhin ist heute Samstag, und wann war ich das letzte Mal an einem Samstag zu Hause? Sie nickt jedoch nur und fragt: »Weißt du, wann dein Vater hier sein wird?«

»Irgendwann heute wird er wahrscheinlich auftauchen. Ich weiß auch nicht mehr als du.«

Ihr Blick wird eine Spur kühler, vermutlich wirft sie meinem Vater in Gedanken gerade einmal mehr seine häufigen Wochenendüberstunden vor. »Ich muss vielleicht noch mal los, mich mit jemandem von einer Agentur treffen.« Ihr Blick fällt auf die beiden Fotos neben dem Bett. »Wie geht's Levin eigentlich?«

»Gut«, schaltet meine innere Automatik sofort. Täuscht das, oder ist meine Mutter nervös?

»Es könnte später werden, aber ich wäre auf jeden Fall heute Nacht wieder zu Hause. Wäre das in Ordnung?«

Verwirrt sehe ich sie an. Seit wann fragt sie mich denn, ob sie sich mit einem Kunden treffen kann?

»Klar.« Ich hebe die Schultern. »Wieso sollte das ein Problem sein?«

Gerade hat sie sich noch schwer auf die Türklinke gestützt, jetzt stellt sie sich aufrecht hin. »Nur so. Weil du ja gestern bereits alleine gewesen bist, und ich dachte …« Sie unterbricht sich selbst. »Aber gut, dann ist das ja geklärt. Ich sage dir Bescheid, wenn ich gehe. Hast du Hunger?«

»Vielleicht ein bisschen.«

»Soll ich dir etwas bestellen?«

Mein Telefon klingelt, und nach einem Blick auf das Display schüttele ich den Kopf. »Mach ich nachher selbst.«

»In Ordnung.« Sie lächelt knapp und schließt die Tür.

Mit einem Fingertippen bringe ich Levin in die Leitung. »Hallo.«

»Hi, Juli. Sorry, vorhin war ich noch nicht ganz wach.« Eine kurze Pause, bevor er weiterredet. »Ich weiß auch nicht, warum ich gestern nicht angerufen habe, bevor ich ins *Cave* bin. Ich hab gedacht … Ich dachte, du hast vermutlich sowieso keine Lust.«

Aha. Und dann geht man eben einfach alleine, statt mal nachzuhaken, warum ich keine Lust haben könnte. Ist ja nicht so, dass ich gar nicht habe durchblicken lassen, dass es mir im Moment ausnahmsweise mal nicht ganz so gut geht. Hätte Levin angerufen, hätten wir uns vielleicht getroffen und ich wäre nicht zu dieser Party gegangen. Diese Party …

»Was hast du gestern gemacht?«

Gerade eben war ich noch gekränkt, jetzt jedoch wandelt sich dieses Gefühl beinahe übergangslos in Schuldbewusstsein um. Wie komme ich eigentlich dazu, Levin vorzuwerfen, dass er ins *Cave* gegangen ist, wenn ich selbst auf irgendeiner Party war?

»Juli? Bist du noch dran?«

»Ja, ich war …« Ich muss das eigentlich gar nicht erwähnen, oder? Es war niemand da, der Levin davon erzählen könnte. »Ich war gestern noch auf einer Party. Kurz.« Beinahe stöhne ich über mein eigenes Unvermögen auf. So eine winzige Lüge, und ich krieg sie nicht über die Lippen.

»Auf einer Party?« Seine Überraschung ist ihm deutlich anzuhören. »Auf welcher Party denn?«

»Auf einer Party eben. Keine Ahnung, bei wem. Eigentlich wollte ich gar nicht –«

»Warte mal eben. Du machst mich an, weil ich dich nicht angerufen habe, bevor ich ins *Cave* gegangen bin, und du selbst gehst auf eine Party?«

Obwohl ich nur Sekunden zuvor noch genau das Gleiche gedacht habe, wechsele ich unwillkürlich in den Verteidigungsmodus. »Ich hab dich nicht angemacht!«

»Natürlich hast du das! Du motzt im Moment ohnehin ziemlich oft rum, jedenfalls, wenn es um mich geht! War’s also nett?«

»Was?«

»Na, deine Party! Warum erzählst du mir eigentlich ständig, dir sei nicht danach, mit Leuten rumzuhängen? Scheint mir nicht ganz zu stimmen.«

»Levin, ich hatte gar nicht vor, zu der Party zu gehen! Ich war alleine, und … ich hab mich blöd gefühlt, und Katinka ist dieses Wochenende bei ihrem Vater, und du hast auch nicht angerufen.«

»Tja, wie gesagt: Du hättest ja auch anrufen können. Aber bevor du dich in die Gefahr begibst, dass ich eventuell über dich herfalle, gehst du lieber zu irgendeiner Party. Schon klar.«

»Levin, bitte, hör zu: Es tut mir –«

»Komm, Juli, vergiss es einfach. Ich möchte dich mal sehen, wenn das umgekehrt so gelaufen wäre.«

»Levin, es war nur eine blöde Party! Ich war nicht mal eine Stunde da.«

»War sie nicht so gut? Schade für dich.« Levin klingt kalt. So wütend habe ich ihn noch nie erlebt, und ich spüre, wie sich etwas in mir öffnet und mein zweites Ich nach vorne tritt.

»Jetzt hör auf damit! Hier geht's doch gar nicht nur um diese bescheuerte Party, oder? Du bist doch in erster Linie einfach immer noch sauer, weil du ein paar Kerzen angezündet hast und trotzdem nix passiert ist!« Erschrocken klappe ich den Mund zu. Ich bin mir selbst überhaupt noch nicht darüber im Klaren, was ich Levin in dieser Hinsicht vorwerfen will, und solange ich das nicht weiß, ist es völlig idiotisch, ihm jetzt ausgerechnet das entgegenzuschleudern. Wunder Punkt – Treffer, versenkt.

Er atmet scharf ein. »Ich glaube, wir sollten besser Schluss machen.« Eis legt sich um mein Herz. »Ich melde mich, okay?« Dann ist er weg, und aus irgendeinem Grund beginnt die Schramme unter meinem Auge in diesem Moment wehzutun. Er hat nur das Gespräch gemeint, oder?

Mit kalten Händen lege ich das Telefon auf den Schreibtisch. Wieso nur bin ich ausgerechnet damit herausgeplatzt? Und ich habe noch nicht mal Marc erwähnt.

Erst jetzt dringen die Stimmen vor meiner Zimmertür zu mir durch. Mein Vater scheint inzwischen nach Hause gekommen zu sein. Er hat mich gar nicht begrüßt.

»Wenn du heute Abend dort hingehst, war's das!«

Ich würde nicht sagen, dass mein Vater gerade gebrüllt hat, aber Zimmerlautstärke geht anders. Die Antwort meiner Mutter kann ich nicht verstehen. Sie scheinen sich im Schlafzimmer zu streiten. Unsicher richte ich mich auf und tappe zur Tür. Wenn ich sie nur einen Spaltbreit öffne …

»Für was hältst du mich eigentlich? Meinst du, du kannst hier herumhuren, wie es dir passt, und ich finanziere das auch noch?«

Diesen Satz hätte ich auch verstanden, wenn ich nicht in der geöffneten Tür stehen würde, trotzdem wünschte ich, ich wäre nicht auch noch näher herangegangen. Ich hätte mir stattdessen lieber eine Decke über den Kopf ziehen sollen.

Genau, Juli, zischelt es in mir. Dann ist alles gar nicht da, oder?

»Ich bin auf dein Geld nicht angewiesen!« Meine Mutter ist ebenfalls lauter geworden. »Falls du es noch nicht bemerkt haben solltest, habe ich durchaus ein eigenes Einkommen!«

»Ach ja?« Ich wusste bisher nicht, dass mein Vater so ätzend klingen kann. Wie Salzsäure brennen sich seine Worte in mich hinein. »Und warum ziehst du dann nicht in eine nette Zweizimmerwohnung, die du dir mit deinem Einkommen sicher problemlos finanzieren könntest? Oder fragst deinen aktuellen Kerl, ob er dir nicht ein bisschen unter die Arme greift? Aber vielleicht kann er dich nur gut über den Tisch legen und sonst nichts?«

»Du bist so vulgär!« Jetzt schreit sie. »Wenn du glaubst, nur weil du mehr verdienst als ich, kannst du dich hier so aufführen, solltest du besser zu einer Nutte gehen! Dann sind die Verhältnisse wenigstens klar!«

»Das ist gar nicht mehr nötig! Ich hab ja schon eine!«

Es klatscht, es klatscht fest, und ich fühle mich so elend, dass ich am liebsten zu einer winzigen Kugel zusammenschrumpfen und mich auflösen würde.

Die Schlafzimmertür wird aufgerissen, meine Mutter schießt heraus, einen Mantel über den Arm geworfen. Sie sieht mich gar nicht, rennt den Flur entlang, und nur Sekunden später schlägt die Haustür zu. Eben war da noch ihr Umriss vor dem Durchgang zur Küche, jetzt sind es nur noch Sonnenstrahlen, die in die Diele fallen. Ein Geräusch lässt mich zur Seite sehen. Mein Vater steht in der geöffneten Schlafzimmertür, ein Blick auf seine brennend rote Wange macht mir klar, woher das klatschende Geräusch gerade kam. Er starrt mich an, will vielleicht etwas sagen, aber noch bevor er den Mund öffnen kann, schließe ich behutsam die Tür. Ich will nichts mehr hören.

Gar nichts.

Ich muss tatsächlich eingeschlafen sein. Als ich aufwache, sind die Sonnenstrahlen verschwunden, und in meinem Zimmer ist es so dunkel, dass ich kaum mehr meinen Schreibtisch erkennen kann. Zuerst fällt mir der Sturz von gestern wieder ein, was daran liegt, dass ich bei dem Versuch, mich aufzurichten, mit dem Ellbogen gegen die Bettkante stoße, dann schiebt sich die Erinnerung an den Streit meiner Eltern nach vorne. Wenn man das überhaupt noch einen Streit nennen kann. Streit klingt viel zu normal. Die beiden machen sich fertig, und netterweise tun sie das direkt vor meiner Nase.

Mein Sarkasmus knickt ein, gleich werde ich losheulen, einfach so. Bevor dies passieren kann, stehe ich auf und zucke zusammen, weil mein Hüftknochen mich daran erinnert, dass er das meiste abgekriegt hat.

Leise drücke ich die Klinke runter und husche in den Flur. Die Schlafzimmertür gegenüber steht noch immer offen, ein schwarzer Spalt gähnt mich an. Auch in der Küche ist es dunkel, aber unter der Tür zum Arbeitszimmer meines Vaters leuchtet ein schmales Lichtband.

Lange stehe ich davor, bis plötzlich sein Telefon klingelt. Mit klopfendem Herzen schleiche ich zu meinem Zimmer zurück.

Es ist zwanzig nach neun. Ich habe über vier Stunden geschlafen. Ohne eine Lampe einzuschalten, lege ich mich wieder aufs Bett und starre in das Dunkel hinein. Ab und zu fährt ein Auto vorbei, dann ziehen Lichtstreifen über die Zimmerdecke und rutschen an der Wand bis fast zum Spiegel runter.

Die Bilder in meinem Kopf lassen sich nicht sortieren. Ich versuche, über meine Eltern nachzudenken, aber Levin drängt sich dazwischen. Wir sollten Schluss machen. Ich hoffe, dass er damit nur das Telefongespräch gemeint hat, aber sicher bin ich mir nicht. Und warum beschimpft mein Vater meine Mutter als … als Nutte? Wie kann er so abfällig über sie reden? So verzweifelt, wie er letztens nachts vor der Wohnungstür hockte, muss er sie doch noch lieben, oder? Wie kann er dann nur so mit ihr reden? Ich meine, das ist meine Mutter. Und selbst wenn sie … also, selbst wenn sie ein Verhältnis mit einem anderen Mann … aber das kann ich einfach nicht glauben. Sie arbeitet viel, ja, aber er doch auch. Allerdings hat sie ihm nicht widersprochen. Sie hat nicht gesagt: »Wie kommst du nur auf diese bescheuerte Idee, ich könne etwas mit einem anderen Mann angefangen haben?«, sie hat … sie ist … einfach gegangen. An mir vorbeigerannt, ohne mich zu sehen.

Umständlich wälze ich mich auf die Seite und taste nach dem Telefon. Es liegt nicht auf dem Nachtschrank, und mit einem leisen Stöhnen klettere ich ein weiteres Mal aus dem Bett. Im Licht der Schreibtischlampe entdecke ich mein Handy zwischen den Schulsachen.

Katinka geht nicht ran. Es klingelt erst gar nicht, ich habe sofort den Anrufbeantworter in der Leitung.

»Hi, Katinka, ich bin's. Ruf mich zurück, wenn du das abhörst, ja?«

Vielleicht feiern sie ja gerade die Verlobung ihres Vaters. Oder der Akku ist leer.

Mit angezogenen Beinen, das Kinn vorsichtig auf die Knie gestützt, sitze ich auf dem Drehstuhl und kann nicht verhindern, dass meine Gedanken weiterhin im Galopp durch meinen Kopf rasen.

Meine Mutter hat also ein Verhältnis. Mein Vater hasst meine Mutter. Oder vielleicht auch nicht. Wohin ist meine Mutter verschwunden? Wenn es wirklich stimmt, was mein Vater behauptet, vermutlich zu ihrem Freund. Vorhin hat sie mir erzählt, sie würde sich mit jemandem aus der Agentur treffen wollen. Ich werde also nicht nur von meinem Vater, sondern auch von meiner Mutter belogen.

Überrascht mich das? Nach all ihren »Das wird schon wieder« und »So weit sind wir noch nicht«? Sie spielen mir was vor, und das tun sie auch noch extrem schlecht.

Ist es meiner Mutter eigentlich egal, was ich denke? Ist es ihr egal, wie es mir geht?

Sollte ich jemals Kinder haben, werde ich jedenfalls nie einfach aus der Wohnung rennen, ohne mir Gedanken darüber zu machen, was das für die bedeutet.

Noch einmal rufe ich bei Katinka an. Bescheuert, natürlich, und ich spreche auch kein zweites Mal auf die Box.

Und Levin? Lieber würde ich über ihn statt mit ihm reden. Was sollte ich ihm überhaupt sagen? Ihm jetzt noch das mit Marc beichten? Auch wenn es gar nichts zu beichten gibt. Also, abgesehen von der Tatsache, dass die Einladung zu dieser Party von ihm kam.

Ich stelle mir kurz vor, Levin erhielte eine Einladung von Milla zu einer Party und würde da einfach ohne mich hingehen.

Allerdings wäre das was anderes: Milla steht auf Levin.

Ach, und Marc nicht auf dich?, säuselt es in meinem Hirn. Macht er nicht, seit ihr euch am See begegnet seid, ziemlich deutlich klar, dass er auf dich steht? Erst die Einladung, dann die Tatsache, dass er dir hinterhergegangen ist. Um nach deiner Nummer zu fragen, wie er ja sogar freimütig zugegeben hat. So wie er überhaupt einigermaßen unbekümmert damit umgeht, dass er an dir interessiert ist.

Ich gebe mir alle Mühe, diesen Gedankenstrom zu stoppen, und fixiere dabei die Telefonnummer auf meinem Block.

Marc hat etwas an sich, etwas Unaufgeregtes, Beruhigendes. Vielleicht ist es seine Selbstsicherheit. Oder einfach die Art, wie er sich bewegt. So, als wüsste er immer ganz genau, was er will.

Ich sollte gar nicht darüber nachdenken.

Im nächsten Moment sehe ich mir selbst dabei zu, wie ich die Zahlen ins Handy eingebe. Er wirkt so beruhigend auf dich, dass dir gleich das Herz rausspringt, spöttelt meine innere Stimme, der ich gerne den Hals umdrehen würde, wenn innere Stimmen über einen verfügen würden.

Es klingelt. Das muss ich Levin dann auch noch erzählen. Bin ich jetzt eigentlich komplett durchgeknallt?

Ich hebe bereits die Hand, um die Verbindung wieder zu unterbrechen, da geht Marc ran. »Hallo?«

Überfordert blicke ich auf das Smartphone. Was mache ich hier nur?

»Juli?«

Mit einem schwachen Seufzen halte ich das Telefon wieder gegen mein Ohr. »Hi.« Im Hintergrund läuft Musik. »Stör ich gerade?«

»Nein, warte«, Geraschel, »ich geh mal hier raus.«

Kurz höre ich nichts mehr, aber noch bevor ich mich fragen kann, ob das Gespräch unterbrochen wurde, ist Marc wieder dran. »Okay, hier ist es ruhiger. Alles in Ordnung bei dir?«

»Klar.« Ich zögere. »Wieso fragst du das?«

»Na ja, es ist kurz nach zehn. Und du klingst nicht so, als sei alles in Ordnung.«

»Wow, Mr. Sensitive, bisher hab ich nur Hi gesagt.«

Er lacht leise, und aus irgendeinem Grund entspannt mich das. »Was machst du gerade?«

Genau das habe ich mich eben auch schon gefragt, oder? Und ich kann mich nicht erinnern, eine Antwort darauf gefunden zu haben.

»Ich bin vor zehn Minuten nach Hause gekommen«, improvisiere ich, »und häng jetzt nur hier rum.«

Bitte, denke ich, bitte frag mich jetzt nicht, wieso ich bei dir angerufen habe.

»Warum –«

»Und du? Was machst du gerade?«, unterbreche ich ihn.

»Ich bin mit Freunden unterwegs. Wie geht's dir mittlerweile? Tut noch irgendwas weh?«

»Nein, alles okay«, erwidere ich. »Nur Kratzer.«

»Gehst du jetzt eigentlich zur Polizei, deswegen?«

»Nein, ich …«, habe darüber gar nicht mehr nachgedacht, müsste ich ehrlicherweise antworten. Ich versuche, mir die Reaktion meines Vaters vorzustellen, wenn ich ihm von der Party erzählen würde, aber komme zu keinem Ergebnis. Sowohl er als auch meine Mutter haben vermutlich im Moment mit sich selbst genug zu tun. »Letzten Endes ist ja nichts weiter passiert.«

»Na ja. Was sagen deine Eltern dazu?«

»Nichts.« Jetzt muss ich plötzlich aufpassen, dass meine Stimme nicht dünner wird. »Sie haben es gar nicht richtig mitgekriegt.«

»Nein?« Marc klingt überrascht. »Ich dachte, das wäre gar nicht zu übersehen.«

»Es ist ja nur die Schramme unter dem Auge, die etwas offensichtlicher ist«, weiche ich aus. »Und meine Eltern sind in den letzten Tagen … meistens unterwegs.«

»Dein Verhältnis zu deinen Eltern ist nicht so gut, oder?«

Ich finde gerade noch Zeit zu bedauern, dass Marc mal wieder den Teufel tut, sich an gängige Konversationsrituale zu halten, als ich bereits antworte. »Doch. Eigentlich schon. Vielleicht im Moment nicht.«

Er schweigt. Obwohl wir nur telefonieren, glaube ich zu wissen, dass seine ganze Aufmerksamkeit auf mich gerichtet ist. Dazu muss ich mir nur unsere wenigen Begegnungen ins Gedächtnis rufen und seine Art, sich vollkommen auf sein Gegenüber zu konzentrieren.

»Sie werden sich trennen, denke ich. Sie sind dabei, alles zu … klären.«

»Ich hab das auch erlebt. Du musst auf keiner Seite stehen, weißt du?«

Fast verschlucke ich mich an meinem nächsten Atemzug. »Wie meinst du das?«

»Ich weiß nicht, wie es zwischen deinen Eltern abläuft, Juli«, erwidert er, »aber bei mir war es so, dass sie beide versucht haben, mich gegen den anderen aufzubringen. Dabei darfst du nicht mitmachen. Lass dich da nicht reinziehen.«

»Das sagst du so einfach.« Das kam jetzt eindeutig zu jämmerlich. »Sie packen ihren ganzen Mist direkt vor mir aus. Natürlich zieht mich das rein! Mein Vater hat meiner Mutter vorhin vorgeworfen, sie sei … sie würde ihn betrügen.« Zu spät wird mir klar, dass ich damit meine Behauptung, ich sei eben erst nach Hause gekommen, in Trümmer geschlagen habe, aber Marc geht gar nicht darauf ein.

»Trotzdem. Du musst versuchen, dich da rauszuhalten. Verschwinde einfach, wenn sie so was abziehen. Geh irgendwo hin. Das muss sich kein Mensch antun.«

»Ist es nicht besser, wenn ich weiß, was hier abläuft?«

»Weißt du es denn noch nicht? Willst du echt jedes Detail hören? Glaub mir, das willst du nicht.«

»Ich will nicht, dass sie sich trennen, Marc.« Jetzt passiert es tatsächlich, und ich heule. »Ich will mich nicht für einen entscheiden müssen.« Immerhin hört man es meiner Stimme nicht an, und die Tränen sieht er ja nicht.

»Juli.« Plötzlich klingt er sehr sanft. Vielleicht ahnt er es doch. »Das liegt einfach nicht in deiner Macht. Du kannst dich nur selbst schützen, während sie alles kaputtmachen.«

Eine Weile lang ist es still zwischen uns, dann setzt Marc wieder an: »Bist du alleine? Soll ich vorbeikommen?«

»Mein Vater ist da.« Und ich habe einen Freund, Marc.

»Ruf an, wann auch immer dir danach ist, okay?«

»In Ordnung. Danke. Ich … geh jetzt einfach ins Bett, glaube ich.«

»Schlaf gut, Juli.«

Ich trotte ins Bad, ziehe mich um und denke beim Zähneputzen darüber nach, dass mein Vater keinen einzigen Versuch unternommen hat, mit mir über das, was vorhin passiert ist, zu reden. Wäre da nicht das Licht in seinem Arbeitszimmer, könnte man denken, er sei ebenso verschwunden wie heute Nachmittag meine Mutter.

In meinem Zimmer ist es viel zu warm, und ich öffne das Fenster. Den Versuch zu lesen, gebe ich schnell wieder auf.

Sich nicht reinziehen lassen. Ich weiß nicht, wie das funktionieren soll. Einfach weggehen. Wohin denn?

Wenigstens ist Katinka morgen wieder da.

Schlaf gut, Juli.

Ich bin hellwach, während ich über den Tonfall nachdenke, in dem Marc diese Worte ausgesprochen hat. Er kann wirklich sehr behutsam sein, wenn er will, beinahe … zart. Das war so ungefähr der letzte Begriff, der mir vor unserem Telefongespräch im Zusammenhang mit ihm eingefallen wäre.

Wenn er lächelt, fährt er manchmal ein paar Sekunden lang mit der Zungenspitze über einen seiner etwas zu spitzen Eckzähne. Über den linken.

Ich weiß nicht, ob es so gut ist, dass mir das jetzt auch noch einfällt. Vermutlich nicht.

SIEBEN

»Guten Morgen.«

Scharf einatmend fahre ich herum, Orangensaft schwappt aus dem Glas. Mein Vater ist in der Küche aufgetaucht, ohne dass ich ihn habe kommen hören. Gerade noch habe ich aus dem Fenster gestarrt und mich gefragt, wie es sein kann, dass die Sonne völlig unbeeinflusst von meinem Innenleben heiteren Frohsinn verbreitet, jetzt hämmert mir das Herz gegen den Brustkorb, während ich nach dem Spüllappen greife.

»Juli, wir sollten uns unterhalten.« Er hat sich bereits der Espressomaschine zugewandt, weshalb ich nicht erkennen kann, wie viel von der in seinen Worten mitschwingenden Entschlossenheit nur aufgesetzt ist. Fürs Erste verzichte ich auf eine Antwort und wische den Saft auf.

Es dauert eine Weile, bis er fertig ist, und sein Gesicht wirkt angespannt, als er sich mit der Espressotasse in der Hand endlich zu mir umdreht. »Du hast unseren Streit gestern leider mitbekommen?«

Er bringt es tatsächlich fertig, diese Aussage als Frage zu formulieren, und da ich nicht weiß, was ich darauf antworten soll, zucke ich nur mit den Schultern und starre in mein Glas.

»Das war … sehr unschön. Es tut mir leid. Ich hätte nicht … Ich habe die Beherrschung verloren, und das hätte nicht passieren dürfen.« Mein Vater schweigt einen Moment, dann setzt er erneut an: »Zwischen deiner Mutter und mir funktioniert es nicht mehr.«

Auf dem Orangensaft schwimmen kleine Bläschen. Sie platzen gar nicht. Wieso eigentlich nicht?

»Es ist zu viel zwischen uns kaputtgegangen«, fährt er fort. Seine Stimme klingt dumpf, bleiern. Ein bisschen brüchig. »Wir werden uns trennen. Ich nehme an, das hast du ohnehin bereits seit Längerem geahnt, oder?«

Er wartet nur wenige Sekunden auf eine Antwort, die nicht kommt, dann spricht er weiter, so als könne er selbst die Stille zwischen uns nicht ertragen. »Für dich wird sich vorerst gar nichts ändern, wenn du nicht willst. Deine Mutter hat mich gestern Abend darüber informiert, dass sie auszuziehen gedenkt. Im Moment ist sie bei einem … Freund.« Die Pause vor diesem Wort braucht er gar nicht, mir ist auch so klar, um was für eine Art von Freund es sich handelt. »Sie wird ausziehen. Und in den nächsten Tagen ein paar Sachen holen. Es ging jetzt alles etwas schneller, als gedacht. Oder vielleicht auch nicht«, sagt er mehr zu sich selbst. »Vielleicht hat das alles auch schon viel zu lange gedauert.«

Wir zucken beide zusammen, als die Espressomaschine ein zischendes Geräusch von sich gibt, doch im nächsten Moment sucht mein Vater wieder meinen Blick. »Wir haben dir viel zugemutet in letzter Zeit. Ich möchte, dass du weißt, dass alles, was zwischen deiner Mutter und mir vorgefallen ist, nichts mit dir zu tun hat. Du bist nicht schuld daran.«

Das hört sich an, als habe er Ratgeber zum Thema Trennung gelesen. Natürlich bin ich nicht schuld daran, es ändert nur nichts an den Tatsachen, oder? Meine Mutter wird also demnächst ausziehen. Und ich? Was erwarten sie von mir? Dass ich mitgehe? Hierbleibe? Was soll ich denn jetzt machen? Das sind meine Eltern, die beiden wichtigsten Menschen in meinem Leben, neben Katinka und Levin, und jetzt geht einer nach links und der andere nach rechts. Und was bitte soll ich tun?

Nur langsam dringt zu mir durch, dass mein Vater weiterspricht. »… vermutlich mit ihrem Freund zusammenziehen. Das solltest du vielleicht wissen. Es liegt natürlich in erster Linie bei dir. Wenn du mit deiner Mutter mitgehen willst, ist das deine Entscheidung. Ich werde trotzdem dein Vater bleiben, wenn du das möchtest.«

Was soll das denn jetzt heißen? Falls ich vielleicht mal wütend auf ihn bin und ihn zur Hölle wünsche, ist er es dann nicht mehr? Sagt er dann: »Tschüss, ganz wie du willst«, oder wie?

»Juli? Hörst du mir zu?«

»Klar«, erwidere ich schwach und stelle mein Glas auf die Arbeitsplatte. »Bis wann muss ich mich entscheiden?«

»Du musst noch gar nichts entscheiden. Denk in Ruhe über alles nach. Wenn du Fragen hast, kannst du jederzeit zu mir kommen. Wir werden für alles eine Lösung finden, versprochen. Wir schaffen das.« Er will zuversichtlich klingen, aber es gelingt ihm nicht ganz.

»Wo wohnt dieser Freund?«

»Wie bitte?«

»Der Freund von Mama. Wo wohnt er?«

»In Neu-Isenburg.«

Das ist nicht weit weg. Immerhin. Vermutlich müsste ich nicht die Schule wechseln. Sofern ich mit meiner Mutter umziehen würde. Zu ihrem Freund. »Hast du auch, ich meine – hast du auch schon eine Neue?«

Erstmalig fällt meinem Vater ein, dass er den Espresso noch immer unberührt in der Hand hält, und er trinkt einen Schluck. »Eine Freundin, meinst du? Nein. Nein, natürlich nicht. Ich habe unsere Ehe durchaus ernst genommen.«

Ich wünschte, er würde sich solche Seitenhiebe sparen. Aber vielleicht ist das zu viel verlangt.

»Was ist eigentlich mit deinem Gesicht passiert?«

Unwillkürlich berühre ich mit den Fingerspitzen die Schramme unter meinem Auge. »Nichts Schlimmes. Ich bin hingefallen.«

»Deine Hände haben auch ganz schön was abgekriegt.«

»Kann sein.«

»Hast du die Wunden desinfiziert? Sind das die einzigen Verletzungen?«

»Hab ich«, behaupte ich und schenke mir die Antwort auf seine zweite Frage. »Nicht schlimm«, beteuere ich stattdessen. Es kommt mir lächerlich vor, ausgerechnet jetzt über Kratzer zu reden.

»Was hast du heute noch vor?«

Diese Frage trifft mich unvorbereitet. Sie scheint so gar nicht zu dem vorangegangenen Gespräch zu passen. Was ich noch vorhabe heute? Also, abgesehen davon, mir zu überlegen, wen von meinen Eltern ich nicht genug mag, um bei ihm bleiben zu wollen?

»Katinka kommt später noch«, sage ich schließlich. Perfekte Antwort. Ich sehe gleich, dass mein Vater zufrieden damit ist.

»Das ist bestimmt eine gute Idee. Und wenn noch irgendetwas ist – ich bin heute den ganzen Tag zu Hause.«

Zurück in meinem Zimmer finde ich eine Nachricht von Katinka auf dem Handy vor. Gegen halb fünf will sie hier sein, und es ist erst kurz vor elf. Was soll ich bis dahin machen? Ich könnte Levin anrufen, doch stattdessen klettere ich zurück in mein Bett. Zumindest habe ich noch genug Zeit, bis ich mich unter die Dusche schwingen und ein paar Klamotten raussuchen muss. Am liebsten würde ich einfach alles, was demnächst ansteht, verschlafen.

Grob geschätzte zwanzig YouTube-Videos später klingelt mein Telefon. Mein erster Gedanke ist, dass es mit Katinka heute vielleicht doch nichts mehr wird, dann schießt mir Levin durch den Kopf. In der Sekunde, in der ich *Oder Marc?* denke, stelle ich fest, dass es meine Mutter ist, die mich anruft, und mit einem plötzlichen Ziehen im Magen tippe ich das Smartphone an.

»Hallo, Julika. Hast du gerade ein wenig Zeit?«

Die Frage ist seltsam. Diese ganze Situation ist seltsam. Hat mich meine Mutter jemals auf dem Handy angerufen, ohne dass ihre Worte »Julika, wo bist du?« oder »Weißt du eigentlich, wie spät es ist?« lauteten? Ich kann mich nicht erinnern.

»Julika?«

»Ja, ich bin dran. Ich meine, ja, ich habe Zeit. Klar.«

»Wollen wir uns gleich irgendwo auf ein Mittagessen treffen?«

»Jetzt?«

»Ja, jetzt. Ich denke, wir müssen uns unterhalten.«

Diesen Satz habe ich heute schon einmal gehört.

»Ich weiß schon, worum es geht«, setze ich an, nur um im nächsten Augenblick von meiner Mutter unterbrochen zu werden.

»Hat dein Vater dir bereits seine Version der Dinge präsentiert, ja?«, antwortet sie seufzend. »Na, das war wohl zu erwarten.«

Ich sage nichts, denke aber, dass sie bei dem von ihr vorgeschlagenen Mittagessen auch nichts anderes tun wird. Offenbar sind sie beide nicht in der Stimmung – oder in der Lage – gemeinsam mit mir über alles zu reden.

»Wollen wir uns in einer halben Stunde an der Hauptwache treffen?«

In einer halben Stunde? Bisher bin ich noch nicht mal zum Duschen gekommen. »Das schaff ich nicht.«

»Dann in einer Stunde?« Sie klingt drängend, und ich unterdrücke ein Seufzen. Eigentlich will ich heute nicht noch einmal über dieses Thema sprechen, eigentlich will ich nur hier in meinem Bett liegen und auf Katinka warten, aber es wäre wohl unfair, meiner Mutter nicht auch die Gelegenheit zu geben, mir alles zu erklären. Vom Auseinanderleben und so.

»Okay«, sage ich müde.

»Schön«, erwidert sie erleichtert, und prompt habe ich deshalb ein schlechtes Gewissen, bevor sich einmal mehr Juli Zwei verselbstständigt und mir erklärt, diejenige, die hier ein schlechtes Gewissen haben sollte, sei ja wohl nicht ich.

Meine Mutter wartet bereits vor dem *Café Hauptwache* und ist gerade dabei, eine Nachricht in ihr Smartphone einzugeben. Sie trägt einen weich fallenden, dunkelroten Rock und über ihrer Bluse eine Strickjacke. Sie sieht hübsch aus, und im Moment hasse ich meinen Vater dafür, dass mir seine Worte von gestern wieder einfallen. Ich gehe schneller, als sie aufblickt und das Telefon mit einem Lächeln zurück in ihre Handtasche steckt. Zur Begrüßung nimmt sie mich in den Arm, und diese Geste ist so ungewohnt, dass ich mit herabhängenden Händen lediglich ein wenig nach vorne kippe, ohne ihre Umarmung zu erwidern.

»Ich dachte, wir gehen ins *Nomu*? Um diese Zeit ist da sicher alles leer.«

Das *Nomu* ist ein sehr kleines Sushi-Restaurant, und obwohl ich überhaupt keine Lust darauf habe, nicke ich einfach. Es ist völlig egal, wo wir hingehen, ich habe sowieso keinen Hunger.

Meine Mutter lässt sich auf einen der grauen Stühle nieder, die draußen vor dem Restaurant stehen. Noch bevor ich sitze, eilt eine Kellnerin herbei, um uns zwei Speisekarten auf den Tisch zu legen. Meine Mutter lächelt ihr zu und schiebt die Karten zur Seite. Sie isst hier immer das Gleiche. »Wie geht es dir?«

Mit meiner Standardantwort würde ich im Moment wohl nicht sehr weit kommen. Ich lehne mich zurück und verschränke die Arme vor der Brust. »Na ja, wie soll es mir wohl gehen?«

Sie zupft an einer Ecke der Karte herum. Ihre glatten Haare fallen über ihre Schulter, als sie nach unten sieht und etwas von ihrem Rock streift. Einen Fussel vielleicht. »Es kam nun doch alles ein bisschen plötzlich.«

»Ach. Findest du?«

Jetzt gehen die Brauen meine Mutter in die Höhe.

»Ihr redet doch schon seit Monaten nicht mehr miteinander«, erkläre ich und ärgere mich gleichzeitig über den schuldbewussten Ton, den ich dabei anschlage. Ich habe schließlich gar nichts gemacht.

Meine Mutter lehnt sich ebenfalls zurück, als die Kellnerin zu unserem Tisch zurückkehrt, wählt ihr Mittagsmenü und ein Mineralwasser und sieht mich skeptisch an, weil ich nur eine Misosuppe bestelle. »Hast du schon gegessen?«

»Ja.« Zumindest fühle ich mich, als hätte ich bereits gegessen, viel zu viel sogar.

Sie gibt sich mit dieser Antwort zufrieden, wenn auch ihre nächste Frage gleich einem weiteren empfindlichen Thema gilt: »Ist dir nicht viel zu warm?«

Ich trage graue Jeans und ein sehr weites, schwarzes Shirt, dessen Ärmel so lang sind, dass sie noch über meine Fingerknöchel reichen. »Nein«, erkläre ich abweisend, was in etwa genauso sehr der Wahrheit entspricht wie die Antwort zuvor. Ehe meine Mutter vielleicht auf den Sturz zurückkommen kann, setze ich zu einem Tiefschlag an: »Papa hat erzählt, du würdest zu deinem Freund ziehen.«

Sie zuckt zusammen. Das Thema kam ihr eindeutig zu schnell auf den Tisch. »Es wäre schön gewesen, wenn dein Vater mir überlassen hätte, mit dir darüber zu sprechen«, erklärt sie ein wenig steif. »Aber es ist in der Diskussion, ja.«

»Seit wann …« gehst du fremd?, hätte ich beinahe gefragt, bekomme aber gerade noch rechtzeitig die Kurve, »… kennt ihr euch?«

»Wir kennen uns schon ziemlich lange. Er arbeitet für eine Agentur, für die ich bereits häufiger Fotos gemacht habe, und es … hat sich einfach so ergeben. Keiner von uns hat es darauf angelegt, verstehst du?«

Nein. Verstehe ich nicht. Was soll ich denn daran überhaupt verstehen? »Warum hast du nicht erst das Eine beendet, bevor du was Neues angefangen hast?« Ich höre selbst, wie naiv die Frage klingt, trotzdem will ich die Antwort wissen.

»Du sagst das, als würde man die Dinge nach Belieben beenden und beginnen können, Julika«, weicht meine Mutter aus. »Ich habe lange gar nicht bemerkt, dass zwischen mir und Stefan etwas Neues entstanden ist, weißt du? Und ich habe auch nicht wahrhaben wollen, dass meine Ehe nicht mehr das ist, was sie einmal war. Es ist … einfach passiert.«

Unser Essen kommt, weshalb ich auf diese Erklärung zum Glück nicht direkt antworten muss. Einfach passiert. Schon klar.

»Ich hätte mit dir – und auch mit deinem Vater – in Ruhe darüber reden wollen, aber so sollte es leider nicht sein.«

»Er hat es selbst rausgekriegt«, schlussfolgere ich, und als meine Mutter nur das Kinn senkt, steigt Mitleid für meinen Vater in mir auf. Wie fies muss sich das angefühlt haben. Wenn man so lange verheiratet ist und all das. Ein Kind hat.

Ich schlucke. Schlucke noch einmal. Probiere einen Löffel Suppe, aber sie schmeckt furchtbar.

»Julika, ich weiß, dass das schwer für dich ist.« Die Hand meiner Mutter schwebt in der Luft, als überlege sie, wo ein guter Landeplatz dafür sein könnte. »Ich wünschte wirklich, es wäre nicht so weit gekommen. Aber es ist besser, dass jetzt alles ausgesprochen ist. Die letzte Zeit war auch schlimm für dich, oder?«

Ich nicke langsam. Allerdings bin ich mir nicht sicher, ob ich ihren Optimismus teilen kann, was den »Es ist besser«-Teil ihres Satzes betrifft.

»Wir werden diese Trennung so glatt wie möglich über die Bühne bringen. Und du kannst deinen Vater regelmäßig sehen, ganz bestimmt.«

Mein Kopf fährt in die Höhe. »Wie meinst du das?«

Erschrocken blinzelt sie mich über ein Thunfisch-Nigiri an, das zwischen den Stäbchen klemmt. »Ich meine, also, du willst deinen Vater doch sehen, oder?«

»Natürlich will ich ihn sehen! Aber wie kommst du darauf, dass ich auf jeden Fall mit dir gehen werde?«

Ihr Gesicht nimmt einen bestürzten Ausdruck an, und wenn ich nicht ganz schnell noch wütender werde, nimmt das hier kein gutes Ende. »Ich bin sechzehn! Du kannst nicht über meinen Kopf hinweg entscheiden, wo ich leben möchte! Ich werde auf keinen Fall die Schule wechseln …«

»Das musst du doch auch gar nicht.«

»… und ich werde auch ganz sicher nicht zu irgendeinem wildfremden Typen ziehen! Das kannst du gleich vergessen!«

»Julika, aber … du kennst ihn doch noch überhaupt nicht.«

»Na und? Meinst du, es würde etwas ändern, wenn ich ihn einmal treffen würde? Ich würde ja auch nicht zu meinem Mathelehrer ziehen, und den kenne ich mit Sicherheit besser als diesen Stefan!«

»Julika«, versucht es meine Mutter jetzt in einem beruhigenden Tonfall, »nun gib dem Ganzen doch bitte erst einmal eine Chance.«

»Wieso denn? Ihr gebt mir doch auch keine!« Mit einem Ruck stoße ich den Stuhl nach hinten und fühle, wie meine Wut durch meine eigene Hysterie erst richtig entfacht wird. Vermutlich benehme ich mich kindisch und lächerlich, es gibt bestimmt eine Million Sechzehnjährige, die mit der Trennung ihrer Eltern sehr viel besser umgehen können als ich. Trennungen sind doch etwas völlig Normales! Trotzdem springe ich auf die Füße und greife nach meiner Tasche, die ich über die Stuhllehne gehängt habe. Ohne ein weiteres Wort stolpere ich los, ignoriere meine Mutter, die mir etwas hinterherruft, und schwöre mir gleichzeitig, dass das der letzte Auftritt ist, den ich so abgedreht hinlege. Das bin doch gar nicht mehr ich. Und so will ich auch gar nicht sein.

Katinka ist sofort einverstanden, als ich sie anrufe und frage, ob wir uns auch bei ihr treffen können. Tom öffnet mir die Tür, muffelt eine Begrüßung in seinen nicht vorhandenen Bart und schiebt sich zurück ins Wohnzimmer, wo ich den Fernseher laufen höre. Im Vorübergehen werfe ich einen Blick hinein: Er sitzt dort mit einem Freund vor einem Computerspiel.

Musik dröhnt mir bereits auf der Treppe entgegen, deshalb versuche ich erst gar nicht, durch Anklopfen auf mich aufmerksam zu machen, und öffne einfach Katinkas Zimmertür.

Oh Gott. Auch das noch.

Katinka sitzt auf ihrem Bett, und das an sich wäre nicht weiter wild, wenn sich unter ihr nicht Jako befinden würde. Zumindest gehe ich davon aus, dass es sich um ihn handelt, Katinkas nach vorne fallende Haare machen es unmöglich, sich da ganz sicher zu sein. Wenigstens haben beide ihre Klamotten noch an. Für einen winzigen Moment ist mir danach, die Tür einfach wieder zuzuziehen, dann gehe ich quer durchs Zimmer und drehe die Anlage leiser. »Hi.«

»Juli!« Katinka dreht sich erschrocken um. »Hast du geklingelt?«

»Tom hat mich reingelassen.«

Absurderweise fühlt es sich so an, als hätte ich die beiden bei etwas Verbotenem erwischt. Jako hat sich erst auf seine Unterarme gestützt und schwingt nun die Beine über die Bettkante, nachdem Katinka von ihm heruntergesprungen ist. »Hi, Juli.« Er lächelt und fährt sich durch die Haare. »Sorry, ich wollte schon weg sein.«

»Wegen mir musst du nicht gehen.«

»Jako hat mir nur ein paar Sachen vorbeigebracht«, erklärt Katinka, ihre helle Haut hat an den Wangen einen leichten Stich ins Rötliche bekommen. »Ich hätte nicht gedacht, dass du so schnell bist.«

»Ich war schon in der Nähe.«

Genaugenommen drücke ich mich bereits seit über einer halben Stunde in der Gegend herum, und wenn ich gewusst hätte, dass ich die beiden beim Rummachen überraschen würde, hätte ich das auch noch länger getan.

»Okay, wir sehen uns ja ohnehin später.« Jako greift nach einer Sporttasche und Katinka nach seiner Hand. Ich mustere den Schreibtisch.

»Tschüss, Juli! Kommst du nachher auch?«

»Wohin?« Misstrauisch werfe ich Jako einen Blick zu, aber er tut mir den Gefallen und steht einfach nur neben Katinka.

»Ins *Cave*?«

»Weiß ich noch nicht.«

»Okay, dann also vielleicht bis nachher. Was ist mit deinem Auge passiert?«

»Hingefallen.«

»Sieht fies aus.« Er schenkt mir noch einen mitleidigen Blick, bevor Katinka die Tür hinter ihm schließt und sich mir mit einem Gesichtsausdruck zudreht, in dem sich Belustigung und Verlegenheit mischen. »Ich hab dich echt nicht kommen hören.«

»Tut mir leid. Ich hätte geklopft, aber die Musik war so laut.« Eine Sekunde lang stehen wir einander gegenüber, dann setze mich auf ihren Drehstuhl. »Was macht die Hochzeit von deinem Vater?«

Katinka lässt sich zurück aufs Bett fallen. »Ist für den Sommer geplant. Dauert also noch. Aber egal. Wie sieht's bei dir aus?«

Kurz muss ich überlegen, wo ich anfangen soll. »Meine Mutter zieht jetzt zu ihrem Freund.«

»Was?« Eben noch hat Katinka sich auf den Bauch legen wollen, jetzt richtet sie sich wieder auf. »Sagtest du am Freitag nicht irgendwas von wegen, du glaubst, es könnte sein, dass deine Eltern sich trennen wollen?«

»Das ist dann wohl inzwischen überholt.« Ich stoße mich vom Schreibtisch ab und drehe einen Halbkreis. »Mittlerweile ist das definitiv.«

»Und deine Mutter zieht zu ihrem Freund? Seit wann hat sie denn einen Freund? Was sagt dein Vater dazu? Warum hast du mich nicht angerufen?«

»Hab ich doch.« Ein Halbkreis zurück. »Dein Telefon war ausgeschaltet.«

»Mein Telefon … Samstagabend? Der Akku war leer, das Ding hing am Ladekabel, ich hatte es nicht dabei. Bitte jetzt noch mal langsam: Deine Mutter zieht zu ihrem Freund?«

»Sieht so aus.«

»Kennst du den?«

»Nein.«

»Und seit wann hat sie einen Freund? Trennen sich deine Eltern deshalb?«

»Keine Ahnung und keine Ahnung. Wohl schon länger, schätze ich.«

»Ach du Scheiße.«

Dem hab ich nichts hinzuzufügen.

Katinka benötigt eine Weile, um die Neuigkeiten zu verdauen. »Und dein Vater?«

»Ist nicht so begeistert.«

»Nein, bestimmt nicht. Ist er … hat er … geht's ihm sehr schlecht?«

»Meinem Vater? Ja, doch. Denke schon.«

»Und du?«

»Ich bin auch nicht begeistert.«

»Nein, ich meine … Was willst du jetzt machen?« Diese Frage stellt Katinka zaghaft, und ich beende meine Kreiselei auf dem Schreibtischstuhl.

»Ich weiß es nicht. Ich hab wirklich keine Ahnung. Meine Mutter geht davon aus, dass ich mit ihr umziehe, aber ich will nicht mit irgendeinem Typen zusammenwohnen, den ich überhaupt nicht kenne. Und ich will nicht einen von beiden nur noch alle zwei Wochen sehen oder so. Und ich will überhaupt diesen ganzen Mist nicht.«

Katinka hat langsam zu nicken begonnen, und sie nickt noch einen Moment weiter, nachdem ich aufgehört habe zu reden. »Aber für einen musst du dich entscheiden.«

Seufzend stoße ich mich wieder von der Schreibtischplatte ab. »Weiß ich.«

»Oder du könntest … man kann das ja auch gerecht aufteilen, glaube ich. Eine Woche bei dem einen und eine Woche bei dem anderen.«

Zwei Wohnorte. Zwei Zimmer, zweimal Alltag, einmal in Frankfurt und einmal in Neu-Isenburg. Nein. Das will ich auch nicht.

»Schade, dass ich nicht einfach ausziehen kann. In eine eigene Wohnung. Das wäre noch was Genaues«, murmele ich.

Katinka zieht sich ein Kissen heran und lässt sich nun doch nach vorne fallen. Sie sieht genauso ratlos aus, wie ich mich fühle. »Willst du ein paar Tage hier übernachten?«, fragt sie schließlich.

Kurz denke ich an den Moment von eben, sie und Jako auf dem Bett. »Nein, eher nicht. Das ändert ja auch nichts an allem«, setze ich hinzu und weiß nicht, ob ich geknickt oder erleichtert sein soll, als Katinka nicht weiter darauf besteht. Vermutlich ist ihr auch Jako eingefallen.

»Ach Mann.« Sie zögert. »Komm wenigstens mit ins *Cave* heute Abend, hm? Es wird dich ablenken. Einfach ein bisschen was trinken, tanzen und Musik. Oder was würdest du stattdessen machen wollen?«

Was ich stattdessen wollen würde? Ich starre auf Katinkas Rechner und sehe mich alleine in der dunklen

Wohnung in meinem Zimmer hocken, mit nichts als einem schwachen Lichtband in der Diele als Gesellschaft. Wem muss ich eigentlich Bescheid sagen, wenn ich heute Abend noch ins *Cave* gehe?

Ich habe meinen Vater angerufen. Meine Mutter bekommt ja ohnehin nicht mit, wo ich bin. Von Katinka habe ich mir ein kurzes, graues Top geliehen, und sie sah ein bisschen erschrocken aus, als sie meinen abgeschürften Ellbogen entdeckt hat. Fast hätte ich ihr von Marc erzählt. Ich weiß selbst nicht, warum ich es nicht getan habe. Sie und Jako sind so offensichtlich glücklich miteinander, und Levin und ich … die Sache mit meinen Eltern reicht irgendwie. Ich will nicht nur Probleme auffahren.

»Fertig?« Katinka steht schon in der Zimmertür, während ich mir noch mein schwarzes Shirt um die Hüften knote. Ein letzter, flüchtiger Blick in den Spiegel, der in die Tür ihres Kleiderschranks eingelassen ist. Na ja.

»Alles klar.«

Wir sitzen bereits in der U-Bahn, und Katinka versucht sehr rührend, mich auf andere Gedanken zu bringen, indem sie mir alles Mögliche von ihrem Wochenende erzählt, als mir klar wird, dass ich ihr nicht nur Marc verschwiegen, sondern auch mit keiner Silbe den Streit zwischen mir und Levin erwähnt habe. Er wird sicher heute Abend im *Cave* sein. Und dann? Soll ich so tun, als sei nichts gewesen? Oder versuchen, noch mal mit ihm zu reden?

Katinka geht über meine Einsilbigkeit hinweg. Mittlerweile berichtet sie von einem Interview, das nächsten

Mittwoch stattfinden wird, und erst, als plötzlich Stille herrscht und sie mich ansieht, wird mir klar, dass sie wohl eine Frage gestellt haben muss.

»Wie bitte?«

»Ob du am Mittwoch mitkommen willst?«

»Ja doch. Mittwoch? Klar, warum nicht. Kann ich schon übernehmen.«

»Was kannst du übernehmen?«

»Ähm. Die Fotos. Das hast du doch gefragt, oder?«

»Wir bekommen Fotos von ihrem Management. Wir können natürlich trotzdem ein paar Livebilder machen, aber … ich glaub, du warst gerade woanders, stimmt's?«

»Vielleicht hab ich kurz nicht aufgepasst, entschuldige«, gebe ich zu und handele mir den ich-weiß-nicht-wievielten mitleidigen Blick für heute ein.

»Willst du vielleicht doch lieber nicht ins *Cave*? Wir könnten auch zurück zu mir fahren und noch mal über alles reden …«

»Nein, passt schon.« Ich will nicht noch mal über alles reden. Vielleicht wäre es klüger, wenn ich nach Hause fahren und über diesen ätzenden Tag nachdenken würde, statt gleich Levin gegenüberzustehen, aber nun sitze ich eben hier in der U-Bahn, und wir sind schon fast da.

»Okay.« Überzeugt sieht Katinka nicht aus.

Ich reiße mich zusammen und lächle sie an. »Was hat Tom denn nun eigentlich zu der Sache zwischen deinem Vater und Gisela noch gesagt?«

Nach ungefähr zehn Minuten bereue ich schon, ins *Cave* gegangen zu sein. In dieser Zeit hat sich Katinka auf Jako gestürzt, Levin hat mir zur Begrüßung nur kurz zugenickt, und ich habe Milla und Lea entdeckt, was nicht weiter schwer war, da beide neben Levin sitzen. Er weiß eigentlich, wie wenig ich für die beiden übrig habe, und normalerweise achtet er sehr darauf, zumindest Milla gegenüber einen gewissen Abstand einzuhalten.

Mit einem drückenden Gefühl im Magen zupfe ich an Katinkas Shirt. »Ich geh mir was zu trinken besorgen.«

Auf keinen Fall werde ich mich zu Levin auf die Bank setzen, wenn der so tut, als müsse er sich ganz auf Millas blödes Geplapper konzentrieren.

»Ist gut. Bringst du mir was mit?«

Ich nicke und verziehe mich. Es ist noch nicht sehr viel los, und kurze Zeit später stehe ich mit den Getränken wieder an unserem Tisch. Katinka ist immer noch mit Jako beschäftigt, und Levin sieht mich nicht mal an. Wortlos stelle ich die Gläser ab und schiebe mich an einigen Leuten vorbei zur Tanzfläche. Dort angekommen klettere ich die Stufen zu einer schmalen Empore hinauf, von der aus man das Geschehen unter sich im Blick hat. Die beiden Tische hier oben sind besetzt, aber das ist mir egal. Ich hänge mich übers Geländer.

Levin schien sich gut mit Milla und Lea zu unterhalten, und ich grübele eine Weile darüber nach, ob Levin die Beziehung zwischen uns nicht vielleicht doch beendet hat. Nein, Blödsinn. Auf so eine Art würde er das nie tun.

Auf der Tanzfläche wird es langsam voller. Aus den Boxen erklingt ein Song, zu dem Katinka und ich gerne tanzen, und in dieser Sekunde entdecke ich meine Freundin, die sich mit suchendem Blick zwischen den Leuten hindurchdrängelt. Katinka verschwindet in Richtung Bar, noch bevor ich mir darüber klar geworden bin, ob ich sie durch Winken auf mich aufmerksam machen soll. Stattdessen stütze ich behutsam die Ellbogen auf das Geländer und schiebe mir ein paar Strähnen aus dem Gesicht. Plötzlich bin ich einfach nur müde. Es war keine gute Idee, hierherzukommen. In letzter Zeit scheine ich überhaupt keine guten Ideen mehr zu haben.

Levins weißblonde Haare stechen mir ins Auge. Und es ist zwar nicht Milla, aber Lea, die sich an ihn gehängt hat und ihn lachend in Richtung Tanzfläche schiebt. Für ein paar Sekunden beobachte ich die beiden. Lea, die fröhlich auf meinen Freund einredet, und Levin, der sie angrinst. Schön, wenn man einfach nur gut drauf sein kann.

Was meine Mutter wohl gerade macht?

In einem aufblitzenden Gedanken sehe ich sie in den Armen eines gesichtslosen Mannes, bevor sich das Bild meines Vaters dazwischenschiebt, der gebeugt an seinem Schreibtisch sitzt. Er hebt den Kopf. »Nutte«, sagt er, und ich versuche zu schlucken. Es geht nicht. Mein Mund ist zu trocken. An unserem Tisch steht mein Wasser, aber Milla sitzt vermutlich noch dort.

Ich will nach Hause. Ich will mir in meinem Bett die Decke über den Kopf ziehen und mit Nachdenken aufhören. Zumindest für heute.

Mit der Schulter drücke ich irgendwelche Leute zur Seite. Eigentlich sollte ich wenigstens Katinka noch Bescheid sagen, aber heute will ich keine Fragen mehr beantworten müssen, sondern einfach nur weg von hier, weg von Levin und der lachenden Lea.

Draußen ist es kühler geworden, und ich knote die Ärmel meines Shirts auf. Dann suche ich in meiner Tasche nach dem Handy. Ich werde Katinka eine Nachricht schreiben. Dass es mir nicht so gut geht und ich nach Hause fahre. Hoffentlich wird sie deshalb nicht sauer sein. Immerhin hat sie mich gesucht, und ich … eine Nachricht. Ich weiß, von wem sie ist, noch bevor ich den Text auf das Display hole.

Hi, Juli. Konntest du gut schlafen? Marc

Meine Füße laufen einfach weiter, während ich auf das Telefon starre. Die Nachricht kam um zwanzig nach acht, das ist keine Viertelstunde her.

Es hätte nicht viel gefehlt, und das Handy wäre zu Boden gestürzt, als es in meiner Hand unvermittelt zu klingeln beginnt. Levin. Noch während mein Hirn so tut, als müsse es darüber nachdenken, ob ich überhaupt mit Levin reden will, hat mein Daumen das Kommando schon übernommen.

»Hallo?«

»Hey … Juli?«

Ich habe die U-Bahn-Station erreicht und bleibe stehen. Da unten bricht die Verbindung oft ab. »Was ist?«

»Also … Katinka sucht dich. Wo bist du?«

»Draußen.«

»Vor dem *Cave*?«

»Nein, nicht mehr wirklich vor dem *Cave*. Ich wollte Katinka gerade eine Nachricht schreiben, Levin. Ich mach das jetzt mal eben.«

»Okay. Klar. Dann … bis dann.«

»Bis dann.«

Zögernd lasse ich das Handy sinken und reiße den Arm sofort wieder hoch, als Levin noch mal nachhakt. »Hör mal … Warum haust du einfach ab?«

Weil du so tust, als sei ich gar nicht da? Weil du dich lieber mit Milla unterhältst als mit mir? Weil mir nicht nach Tanzen und Abhängen ist oder danach, irgendwelchen sinnlosen Mist zu erzählen?

»Ich weiß nicht … ich war einfach müde.«

Ein paar Jugendliche schieben sich an mir vorbei, und ich trete einen Schritt zur Seite.

»Du warst müde.« Das klang nicht nach einer Frage, mehr nach einer Feststellung. Ich sehe den Leuten hinterher, die jetzt lachend die Treppen hinunterspringen.

»Wo bist du, Juli?«

»Ich steh vor der U-Bahn.«

»Willy-Brandt-Platz?«

»Ja, klar.«

»Wartest du? Ich bin gleich da.«

»Und was ist mit Lea?« Das ist mir peinlicherweise einfach rausgerutscht, und ich beiße mir auf die Unterlippe. So deutlich wollte ich es eigentlich nicht rüberbringen.

»Ich bin gleich da«, wiederholt Levin, als habe er meine Frage überhaupt nicht gehört. »Gib mir zehn Minuten.« Das Display wird erst dunkel, dann schwarz. Aus der U-Bahn-Station dringen noch immer Geschrei und Gelächter. »Hey!«, brüllt jemand, und kurz ist da ein Druck auf meiner Brust, aber natürlich hat der Ausruf mit mir überhaupt nichts zu tun.

In einer Mischung aus Ungeduld und vagem Unbehagen warte ich auf Levin. Ihm ist egal, was Lea oder Milla von seinem Verschwinden halten, und das ist gut. Aber in letzter Zeit war die Stimmung zwischen uns irgendwann immer im Keller, und ich bin überhaupt nicht sicher, dass unser Zusammentreffen jetzt gleich besser ablaufen wird.

Soll ich ihm von Marc erzählen?

Ich muss ihm von Marc erzählen, natürlich, und ich werde es auch tun, aber ist jetzt ein guter Moment dafür?

Katinka wollte ich auch noch Bescheid geben.

Automatisch beginne ich, nach dem Handy zu suchen, das ich wieder in meine Tasche habe gleiten lassen. Mit zusammengepressten Lippen klicke ich die SMS von Marc weg und gebe eine Nachricht an Katinka ein.

Entschuldige, ich musste raus. Schieb's auf meinen derzeitigen Geisteszustand. Ich zögere, bevor ich einen Smiley dahinter setze. Einen fröhlichen. *Mach dir keine Sorgen, und sei nicht sauer, ja?*

Nach einigem Suchen entscheide ich mich für ein treudusselig guckendes Kaninchen als abschließendes Icon und drücke auf Senden. Spätestens morgen in der Schule werde ich erfahren, ob Katinka mir meinen jähen Abgang trotzdem übel nimmt.

Wo bleibt Levin? Die Ampel an der Kreuzung neben der U-Bahn-Station schaltet auf Grün, und die Wagenkolonne, die sich davor gebildet hat, rollt langsam los. Auf der anderen Straßenseite drücken sich vor einem weiteren U-Bahn-Eingang einige Typen in dunklen Jacken herum. Hoffentlich kommt Levin gleich.

Es ist nicht wirklich kalt, trotzdem fange ich in meinem dünnen Shirt langsam an zu frieren.

Ein Mädchen in einer zu weiten Jacke und engen Jeans steuert mit unsicheren Schritten auf die Typen vor dem U-Bahn-Schild zu. Einer von ihnen löst sich aus der Gruppe, und gemeinsam verschwinden sie in die Schatten zwischen den Säulen des Schauspieltheaters. Nur Sekunden später tauchen beide wieder auf, das Mädchen läuft in die Richtung, aus der es gekommen ist.

Was die denen wohl abgekauft hat? Irgendwelche Pillen vermutlich. Für härtere Sachen ist das hier die falsche Ecke. Glaube ich.

»Hi.«

Ich fahre herum, und Levin zuckt zusammen. »Oha, sorry! Ich hatte nicht vor, dich so zu erschrecken.«

»Hast du gar nicht«, behaupte ich, die Tatsache ignorierend, dass mein Herz gerade doppelt so schnell schlägt wie sonst. »Das waren lange zehn Minuten.«

»Ich hab noch mal nach Katinka gesucht.«

»Was hast du ihr gesagt?«

»Dass es dir ein bisschen zu viel geworden ist und ich dich jetzt nach Hause bringe.«

Mh. Ein weiterer Schritt nach unten auf der »Was ist eigentlich mit Juli los?«-Leiter, aber vermutlich hätte es schlimmer kommen können.

»Okay?«

Ich nicke, und ohne ein weiteres Wort laufen wir die Stufen hinunter. Unsere Hände berühren sich nicht, auch nicht, als wir unten am Bahnsteig stehen und auf die U-Bahn warten, auch nicht, als wir uns wenig später auf den abgewetzten Polstern niederlassen, und auch nicht, als wir nebeneinander die Straße entlanglaufen, die zur Wohnung meiner Eltern führt.

Zur Wohnung meines Vaters.

Erst vor der Haustür greift Levin vorsichtig nach meinem Arm.

»Juli.« Ohne Druck zieht er mich zu sich. »Lass uns einfach das letzte Gespräch vergessen, okay? Dann warst du eben auf irgendeiner Party, und ich bin ohne dich ins *Cave* gegangen, was soll's. Das sagt nichts über das aus, was zwischen uns ist, oder?«

Die Stirn gegen Levins Brust gelehnt, schüttele ich den Kopf. Ich wünschte, er hätte recht. Nein, ich will, dass er recht hat.

Vielleicht hat er ja sogar recht.

»Das eben war bescheuert.«

»Was?«, murmele ich schwunglos in sein T-Shirt hinein.

»Im *Cave*. Ich hatte gar nicht damit gerechnet, dass du da auftauchen würdest.« Seine Hände fahren meine Arme hoch bis zu den Schultern und langsam wieder nach unten. »Ich hatte nicht vor, dir mit Milla oder Lea einen reinzuwürgen. Wir haben uns einfach nur unterhalten. Und dann warst du da, und ich hatte keine Ahnung … also, ich dachte mir schon, dass du das scheiße finden würdest, aber ich wusste nicht … ich konnte sie ja nun schlecht von der Bank treten«, beendet er den Satz ein wenig unsicher.

Seine Worte hallen in meinem Kopf nach. Sie klingen vernünftig. Was mein Verhalten wiederum unvernünftig aussehen lässt. Erschöpft lege ich meine Arme um seine Hüften und kuschele mich enger an ihn. Levin erwidert meine Umarmung, und ich spüre sein Kinn auf meinem Kopf. Langsam wird mir wieder wärmer.

»Darf ich dich noch eine Sache fragen?«, kommt es nach einer Weile im gedämpften Ton, und ich atme tief ein.

»Ja?«

»Bei wem war die Party?«

Okay. Es gibt dafür gar keinen passenden Moment, also kann ich alles genauso gut jetzt und hier erzählen.

»Weiß ich nicht.«

»Du weißt es nicht?« Levin bemüht sich, seinen bisherigen Tonfall beizubehalten.

»Nein. Bei irgend so einem Typen. Ich kannte niemanden und bin nicht lange geblieben.«

Ich rede drum herum, und das fällt nicht nur mir auf. Levin tritt zurück und umfasst meine Schultern. »Wie bist du dann überhaupt auf diese Party gekommen?«

»Jemand hat mich eingeladen.« Ich versuche, in seinem Gesicht zu lesen, aber es gelingt mir nicht. »Marc.«

»Marc«, wiederholt er. »Was für ein Marc?«

»Keine Ahnung. Ich kenn ihn gar nicht richtig, Levin. Und ich bin auch nicht wegen ihm dorthin gegangen.«

»Du gehst auf eine Party, weil Marc«, betont er, »dich dazu eingeladen hat. Aber eigentlich kennst du ihn nicht. Und wieso lädt er dich ein, wenn du ihn gar nicht kennst?«

»Weißt du noch, letzte Woche am See? Mit Katinka und Jako?« Auf Levins Nicken hin fahre ich fort: »Dort hat mir plötzlich jemand Wasser übergeschüttet, und Marc … wollte sich vielleicht dafür entschuldigen, oder was weiß ich, und er hat mir einen Zettel geschrieben, auf dem die Adresse zu dieser Party stand.«

Levins Blick wandert von links wieder nach rechts. Der Griff um meine Schultern ist fester geworden. »Und da habt ihr euch wiedergetroffen.«

»Ja, natürlich war er auch da.«

»Und das war's dann? Du bist zu dieser Party, aber du bist nicht lange geblieben. Und das war's?«

Ich kaue auf der Innenseite meiner Wange herum. Lüg doch einfach, herrscht mich mein niederträchtiges zweites Ich an, sag Ja. Was soll das bringen, jedes Detail auszupacken, Levin muss doch gar nicht alles wissen.

»Juli?«

Ich erwidere Levins Blick. »Wir haben danach noch einmal telefoniert.«

»Ach, scheiße, Juli!« Levin stößt mich von sich, und ich stolpere einige Schritte zurück. »Was soll das jetzt heißen, ihr habt noch einmal telefoniert? Läuft da was zwischen dir und ihm?«

»Nein! Nein, er hat nur … ich bin nach der Scheißparty von irgendwelchen Typen doof angemacht worden, und er ist dazwischen gegangen, und ich bin hingefallen, und er … und ich …«

Eigentlich wollte ich erzählen, dass Marc sich nur danach erkundigt hat, wie es mir geht, aber dazu müsste ich zugeben, dass er bei mir zu Hause war, in meinem Zimmer, und das hab ich bisher auch noch nicht erwähnt. Verdammt! Verdammter Mist!

Levins Blick flackert zu der Schramme in meinem Gesicht. »Er hat dich also gerettet, ja? Wie rührend! Bist du sicher, dass das alles war?«

Verbissen schweige ich vor mich hin. Es ist sinnlos.

»Hallo? Fehlen da nicht vielleicht noch Details?«

»Was willst du denn jetzt hören?«, fahre ich Levin an. »Dass wir miteinander rumgemacht haben, oder was? Marc hat mich nach Hause gebracht, weil ich saumäßig geblutet habe, und er hat sich am nächsten Tag nach mir erkundigt, und –«

»Woher hatte er deine Nummer?«

»Die hatte er gar nicht! Er ist zu mir nach Hause gekommen! Und bevor du dir jetzt wieder irgendeinen Mist zusammenreimst: Er war zehn Minuten da und ist dann wieder gegangen!«, brülle ich.

Levin ist blass geworden, selbst im Licht der Straßenlaternen kann ich das sehen. Seine Arme sinken nach unten, und er geht langsam zwei Schritte zurück. »Warum hast du mir das gestern nicht erzählt?« Seine Stimme ist genauso in sich zusammengefallen wie sein Gesicht, und für einen Moment glaube ich zu fühlen, was er fühlt, wie bescheuert er sich vorkommen muss. Wie belogen.

»Ich weiß es auch nicht, Levin, ich wusste nicht ... Wir haben uns ja sofort gestritten, und da war diese ganze Sache mit meinen Eltern, und ich wusste nicht ... Es hat sich gar nicht so wichtig angefühlt.«

»Aha.«

Ich würde gern auf ihn zugehen, aber ich bin sicher, er würde vor mir zurückweichen. »Levin, ich hab ihn nicht zu mir eingeladen, und ich hab ihm auch nicht meine Nummer gegeben. Er war einfach nur nett, okay?«

Aber du hast ihn angerufen, erinnert mich ein gehässiges Stimmchen. Obwohl du wusstest, dass er an dir interessiert ist. Und du hast mit ihm über Dinge gesprochen, über die du mit Levin so noch nicht gesprochen hast. Und du denkst über ihn nach, und ...

»Juli, irgendwas läuft hier falsch.« Würde Levin wütend klingen oder vorwurfsvoll, wäre es vielleicht nicht ganz so schlimm. Er klingt aber nur freudlos, und das schlechte Gewissen, das jetzt in einer dichten Wolke mein ganzes Inneres auszufüllen scheint, ist durchzogen von der Angst, ihn zu verlieren.

Trotzdem stehe ich nur da, unfähig, ein Wort zu sagen, und schaue zu, wie Levin die Schultern nach hinten drückt, sich umdreht und davongeht. Seine Schritte verursachen kein Geräusch auf dem Asphalt.

Wenn er sich noch einmal nach mir umsieht, werde ich losrennen. Dann werde ich seinen Namen rufen, ich werde mich entschuldigen und ihm alles erklären, ich werde es versuchen.

Er sieht sich nicht um.

Mein Vater tritt aus dem Arbeitszimmer, während ich noch dabei bin, die Wohnungstür zuzuschließen. Er ist barfuß und trägt uralte Jeans, die er weiß der Himmel wo ausgegraben hat, und wenn ich nicht so niedergeschlagen wäre, würde ich mit Sicherheit genauer hinsehen. Bisher wusste ich gar nicht, dass mein Vater neben Anzügen überhaupt noch andere Kleidungsstücke besitzt.

»Hallo. Du bist früh wieder zu Hause.«

»Mh. Hey.« Ich ignoriere die halbe Frage, die dahintersteht, und trotte an ihm vorbei.

»Wie war's?«

Er meint es gut. Oder will etwas gutmachen. Oder beides. Aber jetzt will ich einfach nur in meinem Zimmer verschwinden.

»Okay.«

Er lässt mir meine Einsilbigkeit durchgehen und unternimmt keinen weiteren Versuch so zu tun, als würden wir normalerweise noch ein wenig miteinander plaudern, wenn ich abends nach Hause komme.

»Gute Nacht«, ruft er mir hinterher, und ich murmele eine Art Antwort zurück, bevor die Zimmertür zufällt.

Während ich mich aus den Klamotten winde, denke ich über den Abend nach, über den Abend und über die Stunden davor. Das Gespräch mit meiner Mutter, mein Vater, der mir erklärt, er würde immer mein Vater bleiben, sofern ich das wollen würde. Levin, der sich umdreht und weggeht, und Marcs Nachricht. An diesem Punkt meiner Gedankenkette ziehe ich das Telefon aus der Tasche und lösche erst die Nachricht und dann seine Nummer.

Katinka hat sich nicht gemeldet, und mein schlechtes Gewissen erstaunt mich selbst, indem es sogar noch größer wird. Um mich abzulenken, rufe ich meine Mails ab und halte inne.

Meine Mutter hat mir geschrieben.

Es ist völlig verrückt, den Namen der eigenen Mutter als Absender im Mailordner zu entdecken, und mit dem Telefon vor der Nase lasse ich mich aufs Bett sinken.

Liebe Julika, es tut mir leid, dass unser Gespräch heute Mittag so unglücklich verlaufen ist. Ich denke mir, dass im Moment ein bisschen viel auf Dich einstürzt, und ich wünsche mir sehr, dass es uns gelingen wird, gemeinsam durch die kommenden Wochen und Monate zu gehen – auch wenn es sicher nicht immer leicht sein wird.

Wen meint sie mit *uns*? Sich und mich? Sich und mich und meinen Vater? Oder diesen Stefan?

Wenn Du magst, würde ich dir Stefan gerne vorstellen. Vielleicht könnten wir ja an einem der kommenden Abende gemeinsam essen gehen? Im Friulana *zum Beispiel? Das magst du doch so gern.*

Mag ich das gern? Es ist bestimmt schon fünf Jahre her, seit ich das letzte Mal in dieser Pizzeria war.

Ich werde Dich morgen anrufen. Lass Dir meinen Vorschlag bis dahin bitte durch den Kopf gehen.

Liebe Grüße,

Deine Mama

Ich überfliege die ganze Mail ein zweites Mal und finde sie trotzdem noch genauso unnatürlich und aufgesetzt wie beim ersten Lesen. Vielleicht sogar noch etwas aufgesetzter.

Meine eigene Mutter kommuniziert per E-Mail mit mir. Fühlt sich ja großartig an.

Missmutig werfe ich das Smartphone zur Seite und strecke mich auf dem Rücken aus.

Ich hätte einfach hinter Levin herrennen sollen. Wie lächerlich, darauf zu warten, dass er sich noch mal umdreht. Und ich hätte Katinka suchen müssen, bevor ich aus dem *Cave* abgehauen bin. Und ich hätte Marc nicht anrufen dürfen.

Keine Ahnung, wann ich mich das letzte Mal auf ganzer Linie so unfähig gefühlt habe.

Acht

Ich wüsste gerne, was ich geträumt habe, denn beim Aufwachen fühle ich mich fast schon energiegeladen. Schluss mit der ständigen Jammerei! Ab heute wird das wieder anders. Ich werde den Streit mit Levin aus der Welt schaffen und Katinka erklären, warum ich gestern einfach verschwunden bin. Und ich werde mich wie eine ganz normale Sechzehnjährige verhalten, deren Eltern sich trennen. Wie auch immer die sich verhalten. Das werde ich schon noch rausbekommen. Im Vorbeigehen reiße ich das oberste Blatt vom Collegeblock und werfe es in den Mülleimer.

Geduscht wird heute nur kurz, um nicht versehentlich ins Grübeln zu geraten, und erst auf dem Weg zur Küche bringt mich für eine Sekunde die Frage aus der Spur, ob meine Mutter gestern noch nach Hause gekommen ist.

Ist sie natürlich nicht.

Selbst wenn sie mit was-auch-immer früh fertig geworden wäre, hätte das höchstens dieser Stefan in ihrer neuen Wohnung mitgekriegt.

Es ist kein Orangensaft mehr da. Der Rest aus der Packung bedeckt gerade mal den Boden vom Glas, und im Schrank ist nur noch H-Milch. Auch gut. Kauf ich mir den eben zukünftig selbst.

»Guten Morgen, Juli.« Mein Vater eilt in die Küche. Statt wie üblich die Espressomaschine anzustellen, läuft er direkt auf mich zu und drückt mir einen Kuss auf den Kopf, während er noch dabei ist, die Knöpfe seines Hemds zu schließen. Küsse am frühen Morgen. Aha.

»Ich muss heute früher ins Büro.« Er stopft das Hemd in die Hose und greift nach der Anzugjacke, die er im Vorbeigehen über einen der Barhocker geworfen hat. »Ist bei dir alles in Ordnung?«

»Ja klar.«

»Gut. Es wird heute vermutlich später, aber ich gebe mir Mühe.«

»Was heißt ›später‹?«, rufe ich ihm hinterher, weil er schon wieder aus der Küche hinausrennt.

»Keine Ahnung. Nicht vor zehn!«

Er hat sich bereits die Schuhe angezogen, hastet aber trotzdem noch mal ins Schlafzimmer zurück.

»Bist du heute Abend zu Hause?«, ruft er quer durch die Wohnung und nestelt bei seiner Rückkehr in die Küche seine Uhr ums Handgelenk.

Andeutungsweise hebe ich die Schultern. »Sicher.«

»Wenn nicht, leg mir einen Zettel hin, ja?«

»Ist gut.«

Mit der Arbeitsmappe unter dem Arm drückt er mich noch einmal an sich – »Hab einen schönen Tag!« – und ist im nächsten Moment zur Tür hinaus.

Plötzlich ist es sehr still.

Ich stelle das Glas in die Spülmaschine und gehe in mein Zimmer, um meinen Rucksack zu holen.

Im Chemieraum sitzt Katinka schon an unserem Platz. Ich krame mein bestes Lächeln hervor – mein normalstes – und setze mich zu ihr an den Tisch. »Hi.«

»Hey«, erwidert sie. »Und? Geht's besser?«

Mein Rucksack landet auf dem Boden. »Ähm … ja«, sage ich und hätte stattdessen auch die ersten Takte meines Handyklingeltons pfeifen können, so wenig Bedeutung hat diese Antwort. »Sorry, dass ich gestern einfach abgehauen bin.«

»Ich hatte dich extra noch gefragt, ob du nicht vielleicht doch lieber wieder fahren möchtest.«

»Ja, stimmt.«

»Und du hast gesagt, du würdest nicht mehr darüber reden wollen.«

»Das wollte ich gestern auch nicht.«

»Du hättest mir wenigstens Bescheid sagen können. Weißt du, wie lange ich dich gesucht habe? Ich hab mir Sorgen gemacht.«

»Kannst du dich daran erinnern, wie du Jako mit Lea entdeckt hast?«

Katinka gibt ihre angespannte Haltung auf. »Levin hat mit Lea rumgemacht?«

»Nein, hat er nicht. Jako damals übrigens auch nicht.«

»Es sah aber so aus«, murrt sie und atmet tief ein. »Aber gut«, erklärt sie beim Ausatmen. »Ich weiß, was du meinst. Da bin ich auch einfach abgehauen.«

»Guten Morgen, die Damen! Und die Herren!« Herr Eisenhut hastet herein. Wer auch immer festgelegt hat, dass ein Montagmorgen mit Chemie beginnen sollte, gehört mit einem Erlenmeyerkolben erschlagen. »Wer noch keinen Kittel hat, der holt sich jetzt bitte einen. Und immer zu zweit einen Bunsenbrenner, bitte.«

»Es tut mir trotzdem leid«, sage ich beim Aufstehen.

Katinka winkt ab. »Ich glaube, wir müssen uns echt mal wieder in Ruhe unterhalten, was?«

Erleichtert krempele ich die Ärmel des fleckigen, hellblauen Kittels nach oben. »Gute Idee.«

»Gleich nach der Schule? Oder nein.« Sie überlegt und schüttelt den Kopf. »Doch. Doch, das würde noch hinhauen.«

»Hast du schon was vor?«

»Ich nicht, nur meine Mutter hat Markus aktiviert, sich endlich mal meinen lahmen Rechner anzusehen. Er kommt aber erst gegen sechs, das heißt, wir haben vorher mindestens zwei Stunden.«

Herr Eisenhut klatscht in die Hände. »Ginge vielleicht alles auch etwas schneller? Wir machen hier keine vorgezogene Pause, falls Sie das noch nicht mitbekommen haben sollten!«

Wir tauschen einen augenrollenden Blick und trotten zurück zu unserem Tisch.

Während unser Lehrer Arbeitsmaterialien austeilt, lasse ich mir Katinkas letzte Sätze durch den Kopf gehen. Markus ist der Freund ihrer Mutter. Ein ganz netter Typ, vielleicht manchmal etwas sehr kumpelhaft, aber nicht so grauenvoll, wie Katinka ihn anfangs beschrieben hat.

Vielleicht ist ja auch dieser Stefan ganz nett, könnte doch immerhin sein. Aus dem Weg gehen kann ich ihm ohnehin nicht, meine Mutter wird ihn mir zuliebe wohl nicht in den Wind schießen. Wenn sie ihn schon meinem Vater vorgezogen hat.

Angestrengt befestige ich den widerspenstigen Gummischlauch am Gashahn. Ich habe trotzdem keine Lust, Stefan kennenzulernen.

Während ich nach dem Chemieunterricht mit Katinka zur Mensa laufe, frage ich mich nervös, wie Levin wohl jetzt gleich reagieren wird. Vielleicht tut er so, als sei gar nichts gewesen. Würde mir am besten gefallen. Oder er benimmt sich etwas verhalten. Ist wohl am wahrscheinlichsten. Er könnte mich auch ignorieren. Das wäre unschön, und wie ich darauf reagieren sollte, weiß ich jetzt auch noch nicht.

Muss ich aber auch nicht wissen, denn Levin überrascht mich mit einer vierten Variante und ist erst gar nicht da.

»Hey!« Katinka rutscht zu Jako und schaut sich um. »Fehlt da nicht einer?«

Habe ich mir das nur eingebildet, oder hat Jako mich eben seltsam angesehen? »Levin musste noch was erledigen.«

Katinka wirft mir einen fragenden Blick zu. »Okay. Ich hol mir was zum Essen. Kommst du mit, Juli?«

Wortlos schließe ich mich ihr an, als sie wieder aufspringt und zur Vitrine läuft. »Ist das jetzt Zufall, oder hat es damit zu tun, dass Levin gestern mit Milla und Lea rumhing?« Sie legt eine Wasserflasche, einen geschnittenen Apfel und einen in Plastik eingewickelten Brownie auf ein Tablett und dreht sich anschließend zu mir um.

»Es hat nichts mit Milla oder Lea zu tun. Glaube ich.«

»Sondern?« Katinka reiht sich in die Schlange vor der Kasse ein. »Irgendwas stimmt doch da nicht zwischen euch.«

Das hat Levin auch bereits festgestellt. Die Energiewelle, die mich seit heute Morgen trägt, gerät zum wiederholten Male ins Wanken. »Lass uns später darüber reden, ja? Hier passt es nicht so gut.«

Einen Augenblick lang sieht sie so aus, als wolle sie trotzdem nachhaken, dann nickt sie zu meiner Erleichterung und lässt das Thema fallen.

Levin taucht auch in der zweiten Pause nicht auf, und das ist der Moment, in dem ich erstmals mein schlechtes Gewissen zur Seite packe und so was wie Ärger empfinde. Das ist doch wohl lächerlich. Hat er vor, mir für den Rest des Schuljahrs aus dem Weg zu gehen, oder was?

Weder Jako noch Katinka wissen so recht, wie sie sich verhalten sollen. Bisher war es immer großartig, dass wir vier alle miteinander befreundet sind, jetzt jedoch ist es einfach nur grauenvoll. Was wäre, wenn Levin und ich nicht mehr zusammen wären? Würde Jako dann bei Levin sitzen oder bei mir und Katinka? Ich werfe einen Seitenblick auf meine Freundin, die sich gerade bemüht, das Schweigen zwischen uns dreien mit Belanglosigkeiten zu füllen. Und wenn Jako sich mit Levin wegsetzen würde, zu wem würde eigentlich Katinka gehen?

Nicht nur ich bin froh, als die Pause endlich vorbei ist.

Durch die nächsten beiden Stunden quäle ich mich hindurch. In das Klingeln nach dem Ende des Unterrichts hinein berührt Katinka meinen Arm. »Lass uns die Italienisch-AG ausnahmsweise einfach vergessen, okay? Dann haben wir ein bisschen mehr Zeit.«

Darüber muss ich nicht lange nachdenken. »In Ordnung.«

Mit leidendem Gesichtsausdruck steht meine beste Freundin neben mir, während ich unserer Italienischlehrerin erkläre, Katinka fühle sich nicht wohl. Wenige Minuten später springen wir die Stufen zum Ausgang hinunter. Manchmal ist Katinkas blasse Haut doch zu etwas gut.

»Jetzt aber!« Sie hakt sich bei mir ein. »Gehen wir zu mir? Was ist also los mit dir und Levin?«

Sekundenlang suche ich nach einem Anfang. »Kannst du dich erinnern, letzte Woche am See? Der Typ, nach dem du mich gefragt hast?«, beginne ich schließlich, und Katinka nickt.

Nicht durchgängig in der richtigen Reihenfolge erzähle ich von allem, was passiert ist, seit der Zettel aus meinem Rucksack gefallen ist, und von der schlechten Stimmung bei mir zu Hause. Katinka runzelt die Stirn, während ich versuche, ihr zu erklären, wieso ich zu dieser Party gegangen bin, und sie fällt mir ins Wort, als ich von dem Sturz berichte. »Dabei hast du dir den Ellbogen aufgeschlagen? Und daher kommt auch diese Schramme unter deinem Auge? Was für Scheißtypen!«

Ich vertraue ihr an, dass Marc am nächsten Tag bei mir zu Hause war, und auch, dass ich ihn abends angerufen habe. Dieser Teil ist am schwersten. Das Einzige, was ich bewusst auslasse, sind die Details während des Streits zwischen meinen Eltern am Wochenende. Ich will nicht wiederholen, was mein Vater durch die Wohnung gebrüllt hat.

Wir sitzen ziemlich lange schweigend in ihrem Zimmer auf dem Bett, nachdem ich fertig bin. Zumindest mit dem Meisten. Vermutlich habe ich ein paar Dinge vergessen.

»Mann«, sagt Katinka schließlich und lässt sich nach hinten fallen. »Das ist ganz schön viel.« Sie scheint nachzudenken. Ungeduldig warte ich darauf, was sie als Nächstes sagen wird.

»Was willst du also jetzt machen?«, fragt sie endlich, und ich kann es nicht verhindern, tief in mir drin fühle ich einen Stich. Wie oft haben wir hier gesessen, und sie hat ihre Probleme vor mir ausgebreitet? Und wie oft habe ich mir das Hirn zermartert, um eine Lösung zu finden? Hab ich jemals »Und was willst du also jetzt machen?« gefragt?

»Keine Ahnung.« Verdrossen mustere ich meine viel zu kurzen Fingernägel. »Stefan kennenlernen. Mich entscheiden, bei wem ich wohnen möchte. Levin in den Hintern treten.«

»Wieso das denn?«

Ich beuge mich vor, um Katinka ins Gesicht zu sehen. »Weil er heute den ganzen Tag einfach nicht aufgetaucht ist? Zum Beispiel? Weil er mir überhaupt nicht richtig zuhört, wenn ich versuche, etwas zu erklären? Weil es ihm nur um Marc, Marc, Marc geht?«

»Na ja, das mit Marc ist ja auch ein wenig seltsam, findest du nicht?«, sagt Katinka vorsichtig.

Ich lehne mich wieder zurück. »Weiß ich nicht«, erkläre ich missmutig. »Wenn ihr alle weiter so darauf rumhackt, dann wird es vielleicht noch seltsam.«

»Hey!« Katinka dreht sich auf den Bauch. »Ich hacke nicht darauf rum. Ich stelle nur fest. Warum also hast du ihn angerufen?«

»Das hab ich doch schon versucht zu erklären«, rufe ich. »Du warst nicht da, und Levin war sauer, und ich dachte … ich hatte das Gefühl …« Ich wollte unbedingt mit jemandem reden, nachdem in meinem Kopf noch das Wort Nutte widerhallte und sich mit dem Geschrei meiner Eltern vermischte. »Die Telefonseelsorge ist mir eben einfach nicht in den Sinn gekommen.«

»Magst du ihn?«

»Was?«

»Marc. Ob du ihn magst?«

»Was meinst du mit mögen? Ich finde ihn nett. Er hat mir ja nichts getan, warum sollte ich ihn bescheuert finden?«

»Und magst du Levin noch?«

»Natürlich!«

»Mh. Klingt, als müsstest du mehr als eine Entscheidung treffen.«

»Katinka!« Das darf doch jetzt wohl nicht wahr sein! »Darum geht es doch gar nicht. Ich steh hier doch nicht vor der Frage, ob ich lieber was von Marc oder von Levin will!«

»Nicht?«

»Nein!«

»Sondern?«

Mit einem Satz springe ich auf. »Was habt ihr nur alle mit Marc? Ich bin überhaupt nicht interessiert an Marc, eigentlich will ich nur wissen, wie ich mein Leben wieder sortiert bekomme.« Das hört sich jetzt viel zu dramatisch an und macht mich deshalb sogar noch wütender. »Levin redet ständig über Marc, und jetzt fängst du auch noch an. Ihr habt sie doch nicht mehr alle!«

»Hey! Krieg dich wieder ein!«

Ich muss aufpassen, was ich als Nächstes sage. Ich muss wirklich verflucht aufpassen. Auf gar keinen Fall sollte mir rausrutschen, dass ich mich natürlich wieder einkriegen werde, und das nächste Mal können wir wie gewohnt über ihre Probleme reden, und ich werde ihr eine Idee nach der anderen zurechtbasteln, während sie auf dem Bett liegen und vor sich hin jammern wird. Frustriert greife ich nach meinem Rucksack.

»Juli!«, ruft Katinka, während ich schon die Zimmertür aufreiße und die Treppe hinunterstürze. »Jetzt warte doch mal!«

Worauf? Um darüber zu reden, ob ich nicht vielleicht doch auf Marc stehe? Meine eigentlichen Probleme scheinen im Gegensatz dazu ja wirklich unfassbar langweilig zu sein. Soll sie doch Levin anrufen, der redet bestimmt gern mit ihr über Marc.

Mit einem Knall fällt die Haustür ins Schloss, und ich schwinge mir die Tasche über die Schultern. Egal. Es ist einfach egal. Ich habe noch nie jemanden gebraucht, um mein Leben auf die Reihe zu kriegen. Wieso habe ich überhaupt den Versuch gestartet, das zu ändern?

Kaum dass ich in meinem Zimmer bin, lasse ich den Rucksack zu Boden fallen, werfe mich aufs Bett und ziehe mir die Decke über den Kopf. Ich bin nicht da. Niemand zu Hause. Passend zum Rest der Wohnung.

Mein Atem schlägt sich auf meinem Gesicht nieder, und es dauert nur Minuten, bis mir heiß wird. Trotzdem bleibe ich zusammengerollt liegen.

Katinka. Levin. Meine Eltern.

Vielleicht sollte ich Jako anrufen und ihn anschreien, dann wären wenigstens gleich alle Leute, die mir wichtig sind, angepisst. Oder einfach nicht da.

Hat das irgendwie doch mit mir zu tun? Okay, ich verhalte mich im Moment nicht so, wie ich mich sonst immer verhalte, aber wieso gelingt es mir nicht, Katinka und Levin klarzumachen, dass mich zum Beispiel die Tatsache, dass meine Mutter seit vorgestern nicht mehr hier wohnt, einfach fertigmacht?

Unter der Bettdecke ist es lange nicht so dunkel, wie ich es gerne hätte.

Sie wohnt nicht mehr hier. Sie ist ausgezogen. Sie hat ein paar Sachen gepackt und ist gegangen. Sie schreibt mir jetzt Mails. Mir fällt ein, wie sie neben meinem Bett stand und ich nach ihrer Hand gegriffen habe. Sie hat sie fortgezogen, vorsichtig zwar, aber sie hat nicht abgewartet, bis ich ihre Hand wieder losließ. Hat sie es da schon gewusst? Oder zumindest geahnt?

Ich wische mein Gesicht am Kopfkissen ab. Sinnlos. Wozu darüber nachdenken? Wozu überhaupt nachdenken? Kann ich nicht einfach funktionieren, bis dieser ganze Mist vorbei ist?

Das Klingeln meines Handys reißt mich aus dem Schlaf. Verschwitzt verheddere ich mich bei dem Versuch, aus dem Bett zu gelangen, im Laken, und es hätte nicht viel gefehlt, dann hätte ich mich zur Abwechslung mal in meinem eigenen Zimmer langgelegt.

Es ist meine Mutter. »Hallo, Julika. Ich bin gerade unterwegs. Ich hoffe, ich störe dich nicht? Hast du meine Mail schon gelesen?«

Mein »Hallo« geht in ihren Fragen unter, aber in die nun folgende Pause schiebe ich ein »Hab ich« hinein.

»Ich dachte, vielleicht Donnerstagabend?«

»Was?«

»Donnerstagabend im *Friulana*? Würde dir das passen?«

»Donnerstagabend …«

»Ich habe bereits einen Tisch reserviert, aber das ließe sich natürlich noch einmal umändern.«

Lustlos reibe ich mir über die Augen und streife dabei die Haarsträhnen zur Seite, die an meiner Wange kleben.

»Klar«, sage ich.

»Wie bitte? Was hast du gesagt, Julika?«

»Ich habe gesagt: Ja klar«, wiederhole ich lauter. »Können wir machen.«

»Schön.« Sogar durchs Telefon kann ich ihre Erleichterung hören. »Ich habe den Tisch für neunzehn Uhr bestellt.«

»Okay.«

»Ich freu mich. Also, ich meine, ich bin schon sehr gespannt. Wie geht es dir?«

»Gut.«

»Gut?«

Überrasch mich nicht mit solchen Fragen, dann habe ich Zeit, mir etwas Glaubhafteres zu überlegen. »Ja. Alles in Ordnung.«

»Ist dein Vater zu Hause?«

»Jetzt? Nein, ist er nicht.« Sie sagt immer noch »zu Hause«.

»Nein, ich meine – wird er heute Abend da sein?«

»Ja.«

»Schön. Sehr schön.« Eine unangenehme Pause entsteht. »Julika, möchtest du … sollen wir uns vielleicht vor Donnerstag noch einmal treffen?«

Ich hätte gerne, dass sie mir einfach in unserer Küche begegnet, aber das wird wohl eher nicht passieren. »Nein. Im Moment ist ein bisschen viel los. Schule und so.«

»Ja, sicher. Ich dachte nur … also, wenn du möchtest, können wir uns jederzeit sehen, das weißt du, oder?«

»Mhm.«

»Gut. Ich muss jetzt aufhören. Pass auf dich auf, ja? Und räum deinen Schreibtisch auf!«

Sie lacht, und obwohl ihr Lachen ein wenig unsicher klingt, muss ich lächeln. »Das wirst du wohl nicht mehr kontrollieren können.«

Im selben Moment möchte ich mir die Zunge abbeißen. Eigentlich sollte das nur ein Scherz sein, doch die Stimme meiner Mutter ist eine Spur höher, als sie antwortet: »Fürs Erste nicht, nein.« Sie räuspert sich und versucht, mehr Kraft in ihren nächsten Satz zu legen. »Aber verlass dich nicht zu sehr darauf.«

»Nein, mach ich nicht«, erwidere ich leise.

Sie sagt: »Bis Donnerstag, Julika«, und: »Ich freu mich wirklich.« Dann unterbricht sie die Verbindung.

Das Handy landet auf dem Bett, und ich trotte ins Badezimmer. Raus aus diesen klebrigen Klamotten und die Dusche aufdrehen. Als ich fertig bin, sind nicht nur der Spiegel, sondern auch alle Fliesen beschlagen. Das heiße Wasser hat die dumpfe Trägheit von mir gespült, gleichzeitig fühle ich mich schwach auf den Beinen. Ich sollte vielleicht mal was essen. Noch immer vermeide ich es wegen meiner Knie, die aussehen wie die einer Sechsjährigen, kurze Sachen anzuziehen. Stattdessen schlüpfe ich in enge Jeans und ziehe mir ein graues, zwischen den Schulterblättern locker geknotetes Tanktop über den Kopf. Mein Ellbogen kümmert mich mittlerweile weniger, den sehe ich ja nicht dauernd.

Im Kühlschrank befindet sich nichts. Jedenfalls nichts, was sich essen ließe. Ein angebrochener Tetra Pak Milch. Weißwein. Ein Glas mit Chilipaste und Kapern. Kapern. Ausgerechnet.

Sogar die Schale mit dem Sushi ist verschwunden. Mein Vater muss sie entsorgt haben, denn Lynn war seit Tagen nicht mehr hier. Keine Ahnung, ob meine Mutter ihr abgesagt oder sie einfach nicht mehr zu uns bestellt hat.

Aus der Küchenschublade nehme ich mir ein paar Scheine und stecke sie zu meinem Smartphone in die hintere Jeanstasche. Ich werde mir eine Pizza besorgen. Natürlich könnte ich mir die auch liefern lassen, aber ich muss heute noch mal hier raus. Das Band mit den Schlüsseln wickele ich mir ums Handgelenk, bevor ich mit feuchten, hinter die Ohren geklemmten Haaren die Treppe hinunterspringe.

Trotz der Sonnenstrahlen fühlt sich die Abendluft überraschend kühl auf meiner vom Duschen erhitzten Haut an, und für eine Sekunde überlege ich, noch mal nach oben zu rennen und eine Jacke zu holen. Ach, quatsch. Ich bin ja gleich wieder da.

Würden sich nicht an vielen Bäumen schon die Blätter verfärben, könnte man meinen, es sei immer noch Sommer und nicht bereits Anfang Oktober. Wegen mir müsste es so was wie einen Winter auch gar nicht geben. Oder Schnee.

Ich lasse unsere ruhige Straße hinter mir. Neben mir rollen jetzt auf drei Spuren Autos entlang.

Zwei Blocks weiter hat eine Pizzeria fast rund um die Uhr geöffnet. Um diese Zeit herrscht dort kein Hochbetrieb. Eine Frau mit einem kleinen Mädchen neben sich bekommt gerade ihre Pizza in die Hand gedrückt, und ein Typ, der gelangweilt Kaugummi kaut, lehnt an einem der schmalen, hohen Resopaltische und lässt den Fernseher, der über ihm in einer Ecke des Raums hängt, dabei nicht aus den Augen.

»Eine Pizza mit Feta und Pilzen.«

Der Pizzamann im weißen Shirt, der auf der anderen Seite der Theke steht, nickt gleichgültig. »Dauert zehn Minuten«, sagt er, »macht fünfsechzig.«

Draußen setze ich mich auf die Steinstufen, die zum Eingang der Pizzeria führen. Mit geschlossenen Augen bilde ich mir ein, die Wärme der untergehenden Sonne auf der Haut spüren zu können, und versuche, dabei an gar nichts zu denken.

Nach einigen Minuten lassen Schritte mich aufsehen. Der Mann, der eben noch in den Fernseher gestarrt hat, verlässt mit zwei riesigen Pappschachteln im Arm die Pizzeria. Mit beiden Händen fahre ich mir über die Unterarme. Levin kommt mir in den Sinn, obwohl der Typ ihm überhaupt nicht ähnlich sieht, und als mein Handy genau jetzt einen zarten Pington von sich gibt, bin ich beinahe sicher zu wissen, von wem diese Nachricht stammt.

Tut sie aber nicht. Sie ist von Marc.

NEUN

Lebenszeichen?

Im ersten Moment weiß ich nicht, was Marc damit meint. Soll ich ein Lebenszeichen von mir geben, oder gibt er mir eins? Oder muss ich das irgendwie ganz anders verstehen?

Mein Zweit-Ich bequemt sich nach vorne. Da ist ein Fragezeichen, also richtet sich das Ganze wohl an dich. Du hast gestern nicht auf seine Nachricht reagiert, so einfach ist das, Dummchen.

Piep, tippe ich.

Ein Smiley taucht auf, und beinahe kann ich Marc lächeln sehen. Vielleicht hat er gerade sogar gelacht.

Alles in Ordnung bei dir?

Mann, Marc. Warum fragst du mich solche Sachen? Wieso scheinst ausgerechnet du im Moment der einzige Mensch zu sein, den ich nicht in die Flucht schlage, hm?

Alles gut, sende ich zurück und bin sicher, dass er noch mal nachhaken wird.

Was machst du gerade?

Auf meine Pizza warten.

Ein paar Sekunden lang passiert gar nichts, dann schiebt sich eine neue Sprechblase ins Display. *Hast du Lust, die am See zu essen?*

Am See? Ganz harmlos liegt das Smartphone in meiner Hand. Mit Marc zum See? Alleine? Wenn Levin davon erfährt, war's das.

Levin? Juli Zwei hatte nach ihrem Hinweis von eben offenbar nicht die Güte, sich zurückzuziehen. Du denkst an Levin, der sich heute in der Schule nicht hat blicken lassen? Levin, für den ohnehin klar ist, dass zwischen dir und Marc was läuft? Und er ist nicht mal der Einzige, oder? Sogar deine beste Freundin denkt das.

»Pizza mit Feta und Pilzen?«, ruft der Pizzamann.

Der Karton ist heiß, und allein bei dem Gedanken an die Pizza darin macht mein Magen einen Überschlag. Noch immer halte ich das Telefon in der Hand. Draußen lasse ich mich langsam wieder auf die Stufen sinken. Mehrere Minuten sind seit Marcs letzter Nachricht vergangen, aber er hat nicht noch mal nachgefragt.

Geh einfach nach Hause, denke ich. Du kennst ihn doch gar nicht.

Genau, geh einfach nach Hause, stichelt eine inzwischen vertraute Stimme. Setz dich mit deiner Pizza in eine leere Wohnung. Mach deine Hausaufgaben. Vielleicht gibt's was im Fernsehen. Oder sieh dir im Spiegel selbst beim Essen zu.

Okay. Senden.

Ich hol dich ab.

Ich bin vor der Pizzeria Riviera. Fürstenbergerstraße.

Alles klar. Bis gleich.

Gleich dauert keine zehn Minuten. Er muss schon in der Nähe gewesen sein. Keine Ahnung, womit ich gerechnet habe, jedenfalls nicht damit, dass plötzlich ein dunkelgrüner Sportwagen vor mir hält und die Beifahrertür aufgestoßen wird. Irgendwie dachte ich, er käme mit einem Motorrad, aber das wäre dann Levin.

»Hey.« Eine Hand gegen das Lenkrad gestützt, lächelt Marc mich an, und ich rappele mich hoch.

»Hi. Das ging schnell. Willst du auch noch …«, ich nicke hinter mich, »magst du dir auch noch eine Pizza bestellen?«

»Nein.«

Nein. Einfach nein. Kein »Ich hab schon gegessen« oder irgend so was. Unschlüssig verlagere ich das Gewicht von einem Bein auf das andere. Also gut. Egal. Ich lasse mich auf den Beifahrersitz fallen. Marc greift nach dem Pizzakarton, während ich mich anschnalle, dann reicht er ihn zurück und wirft mir dabei einen Blick zu, den ich auf die Schnelle nicht einordnen kann. »Okay?«

»Klar.«

Begleitet von dem tickenden Geräusch des Blinkers rollt der Wagen zurück auf die Straße. Tief einatmend gucke ich zum Beifahrerfenster hinaus. Ein paar Männer mit Bierflaschen in den Händen stehen vor einem Kiosk und sehen Marcs Wagen hinterher. An der nächsten Ampel sagt Marc beiläufig: »Wir sollten noch irgendwo halten und was zu trinken besorgen.«

»Können wir machen.« Mein Herz schlägt, als sei ich viel zu schnell gelaufen.

»Juli?«

»Hm?«

»Wir können auch einfach zum Mainufer fahren.«

Ich starre ihn an. Sein Mundwinkel verzieht sich, und er zuckt mit den Schultern, dann wird die Ampel grün, und Marc konzentriert sich wieder auf den Verkehr.

Am Mainufer ist garantiert einiges los, weit mehr als um diese Zeit am See. Wir wären dort auf keinen Fall alleine. Das ist jetzt … nett von ihm.

Er schlägt das Lenkrad ein und setzt den Wagen an den Straßenrand. Verwirrt taste ich nach meinem Gurt, weil Marc sich abschnallt. Wo sind wir denn jetzt?

»Supermarkt«, erklärt er, meinen Gesichtsausdruck richtig deutend, und steigt aus dem Wagen.

Zu meiner Erleichterung steuert Marc im Laden nicht die Regale mit Bier und Spirituosen an, sondern hält fragend eine Cola und ein Mineralwasser in die Höhe.

»Wasser«, sage ich, und die Cola wandert zurück.

Auf dem Weg zur Kasse werde ich zwischen den Süßwaren langsamer. Marc zieht eine Tüte mit dunklen Schokoladenkugeln aus dem Regal. »Die sind gut.«

»Die sind noch besser.« Ich fische eine Packung Gummibärchen aus einem Fach.

»Welche magst du am liebsten?«

»Hm?«

Er grinst auf mich runter. »Die Gummibärchen. Welche Farbe?«

»Rot«, erwidere ich. »Und du?«

»Ich auch.«

Wir steuern die Kassen an, und ich lege die Gummibären hinter der Schokolade und den Wasserflaschen auf das Laufband. Marc hebt den Kopf, als die Frau an der Kasse wissen will, ob alles zusammengehöre.

»Nein, die bezahle ich.« Ich lege eine Hand auf die Tüte, während Marc einen Schein aus der vorderen Jeanstasche unter seinem T-Shirt hervorkramt. Die Kassiererin nimmt ihn mit einem für Kassiererinnen völlig untypischen Lächeln entgegen und mustert dabei eine Sekunde zu lang die Tätowierung, die sich seinen Oberarm hinunterzieht, dann beginnt sie, das Wechselgeld abzuzählen, und setzt dazu ihre Brille ab. Ich frage mich, ob sie das ohne Brille tatsächlich besser kann.

Marc steckt die Münzen, die sie ihm in die Handfläche gleiten lässt, in seine Hosentasche, nimmt die beiden Flaschenhälse zwischen die Finger und greift nach den Schokokugeln.

»Einen schönen Tag noch«, strahlt die Frau, und er nickt in meine Richtung.

»Sie muss ihre Gummibärchen noch bezahlen.«

Die Kassiererin sieht zu mir und setzt ihre Brille wieder auf. »Einsneununddreißig«, sagt sie.

Der Pizzakarton ist nur noch lauwarm, als ich ihn im Auto wieder auf den Schoß nehme.

»Wohin also?« Marc lässt den Motor an. »See oder Mainufer?«

»See.«

Stur nach vorne schauend ignoriere ich den Seitenblick, den er mir zuwirft. Im Moment stelle ich es mir einfach nett vor, irgendwo in Ruhe direkt am Wasser zu sitzen und Pizza zu essen. Und wenn es Marc ist, der neben mir sitzt, ohne dass ich mich mit ihm wegen irgendwas rumstreiten müsste, dann ist es eben Marc.

Es sind tatsächlich noch immer einige wenige Leute am Schwimmen, obwohl der See bereits nahezu vollkommen im Schatten der ihn umgebenden Bäume und Büsche liegt. Über den Baumwipfeln färben die letzten Sonnenstrahlen den Himmel orange und rosa.

Unmittelbar nachdem wir vom Supermarkt aus losgefahren sind, hat Marc mich nach einem Film gefragt, der letzte Woche in den Kinos angelaufen ist, und von diesem Thema aus sind wir irgendwie auf Konzerte gekommen, die in der nächsten Zeit anstehen.

Gras raschelt unter unseren Füßen, während ich erzähle, dass ich übermorgen zu Alive gehen werde. Dann nickt Marc zu einer Stelle am Wasser, an der es sogar ein bisschen Sand gibt, und plötzlich frage ich mich, ob der Konzertbesuch nach meinem Streit mit Katinka von heute Nachmittag überhaupt noch sicher ist. Vielleicht fragt sie ja Jako oder Finn.

»Was ist?« Marc ist mein Schweigen aufgefallen.

»Nichts.« Ich lasse mich in den kalten Sand fallen. Die Schwimmer im See ziehen beinahe lautlos ihre Runden. Nur das leise Plätschern des Wassers und gelegentliches Vogelgezwitscher sind zu hören. Marc setzt sich neben mich. Nach vorne gebeugt, die verschränkten Arme auf den Knien abgestützt, blickt er auf die Wasseroberfläche. Ich mustere ihn heimlich, während ich endlich in ein nur mit viel gutem Willen noch lauwarm zu nennendes Pizzastück beiße.

Als ich ihn hier zum ersten Mal getroffen habe, hat er auf mich wie der typische Aufreißer gewirkt. Gut aussehend, selbstbewusst. Ich wette, die Sache mit der Flasche war geplant.

Auf der Party dann kam er mir seltsam abwartend vor und danach auf der Straße für einige Momente sogar … bedrohlich? Nein, das trifft es nicht. Aber etwas an ihm war eigenartig.

Jetzt wirkt er einfach nur entspannt, und ich frage mich, ob das dem eigentlichen Marc nahekommt.

Er bemerkt meinen Blick und sieht mich mit schräg gelegtem Kopf an. »Schmeckt's?«

»Mhm. Ich steh auf kalte Pizza.«

Sein spontanes Grinsen ist echt, hier am See scheint er erstmalig nicht abzuwägen, wie seine Außenwirkung wohl ausfällt.

»Möchtest du ein Stück?«

Er streckt eine Hand aus, und ich lege ein fettig herabhängendes Pizzadreieck hinein. Ein paar Minuten lang kauen wir schweigend. Der letzte Schwimmer klettert auf der gegenüberliegenden Seite winzigklein ans Ufer und wickelt sich in ein Handtuch. Zu unseren Füßen plätschern kraftlose Wellen in den Sand. Unwillkürlich seufze ich und umfasse meine angezogenen Beine.

»Was machen deine Eltern?«

»Meine Mutter ist jetzt ausgezogen.«

Einen Augenblick lang ist es still, und mir bleibt die Zeit, mich darüber zu wundern, wie normal alles ist, wie selbstverständlich.

»Und wie fühlst du dich jetzt?«

»Als wäre sie von mir weggestorben.« Ich lache schnell, weil mir erst beim Aussprechen auffällt, wie das klingt.

Marc lächelt nicht mal. Nachdenklich ruht sein Blick auf mir, und ich wende mich von ihm ab. Der See ist schwarz und glatt. Am Himmel leuchten blass die ersten Sterne auf. Ich habe schon seit einer Weile keinen Vogel mehr gehört.

»Und dein Vater?«

Mein Vater. »Gibt sich Mühe.«

»Kannst du mit ihm reden?«

Ich lege das Kinn auf die Knie. »Nicht wirklich. Er ist einfach nie richtig da. Er hat viel zu tun«, setze ich hinterher und weiß nicht, ob ich das Marc oder mir selbst erkläre. »Am Donnerstag treffe ich mich mit meiner Mutter. Und ihrem neuen Freund.«

Marc lässt pfeifend Luft zwischen den Zähnen entweichen. »Jetzt schon?« Sein Gesicht hat sich in der grauen Dämmerung ungläubig verzogen.

Ich hoffe, ich sehe nicht so kläglich aus, wie ich mich fühle. »Na ja. Irgendwann muss es ja sowieso sein.«

Eine Bewegung in meinem Blickwinkel, als er sich nach hinten in den Sand fallen lässt. Mit geschlossenen Augen, die Arme im Nacken verschränkt, liegt er da, dunkel hebt sich sein schwarzes Shirt vom hellen Sand ab.

»Du denkst, das ist keine gute Idee?«, frage ich vorsichtig. Marc macht ein schnaubendes Geräusch. »Das ist eine total beschissene Idee.« Seine Augen öffnen sich, und er sieht mich direkt an. »Sie ist gerade erst ausgezogen. Sie kümmert sich ganz offenbar einen Scheiß darum, wie sich das für dich anfühlt, sondern hat nichts Eiligeres zu tun, als dir ihren neuen Kerl vorzustellen. Was soll das? Will sie ihn dir als deinen neuen Vater verkaufen?«

Ich ducke mich unter seinem Satz weg. Du solltest Psychologe werden, Marc.

»Die Frau hat sie doch nicht mehr alle«, murmelt er, und jetzt bin ich es, die die Augen schließt.

Die Frau ist meine Mutter, und das macht es nicht eben einfach.

»Magst du die Jacke haben?«

Fröstelnd greife ich nach der dünnen Lederjacke, die Marc mir hinhält. Er hat sie vorhin mit aus dem Auto genommen, aber nicht angezogen, und erleichtert wickele ich mich nun darin ein. Meine Fingerspitzen kommen nicht mal in die Nähe der Ärmelenden. Beinahe sofort wird mir wärmer.

Ich halte mich dicht an Marc, während wir einen ausgetretenen Pfad entlang zurücklaufen. Im Moment kleben meine Gedanken ausnahmsweise nicht an meinen Eltern fest. Ich gucke zu viele Horrorfilme, und ich hasse es, im Stockdunklen rumzurennen. Dämmerung – ja, finstere Nacht – nein.

Marcs Auto ist das einzige, das noch auf dem Parkplatz steht.

»Wie viel Uhr ist es eigentlich?«, frage ich, um mich von den Bildern in meinem Kopf abzulenken, wo hechelnde Wesen mit zerlaufenen Gesichtern zwischen den Sträuchern hervorkriechen.

»Viertel vor elf.«

»Echt?« Erschrocken starre ich Marc an, erkenne jedoch kaum mehr als seine Umrisse. »Mist!«

»Kommst du zu spät?«

»Ich hab meinem Vater gesagt, ich wäre heute Abend zu Hause. Ich hab ihm nicht mal einen Zettel hingelegt.«

»Du hast dein Handy dabei, oder? Er würde dich anrufen, wenn er sich Sorgen machen würde.«

Mit einem erleichterten Nicken lasse ich mich auf den Beifahrersitz gleiten. Marc hat recht. Mein Vater hätte sich gemeldet, wenn er schon zu Hause wäre.

Die Scheinwerfer flammen auf und beleuchten lange, gelbe Grasbüschel und dünne Baumstämmchen. Marc sieht sich um, während er wendet, und ich mag diesen aufmerksamen, konzentrierten Blick.

Keiner von uns sagt etwas, bis Marc in unsere Straße einbiegt. »Hoffentlich kriegst du keinen Ärger.« Er stellt sich schräg in eine Einfahrt und schaltet den Motor aus.

»Glaub ich nicht. Mein Vater ist nicht der Typ, der ausrastet.« Die Erinnerung, die in mir hochkriechen will, schüttele ich ab. »Außerdem hat er nicht angerufen. Er ist vermutlich noch gar nicht zu Hause.« Meine Beine sind in das weiße Licht einer Straßenlaterne getaucht. Ich taste nach dem Griff, und mit einem leisen Knacken öffnet sich die Autotür. »Danke fürs Nach-Hause-Fahren. Und für den Rest.«

»Kein Ding.«

Sein Wagen steht da, bis ich endlich meinen Schlüssel aus der Hosentasche gekramt und im schwachen Licht der Lampe über der Haustür ins Schloss bekommen habe, dann setzt er zurück.

Mein Vater ist tatsächlich noch nicht zu Hause. In meinem Zimmer gehe ich am Bett vorbei und knipse das Licht im Bad an. Erst als ich dort in den Spiegel sehe, stelle ich fest, dass ich noch immer Marcs Jacke anhabe. Sie ist mir nicht nur zu lang, sondern auch viel zu weit.

Mit herabhängenden Armen blicke ich auf das dünne, blonde Mädchen, so lange, bis ich mich beinahe zweigeteilt fühle, dann gleite ich aus der Jacke und binde meine Haare zurück.

Im Schlafshirt packe ich meine Sachen für morgen zusammen, und als sich ein Schlüssel im Schloss der Wohnungstür dreht, husche ich ins Bett.

Minuten später wird meine Zimmertür vorsichtig geöffnet. Ich atme so gleichmäßig und ruhig wie ich kann. Mit einem leisen Klicken schließt die Tür sich wieder.

Meine Augenlider klappen auf. In dem Licht, das von draußen durchs Fenster fällt, kann ich meinen Schreibtisch erkennen. Den Kleiderschrank. Marcs Jacke, die ich über die Lehne meines Stuhls gehängt habe.

ZEHN

Ich habe vergessen, Orangensaft zu kaufen, und stehe einige Sekunden vor dem geöffneten Kühlschrank, bevor ich ihn leise seufzend wieder schließe. Dann eben Wasser. Mein Vater war schon in der Küche, die Espressomaschine knackt vor sich hin. Auf der Arbeitsplatte sitzend sehe ich ihn wenige Minuten später aus dem Schlafzimmer treten. Mit dem Sakko über dem Arm läuft er durch die Diele und probiert es versuchsweise mit einem unbekümmerten Lächeln. »Guten Morgen, Juli. Bist du bereit für den Tag?«

»Mhm.« Nicht, dass es etwas ändern würde, wenn ich es nicht wäre.

»Heute Abend bin ich zu Hause«, fährt mein Vater fort und beginnt, Milch aufzuschäumen. »Ach, verdammt!« Hektisch reibt er an einem feuchten Fleck auf seinem tadellosen Hemd herum und verschwindet im nächsten Augenblick fluchend aus der Küche.

Ich nippe an meinem Wasser. Ganz so entspannt, wie wir das gerne aussehen lassen möchten, sind wir also nicht. Als er zurückkommt, hat er es eiliger.

»Was ist mit dir?« Vorsichtig gießt er ein Tässchen Espresso in die dampfende Milch, schnappt sich eine Untertasse und stellt sich damit mir gegenüber.

»Was soll mit mir sein? Ich geh jetzt zur Schule.«

»Und heute Abend?«

»Bin ich zu Hause.«

Milchschaum klebt an seiner Oberlippe. »Gehst du gar nicht mehr mit Katinka weg? Oder mit Levin?«

Ohne zu antworten, rutsche ich vom Schrank, kippe das restliche Wasser in den Ausguss und zerre die Hosenbeine der engen Jeans wieder nach unten. »Mal sehen«, erwidere ich unbestimmt. »Vielleicht.«

In meinem Zimmer berühre ich im Vorbeigehen mit dem Arm die Lederjacke über dem Stuhl. Vor dem Spiegel kämme ich mir die Haare erst zu einem Pferdeschwanz, überlege es mir dann anders und schüttele sie zurück über die Schultern. Eines meiner Shirts ist mir heute Morgen aus dem Schrank gerutscht, also hebe ich es auf. Ehrlich gesagt, habe ich keine große Lust, jetzt in die Schule zu gehen.

Die Tür zum Klassenzimmer ist bereits geschlossen. Mrs. Sanders wirft mir einen missbilligenden Blick zu, während ich mich mit einer gemurmelten Entschuldigung auf meinen Platz drücke. Katinka sieht mir entgegen und erwidert meine knappe Begrüßung mit einem vagen Kopfnicken. Unsere Englischlehrerin hat sich durch mich nicht unterbrechen lassen, und ich versuche, ihren schnellen Sätzen zu folgen. Kurz bevor es zum Ende der Stunde klingelt, beginnt Katinka damit, in ihrem Rucksack rumzuwühlen, und das tut sie immer noch, als Mrs. Sanders den Raum längst verlassen hat.

Eine Weile lang sehe ich ihr schweigend dabei zu. »Was suchst du denn?«, frage ich schließlich.

»Portemonnaie. Hab's vergessen.«

»Ich kann dir was leihen, wenn du willst.«

»Vielleicht komm ich darauf zurück.«

Schweigend laufen wir durch die Gänge des Schulgebäudes, ohne auch nur den Versuch zu unternehmen, über den Streit von gestern zu sprechen. Die Mensa ist ziemlich voll. Katinka sucht die einzelnen Tische mit ihren Blicken ab, bis sie weiter hinten Jako entdeckt. Levin sitzt ihm gegenüber, und ich presse die Lippen zusammen. Heute wäre es mir lieber gewesen, er wäre nicht aufgetaucht. »Hi.« Er steht nicht auf.

»Hey.« Ich setze mich zu ihm und lehne mich zurück, mustere die schwachen Schatten, die Levins Wirbelsäule auf seinem Shirt verursacht. Die Unterarme auf die Tischplatte gestützt, hat er das Gespräch mit Jako wieder aufgenommen - es geht um irgendeine Hausarbeit -, und meine Gedanken trudeln davon. Würde Marc hier sitzen, würden wir nicht über Hausarbeiten reden. Vielleicht würden wir gar nicht viel reden, aber es wäre okay.

Eigentlich weiß ich kaum etwas über ihn. Wie auch, wir reden ja ständig nur über mich. Wie alt er wohl ist? Einundzwanzig? Zweiundzwanzig? Was macht er, wenn er nicht bei mir ist, wo wohnt er? Der Wagen gestern sah nicht wie eine günstig erworbene Schrottkarre aus, er muss einen guten Job haben. Falls ihm das Ding überhaupt gehört. Könnte ja auch von irgendjemandem ausgeliehen sein.

»Juli? Hallo?«

Das Dreieck neben mir starrt mich an, mich, den einsamen Punkt am Tisch, und ich versuche, die letzten Sätze, die gefallen sind, nachhallen zu lassen. Keine Chance. »Was?«

»Ob du heute auch kommen willst? Ins Kino?«, wiederholt Katinka geduldig.

»Ich kann nicht«, erkläre ich, ohne darüber nachzudenken. »Ich hab mit meinem Vater was ausgemacht.«

»Ach so. Schade.« Katinka sieht zu Jako, dessen Blick von mir zu Levin wandert. Levin schaut an mir vorbei auf eine Gruppe Mädchen am Tisch gegenüber. Er wirkt, als ginge ihn unser Gespräch überhaupt nichts an.

Unbehagliches Schweigen breitet sich aus, bis Jako schließlich aufsteht. »Ich geh hoch. Bis später. Kommst du mit?«, wendet er sich an Levin. Der greift nach seiner Tasche und drückt sich wortlos an mir vorbei.

Am liebsten würde ich auch verschwinden, aber Katinka macht keine Anstalten aufzustehen. Sie zupft am Saum ihres Shirts herum und sieht dann auf. »Bist du noch sauer?«

Ich ziehe ein Knie hoch und spüre einen leichten Stich in der Hüfte. Bin ich sauer? Eigentlich nicht. Ich bin irgendwie … gar nichts.

»Nein.«

»Was ist dann los?«

Müde sehe ich Katinka an. Wie oft habe ich diese Frage eigentlich schon beantwortet? »Nichts«, sage ich, und wir sind beide froh, dass es in diesem Moment klingelt.

In der zweiten Pause verwickele ich Herrn Lorenz in eine Diskussion über eine Funktion, und Katinka, die zunächst schweigend wartet, rutscht schließlich mit einem leisen »Ich geh schon mal vor« vom Stuhl. Ich hab's nicht eilig. So was wie vorhin brauche ich nicht zweimal am Tag.

Nach dem Unterricht packt Katinka langsam ihre Sachen zusammen. »Juli«, erklärt sie endlich, »wenn es doch wegen gestern ist – es tut mir leid. Ich wollte dir nicht das Gefühl geben, irgendwas von dem, was du gemacht hast, sei nicht okay gewesen.«

Mit einem Ruck zerre ich die Kordel meines Rucksacks zusammen. »Hast du gar nicht.«

»Nicht?« Unsicher sieht sie mich an. »Ich dachte nur, wegen der Dinge, die ich über dich und diesen Marc gesagt habe …«

»Es geht einfach nicht um Marc«, unterbreche ich sie und schwinge mir den Rucksack über eine Schulter.

»Nein?«

»Nein. Ich muss jetzt schnell los. Wir sehen uns morgen, ja?«

»Okay.«

Katinkas gekränkter Blick verfolgt mich, als ich aus dem Klassenzimmer laufe. Wir müssen das klären, irgendwann. Sobald ich mit mir selbst wieder ansatzweise im Reinen bin.

Zu Hause drehe ich meine Musik so laut, dass ich auch noch in der Küche was davon habe. Diesmal versuche ich es erst gar nicht mit dem Kühlschrank, sondern wende mich gleich dem Eisfach zu. Zwei Kühlpacks. Eiswürfel. Noch mehr Eiswürfel. Irgendwo darunter ein kristallverkrustetes Päckchen Erbsen. Na gut. Das war schon mal nix. Ich reduziere die Lautstärke um ein Drittel, bestelle mir eine Pizza und lasse die Musik sicherheitshalber so, während ich meine Tasche für morgen packe.

Zwanzig Minuten später klingelt es, und noch mit dem Pizzakarton in der Hand drehe ich den Regler auf das ursprüngliche Level zurück. In einer Hand einen Stift, in der anderen ein Stück Pizza, versuche ich als Nächstes, mich auf meine Hausaufgaben zu konzentrieren.

Es geht einfach nicht um Marc, habe ich zu Katinka gesagt, und gestern Nachmittag stimmte dieser Satz auch irgendwie noch. Jetzt allerdings stimmt er nicht mehr. Mittlerweile geht es auch um Marc. Ich weiß nur nicht, was genau es zu bedeuten hat, dass es auch um ihn geht.

Aber ich weiß, ein Teil in mir würde ihn gerne anrufen. Und dieser Teil will ihn wiedersehen. Will ihn beim Zuhören beobachten. Will diese Gelassenheit spüren, die von ihm ausgeht.

Die Pizza wird kalt, während ich am Bleistift kaue. Der Abend gestern … ich werfe den Stift zur Seite und greife nach dem Handy. *Vermisst du deine Jacke schon?*

Sekundenlang starre ich auf das Telefon, dann lege ich es auf die Schreibtischplatte. Die CD ist beinahe zu Ende, und in dieser Zeit habe ich nichts weiter getan, als Löcher in die Luft zu starren, da leuchtet das Display endlich auf.

Sehr.

Ein Zwinkersmiley grinst mich an, und ich muss lächeln. *Soll ich sie dir vorbeibringen?*

Nichts passiert. Eine Minute. Zwei Minuten. Vielleicht will er nicht, dass ich zu ihm komme. Vielleicht ist ihm das jetzt zu plötzlich. Drei Minuten.

Ich bin gerade unterwegs, platzt Marcs Antwort in meine Gedanken. *Vielleicht später?*

Wann später?

Sieben? Ich kann bei dir vorbeifahren und dich abholen.

Okay.

Es pingt noch mal, als Marc ein ThumbsUp verschickt, dann lasse ich das Handy in meinen Schoß sinken.

Jetzt. Genau jetzt, in dieser Sekunde, würde ich weder von Levin noch von Katinka gefragt werden wollen, was das mit Marc eigentlich soll.

Es ist kurz nach halb sechs, als die Haustür aufgeschlossen wird. Wenige Minuten später steckt mein Vater seinen Kopf durch die Tür. »Hallo. Ich bin jetzt da.«

»Hi.«

Noch immer sitze ich am Schreibtisch. In der letzten Stunde habe ich Hausaufgaben gemacht und im Anschluss daran versucht, meiner Mutter eine Mail zu schreiben. Mein Rechner versinkt in zusammengeknülltem virtuellem Papier.

»Du hast schon gegessen?« Er sieht zu dem leeren Pizzakarton, der auf dem Fußboden liegt, und mehr als ein leichtes Nicken ist mir das Offensichtliche dann doch nicht wert.

»Ich dachte, ich koche heute Abend mal was für uns.«

Bitte, was? »Du willst kochen?«

Sein Grinsen wirkt zu gleichen Teilen schuldbewusst und verlegen. »Was hättest du denn gern?«

»Ich … ich weiß nicht. Eigentlich bin ich nachher gar nicht da.« Oder soll ich das mit Marc absagen? Ich meine, hat mein Vater in seinem Leben überhaupt schon mal gekocht?

»Ach, du hast dich jetzt doch verabredet?« Eine winzige Nuance Erleichterung schwingt in seiner Stimme mit. »Das ist schön. Gehst du noch zu Katinka?«

»Nein, ich treffe mich mit einem Freund.«

»Mit Levin?«

»Ich könnte absagen.«

»Nein, nein!« Er hebt beide Hände und sieht mich beschwörend an. »Geh ruhig. Triff dich mit deinen Freunden. Dann kann ich mich auch noch etwas besser auf das Kochereignis vorbereiten.«

Ich denke an die Tiefkühlerbsen. Das stimmt allerdings.

»Wann musst du los?«

Ein schneller Blick in die obere Ecke des Monitors. »In etwa anderthalb Stunden.«

»Gut«, sagt er nickend. »Gut, gut. Dann … bin ich jetzt im Arbeitszimmer. Sag mir Bescheid, wenn du gehst, ja?«

Nachdem er verschwunden ist, hole ich mein Mailprogramm wieder nach vorne.

Liebe Mama, ich hoffe, bei Dir ist alles so weit in Ordnung. Hier läuft es ganz gut. Es geht um Donnerstag. Vielleicht ist das doch keine gute Idee.

Eine Weile kaue ich an meinem Daumennagel herum.

Delete.

Die Türklingel schrillt durch die Diele, und ich reiße die Tür zum Arbeitszimmer meines Vaters auf, noch bevor dieser sich ganz von seinem Schreibtischstuhl erhoben hat. »Ich bin weg!« Ich hab's geahnt. Zu Papa 2.0 gehört auch, dass er sich seit Neuestem vorgenommen hat, meine Freunde zu begrüßen.

»Kommt Levin nicht hoch?«

»Nein, er wartet unten. Bis später!«

»Bis später.« Seine Stimme klingt ein wenig verwirrt, als er mir hinterherruft: »Wann bist du wieder da?«

»So gegen zehn!«

Marc steht bereits auf dem Treppenaufgang zu unserem Stockwerk, als ich ihm entgegenspringe. Zwei Stufen über ihm kann ich ihm direkt ins Gesicht sehen.

»Hey. Haben wir's eilig?«

»Nein, wieso?«

Ich hüpfe an ihm vorbei. Hoffentlich kommt mein Vater nicht auf die Idee, mir nachwinken zu wollen. Mein Zimmer ist das Einzige in unserer Wohnung, das zur Straße rausgeht, und von der Straße aus werfe ich einen misstrauischen Blick nach oben. Kein Gesicht am Fenster. Gut.

Wie schon gestern hat Marc sich direkt in die Einfahrt gestellt, und ganz im Gegensatz zu gestern reiße ich die Beifahrertür auf und habe sie bereits wieder hinter mir zugeworfen, noch bevor Marc um den Wagen rumgegangen ist.

»Wir haben es doch eilig. Warum?«, will er wissen und lässt den Motor an.

Das frage ich mich auch gerade. Warum erzähle ich meinem Vater nicht einfach, dass ich mich mit einem Jungen namens Marc treffe?

Marcs Blick ist auf die Straße gerichtet. Über einer ausgewaschenen Jeans trägt er ein schwarzes Hemd, die Ärmel sind bis zur Mitte der Unterarme nach oben geschoben. Dichte Haarsträhnen fallen ihm über die Augenbrauen, und mit einer abwesenden Geste streicht er sie zurück.

Weil auf Marc schon der Begriff »Junge« nicht zu passen scheint und ich bei meinem Vater größere Bedenken habe, ihn könne das vielleicht stören, als bei meiner Mutter.

»Ach, Mist!«

»Was?« Marc sieht schnell zu mir rüber.

»Ich hab deine Jacke vergessen!«

Er lacht, ohne den Blick noch einmal von der Straße zu nehmen.

Mann, wie dämlich. »Willst du schnell noch mal zurück?«

»Gib sie mir das nächste Mal.«

Ich habe nicht darauf geachtet, wie Marc gefahren ist, und als er irgendwann in eine Parklücke einschert, habe ich keinen blassen Schimmer, wo genau wir sind. Auf der Straße drängen sich die abgestellten Autos dicht nebeneinander, und ich denke so lange über den Zufall nach, hier trotzdem eine Lücke gefunden zu haben, bis ich das Schild entdecke, das auf die Privatparkplätze hinweist.

An den unteren Fenstern eines sandfarben verputzten Hauses sind weiße Vorhänge angebracht. Topfpflanzen pressen ihre Blätter von innen gegen die Scheiben. Marc schließt eine schwere, dunkle Holztür auf und drückt sie mit der Schulter nach innen.

Es gibt keinen Fahrstuhl, die Stufen sind so abgetreten, dass sie eine leichte Senke in der Mitte haben. Ich folge Marc durch das altersschwache Treppenhaus, in dem Hängelampen ein funzeliges, gelbes Licht verbreiten.

Seine Wohnung liegt ganz oben in der fünften Etage. Neben einer hellgrauen Metalltür befindet sich ein leeres Namensschild, und als Marc auch diese Tür öffnet, befindet sich dahinter eine letzte schmale Treppe, die ein weiteres Stück hinauf zu einem riesigen Raum unter den

Dachschrägen führt. Licht fällt durch hohe Fenster, die sich noch ein gutes Stück weit über uns befinden. Die Wände sind weiß, und die Holzbohlen unter meinen Füßen so dunkel wie die Stufen im Treppenhaus. Auf den ersten Blick scheint es nur diesen einen Raum zu geben, doch weiter hinten windet sich eine schwarze Wendeltreppe zu einem Zwischengeschoss direkt unter dem Dachgiebel, und eine Küche muss es ja auch irgendwo geben.

Die Wohnung ist größer als unsere, glaube ich, und hier wohnt Marc ganz alleine? Mitten in Frankfurt? Wie um alles in der Welt bekommt er das Geld für so was zusammen?

Er betätigt einen Schalter, und in einem Winkel, der von dem durch die Fenster einfallenden Licht nicht erreicht wird, flammen LED-Lämpchen auf. Sekunden später knackt es in den Boxen, die an mehreren Stellen vor den Wänden stehen, und Musik füllt den Raum. Keine Ahnung, welche Band das ist, aber ich mag es.

»Die Wohnung ist ja der Wahnsinn.« Ehrfürchtig schiebe ich mich an einem breiten Sofa vorbei in die Mitte des Zimmers.

»Sie gehört mir nicht.« Er klingt gleichgültig, als er das sagt. »Schau dich trotzdem um, noch wohne ich ja hier.«

»Du willst ausziehen?«

Vor dem Sofa knautschen sich zwei Sitzsäcke, die so saubequem aussehen, dass ich nur schwer an mich halten kann, mich nicht sofort in einen der beiden zu versenken. Meine Schritte werden hier von einem franseligen Teppich verschluckt.

»Irgendwann, ja.« Marc verschwindet zwischen zwei breiten, unverputzten Säulen, ein Kühlschrank wird geöffnet. »Willst du was trinken?«

»Ein Wasser.«

Die Kühlschranktür wird zugeworfen und ein Wasserhahn aufgedreht. An den Wänden hängen riesige Bilder in satten Farben und mit fetten, schwarzen Linien. Wahnsinn, wirklich. In fünf, sechs Jahren könnte ich auch in so einer Wohnung leben. Alleine. Völlig selbstbestimmt. Immer vorausgesetzt, ich gewinne vorher im Lotto.

»Wem gehört die Wohnung?«

Marc kommt mit einem Glas in der Hand wieder hinter den Säulen hervor. »Meinem Alten.« Mit einer Handbewegung schiebt er Zeitschriften, Fernbedienungen und eine dicke Kerze beiseite und stellt das Wasser auf dem niedrigen Tisch vor dem Sofa ab, bevor er sich darauf niederlässt.

Das erklärt es. »Du musst also keine Miete zahlen.«

»Nicht, bevor ihm irgendwann vielleicht doch wieder in den Sinn kommt, dass ich hier wohne.« Marc grinst mich an und stellt einen Fuß gegen den Tisch. »Man kann sich da reinsetzen.«

Er deutet auf die dicken Säcke. Ohne nachzudenken, lasse ich mich in einen von ihnen fallen und quieke erschrocken auf, als das Ding quasi über meinem Kopf zusammenschlägt. Mit beiden Armen versuche ich, die dicken Wülste nach unten zu drücken, was dazu führt, dass sich meine Beine plötzlich in der Luft befinden, während ich nach hinten sacke. Oh, mein Gott! Was ist das denn für ein Ding? Durch das Geriesel neben meinen Ohren dringt noch ein anderes Geräusch, und als es mir endlich gelingt, so weit wieder aufzutauchen, dass mein Kopf über das aufgeplusterte Ende zu meinen Füßen hinwegragt, sitzt Marc mit bebenden Schultern auf dem Sofa und hält sich ein Kissen vors Gesicht.

»Das war Absicht!«, keuche ich, und er lacht auf. Ich will gar nicht wissen, wie ich gerade aussehe, aber als Marc jetzt langsam zur Seite kippt, sich immer noch dieses dämliche Kissen vor die Nase haltend, muss ich erst grinsen und pruste dann los.

Wie eine Katze trete und drücke ich mir lachend mit Händen und Knien eine bequeme Mulde in diesen verflixten Sitzsack und lasse mich im Schneidersitz darin nieder. Na also. Geht doch.

Ich wuschele mir durch die Haare, von denen jedes einzeln von meinem Kopf abzustehen scheint, und wickele sie zu einem Knoten zusammen, der sich sofort wieder auflöst. »Hör auf zu lachen!«, herrsche ich Marc an, was beeindruckender klingen würde, wenn ich nicht immer noch kichern müsste.

Marc tut mir trotzdem den Gefallen und hievt sich schwer an der Sofalehne nach oben. »Du hättest mir sagen sollen, was du da vorhast«, erklärt er und fährt sich mit den Händen über das Gesicht, »dann hätte ich vorher mein Smartphone geholt.«

Ich sehe mich auf der Suche nach etwas Geeignetem zum Werfen um, entdecke nichts und belasse es daher bei einer kleinen Grimasse. Er beugt sich vor und reicht mir mein Wasserglas.

»Danke.« Der Sitzsack raschelt warnend, und ich halte mich schnell wieder aufrecht. So bequem sind diese Dinger doch nicht. »Was hören wir da?«

»Achilles.« Sein Gesicht hat noch nicht ganz den üblichen so oft verwirrend zurückhaltenden Ausdruck wiedergefunden, und vielleicht setzt sich deshalb meine Neugier endlich durch. »Was machst du eigentlich so?«

»Nichts.«

»Nichts? Aber … irgendwas musst du doch machen.«

»Muss ich?«

»Du willst es einfach nicht erzählen, oder?«

»Es gibt da gar nichts zu erzählen.«

Das ist der Marc, den ich von der Party kenne, derjenige, durch dessen Fassade nichts nach außen dringt und dessen Antworten mir das Gefühl geben, sich außerhalb seiner Welt zu befinden. Einen Moment kämpfe ich gegen das aufkommende Unbehagen, dann nehme ich einen neuen Anlauf.

»Du stehst morgens auf, ziehst dich an und machst anschließend den ganzen Tag – nichts?«

»Genau.« Seine Miene wechselt von Langeweile zu Spott, aber wenn er denkt, ich bin hier das offene Buch und er kann einen auf sieben Siegel machen, täuscht er sich.

»Du bist früher zur Schule gegangen?«

»Klar.«

»Abi?«

»Abi«, bestätigt er mit unbewegtem Gesicht.

»Und danach – Studium?«

»Hab ich ausprobiert.«

»Was?«

»Sportwissenschaften.«

»Aber nicht fertiggemacht.«

»Abgebrochen.«

»Warum?«

Er zuckt mit den Schultern. »War vielleicht doch nichts für mich.«

»Wieso nicht?«

Marc atmet vernehmlich aus. Dann steht er auf und steuert auf die beiden Säulen zu. »Ich hol mir nur was zum Trinken.«

Noch während ich dabei bin, mich aus dem Sitzsack herauszuwuchten, klingelt es. Marc taucht mit zusammengezogenen Brauen wieder auf. Mit einigen langen Schritten ist er an der Gegensprechanlage, während es mir endlich gelingt, mich in die Senkrechte zu erheben. »Ja?«

Eine männliche Stimme kratzt durch den Lautsprecher, Marc drückt auf einen Knopf. »Warte kurz«, weist er mich im Vorübergehen an. Er hat die Wohnungstür nicht geöffnet und läuft jetzt schnell zu der Wendeltreppe am gegenüberliegenden Ende des Raums. Das Geräusch von Stiefeln auf Metall, dann rumort es über mir. Er hält etwas in den Händen, als er wieder heruntertrampelt, doch ich kann nicht erkennen, um was es sich handelt. Irgendeine Tüte.

Es ist, als würde sich um mich herum ein Film entfalten, ohne dass ich eine Ahnung hätte, worum es darin geht. Marc springt die schmale Treppe hinunter und öffnet die Metalltür.

»Alles klar?«, dringt eine gut gelaunte Stimme zu mir nach oben, »was stehst du hier rum?«

Marc kann ich nicht verstehen, aber die Antwort seines Besuchers klingt verwundert. »Du kommst nicht mit? Wieso nicht?«

Leise tappe ich näher zu der Treppe. Im Gegensatz zu Marcs Schuhen verursachen meine weichen Sneakers kein Geräusch.

»Wer?«, sagt der andere in diesem Moment. »Die vom See, auf die du so scharf warst?«

»Kannst du vielleicht noch etwas lauter brüllen?«, zischt Marc, und jetzt ist unterdrücktes Gelächter zu hören. »Verzieh dich einfach, Pascal! Und ruf nächstens vorher an.«

»Entspann dich.« Die Stimme von diesem Pascal vermischt sich bereits mit den unter seinen Schritten knarzenden Treppenstufen. »Viel Spaß noch!«

Marc wirft die Tür hinter ihm zu und steigt mit gesenktem Kopf zurück nach oben. Auf halber Höhe sieht er auf und begegnet meinem Blick. »Freak«, knurrt er unwillig und bringt dabei die letzten Stufen hinter sich. Zum allerersten Mal, seit ich ihn am See getroffen habe, huscht etwas über sein Gesicht, das sich seiner Kontrolle offenbar entzogen hat. Sieht ganz nach Verlegenheit aus. Er geht an mir vorbei und verschwindet wieder dorthin, wo ich die Küche vermute. Langsam folge ich ihm.

»Es ist so«, sage ich und lehne mich dabei gegen eine der glatten Säulen, »dass ich einen Freund habe.«

Marc schließt die Tür eines hohen, schwarzen Schranks und tritt mit dem Glas in der Hand zum Spülbecken. Ich schließe mit mir selbst eine Wette ab, was er auf meine Bemerkung hin erwidern wird, und tippe auf »Na und?«.

»Ich weiß.«

Okay, das kommt einem »Na und« ziemlich nahe. Mit Druck schießt ein Wasserstrahl ins Glas. Und natürlich sagt er nichts weiter. Das möchte ich mal können. Einfach nur ein paar Worte in den Raum werfen, ohne etwas zu erklären, ohne mich zu rechtfertigen.

»Lust auf einen Film?«

Auch eine Art, weitere Diskussionen zu unterbinden. Ich nicke, und Marc schlendert zurück zum Sofa, den Rand des Wasserglases locker zwischen den Fingerspitzen, als befände sich irgendein Drink darin. Kein Wort mehr über das, was dieser Pascal eben gesagt hat, keine Frage zu Levin. Stattdessen stellt er das Glas auf den Tisch, wirft sich in die Polster und angelt nach einer Fernbedienung.

»Was Bestimmtes?«

»Irgendeinen Horrorfilm vielleicht?«

»Du magst Horrorfilme?« Ein Hauch Überraschung schwingt in seiner Stimme mit, und ich spüre eine unbestimmte Befriedigung darüber, dass mir das endlich auch mal gelungen ist. Mit Horrorfilmen bekomme ich den Kopf frei, und ich nehme es in Kauf, dass ich dafür den Rest meines Lebens Angst im Dunkeln haben werde.

»Psycho, Splatter, Geister?«

»Kein Splatter.«

Eine Reihe an Filmcovern taucht auf dem Flachbildschirm gegenüber des Sofas auf, und Marc scrollt sich routiniert hindurch. »Guckst du von da hinten?«

Ich gebe mir einen Ruck und lasse mich neben ihn fallen, ziehe die Knie an mich heran und schnappe mir eines der flachen Kissen. Kein Horrorfilm ohne Kissen.

Den Film, den Marc ausgesucht hat, kenne ich nicht, aber ich bekomme ohnehin nicht viel davon mit. Und das liegt nicht unbedingt an dem Kissen. Marc hat seine Beine über den Tisch gelegt, die Arme im Nacken verschränkt und wirkt, als würden wir uns das Sandmännchen anschauen. Ich kann mir gut vorstellen, dass er sich mal für Sportwissenschaften interessiert hat, und irritierenderweise sehe ich ihn auf einmal vor mir, wie er sich am See vor meinem Handtuch aufrichtet, im Hintergrund kleine Kinder mit Schwimmflügeln und in der Luft der Geruch nach Sonnencreme. Seine gebräunte Haut, der glatte Brustkorb. Auf dem flachen Bauch lagen die Schatten, die kaum dadurch entstehen, dass man zu viel Pizza isst.

Seine Vampirzähne sind mir da zum ersten Mal aufgefallen, und wie er beim Lachen manchmal die Zungenspitze gegen einen Eckzahn gepresst hält. Um meinen Bauchnabel herum kribbelt es, und ich versuche, mich auf den Film zu konzentrieren.

Eine blonde Frau erklärt ihrer Freundin gerade, dass sie besser nicht in dieses düstere, gruselige Haus hineingehen sollten, aber natürlich kümmern sie sich letztlich doch einen Dreck darum. Ich halte mein Kissen in Bereitschaft, weil eine der Frauen unfassbar bescheuerterweise gleich mal in den Keller geht, und reiße es automatisch hoch, als plötzlich die Klappe einer schmutzigen Gefriertruhe aufspringt und etwas Graues mit weißen Augen daraus hervorschießt.

Marc grinst zu mir rüber. »Guckst du immer so Horrorfilme?«

Das Kissen an meine Wange gedrückt, strecke ich ihm die Zunge raus, dann blinzele ich darüber hinweg, um herauszufinden, warum die Frau mit dem Schreien gar nicht mehr aufhört. Uh. Ich ducke mich zurück. Marc lächelt leicht, und es ist nicht sein typisches Lächeln, das ihn so distanziert und knapp an der Grenze zur Langeweile belustigt wirken lässt, sondern ein eher sanftes Lächeln, eines, bei dem er plötzlich nicht mehr einfach nur gut aussieht und mein Herz vielleicht deshalb schneller schlägt. Es ist eines, bei dem mir warm wird und ich mich von seinen Augen losreiße, um im nächsten Moment das Ding mit der grauen Haut dabei zu erwischen, wie es auf etwas Ekligem herumkaut. Schlechter Tausch.

»Kein Splatter, haben wir gesagt!«, beschwere ich mich, und aus seinem Lächeln wird ein Grinsen.

»Ist bestimmt gleich vorbei. Lieber was anderes?«

Ich schüttele den Kopf. Jetzt will ich zumindest wissen, warum dieses Ding in der Tiefkühltruhe war.

»Gibt's hier in der Nähe eine U-Bahn-Station?«

Es ist kurz nach zehn. Der Film ist zu Ende, nur das Tiefkühlwesen hat überlebt. Gerade habe ich herausgefunden, dass Marcs Wohnung oben auch noch über ein riesiges Badezimmer verfügt. Ich würde niemals hier ausziehen.

»Willst du mit der U-Bahn fahren?« Marc steht bereits vor der Wohnungstür. »Ich bring dich heim.«

Ich würde lügen, wenn ich behaupten würde, dass ich damit nicht gerechnet hätte.

Draußen auf der Straße fröstele ich, und Marc legt einen Arm um mich. Er lässt ihn sofort wieder sinken, aber mir fällt erst nach langen Sekunden auf, dass ich irgendwann auch wieder ausatmen sollte. Noch im Auto fühle ich den leichten Druck auf meinem Oberarm, dort, wo seine Hand lag.

Marc beginnt, über den Film zu reden, über irgendwas, das ihm unlogisch vorkam, und ich sitze da und wünschte, er würde anhalten und es noch einmal tun, mich noch einmal so an sich ziehen.

In unserer Straße angekommen, stellt er den Motor nicht ab, und ich habe es so eilig, aus dem Wagen rauszukommen, dass ich beinahe vergesse, mich zu verabschieden.

»Bis dann«, sagt Marc.

Im Treppenhaus fühlt sich mein Kopf an, als würde er gleich explodieren. Es ist nicht das, was da gerade passiert ist. Es ist ja eigentlich nichts passiert. Es ist das, von dem ich mir wünsche, dass es passiert wäre.

Während ich versuche, den Schlüssel ins Schloss zu bekommen, zuckt plötzlich ein Gedanke in mir hoch. Bin ich wie meine Mutter? Diese Frage erwischt mich so eiskalt, dass meine Hand einfach nach unten sinkt und ich meinen Vater nur wortlos anstarren kann, der in diesem Moment die Tür aufzieht. Eine Sekunde lang sieht er mich an, dann tritt er zur Seite.

»Du bist spät dran«, sagt er dabei, und ich murmele etwas, das hoffentlich als Entschuldigung durchgeht. Gehört zu seinen guten Vaterpflichten seit Neuestem auch, dass er sich wegen einer halben Stunde Verspätung aufregt?

»Und du hast dein Handy auf deinem Schreibtisch liegen lassen. Levin hat angerufen.«

Stocksteif bleibe ich stehen. Dann reiße ich meine Tasche auf, als könne das an den Tatsachen noch etwas ändern. Schlüssel. Kaugummi. Zeugs. Kein Telefon. Anscheinend hatte ich es vorhin wirklich eilig.

»Würdest du mir bitte erklären, warum du zu mir sagst, dass du zu Levin gehst, wenn das ganz offensichtlich nicht der Wahrheit entspricht?«

Was hat er zu Levin gesagt? Was hat Levin ihm erzählt? Ich bin kurz davor, mich einfach auf den Boden zu setzen und mir die Haare zu raufen. »Wann«, bringe ich endlich heraus, »wann hat Levin angerufen?«

»Kurz nachdem du gegangen bist. Und jetzt wäre es schön, wenn du mir meine Frage ebenfalls beantworten würdest, Fräulein!«

Um sieben. Noch vor dem Kino. Vielleicht wollte er fragen, ob ich doch mitkomme.

»Julika? Also?«

»Ich habe nicht gesagt, dass ich zu Levin gehe.«

»Aber selbstverständlich hast du das!« Mein Vater ist lauter geworden.

»Du hast das gesagt. Du hast einfach angenommen, ich würde zu Levin gehen. Ich hab dir bloß nicht widersprochen.«

»Julika, komm mir jetzt nicht mit irgendwelchen Spitzfindigkeiten! Wo hast du dich rumgetrieben? Wenn es noch sehr viel später geworden wäre, hätte ich die Polizei angerufen!«

Fassungslos blicke ich auf. »Wieso das denn? Du hast dich doch schon ewig nicht mehr großartig dafür interessiert, wann ich nach Hause komme!«

Ich sehe ihm an, dass er sich zusammenreißt, sehe, wie sich seine Wangenmuskeln anspannen. »Da hat deine Mutter noch darauf geachtet.«

»Mama?« Fast muss ich lachen. »Du meinst, Mama hätte immer aufgepasst, ob ich auch rechtzeitig zu Hause bin? Soll ich dir mal was sagen? Solange ich euch irgendeinen bescheuerten Zettel mit irgendeiner Uhrzeit darauf hingelegt habe, war es euch völlig egal, wo genau ich mich rumtreibe! Und wenn auf diesem Zettel stand: *Übernachte bei Katinka*, dann konnte ich die ganze Nacht wegbleiben, und weder du noch Mama hätten es überhaupt mitgekriegt, wenn ich nicht bei ihr geschlafen hätte! Also lass mich doch einfach in Ruhe, okay? Ich kann darauf verzichten, dass du hier plötzlich den Besorgten spielst!«

»Julika …«

Wütend weiche ich seiner hilflos erhobenen Hand aus. »Wieso gehst du überhaupt an mein Telefon, wenn ich nicht da bin?«

»Das bin ich nicht, Levin hat es irgendwann auf dem Festnetz probiert.« Mist. Ach, verdammt! Kann nicht einmal irgendwas passieren, wodurch nicht alles noch ein kleines bisschen schlimmer wird? »Juli, entschuldige. Ich habe mir wirklich Gedanken gemacht. Ich … Darf ich fragen, wo du gewesen bist?«

»Bei Marc.«

»Marc. Und wer ist Marc?«

»Ein Freund.« Mit diesen Worten drücke ich mich an meinem Vater vorbei. Ich nehme an, dass Levin eine Nachricht auf dem Handy hinterlassen hat, und die will ich jetzt hören.

»Hi, Juli. Wo bist du? Wir sollten uns treffen, denke ich. Ruf mich an, sobald du das abhörst.« Er hat es danach noch zwei weitere Male probiert, das letzte Mal um Viertel vor zehn, aber nicht mehr auf die Box gesprochen.

Was hat mein Vater ihm erzählt? Wie deutlich hat er seine Überraschung, dass ich nicht bei Levin bin, wohl raushängen lassen? Ob ich Levin jetzt noch zurückrufen soll? Aber was genau will ich ihm sagen? Ich habe mich heute übrigens mit Marc getroffen und gestern auch, aber natürlich ist da nichts zwischen uns, das musst du mir einfach mal so glauben? Wie überzeugend kann ich das überhaupt noch rüberbringen?

Mit dem Telefon in der Hand sitze ich auf meinem Schreibtischstuhl und starre auf den Laptop. Es ist nicht so, dass ich plötzlich was von Marc wollen würde. Natürlich nicht. Das vorhin, das war einfach … überraschend. Aber Levin ist ja schon ausgerastet, nur weil ich mit Marc telefoniert habe. Niemals nimmt er mir ab, dass ich mich zweimal mit Marc treffe, ohne dass da irgendwas passiert sein könnte. Was auch immer er sich dabei so vorstellt. Im Moment scheint sein ganzes Denken ohnehin nur um eine einzige Sache zu kreisen.

Ich werfe das Handy auf den Schreibtisch zurück und knalle die Badezimmertür hinter mir zu. Ich bin ungerecht, weiß ich selbst. Aber er sitzt im *Cave* doch auch neben Milla und unterhält sich bestens mit ihr, warum sollte ich also nicht mit Marc reden dürfen? Wo ist denn da der Unterschied?

Levin trifft sich nicht alleine mit Milla, das ist der Unterschied.

Ich beuge mich über das Waschbecken, reibe mir die Seife aus dem Gesicht und taste mit geschlossenen Augen nach dem Handtuch. Mit geröteten Wangen tauche ich Sekunden später dahinter auf und mustere mich im Spiegel.

Es ist nur so, dass Marc mir zuhört. Mir richtig zuhört. Ohne mir Vorwürfe zu machen oder sich von allem möglichen Mist ablenken zu lassen. Es interessiert ihn wirklich, wenn ich etwas sage. Und er kennt dieses Gefühl, wenn die eigenen Eltern so einen Mist abziehen, er hat es selbst erlebt.

Vielleicht kann ich Levin das erklären. Dass es mir nur um die Gespräche mit Marc geht. Wenn es mir gelingen würde, ihm klarzumachen, was das zwischen meinen Eltern mit mir macht. Irgendwie habe ich das Gefühl, weder Levin noch Katinka finden die Situation bei mir zu Hause besonders schlimm. Katinka lebt ja nun schon seit Jahren mit getrennten Eltern, für sie fühlt es sich vielleicht ganz normal an. Und Levin? Levin hat in letzter Zeit ab und zu davon gesprochen, endlich auszuziehen. Und beide wissen, dass meine Eltern schon ewig in erster Linie mit ihrer Arbeit beschäftigt sind. Vielleicht denken sie, so viel verändere sich für mich eigentlich gar nicht?

Die Gedanken ballen sich in meinem Kopf zu einem Knäuel zusammen. Ja, wir sollten uns treffen. Und dann werde ich es ihm in Ruhe erklären, zupfe ich den wichtigsten Faden wieder heraus.

ELF

Levin steht an die Wand gelehnt vor unserem Klassenzimmer, als ich neben Katinka zur Tür hinaustrete, und jemand rennt versehentlich in meinen Rücken, weil ich einfach stehen bleibe.

Katinka drückt meinen Arm. »Bis später.«

Ahnt sie, was Levin zu sagen hat? Gestern waren sie zusammen im Kino, Katinka hat vorhin über den Film gesprochen. Haben sie sich danach vielleicht über mich unterhalten? Nein, das hätte sie erwähnt, oder?

Ich ziehe den Rucksack höher über meine Schulter und gehe auf Levin zu. Er lächelt nicht, begrüßt mich nicht mal. Sein erster Satz lautet: »Wo warst du gestern?«

Vor dem Einschlafen habe ich mir noch so viele Gedanken darüber gemacht, wie ich Levin mein Innenleben nahebringen könnte – ich hätte mir zuallererst mal überlegen sollen, wie ich ihm gegenüber begründe, dass ich nicht mehr zurückgerufen habe.

»Weg.«

»Du warst mit diesem Marc unterwegs, oder?«

Nur zwei Sätze. Zwei kurze Sätze. Das gibt's doch gar nicht.

So sollte es nicht laufen.

»Levin, willst du wirklich hier und jetzt wieder damit anfangen?«

»Ist doch völlig egal, wo ich stehe, wenn ich dich frage, ob du gestern noch mit diesem Marc weg gewesen bist. Bist du?«

Wenn ich es nur könnte. Einfach lügen. »Ja.«

Levin sieht nicht überrascht aus, eigentlich verändert sich kaum etwas an seinem abweisenden Gesichtsausdruck. Er stößt sich von der Wand ab, und ich trete einen Schritt zurück.

»Ich hab da keinen Bock mehr drauf, Juli. Weißt du, was dein Vater gestern zu mir gesagt hat? Er hat gesagt: ›Juli? Ist die nicht bei dir?‹« Seine Augen fixieren mich. »Du lügst deinem Vater vor, du würdest dich mit mir treffen, und ziehst dann ab zu diesem Marc? Und uns erzählst du, du hättest was mit deinem Vater ausgemacht?«

Oh Gott, das habe ich tatsächlich gesagt, oder? Es ist mir nur so rausgerutscht, ich habe zu diesem Zeitpunkt noch nicht mal an Marc gedacht. Ich wollte nur nicht mit ins Kino, nachdem die Stimmung in der Schule so mies war.

Jetzt ist es Levin, der rückwärts vor mir zurückweicht. »Dann triff dich eben weiter mit Marc. Mir egal. Für mich war's das zwischen uns.«

Was? Was? Aber – »Levin!«

Fassungslos sehe ich ihm hinterher, kann meinen Blick nicht abwenden, während er sich an anderen Schülern vorbeischlängelt und schließlich zwischen ihnen verschwindet. Eben waren da noch seine hellen Haare, sein Rücken in dem weißen T-Shirt, dann ist er weg.

Mehrfach werde ich angerempelt, neugierige Blicke bleiben an mir hängen, bevor ich mich endlich in Bewegung setze. Das ist gerade nicht passiert, oder? Einfach so in der Pause, direkt vor dem Klassenzimmer. Tränen steigen in mir auf, ich drehe mich auf dem Absatz um und laufe immer schneller in Richtung der Toiletten. Was will ich denn jetzt auf dem Schulhof? Mich zu Jako, Katinka und Levin stellen? Mit einem Aufstöhnen ziehe ich die graffitibeschmierte Tür hinter mir zu, setze mich auf den heruntergeklappten Klodeckel und ziehe die Knie hoch. Ich will nicht, dass das jemand mitbekommt. Ich will mich nicht mal selbst hören.

Die Gänge des Schulgebäudes sind still und leer, als ich die Toilettentür leise öffne. Mit Wasser und Klopapier habe ich, so gut es eben ging, den grau verschmierten Kajal aus meinem Gesicht entfernt, trotzdem hoffe ich, dass mir niemand begegnet. Den Blick auf das Linoleum gerichtet, laufe ich an der Wand entlang bis zu den breiten Treppen, weiter runter, raus aus dem großen Portal ins Freie.

So was habe ich noch nie gemacht. Ohne Erklärung, ohne Entschuldigung, mitten am Vormittag den Unterricht verlassen. Mechanisch schlage ich den Weg nach Hause ein. Mein Vater ist ohnehin nicht da, und wo sollte ich sonst hin?

Kaum in meinem Zimmer angekommen, klingelt mein Telefon. Katinka nutzt offenbar die fünf Minuten zwischen der dritten und vierten Stunde, um bei mir anzurufen. »Juli? Oh, Gott sei Dank! Wo bist du?«

»Zu Hause.«

»Du bist nach Hause gegangen? Wieso denn? Was war los? Worüber hast du mit Levin gesprochen?«

»Hat er das nicht erzählt?«

»Ich hab ihn bis jetzt nicht mehr gesehen. Aber ich gehe nicht davon aus, dass er gleich ganz verschwunden ist«, fügt sie vorwurfsvoll hinzu. »Was ist also los?«

»Er hat Schluss gemacht.«

Kurz bleibt es still. »Oh nein«, sagt sie dann, »Juli, das tut mir so leid! Wieso das denn?« Noch bevor ich ihr eine Antwort geben kann, setzt sie plötzlich leiser hinzu: »Ich ruf dich später wieder an, die Berggruen kommt gerade rein. Ich hab übrigens erzählt, dir sei schlecht geworden.«

Dann ist sie weg, und ich trotte dorthin, wo ich mich im Moment am häufigsten aufzuhalten scheine, nämlich ins Bett. Vielleicht sollte ich es einfach nie mehr verlassen.

Oben in einer Ecke meines Zimmers direkt über der Tür hängt ein fluseliger Staubfaden. Wo kommen die eigentlich her? Katinka sagt, das seien kaputte Spinnennetze. Wenn man ganz lange draufschaut, scheint er sachte hin und her zu schweben. Levin hat Schluss gemacht. Jedes Mal, wenn diese vier Worte in mir hochsteigen, fühlt es sich an, als drücke mir jemand langsam aber hartnäckig eine Faust in den Magen. Er hat Schluss gemacht. Habe ich nicht gestern Abend gedacht, ich sei wie meine Mutter? Das ist jetzt passend, oder? Aber ich hab nichts mit Marc gehabt. Wir haben nur geredet, das ist alles.

Es kommt mir gar nicht so vor, als sei bereits eine Dreiviertelstunde vergangen, da klingelt das Telefon schon wieder.

»Hi.« Ich hatte erwartet, Katinka würde sich erst nach der Schule wieder melden und nicht bereits in der zweiten großen Pause. »Soll ich nachher bei dir vorbeikommen?«

»Wenn du willst.«

»Natürlich will ich! Ich bin gerade auf dem Weg in die Mensa. Bin ja mal gespannt, was Levin sagen wird.«

Ich lausche meinem eigenen Herzschlag. Irgendetwas knackt in der Wohnung, vielleicht der Parkettboden.

»Juli?«

»Mh?«

»Bist du in Ordnung?«

»Geht so.«

Nein, »in Ordnung« trifft es wohl nicht. Aber was genau ich bin, muss ich selbst erst mal rausfinden.

Später schrecke ich aus einem wirren Halbschlaf hoch. Hat es gerade an der Tür geklingelt? Hat Levin Schluss gemacht? Ja, hat er. Und das war heute Vormittag, oder? Ich ziehe mir die Decke wieder über den Kopf.

Unmittelbar darauf summt mein Handy, das auf dem kleinen Tisch neben dem Bett liegt, und knallt dann auf den Boden, weil ich zu schnell danach gegriffen habe.

»Juli, wo bist du denn jetzt wieder?«

»Immer noch zu Hause. Wieso denn?«

»Weil ich vor deiner Haustür stehe. Warum machst du nicht auf?«

»Weil … Moment«, murmele ich und rutsche von der Matratze.

Katinka lässt ihren Rucksack in der Diele auf den Boden fallen und legt ihre Arme um mich. Fast beginne ich wieder zu heulen, aber nein, ich hab auch noch andere Hobbys. Nach einer Weile atme ich tief ein und winde mich aus ihrer Umarmung. Sie folgt mir wortlos in mein Zimmer. »Er hat gar nichts gesagt«, kommt sie meiner Frage zuvor und setzt sich aufs Bett. »Er hat einfach völlig normal getan und über ein Album gesprochen, zu dem er eine Rezension geschrieben hat. Ich hab ihn gefragt, ob er wüsste, wo du bist, und er«, Katinka stockt, »er hat nur mit den Schultern gezuckt.«

»Okay.« Ich bemühe mich, genauso cool zu bleiben wie Levin und stehe dabei hilflos mitten im Zimmer. Fürs Erste setze ich mich an den Schreibtisch.

»Magst du erzählen, was zwischen euch los ist? Warum hat Levin … ich meine …«

»Weil ich gestern Marc getroffen habe.« Das muss jetzt heraus. Ich muss Katinkas Meinung dazu hören.

»Was? Wieso das denn?«

»Weil … einfach so. Weil ich mit Marc gut reden kann.«

»Aha.«

»Es ist … weißt du, er hört mir zu«, beschwöre ich sie beinahe. »Seine Eltern haben sich auch getrennt, er weiß einfach, wie ich mich gerade fühle.«

»Aha.«

»Da ist ansonsten nichts zwischen mir und Marc, wir reden nur.« Das habe ich bereits gesagt, glaube ich. In Katinkas mitleidigen Ausdruck hat sich jetzt Ratlosigkeit gemischt.

Warum finde ich nie die richtigen Worte, verflucht? Es gibt so viele tausend Worte, warum bastele ich meine Sätze ständig aus den falschen zusammen?

»Juli, es tut mir wirklich leid, aber …«, sie zögert kurz, »ein bisschen kann ich Levin schon verstehen.«

Ich sacke in mich zusammen. Natürlich. Katinka versteht Levin. Levin versteht Levin. Jako versteht Levin vermutlich auch. Auf meiner Schreibtischunterlage liegen winzige Radiergummikrümel, und ich beginne, sie mit dem Zeigefinger zusammenzuschieben.

»Warum hast du nicht mal versucht, mit ihm über alles zu reden?«

»Hab ich doch.«

»Oder mit mir? Es ist doch nicht so, dass du niemanden hättest, warum musst du ausgerechnet mit diesem Marc darüber sprechen?«

Schweigend tupfe ich weitere Krümelchen auf. Vielleicht hat Katinka ja recht. Vielleicht hab ich's nicht genug probiert.

Sie wartet einen Moment, ob nicht doch noch eine Antwort von mir kommt. »Du kennst den doch gar nicht. Wann hast du ihn zum ersten Mal gesehen? Irgendwann letzte Woche? Oder vorletzte? Du hast doch keine Ahnung, was das für ein Typ ist, und dafür lässt du jetzt Levin sausen?«

»Ich hab nicht mit Levin Schluss gemacht, oder wie meinst du das?«

»Dann entschuldige dich doch bei ihm! Erklär ihm die Situation irgendwie. Fahr zu Levin und bring alles wieder in Ordnung. Das ist doch scheiße so.«

Wäre das das Richtige? Mit Daumen und Zeigefinger drücke ich die Radiergummireste zu einer winzigen Kugel zusammen und versuche, mir vorzustellen, wie ich zu Levin fahre, ihm erkläre, dass es bescheuert war, mich mit Marc zu treffen und ihm verspreche … ihm sage …

»Ich habe übrigens Jako wegen heute Abend gefragt, ist das okay? Ich dachte, du hast im Moment bestimmt anderes im Kopf, als dich um irgendein Interview zu kümmern.«

Welches Interview? Ach, das Interview heute Abend, das Konzert. Ich erwidere Katinkas Blick und sage nicht, dass ich gerne mit ihr auf das Konzert gegangen wäre. Sie ist ohnehin gekränkt, weil sie denkt, dass ich Marc ihr vorgezogen habe. Und es reicht ja, wenn Levin deshalb mit mir Schluss macht. Wenn Katinka jetzt auch noch keinen Bock mehr auf mich hätte … ich meine, ich glaube nicht, dass das passieren könnte, aber falls doch – dann weiß ich auch nicht.

Nachdem Katinka gegangen ist, wird das Schwarze-Loch-Gefühl der leeren Wohnung irgendwann so riesig, dass ich meine Stiefel anziehe und nach draußen verschwinde. Ganz ohne Ziel, ich will nur in Bewegung sein, statt mehr und mehr mit meiner Matratze zu verschmelzen. Hinter der weißen Wolkendecke scheint irgendwo die Sonne, aber darunter wirkt alles blass und farblos. Ausgesaugt. Das Geräusch vorbeifahrender Autos, die Schritte mir entgegenkommender Menschen und ihre Stimmen, wenn sie in ihre Handys sprechen, alles bildet einen faden Klangbrei. Ob ich hier laufe oder nicht, ist völlig egal. Ob es mich gibt oder nicht, auch. Meine Mutter hat ihren neuen Freund. Mein Vater hat seine Wut auf meine Mutter. Katinka hat Jako, und Levin will mich nicht mehr haben, aber na und? Wieso sollte das alles wichtig sein, wieso sollte ich zulassen, dass das alles eine Rolle in meinem Leben spielen darf? Es gibt Menschen, die verbringen ihr ganzes Leben alleine in einsamen Hütten oder Höhlen, ohne etwas zu vermissen. Okay, die eigentliche Herausforderung liegt darin, inmitten von anderen zu leben, die alle ihr eigenes Ding durchziehen, und trotzdem nichts zu vermissen. Die nächste Stufe, fortgeschrittenes Eremitendasein sozusagen.

Ich werde mich einfach von niemandem mehr abhängig machen. Nicht von meinen Eltern, nicht von Levin, nicht von Katinka, von niemandem. Und ich werde morgen nicht zu Hause bleiben und mich verkriechen, so wie ich es eigentlich vorhatte, und ich werde zu dem Treffen mit meiner Mutter gehen. Es ist immerhin ganz allein meine Sache, wie nah ich das alles an mich heranlasse.

Die Hände in die Taschen der Sweatjacke geknäult und mit übergeworfener Kapuze laufe ich den Gehweg entlang und versuche, niemandem auszuweichen. Wenn man jeden Augenkontakt vermeidet und den Blick gesenkt hält, funktioniert es.

Schon seit einigen Minuten will noch etwas anderes zu mir durchdringen. Ich habe da etwas ausgeblendet, nein, nicht etwas, sondern jemanden. Eine Person, die aus welchen Gründen auch immer in Rekordzeit ziemlich viel Raum in meinen Gedanken eingenommen hat.

Fürs Erste werde ich mich auch nicht mehr mit Marc treffen. Bis ich mich nicht mehr so fühle, als sei ich aus Glas.

Als mein Vater nach Hause kommt, liege ich mit einem Buch im Bett. Mein Blick fliegt über die Zeilen, meine Hände blättern die Seiten um, und ich ignoriere die Tatsache, dass ich den Inhalt jedes Satzes innerhalb von Sekunden wieder vergesse.

»Was machst du denn hier?«

»Lesen?«

Er ist überrascht im Türrahmen stehen geblieben. »Im Bett? Jetzt schon? Es ist erst kurz nach acht.«

Mit einem Schulterzucken blättere ich um, obwohl ich die Seite noch gar nicht zu Ende gelesen habe.

»Hast du was gegessen?«

»Ja.«

Das reicht ihm noch nicht. »Juli, wegen gestern …« Er bemüht sich, meinem Blick nicht auszuweichen. »Das tut mir leid. Das war unnötig.«

»Schon in Ordnung.«

»Nein, ich war … das war übertrieben.«

»Nicht so schlimm. Das nächste Mal ruf ich dich an, wenn's später wird.«

»Okay.«

Er steht immer noch da. »Danke, ich … ich werde jetzt noch ein bisschen was arbeiten, denke ich.«

»Ist gut.«

»Gute Nacht, Juli. Schlaf schön.«

»Ja, du auch.«

Sehr leise schließt er die Tür. Na also. Das war doch gar nicht so schwer.

Es ist Viertel nach eins, und ich werde jetzt etwas dagegen tun, dass ich seit über drei Stunden mit offenen Augen im Bett liege und ewig die gleichen Gedanken in meinem Kopf kreisen. Lautlos schleiche ich durch den Flur, vergewissere mich anhand des Lichtscheins unter der Tür, dass mein Vater noch in seinem Arbeitszimmer sitzt, und husche zurück zum Schlafzimmer meiner Eltern.

Die Luft hier ist kühl und ein bisschen muffig. Ohne Licht zu machen, öffne ich die Tür zu ihrem Bad und ziehe sie sorgfältig wieder hinter mir zu. Die beiden Leuchtstoffröhren links und rechts vom Spiegel flammen auf. In dem hohen Schrank neben der Badewanne bewahrt meine Mutter die Medikamentenkiste auf. Ich weiß, welche Tabletten ihre Schlaftabletten sind, ich habe ihr die Packung manchmal gebracht, wenn sie im Wohnzimmer auf dem Sofa lag und sich über Jetlag beschwert hat.

Nur eine halbe, und der Rhythmus ist wiederhergestellt.

Ganz einfach.

ZWOELF

»Julika!«

Etwas rüttelt an mir herum, und unwillig tauche ich vom Grund eines tiefen, schwarzen Sees auf, von ganz unten, wo es moosig, warm und finster ist.

»Julika! Du musst aufstehen! Du kommst zu spät zur Schule!«

Halbherzig blinzele ich meinen Vater an, der jetzt die Vorhänge zur Seite reißt. Das Licht blendet, und ich ziehe die Knie bis zur Brust. Meine Bettdecke ist auch weg.

»Juli, steh endlich auf! Wieso bist du überhaupt so müde? Du warst doch wirklich früh im Bett.«

»Weiß nicht.« Oh Gott, lass mich noch ein bisschen schlafen, nur ein kleines bisschen.

»Juli, wenn du jetzt nicht sofort aufstehst, hole ich einen Wassereimer!«

Das meint er nicht ernst. Ich biete all meine Willenskraft auf und öffne die Augen erneut.

Er sieht aber so aus.

Ungehalten greift er nach meinem linken Arm und zerrt mich in eine sitzende Position. »Steh jetzt auf!«, sagt er drohend. »Ich bin drüben und ziehe mich fertig an, und wenn ich in drei Minuten wieder hier rein sehe und du bist nicht unter der Dusche, stelle ich dich höchstpersönlich drunter!«

Seine Beine verschwinden aus meinem Blickfeld, und ich lasse mich schwer nach vorne sinken. So muss es sich auf einem Planeten mit doppelter Anziehungskraft anfühlen. Vielleicht hätte ich es doch erst mal mit einer Vierteltablette versuchen sollen, statt gleich eine halbe zu nehmen.

Mein Mund fühlt sich trocken an, und ein bitterer Geschmack liegt auf meiner Zunge, aber abgesehen von dieser zähen Benommenheit geht's mir eigentlich ganz gut. Jedenfalls besser als gestern Nacht.

Unter der Dusche lehne ich mich gegen die Fliesen und lasse das warme Wasser auf mich runterprasseln. Wach werden, Juli, weise ich mich selbst an. Kann doch wohl nicht so schwierig sein.

Erst als ich in der Küche stehe, beginne ich mich etwas weniger wattig zu fühlen. Ich habe immer noch nicht daran gedacht, Orangensaft zu kaufen, und ich ärgere mich so lange darüber, bis mein Vater in Jackett und Schuhen in die Küche stürmt.

»Ich bin weg!« Flüchtig nimmt er mich in den Arm. »Es könnte später werden, aber ich gebe mein Bestes.«

Kommt mir bekannt vor. »Ich bin heute Abend eh nicht da.«

Er nimmt noch einen hastigen Schluck aus seiner Kaffeetasse. »Wo gehst du hin?«

»Ich treffe mich mit Mama und ihrem neuen Freund.«

In einem Film würde mein Vater den Kaffee jetzt gegen die Wand spucken, er reißt allerdings nur die Augen auf. Ganz offenbar ist diese Info neu für ihn, und eine Sekunde lang fühle ich mich ihm gegenüber fies, weil ich gar nicht darüber nachgedacht habe, dass ein solches Treffen für ihn auch ziemlich heftig sein muss.

»Wie bitte?« Es gelingt ihm nur mühsam, die Entgeisterung in seinem Gesicht wieder zu verbergen. »Juli, da gehst du nicht hin!«

Was? Moment mal! »Aber das ist schon seit Montag ausgemacht.«

»Das ist mir völlig gleichgültig. Ich werde deine Mutter anrufen. So geht das nicht!« Mit einem Ruck zieht er die Spülmaschine auf und wirft seine Tasse hinein. Ich stehe in der Küche, ohne genau zu wissen, was ich jetzt als Nächstes tun soll. Es ist ja nicht so, dass ich mich um dieses Treffen reißen würde, aber zumindest sollte ich doch wohl selbst entscheiden dürfen, ob ich da hingehe oder auch nicht. Mit einem Ruck löse ich mich aus meiner Erstarrung und laufe hinter meinem Vater her, der mit seiner Tasche in der Hand in die Diele rennt. »Du kannst doch jetzt nicht einfach –«

»Und ob ich das kann«, fällt er mir ins Wort. »Du gehst nicht hin, Punkt, aus!«

»Wieso hängst du dich da überhaupt rein?«

»Julika, wir werden später darüber sprechen. Jetzt muss ich los. Ich werde das mit deiner Mutter klären und fertig!« Die letzten Worte sagt er, während er bereits im Treppenhaus steht. Er registriert den Ausdruck in meinem Gesicht, und seine Miene wird sanfter. »Sie hätte das mit mir absprechen müssen, Juli. Du wirst ihn schon noch kennenlernen, aber nicht heute.« Mit einem letzten entschuldigenden Lächeln dreht er sich um und eilt die Treppen hinunter. Wütend schlage ich die Tür zu.

Natürlich komme ich zu spät. Viel zu spät. Und im Gegensatz zu Mrs. Sanders belässt Herr Werth es nicht bei einem missbilligenden Blick, sondern trägt meine Unpünktlichkeit mit großem Trara ins Klassenbuch ein. Soll er doch.

»Hast du gestern noch mit Levin gesprochen?«, will Katinka wissen, nachdem Herr Werth seine Sachen zusammengepackt und den Raum verlassen hat. Ich schüttele den Kopf.

»Aber du machst das noch, oder?« Sie sieht mir dabei zu, wie ich einen Schnellhefter in meinem Rucksack versenke.

Meine neu erworbene Unabhängigkeit lässt mich schon jetzt im Stich, und ich sage nicht Nein, so wie Marc das wohl tun würde. »Ich bin mir noch nicht sicher.«

»Wieso denn nicht?« Katinka löst sich von der Tischplatte und läuft neben mir her. »Du findest es doch wohl nicht in Ordnung, dass jetzt zwischen euch Schluss ist, oder?«

»Nein.« Nein, finde ich wirklich nicht. »Aber ich glaube nicht, dass es viel Sinn macht, ihm hinterherzurennen.«

»Soll ich mal mit Jako reden?«

»Nein!« Das fehlt gerade noch. »Ehrlich, Katinka, auf keinen Fall! Wenn sich noch irgendwas klären lässt, will ich das selbst machen.«

»Aber du machst es ja nicht«, murrt sie halblaut, lässt das Thema jedoch Gott sei Dank fallen.

Jako und Levin sitzen in unserer üblichen Ecke. Ich vermeide es, zu ihnen hinüberzusehen, und lasse mich einige Tische davor auf einem Stuhl nieder. Katinka wirkt für eine Sekunde unschlüssig, dann setzt sie sich mir gegenüber, nur um im nächsten Augenblick wieder aufzuspringen. »Ich will Jako mal eben Hallo sagen, bin gleich wieder da.«

So ungefähr habe ich mir das vorgestellt, es fühlt sich in der Realität nur noch ein kleines bisschen schrecklicher an, und ich starte erst gar nicht den Versuch, mir einreden zu wollen, dass mir das alles gar nichts ausmacht.

Als Katinka wiederkommt, weichen wir auf unverfängliche Themen aus, und das tut auch Jako, der in der zweiten Pause an unserem Tisch auftaucht. *Listen Up!*, Schule, seit gestern ist es gar nicht mehr so warm wie die Tage davor. Blablabla, zäh, zäher am allerzähesten. Warum können nicht einfach ab morgen die Ferien beginnen, denke ich und starre unfroh vor mich hin. Ferien? Ich glaube, da gäbe es eine Handvoll Wünsche, die in der Rangfolge noch davor stehen würden.

Weder Katinka noch ich haben den Versuch unternommen, für heute etwas miteinander auszumachen, und nachdem wir uns an der üblichen Straßenecke voneinander verabschiedet haben, liegt ein langer, öder Nachmittag vor mir. Den Abend und die Nacht nicht zu vergessen.

Ich versuche mich an meinen Hausaufgaben, schiebe die Hefte jedoch nach einiger Zeit zur Seite. Früher habe ich Tagebuch geschrieben. Irgendwann habe ich wieder damit aufgehört, aber jetzt ziehe ich meinen Block heran und schreibe alles auf, was sich von innen gegen meine Schädeldecke drückt. Mir tut die Hand weh, als ich den Stift auf den Schreibtisch fallen lasse, und ich lausche in mich hinein, ob es mir jetzt besser geht.

Die vollgekritzelten Bögen sehen genauso chaotisch aus, wie sich mein Kopf anfühlt. Meine Mutter, Levin, Katinka, Marc, sie alle tauchen dort auf, und ganz am

Ende steht ein Satz, den ich erst umkringele und dann übermale. *Ich bin so traurig.*

Soll ich versuchen, mit Levin zu reden?

Soll ich heute Abend trotz der klaren Ansage meines Vaters zu dem Treffen mit meiner Mutter gehen? Zuallererst einmal müsste ich sie dazu wohl anrufen, und allein das kommt mir wie ein Vertrauensbruch meinem Vater gegenüber vor. Wenn ich sie aber nicht anrufe, schlage ich mich auf seine Seite, oder? Und das ist auch nicht in Ordnung, irgendwie.

Ich zupfe an einer Seite meines Biologiebuchs herum. Das ist so gemein. Selbst wenn ich gar nichts mache, wird einer von beiden denken, ich bin gegen ihn.

Mein Handy gibt einen Piepston von sich.

Viel Glück heute Abend.

Schlagartig überfällt mich das Gefühl, in Tränen ausbrechen zu müssen. Ich sehe Marc vor mir, mit dem Smartphone in der Hand, wie er die einzelnen Buchstaben berührt und mir diese Nachricht schickt, die bedeutet, dass er das Treffen mit meiner Mutter nicht vergessen hat. Katinka wusste das auch. Vielleicht hat sie deshalb nicht gefragt, was ich heute noch vorhabe. Nein, Blödsinn.

Das Treffen fällt aus.

Wieso?

Mein Vater ist dagegen.

Sekundenlang betrachte ich die Worte und denke darüber nach, wie absurd es ist, so viel Zeit darauf zu verwenden, mit der Fingerspitze die richtigen Tasten zu treffen, wenn man sich doch genauso gut einfach anrufen könnte.

Und du?, kommt es schließlich zurück.

Ich hatte keine Lust hinzugehen, versuche ich mich an einer Erklärung, *aber eigentlich war es meine Sache.*

Soll ich vorbeikommen?

Diese Frage habe ich vorhergesehen, und trotzdem überfordert sie mich. Treffe ich Marc, hatte Levin recht. Es würde sich anfühlen, als würde ich ihn hintergehen. Noch mehr, als es sich sowieso schon anfühlt.

Aber ich würde Marc gerne sehen. Im Moment ist er der einzige Mensch, den ich gerne sehen möchte.

Trotzdem lösche ich die Buchstaben wieder, die bereits auf dem Display aufgetaucht sind. Nein, es wäre keine gute Idee. Keiner würde es verstehen, Katinka nicht, Levin nicht. Mein Vater wohl auch nicht.

Einen Moment lang spüre ich diesem letzten Gedanken nach, der sich in mir ausbreitet und überall giftige Sporen verteilt.

Nein. Senden. Soll ich noch etwas hinterherschicken? Meine Absage irgendwie erklären? Oder einfach so stehen lassen? Marc würde sie so stehen lassen.

Dann vielleicht ein andermal.

Ich lasse das Telefon sinken. Das war jetzt richtig, oder?

Kurz darauf klingelt mein Handy, und diesmal ist es nicht Marc, sondern meine Mutter. In mir verkrampft sich alles. Jetzt komme ich nicht mehr daran vorbei, jetzt muss ich entweder sie oder meinen Vater vor den Kopf stoßen.

»Hallo, Julika!« Sie klingt entspannt, beinahe fröhlich. »Ich wollte dir nur Bescheid geben, dass es bei dem Essen heute Abend bleibt.«

»Was? Aber …«

»Ja, ich weiß, dein Vater ist dagegen, aber letzten Endes ist das ja nun nicht seine Entscheidung, nicht wahr?«

Nein, ist es nicht, denke ich verwirrt, es ist meine. Meine Entscheidung. Ich versuche, ihren nächsten Sätzen zu folgen, während in meinem Hirn mehrere Gedanken gleichzeitig nach vorne stolpern.

»Es tut mir leid, dass er dich dadurch jetzt in eine unangenehme Situation gebracht hat, aber er hat einfach nicht das Recht, dich an einem Treffen mit mir zu hindern, weißt du? Da maßt er sich etwas an, das schlichtweg völlig außerhalb seiner Entscheidungsgewalt liegt.« In diesem Satz schwingt ein Unterton, den ich nicht zuordnen kann. »Julika, bist du noch dran?«

»Ja«, krächze ich und höre sie geräuschvoll ausatmen.

»Wir sehen uns also später im *Friulana*, ja? Wirst du da sein?«

»Ich … ja. Okay.«

»Schön, das freut mich wirklich. Bis nachher, ja? Ich hab dich lieb.«

Sie legt auf, kaum dass mein Tschüss bei ihr angekommen ist. Vielleicht befürchtet sie, ich könne es mir anders überlegen. Das kann ich immer noch, oder nicht? Will ich da heute Abend hin? Soll ich meinen Vater anrufen? Aber es ist meine Entscheidung, nicht seine. Nicht seine und nicht die von meiner Mutter, verdammt! Was also mach ich denn jetzt?

Meine Wut fällt für den Moment in sich zusammen, als mir bewusst wird, was hinter der aufgesetzten Fröhlichkeit meiner Mutter noch zu spüren gewesen ist. Zufriedenheit. Sie klang zufrieden. Warum? Wenn mein Vater mir verbieten will, mich mit ihr und Stefan zu treffen, muss das für sie doch auch blöd sein.

Mein Bleistift bekommt tiefe Kerben, während ich versuche, das Verhalten meiner Mutter zu verstehen. Wenn mein Vater sich da jetzt etwas angemaßt hat, wie sie es eben nannte, kann sie das dann gegen ihn verwenden? Angenommen ich gehe heute Abend nicht ins *Friulana*, schade ich ihm damit? Ich habe keine Ahnung, wie das bei Trennungen so läuft, aber in diesem Moment steigt der grauenvolle Gedanke in mir auf, dass es vielleicht doch nicht meine Entscheidung sein könnte, bei wem ich bleiben möchte, dass meine Eltern auch hier mitzureden haben.

Wieso passiert mir das eigentlich alles? Mit einem Ruck hole ich aus und fege meine Unterlagen vom Schreibtisch. Ich will Wut spüren, ich hasse dieses lähmende Gefühl, das sich gerade wieder in mir ausbreitet!

Ich geh da nicht hin! Und ich bleib auch nicht zu Hause!

Meine Jacke liegt am Fußende des Bettes, und mit Schlüssel, Geld und Handy in den Taschen laufe ich nur Augenblicke später die Stufen des Treppenhauses hinunter.

Es sind noch keine zehn Minuten vergangen, da ist meine Wut schon wieder verpufft. Wenn ich meine Gedanken doch nur mal für eine Weile abstellen könnte, die Gedanken, die Gefühle, alles. Mich einfach mal rausziehen aus dem, was sich Juli nennt, und mich an den Rand setzen, statt jeden Funken Energie darauf verwenden zu müssen, nicht auszuflippen. Rumzuheulen. Mich im Bett zu vergraben.

Eigentlich war ich mal jemand, der immer gute Laune hat. Auf Konzerte geht, mit Freunden unterwegs ist. Früher habe ich nicht gewusst, wie schwach ich tatsächlich bin, wie verwundbar. Und ich wollte das auch gar nicht wissen.

Um Viertel nach sieben klingelt mein Telefon. Mehrfach. Um halb acht noch einmal. Ich mache mich auf den Heimweg.

»Juli?« Die Stimme meines Vaters schallt durch die Wohnung. »Julika!« Zusammen mit der Tür platzt er in mein Zimmer, aber ich bleibe einfach liegen, drehe mich nicht um. »Herrgott, Julika, jetzt gib wenigstens Antwort, wenn man dich ruft! Warum gehst du nicht ans Telefon?«

Die Absätze seiner Schuhe durchbrechen die Stille, die sich nach dieser Frage auszubreiten beginnt. »Juli? Du schläfst doch noch nicht, oder?«

»Nein.«

»Also … was soll das? Deine Mutter hat bei mir angerufen. Sie hat sich Sorgen gemacht. Und ich übrigens auch. Warum bist du nicht ans Telefon gegangen?«

»Keine Lust.«

»Du hattest keine Lust?« Ein bisschen von der Wut, die ihn bis zu meinem Bett getragen hat, kehrt in seine Stimme zurück. »Ich hätte gar nicht so früh gehen dürfen! Ich bin nur hier, weil ich dachte, es sei sonst was passiert! Und jetzt erklärst du mir, du hattest einfach keine Lust, ans Telefon zu gehen, ja?«

Ich bin zu müde, um darauf noch zu antworten. Ein unscheinbares Stückchen zusammengepressten Pulvers verhindert nicht nur, dass man mit offenen Augen wieder und wieder über den gleichen Mist nachdenkt, es hinterlässt auch das Gefühl, dass das, was mein Vater da von sich gibt, mit mir eigentlich gar nicht so viel zu tun hat. Angenehmer Nebeneffekt.

Mich würde diese Benommenheit am Morgen gar nicht stören, wenn ich in meinem Bett darauf warten dürfte, dass sie vorübergeht. Heute fühlt es sich wenigstens nicht ganz so grauenvoll an wie gestern, was vermutlich daran liegt, dass ich am vergangenen Abend bereits ziemlich früh im Badezimmer meiner Eltern war. Die Schachtel mit den Tabletten habe ich mitgenommen. Meine Mutter wird sie im Moment wohl nicht vermissen.

Der Tag zieht sich.

Mein Vater kündigt morgens an, am Abend mit mir reden zu wollen. Ich kann mir schon denken, worüber.

Katinka teilt sich wie auch schon am Tag zuvor hübsch zwischen Jako und mir auf. Sie fragt nicht, was ich gestern gemacht habe, und erzählt auch nicht, was bei ihr los war. Ich nehme an, sie war mit Jako unterwegs. Vielleicht sogar mit Levin. Im *Cave* oder im *Easy*. So wie immer, nur eben ohne mich.

Auf den ersten Blick fällt kaum auf, dass sich zwischen uns etwas verändert hat. Wir sitzen zusammen am Tisch, gehen gemeinsam zum Essen, reden über die Hausaufgaben, die wir noch über das Wochenende machen müssen. Nur dass die Pausen, die manchmal entstehen, plötzlich unangenehm sind und wir beide darauf achten, sie möglichst gar nicht erst aufkommen zu lassen.

Levin zu sehen tut weh. Ich vermisse das Gefühl von Zusammengehörigkeit zwischen uns fast so sehr, wie ich es zwischen mir und Katinka vermisse. Trotzdem kann ich mir heute weniger als gestern vorstellen, noch mal mit ihm über alles zu reden. Daran ändert auch Jako nichts, der nachmittags bei mir anruft.

Die Musik ist so laut, dass ich das Klingeln meines Telefons zuerst überhöre, aber gerade noch rechtzeitig sehe ich das Display leuchten.

»Hi, Juli.«

»Hi. Moment.« Ich stelle die Musik leiser. »Hallo.«

»Hast du kurz Zeit?«

»Klar.« Hey, es ist Freitagnachmittag, ich hab ein ganzes Wochenende lang Zeit.

»Hör mal«, druckst er herum, »du weißt, ich misch mich normalerweise nicht ein, aber wie siehst du das mit Levin?«

»Hat Katinka gesagt, du sollst mich anrufen?«

»Nein.«

Das kam zu schnell. Vermutlich hat sie es doch getan. Vielen Dank auch, Katinka.

»Und weiß Levin es?«

»Was?«

»Dass du hier anrufst.«

Jako räuspert sich. »Nein, auch nicht.«

»Jako«, frage ich vorsichtig, »was willst du?«

»Ich hab mir gedacht … ich könnte mal mit Levin reden, wenn du willst.«

»Das will ich aber nicht. Und das hab ich auch schon Katinka gesagt!«

Am anderen Ende bleibt es einen Moment still. »Weißt du, Levin geht es echt nicht besonders gut«, sagt er schließlich zögernd, und ihm ist genauso klar wie mir, dass er sich damit jetzt ziemlich weit aus der Deckung herauswagt. Levin wäre mit Sicherheit total angepisst, wenn er das wüsste. »Vielleicht läuft im Moment einfach alles ein bisschen unrund.«

Was soll ich darauf sagen? Ja, es läuft gerade alles eher unrund, und ich hätte von Levin in so einer Situation einfach mehr erwartet, wird mir in diesem Moment klar.

»Das mit deinen Eltern tut mir leid. Ich kann verstehen, dass dich das runterzieht.«

»Danke«, erwidere ich, und es fühlt sich wie bei einer Beerdigung an. Mein herzliches Beileid. Vielen Dank.

Irgendwas hat Jakos Anruf in mir ausgelöst, und ich halte es fest. Die ganze Zeit habe ich mich Levin gegenüber mies gefühlt, die ganze Zeit habe ich gedacht, dass er recht hat, wenn er sauer auf mich ist. Aber wieso eigentlich? Er hätte sich doch auch anders verhalten, hätte mal von Marc wegkommen können, statt sich so an ihm aufzuhängen. Und jetzt geht's Levin nicht gut? Tja, mir auch nicht.

Der Kragenaufschlag von Marcs Jacke drückt sich in meinen Rücken, als ich das Handy wieder aufnehme. Ich habe keinen Bock, alleine in meinem Zimmer herumzugrübeln. Und auf gar keinen Fall werde ich dieses Wochenende überwiegend in meinem Bett verbringen.

Was machst du heute?

Diesmal kommt Marcs Antwort sofort. *?*

Hast du Lust, ins Kino zu gehen?

Welcher Film?

Egal.

Klingt gut.

Flüchtig streift mich der Gedanke, dass mein Vater heute mit mir reden wollte. Können wir ja wohl auch morgen machen.

Wo wollen wir uns treffen?

Such einen Film raus, und sag mir Bescheid.

Minuten später habe ich über mein Handy reserviert, Zeit und Ort stehen damit fest, und erleichtert lasse ich mich nach hinten fallen. Jetzt geh ich erst mal Orangensaft kaufen.

Ich schleppe vier Tetra Paks nach Hause und außerdem ein paar Tiefkühlpizzen, abgepackte frische Gnocchi und Parmesan. Der Abwechslung wegen. Anschließend schreibe ich einen sehr, sehr netten und ausführlichen Zettel für meinen Vater und klebe ihn an die Tür seines Arbeitszimmers.

Zum allerersten Mal vor einem Treffen mit Marc überlege ich eine Weile herum, was ich anziehen soll. Trotzdem bin ich viel zu früh da, und mit einer Tüte Popcorn setze ich mich in dem vor Chrom und Alu glänzenden Vorraum auf einen der hohen Hocker, einen, der direkt an der Wand steht. Von hier aus habe ich alles im Blick und kann mir gleichzeitig die Trailer ansehen, die auf dem Bildschirm weiter hinten gezeigt werden.

Als Marc zur Drehtür hereinkommt, halte ich kurz die Luft an. Er sieht aus wie einer dieser coolen Typen aus einer Werbung für Jeans, und einen Augenblick lang stelle ich mir vor, wie Levin wohl an die Decke gegangen wäre, wenn er ihn mal gesehen hätte.

Marc schaut sich um, doch noch bevor sein Blick in meine Richtung fallen kann, wird er von jemandem angesprochen. Irgendein Typ mit Sonnenbrille im zurückgegelten Haar. Mit Sonnenbrille. Heute hat den ganzen Tag über kein einziges Mal die Sonne geschienen.

Das Gespräch dauert nur ein paar Sekunden, Marc legt dem Typen eine Hand auf die Schulter und schiebt sich weiter. Jetzt endlich entdeckt er mich. »Hi! Wie lange bist du schon hier?«

»Nur ein paar Minuten.«

Der Typ, der Marc eben angesprochen hat, sieht in unsere Richtung.

»Ich hab schon alles besorgt, wollen wir gleich reingehen?« Ohne seine Antwort abzuwarten, ziehe ich ihn mit mir in den Kinosaal.

Wir schauen einen Actionfilm, der dermaßen witzig ist, dass ich ein paarmal kaum Luft bekomme vor Lachen. Marc ist in seinem Sessel nach unten gerutscht, die Tüte mit dem Popcorn steht zwischen uns. Nur am Anfang achtete ich noch darauf, nicht zur gleichen Zeit wie er hineinzugreifen. Es sind nur Hände in einer Popcorntüte, nichts Weltbewegendes. Einmal sehe ich zur Seite, weil Marc plötzlich loslacht. Die Ellbogen auf die Lehnen gestützt, eine Hand voller Popcorn sitzt er da, und irgendwas in mir wird ganz unerwartet angestupst. Er bemerkt meinen Blick. Eben hat er noch laut gelacht, jetzt lächelt er. Ich will zurücklächeln, stattdessen drehe ich mich schnell wieder weg. Ein paar Sekunden lang erzeugt mein Herzschlag ein Echo, das ich bis in meinen Hals hinauf spüren kann.

Nach dem Film lassen wir uns zwischen den Leuten nach draußen auf die Straße spülen. Um uns herum verläuft sich die Menge nur langsam, Gelächter, Stimmen, Füße, die über den Boden scharren.

»Was machen wir jetzt?« Marc ist mitten im Gedränge stehen geblieben. Würde ich auch tun, wenn ich einsneunzig groß wäre. »Musst du gleich nach Hause?«

»Nein, muss ich nicht.« Ich schlüpfe in die Ärmel meiner Jacke. Sie ist schmal geschnitten, und ich sehe älter darin aus.

»Wollen wir dann noch irgendwo was trinken gehen?«

»Hey, Marc!« Der Typ von vorhin. Er hat sich zu uns durchgedrängt und wirft mir einen neugierigen Blick zu. »Guter Film, oder? So abgefahren, als die eine da unter dem Hubschrauber hing!«

Marc hat beide Hände in die Hosentaschen geschoben und schaut ihn nur stumm an, aber seine Reserviertheit stört sein Gegenüber nicht im Geringsten. Wie auch, der Typ ist völlig aufgedreht und kaut jetzt fahrig die Hubschrauberszene noch mal durch. Hoffentlich haut er bald wieder ab. Genau solche Leute wie der hingen auf dieser Party rum.

»Ich geh noch zum Frankmann später, geht ihr mit?«, fragt er jetzt.

Marc schüttelt den Kopf. »Viel Spaß.«

Für eine Sekunde scheint er darauf zu warten, dass dieser auf den Fußspitzen wippende Sonnenbrillenheini endlich einen Abgang hinlegt, dann wendet er sich ab.

»Warte mal kurz, Marc, es ist …« Der Sonnenbrillenheini verhaspelt sich. Er redet einfach viel zu schnell. »Weißt du, ob Pascal bei Frankmann ist?«

»Keine Ahnung. Ruf ihn an.«

»Er geht nicht ran.«

»Unterdrück deine Nummer.«

»Dann geht er auch nicht ran.« Er greift nach Marcs Arm, lässt ihn aber schnell wieder los, als Marc auf seine Hand sieht. Was ist das nur für ein aufgekratzter Spinner? »Ich mein nur, wegen Wochenende, weißte«, sagt er und kratzt sich am Unterarm. »Kann ich nicht direkt –«

»Mach das mit Pascal klar«, fährt Marc dazwischen. Er ist nicht laut geworden, aber jetzt sehen wir ihn beide an, der zappelige Typ und ich. Diesen Marc habe ich auch schon mal erlebt, und habe ich nicht neulich gedacht, bedrohlich sei nicht das richtige Wort, um ihn zu beschreiben? Ganz falsch ist es aber auch nicht.

»Okay, klar. Sorry.« Der Typ grinst angestrengt. »Mach ich. Tut mir leid. Bis dann mal, man sieht sich.« Er tritt den Rückzug an, und das hätte ich an seiner Stelle auch getan.

»Wer war das denn?«, will ich wissen.

Marc sieht über meinen Kopf hinweg zu den Kinoplakaten. »Keine Ahnung. Jemand, der einem Freund von mir ziemlich auf die Nerven geht.«

»Und dir?«

»Mir?« Sein Blick wandert zu meinem Gesicht zurück. »Ich hab mit solchen Leuten zum Glück nicht so viel zu tun.« Mittlerweile ist es auf dem Platz vor dem Kino sehr viel leerer geworden. »Was hältst du vom *Timber*? Wollen wir da mal vorbeischauen?«

»Kenn ich nicht.«

»Ausprobieren?«

»Okay.«

Das *Timber* ist nicht sehr groß, eine Mischung aus Irish Pub und Hard Rock Café. Viel dunkles, massives Holz und eisenumfasste Lampen, aber jede Menge junge Leute und Kellnerinnen in schwarzen Miniröcken. Die Musik ist zu laut, um sich zu unterhalten, und Marc, der sich mir gegenüber am Tisch niederlässt, beugt sich weit nach vorne. »Wundert mich, dass du den Laden nicht kennst!«

Sie spielen gerade Fall Out Boy, und wenn die Musik in dieser Richtung weitergeht, wundert mich das selbst.

»Seit wann gibt es den hier denn?«

»Bestimmt schon ein, zwei Jahre!«

»Hi!« Eines der Minirock-Mädchen hat uns geortet. »Was wollt ihr trinken?«

»Eine Cola, bitte!«

Sie notiert meine Bestellung auf einem Block und sieht dann Marc an.

»Einen Gin Tonic!«

Nachdem sie verschwunden ist, sagt Marc irgendwas, von dem ich nur die Hälfte verstehe.

»Was?«

Er lehnt sich noch weiter vor, und ich drehe den Kopf, um ihn besser verstehen zu können. Mit der Hand umfasst er meinen Nacken, zieht mich noch ein wenig näher zu sich ran. »Es ist echt viel zu laut hier drin!« Kurz gleiten seine Finger über meinen Hals, dann lässt er sich wieder zurückfallen.

Ich sehe nach unten, meine Haare fallen nach vorne.

Vermutlich ist es ohnehin zu dunkel, als dass Marc erkennen könnte, wie brennend heiß sich mein Gesicht gerade anfühlt. Seine Lippen waren so dicht an meinem Ohr, dass ich die Wärme seines Atems spüren konnte.

»Wir könnten woandershin gehen!«, schlage ich vor und er nickt.

Das Mädchen von eben stellt unsere Gläser auf den Tisch. Marc hält sie am Arm fest und signalisiert ihr, dass wir gleich zahlen wollen.

»Lass gut sein«, ruft er, als ich meinen Geldbeutel hervorziehe. »Du bekommst sowieso noch Geld von mir für die Kinokarte.«

Gin Tonic sieht aus wie Wasser mit Eiswürfeln und Zitrone.

»Wie schmeckt das?« Ich zeige mit dem Finger auf das hohe Glas.

»Wie Gin Tonic. Ein bisschen bitter vielleicht. Willst du probieren?«

Er schiebt mir das Glas zu, und ich schnuppere daran. Riecht ein bisschen nach Seife, finde ich. Neugierig probiere ich einen winzigen Schluck. Bitter, Marc hat recht. Aber nicht unlecker. Süß irgendwie auch. Hat was. Vorsichtig schiebe ich das Glas zurück und sehe Marc zu, der einen großen Schluck davon nimmt. Ich könnte mir das eigentlich auch bestellen, oder? Aber nein, wir haben ja schon bezahlt.

Marc folgt meinem Blick. »Gut? Ist das dein erster Gin Tonic? Jetzt sag nicht, du hast in deinem ganzen Leben bisher nur Wasser und Cola getrunken?«

»Wasser, Cola, Apfelsaft und Orangensaft!«, betone ich. Er reißt die Augen auf, und ich muss lachen. »Nein, Blödsinn! Ich kenne … warte … Caipirinha, dank Katinka, die darauf steht, Caipirinha mit Erdbeeren, Cola mit Jack Daniels, was ziemlich eklig ist, und … Bier und Wein, klar, schmeckt mir aber beides nicht. Und ich habe mal einen Cocktail getrunken, da weiß ich den Namen nicht mehr, mit Orangenschalen und so nem Zeug drin. Der war aber so süß, dass es schon widerlich war. Und du?«

»Ich?«

»Ja, was hast du schon so getrunken?«

»Na ja …« Er setzt das Glas wieder an. »Ich bin fünf Jahre älter als du« – Aha! – »und habe vermutlich früher angefangen, daher würde ich garantiert die Hälfte vergessen, wenn ich versuchen würde, alles aufzuzählen. Ich steh aber nicht so auf Alkohol.«

»Ach was!« Niemals hätte ich das erwartet. Aber stimmt, jetzt wo er es sagt – ich glaube, das ist das erste Mal, dass ich ihn Alkohol trinken sehe. Sein Glas ist schon fast leer, und ich greife nach meiner Cola.

»Noch mal zu mir?«

Er steht auf, als ich nicke, und ich bleibe dicht hinter ihm, um mich in seinem Windschatten zum Ausgang zu drängeln. Kurz vor der Tür dreht er sich nach mir um. Seine Hand liegt für einen Moment auf meiner Hüfte, dann stehen wir draußen, und er lässt mich wieder los.

Das ist verrückt, eigentlich. Dass mich so ungefähr alles, was er macht, durcheinanderbringt.

Wir laufen zur U-Bahn, und das Licht am Bahnsteig ist nach dem Halbdunkel im *Timber* wirklich gemein. Ich überlege, ob ich eine ähnlich grünstichige Gesichtsfarbe habe wie Marc und wie das wohl zu meinen blonden Haaren aussieht. Zum Glück müssen wir nicht lange warten. Die ganze Zeit reden wir über belanglosen Kram, Sachen, über die man lachen kann. Filme, Musik, Konzerte, nichts, was ein Loch in die Stimmung reißen könnte.

Diesmal ist es finster in dem engen Treppenaufgang, der das letzte Stück hinauf zu Marcs Wohnung führt, und ich bin erleichtert, als das Licht angeht.

»Setz dich.« Marc wirft die Schlüssel auf einen Schrank und verschwindet nach einem Umweg über LE-D-Lichter und Musik zwischen den beiden Säulen hindurch in den Küchenbereich. Ich lasse mich auf das Sofa fallen. *Beware of the Sitzsack.*

Mit zwei hohen Gläsern in der Hand kehrt er zurück. Es schwimmt sogar eine Scheibe Zitrone in jedem Getränk.

»Danke!« Überrascht greife ich nach dem Glas, das er mir hinhält. Das werde ich später in meiner Wohnung auch so machen. Alles für eigene Drinks bereithalten. Sehr cool.

»Wie viel Gin ist da drin?«

»Bei dir?« Seine Hand schwebt einen Fingerbreit über den Glasboden. »Vielleicht so viel.«

»Und bei dir?«

»Mehr.« Er lässt sich neben mich fallen. »Normalerweise mixt man das ungefähr im Verhältnis Eins zu Drei. Ich dachte, für den Anfang reicht ein bisschen weniger.«

»Hast du Angst, ich könnte auf dem Tisch singen?«

»Nein, eher, du könntest unter den Tisch sinken.«

Ich lache in mein Glas hinein. »Das ist noch nie passiert.«

»Es passiert auch selten, wenn man hauptsächlich Wasser trinkt«, erwidert er grinsend und tastet neben dem Sofa herum. Eine röhrenförmige Stehlampe taucht unsere dämmerige Ecke in warmes Licht. Designerteil, garantiert.

»Wie kannst du dir das alles hier eigentlich leisten?« Ich nicke in Richtung des Flachbildfernsehers. »Okay, du musst keine Miete zahlen, aber die Möbel hier, die Bilder und Lampen …«

»Das Meiste war schon drin.« Er trinkt einen Schluck und lässt sich tiefer nach unten rutschen. »Die Hälfte davon ist gar nicht unbedingt mein Geschmack.«

»Was davon gehört denn dir?«

»Die Boxen. Die Anlage. Die LED-Lampen und die Lampe dahinten. Die beiden Sitzsäcke. Der Futon oben und einige von den kleineren Möbeln. Nix Besonderes.«

»Und der ganze Rest gehört deinem Vater?«

»Yep.«

»Aber du siehst ihn nicht oft?«

»Ich seh ihn nie.«

Dieses Thema schadet der Stimmung ganz empfindlich, stelle ich fest, trotzdem kann ich nicht loslassen. »Warum nicht?«

Ein paar Sekunden lang sitzt er nur da und starrt blicklos in den Raum hinein. Dann seufzt er leise und verdreht die Augen. »Wir haben einfach nicht viel miteinander zu tun. Schon lange nicht mehr. Ich bin damals bei meiner Mutter geblieben, und damit hatte sich das für ihn erledigt. Wobei ich glaube, wir hätten inzwischen auch keinen Kontakt mehr, wenn ich zu ihm gezogen wäre. Es ging ihm nicht wirklich um mich, es war ihm nur wichtig, meine Mutter zu treffen.«

Wow. Das klingt heftig. »Aber warum wohnst du dann hier?«

»Das ist eben sein Beitrag. So etwas ist er gewöhnt. Mein Vater klärt die meisten Dinge in seinem Leben über die Kohle, die er besitzt.« Mit einem letzten Schluck leert er sein Glas und beugt sich vor, um es auf den Tisch zu stellen. »Was hat deine Mutter gestern dazu gesagt, dass du nicht gekommen bist?«

»Ich nehme an, sie war nicht so glücklich.«

»Du weißt es gar nicht?« Fragend sieht er mich an, und ich wende mich ab. »Sie hat angerufen, aber ich bin nicht ans Telefon gegangen. Ich lass mich da nicht reinziehen.« Das klingt ziemlich souverän und ist meilenweit von der Wahrheit entfernt. Unter Marcs Blick nippe ich an meinem Gin Tonic. »Sollen sie ihren Mist doch unter sich ausmachen«, schiebe ich hinterher und springe auf. »Bin gleich wieder da.«

Als ich die Wendeltreppe wieder hinuntersteige, hat Marc sein Glas neu gefüllt. Diesmal schwimmt keine Zitrone darin. Ob das jetzt Wasser ist?

»Kennst du die hier?« Die Musik im Hintergrund ist leiser geworden, und Marc hält mir sein Smartphone entgegen. Die Band in dem Video darauf habe ich noch nie gehört.

»Nein, was machen die?« Ich setze mich zurück auf das Sofa.

»Indie-Zeug. Oder warte …« Er gibt etwas ein und hält das Handy wieder hoch.

»Die kenn ich! Das sind Rage Against Fear, oder? Die find ich gut. Warte, ich hab auch was!« Ich gebe *Dead But Dead* ein. Blöder Name, aber coole Band.

Marc lehnt sich zur Seite, um besser sehen zu können, und nickt. »Kenn ich. Die sind nicht schlecht. Und die?«

Eine Weile sind wir Schulter an Schulter damit beschäftigt, uns gegenseitig unsere Lieblingssongs vorzuspielen, und hin und wieder vergesse ich sogar, wie nah wir gerade nebeneinandersitzen. Marc ist es, der mir irgendwann ein Video zeigt, in dem ein Panda niesen muss, und das habe ich natürlich schon mal gesehen. Er dagegen kennt die Eule nicht, die mit aufgerissenen Augen »Hey!« ruft, und er lacht immer noch darüber, während er nach etwas sucht, das, wie er behauptet, der beste Werbeclip aller Zeiten sei.

Mein Glas ist längst geleert, als wir auf einen Film stoßen, in dem jemand mit großem Trara in Badehose durch eine Eisdecke springen will und stattdessen quer über die Eisfläche bis zum Ende des Pools rutscht. Mir stehen mittlerweile die Tränen in den Augen, und meine Bauchmuskeln schmerzen. »Wir müssen damit aufhören!«, keuche ich und krame nach einem Taschentuch. »Ich sterbe gleich!«

Marc richtet sich auf. »Okay, dann irgendwas anderes Lustiges. Du könntest dich in einen Sitzsack setzen.«

Das Kissen erwischt ihn am Ohr, doch bevor ich damit ein zweites Mal ausholen kann, hat er sich geduckt und es aus meiner Hand gerissen. Lachend rutsche ich rückwärts ans Ende des Sofas, wo weitere Kissen liegen. Marc, der nicht damit gerechnet hat, dass ich sofort einen neuen Angriff starten würde, guckt verdutzt seinem Kissen hinterher. Er hat es nur locker in der Hand gehalten, und jetzt fegt es durch die Wucht meines Schlags quer über den Tisch. Eine der Fernbedienungen landet ebenfalls auf dem Boden. In der nächsten Sekunde schnellt er vor, packt meine Fußknöchel, und mit einem Ruck zieht er mich zur Mitte des Sofas zurück. Dann ist er über mir, seine Arme stemmen sich links und rechts von meinen Schultern in die Polster, und das Lachen ist noch in seinem Gesicht, als er sich nach vorne beugt. Im ersten Moment drücke ich ganz automatisch meine Hände gegen seinen Brustkorb, was in etwa denselben Effekt hat, als würde ich eine Wand versetzen wollen, aber jetzt werden meine Arme weich. Wenn er so lacht, wenn er mit leicht geöffnetem Mund auf mich runtersieht und dabei diese Sache mit seiner Zungenspitze macht – mit beiden Händen fahre ich über seinen Hals in seine Haare hinein, und da ist nur ein sehr, sehr kleiner Widerstand, eigentlich gar keiner, bevor sein Gesicht mir näherkommt, und ich glaube, er blinzelt kein einziges Mal, und dann berühren seine Lippen meine, und ich öffne meinen Mund, und meine Zunge gleitet über seine Unterlippe und über einen dieser spitzen Eckzähne, und ich weiß nicht, wer gerade aufstöhnt, Marc oder ich.

Zehnmillionen Jahre später dringt Marcs Herzschlag an mein Ohr, seine Arme umfassen mich. Mein Blick folgt den Linien auf seinem Oberarm, verliert sich in einer der feinen, mattbraunen Windungen und stellt sich scharf auf das Dahinter. Die dämmerige Wohnung, die Umrisse von einem der beiden Sitzsäcke, das schwarze Rechteck des Fernsehers. Marcs Hand gleitet von meiner Schulter hin zum Nacken, mit den Fingern streicht er über meinem Shirt die Linie meiner Wirbelsäule entlang, und tief in mir fängt wieder etwas an zu pulsieren, ein Gefühl, das mich empfindlicher macht für alles, was mit ihm zu tun hat. Das Geräusch seines Atems. Die Wärme seiner Haut. Das Bedürfnis, mich so fest gegen ihn zu pressen, wie ich kann, flackert auf und verfliegt wieder. Jetzt gerade ist dieses fast schon Schwebende okay. Es passt zu dem, was eben gewesen ist.

Ich fühle mich schmal und winzig, während ich auf ihm liege, und gleichzeitig ist es, als hätte ich so viel Kraft in mir, dass ich ihn zerquetschen könnte, wenn ich ihn jetzt umarmen würde.

»Marc?« Das Wort steigt wie eine zitternde Seifenblase in die Stille.

»Mh?«

»Warum eigentlich ich?«

Marc lässt sich Zeit mit seiner Antwort, so viel Zeit, dass ich den Kopf hebe und direkt seinem Blick begegne.

»Erst habe ich nur gedacht, du siehst gut aus«, sagt er langsam. »Und dann habe ich gedacht, du bist … clever. Und witzig. Und danach habe ich irgendwann gedacht, dass du gerade ziemlich viel Scheiße erlebst.«

Mein Kopf sinkt wieder nach unten. »Ich hab dir also leidgetan«, brumme ich, und Marc lacht leise.

»Eigentlich war ich immer nur gespannt darauf, was du als Nächstes sagen würdest. Und außerdem …« Er dreht sich zur Seite, und ich rutsche in die dadurch entstehende Lücke zwischen ihm und der Sofalehne. »Außerdem hab ich mir schon am See vorgestellt, das hier zu tun.« Noch einmal küsst er mich, nur am Anfang sachte. Und in meinem Bauch explodiert etwas.

DREIZEHN

Mein Vater war natürlich noch wach, als ich gestern Nacht nach Hause gekommen bin. Ich war nicht sicher, ob er mir nicht trotz meines Zettels Vorwürfe machen würde, aber er hat mir nur eine Gute Nacht gewünscht, und ich war dankbar darüber, nicht reden zu müssen.

Mein Zimmer ist in weißgraues Licht getaucht. Der Länge nach auf dem Bett ausgestreckt, richte ich mich auf, um den Wecker sehen zu können. Viertel nach acht. Ich lasse mich zurückfallen und spüre dem brennenden Gefühl nach, das zuverlässig auftaucht, sobald ich an Marc denke.

Es ist, als wäre ich schon ewig nicht mehr so … so gewesen. So glücklich. Sicherheitshalber möchte ich es sogar nur ganz leise denken, denn es fühlt sich zerbrechlich an, unwirklich und irgendwie unangemessen. Wie kann ich glücklich sein, wenn meine Eltern sich trennen? Wenn Levin doch gerade erst vor drei Tagen mit mir Schluss gemacht hat und ich nicht mal mehr mit Katinka über alles sprechen kann?

Ich ahne, sobald ich länger darüber nachdenke, wird mich die Trostlosigkeit wieder niederdrücken, also versuche ich, es nicht zu tun. Letzte Nacht war das kein Problem. Es hat lange gedauert, bis ich endlich eingeschlafen bin, aber meine Gedanken drehten sich um das, was kurz zuvor in Marcs Wohnung auf dem Sofa passiert ist, und um die langen Momente später im Auto. Jetzt jedoch, im trüben Morgengrauen, gelingt es mir nicht mehr ganz so gut, alles andere auszublenden.

Irgendwann gebe ich auf, schlage die Decke zurück und trotte ins Badezimmer. Im Spiegel schaut mir mein zerknittertes Gesicht entgegen, die Sommerbräune verdeckt kaum die Schatten unter den Augen. Trotzdem wirkt mein Abbild nicht so freudlos wie in den letzten Tagen, finde ich, und kurz stelle ich mir vor, Marc würde hinter mir stehen. Die Wärme in meinem Magen weitet sich aus, bis sogar meine Fingerspitzen kribbeln. Dann taucht Levins Gesicht im Spiegel auf, und er sieht so vorwurfsvoll und verletzt aus, dass ich unwillkürlich die Augen zusammenkneife und nach dem Wasserhahn taste. Wie soll ich ihm das nur erklären? Wie soll ich das überhaupt irgendjemandem erklären? Katinka hofft doch ohnehin darauf, dass alles wieder so wird, wie es war, und mein Vater weiß noch nicht mal, dass ich nicht mehr mit Levin zusammen bin, sondern mit … Bin ich eigentlich jetzt mit Marc zusammen?

Also, nach meiner Definition ja, aber nach seiner?

Ich flüchte unter die Dusche.

Der Tisch im Esszimmer ist für ein gemeinsames Frühstück gedeckt, und diese Tatsache wischt für den Augenblick alle anderen Gedanken aus meinem Hirn. Sehe ich das richtig, und mein Vater hat sogar heißen Kakao gemacht? Und Brötchen gekauft? Okay – das Gespräch, das auf mich wartet, dürfte nicht so angenehm werden.

»Guten Morgen! Möchtest du ein Ei?«, ruft er aus der Küche.

»Was?«

»Ob du ein Ei zum Frühstück willst?«

»Ähm … ja.«

»Weich oder hart gekocht?«

»Weich.«

»Ich bin gleich da. Setz dich doch schon mal!«

Er hat den Tisch so gedeckt wie immer, für sich am Kopfende, für mich rechts neben ihm. Normalerweise würde meine Mutter mir gegenübersitzen. Dasselbe blassgraue Licht wie in meinem Zimmer lässt sogar die Erdbeermarmelade freudlos schimmern, und ich stehe noch mal auf, um die Lampe einzuschalten. Jetzt wirkt es so, als sei bereits später Nachmittag. Trotzdem besser als vorher.

Mit zwei Eierbechern in der einen und einer Tasse Kaffee in der anderen Hand kommt mein Vater rein und überblickt kurz sein Werk, bevor er sich zufrieden auf seinem Stuhl niederlässt. »Fang an. Der Kakao wird kalt.« Auffordernd hält er mir den Brotkorb entgegen. Ein paar Sekunden lang sind wir beide schweigend damit beschäftigt, Butter auf Brötchenhälften zu schmieren. »Wie war dein Abend gestern?«, beginnt mein Vater schließlich.

»Nett.«

»Schön.« Er greift nach dem Käseteller, ich nach der Marmelade. »Hast du noch einmal mit deiner Mutter gesprochen?«

»Sie hat mich vorgestern nachmittags angerufen …«

»Das weiß ich.«

»… danach nicht mehr.«

Mit der Gabel legt er eine dünne Scheibe Emmentaler auf sein Brötchen und beißt hinein. Die Kruste macht ein splitterndes Geräusch, wie die dünne Eisschicht auf einer Pfütze, wenn man mit dem Fuß drauftritt. »Es ist so«, er schluckt und fährt mit einer Serviette über seinen Mund, »ich hatte dir ja gesagt, ich würde mit deiner Mutter wegen Donnerstagabend sprechen.«

Ich beiße ebenfalls in mein Brötchen, als er mich jetzt ansieht und auf eine Antwort wartet. Immer diese Sätze, auf die es wirklich nichts zu sagen gibt.

»Leider ist das Gespräch nicht unbedingt gut verlaufen«, nimmt er den Faden endlich wieder auf. Seine Stimme ist so neutral, dass sie schon wieder grimmig klingt. »Ihrer Meinung nach ist es nicht zu früh, um neue Partner ins Spiel zu bringen.« Er sagt das so, als habe das mit ihm überhaupt nichts zu tun, als würde es allein um mich gehen. »Ich kann es dir natürlich nicht verbieten, Juli, da hat deine Mutter wohl recht, aber ich würde mir wirklich wünschen, dass du vorerst auf ein Treffen mit dem Freund deiner Mutter verzichtest.«

»Warum?«

»Weil«, er sucht die passenden Worte, »ich glaube, dass das ein Schritt ist, der erst erfolgen sollte, wenn der Status Quo implementiert ist.«

»Was?«

»Ich denke, du solltest erst einmal mit der aktuellen Situation zurechtkommen, bevor eine neue Person mit reinspielt.«

Kauend lasse ich mir seine Worte durch den Kopf gehen. Das sehe ich eigentlich auch so.

»Deine Mutter denkt anders darüber, und ich bin sehr sicher, dass sie dir ein neues Treffen vorschlagen wird. Solltest du vorerst auf ein Treffen mit ihrem Freund verzichten wollen und Hilfe benötigen, weil sie nicht nachgibt, sprich mit mir, bitte.«

»Das kann ich schon selbst, keine Sorge.«

Er nickt nicht wirklich überzeugt. »Gut.«

Wir schaffen beide jeweils ein komplettes Brötchen, bevor er sich räuspert. »Ein anderes Thema …«

Ich spitze die Ohren. Das scheint ihm mindestens genauso im Magen zu liegen wie der Streit mit meiner Mutter, und ich ahne, was kommt.

»Levin war nicht so erfreut, als er Dienstagabend hier angerufen hat, glaube ich.« Sein Blick ist auf den Plastiklöffel gerichtet, mit dem er behutsam sein Ei bearbeitet. »Ist zwischen euch noch alles in Ordnung?«

Mit beiden Händen nehme ich die Kakaotasse auf und wappne mich für das Folgende. »Wir sind nicht mehr zusammen.«

Betroffen sieht er mich an. Ein bisschen Eiweiß tropft von seinem Löffel auf den Teller. »Ihr seid nicht mehr zusammen? Wieso nicht?«

Ich belasse es bei einem vagen Schulterzucken und konzentriere mich auf den Kakao.

Nach einigen Sekunden wandert der Eierlöffel in seinen Mund. »Wer von euch hat es denn beendet?«, fragt er vorsichtig.

»Wir beide.« Irgendwie stimmt das ja sogar. Und ich mag jetzt nicht von meinem Vater bedauert werden.

»Das hat aber nichts mit diesem anderen Jungen zu tun, diesem Marc, oder wie er heißt, oder?«

Bei dieser Frage haftet sein Blick wieder streng auf seinem Ei, weshalb er auch nicht mitbekommt, dass mir versehentlich ein zu großer Schluck Kakao in den Hals gerät. Während ich gegen den Hustenreiz ankämpfe, überlege ich angestrengt, was ich auf diese Frage antworten soll. »Nein«, presse ich schließlich hervor. Was hat mein Vater eben so schön gesagt? Besser, er gewöhnt sich erst einmal an den aktuellen Zustand. Er muss nicht wissen, was zwischen Marc und mir läuft. Ich will nicht, dass er denkt, ich hätte Levin einfach mal so eben eingetauscht.

Auch wenn ich das natürlich getan habe.

Wieso kriege ich diese fiesen Gedanken eigentlich nicht aus meinem Kopf?

Ich verschwinde so weit es geht hinter meiner Tasse, weil mein Vater den Kopf hebt, um mich anzusehen. Mit einem leisen Klirren setze ich sie zurück auf den Unterteller. »Gibt's noch mehr davon?«, frage ich, und mein Vater steht auf.

Nachmittags, in meinem Zimmer, liege ich bäuchlings auf dem Bett und versuche, eine lockere Nachricht an Marc zu schreiben, um unseren aktuellen Stand rauszubekommen. Leider klingt alles, was ich fabriziere, nicht halb so witzig und lässig, wie ich es gerne hätte.

Irgendwann gebe ich auf und vergrabe mein Gesicht in der Decke. Das Handy liegt direkt neben meinem Ohr, und als es plötzlich zu klingeln beginnt, kriege ich fast einen Herzinfarkt.

Es ist Katinka. »Hey, Juli, stör ich gerade?«

»Nein, tust du nicht. Was gibt's?«

»Kommst du heute Abend mit ins *Cave*?«

»Ich … also … nein.«

Für ein paar Augenblicke ist es still.

»Wegen Levin?«, fragt Katinka schließlich, und noch während ich überlege, was ich darauf erwidern soll, spricht sie weiter. »Juli, komm doch einfach mit heute, okay? Vielleicht klärt sich da ja das ein oder andere.«

»Wie meinst du das?«

»Jako sagt, Levin bereut, dass er mit dir Schluss gemacht hat.« Die Stimme meiner Freundin wird eindringlicher. »Rede doch mit ihm, Juli. Komm heute mit, er ist garantiert da. Und dann redet ihr endlich mal in Ruhe miteinander –«

»Im *Cave*?«, unterbreche ich sie verwirrt. Moment mal. Das, was sich da anbahnt, ist gar nicht das, was ich will, oder?

»Ihr könnt doch rausgehen!«, sagt Katinka jetzt. »Jako sagt –«

»Du solltest eigentlich gar nicht mit Jako darüber reden.«

»Wieso nicht? Du hast nicht gesagt, dass ich mit Jako nicht über dich und Levin sprechen darf. Natürlich reden wir darüber. Du bist meine beste Freundin, und Levin ist Jakos Freund.«

»Du hast ihm gesagt, er soll bei mir anrufen.«

Katinka seufzt unwillig auf. »Es war seine Idee. Ich hab ihn nur nicht davon abgehalten. Und darum geht es doch jetzt überhaupt nicht. Willst du wieder mit Levin zusammenkommen oder nicht?«

Will ich das? Nein, eigentlich will ich das nicht. Ich will mit Marc zusammen sein. Und das sollte ich Katinka jetzt auch sagen.

»Juli?«

»Ich bin … ich kann heute Abend nicht.«

»Wieso denn nicht? Kannst du nicht wenigstens kurz vorbeischauen? Oder ruf ihn an! Am besten jetzt gleich.

Die letzte Woche war doch schrecklich für alle, oder? Ich bin sicher, wenn du ihn anrufst …«

Das Geräusch eines Schlüssels ist zu hören. Es gibt neben meinem Vater und mir nur eine andere Person, die auch einen Schlüssel zu dieser Wohnung besitzt.

»Ich muss Schluss machen! Meine Mutter kommt gerade. Ich ruf dich wieder an.«

»Okay, bis gleich«, höre ich Katinka noch sagen, dann lasse ich das Telefon fallen und springe auf.

Meine Mutter steht mit unschlüssigem Gesichtsausdruck neben der Garderobe, und in dem Moment, in dem ich auf sie zulaufe, öffnet sich die Tür des Arbeitszimmers.

»Was machst du denn hier?« Ganz eindeutig ist dieser Besuch für meinen Vater genauso überraschend wie für mich.

Sie legt die Arme um mich, und ich vergrabe meine Nase in ihrer Halsbeuge. Zärtlich streichelt sie durch meine Haare. »Hallo, mein Schatz«, sagt sie leise. »Ich habe dich vermisst.«

»Ich dich auch«, murmele ich. Ich fühle mich, als wäre ich acht oder so.

»Du hättest dich ankündigen können«, erklärt mein Vater in deutlich genervtem Ton.

»Wieso? Noch befindet sich ein Großteil meiner Sachen hier, falls du das vergessen hast!«, erwidert sie spitz. Die Streichelbewegungen hören auf.

»Was willst du, Annegret?«

»Wir müssen uns in Ruhe unterhalten, denke ich.«

»Deshalb schneist du hier einfach so rein? Was, wenn ich nicht hier gewesen wäre?«

Meine Mutter windet sich behutsam aus meinen Armen. »Wieso? Treibt dich die Sorge, ich könnte in deiner Abwesenheit ein paar Unterlagen kopieren?« Sie geht an ihm vorbei in Richtung Esszimmer. »Dein Terminplaner läuft noch über mein Handy. Ich wusste, dass du heute hier sein würdest.«

Mein Vater sieht ihr hinterher, und die Überlegung, dass seine Termine nicht mehr lange in den Nachrichten meiner Mutter auftauchen werden, springt ihm förmlich aus dem Gesicht. »Juli, vielleicht gehst du besser in dein Zimmer.«

Meine Mutter dreht sich um. »Das musst du nicht, Julika. Es geht hier schließlich auch um dich.«

Unsicher sehe ich von einem zum anderen. »Wenn es auch um mich geht …«

Mein Vater zuckt mit den Schultern. »Bitte«, erklärt er gepresst, »dann setz dich eben dazu.«

Der Blick, den er dabei auf meine Mutter abschießt, ist so feindselig, dass ich mich schnell abwende.

Wir folgen meiner Mutter ins Esszimmer, und ganz automatisch lässt sich jeder an seinem gewohnten Platz nieder. Sowohl mein Vater als auch meine Mutter schieben ihre Stühle ein Stück zurück. Mein Vater verschränkt die Arme, meine Mutter stellt ihre Tasche auf ihre Knie. Ich brauche die Tischplatte, um meine Arme darauf abzustützen.

»Also«, beginnt mein Vater. »Leg los.«

»Das tue ich.« Scheinbar ungerührt zieht meine Mutter einige Papiere aus ihrer Handtasche. »Zunächst einmal habe ich etwas mitgebracht.« Sie wirft die Unterlagen auf den Tisch. Schwarze, enge Druckbuchstaben auf dickem, weißem Papier. »Wie mein Anwalt netterweise für dich zusammengefasst hat, ist dein Versuch, Julika von einem Treffen mit mir abzuhalten, nicht rechtens.«

»Es ging mir nicht darum, Juli von einem Treffen mit dir abzuhalten«, betont mein Vater.

Meine Mutter fährt sofort dazwischen. »Es ist ebenfalls nicht rechtens, sie davon abzuhalten, meinen neuen Partner kennenzulernen!«, schnappt sie, und mein Vater beißt die Zähne zusammen.

»Du bewegst dich da auf einem sehr schmalen Grat, mein Lieber, und im Hinblick auf die weiteren Verhandlungen kann ich dir nur raten, dich etwas zurückzunehmen.«

»Was denn für Verhandlungen?«, werfe ich ein.

Das Gesicht meiner Mutter wird weicher. »Wir werden uns auch darüber unterhalten müssen, wo du zukünftig die meiste Zeit leben wirst.«

»Aber doch nicht jetzt!«, donnert mein Vater dazwischen. »Das ist doch viel zu früh, Annegret! Bei Juli ist das alles doch noch gar nicht angekommen!«

»Ich glaube, da unterschätzt du meine Tochter!«, sagt sie kühl. »Und überhaupt: Jetzt lebt sie bei dir, oder? Und so, wie ich das sehe, nutzt du diese Tatsache aus, um sie zu beeinflussen!«

»Wie bitte?«

»Ist es nicht dir zu verdanken, dass das Treffen am letzten Donnerstag nicht stattgefunden hat? Hast du Julika nicht dahin gehend beeinflusst, dass sie es nicht mehr gewagt hat, zum verabredeten Essen zu kommen? Ich werde nicht zulassen …«

»Also, das gibt's doch wohl gar nicht!«, ruft mein Vater dazwischen, so laut, dass ich nicht mehr verstehen kann, wie der Satz meiner Mutter weitergeht.

»… halte es für das Beste, wenn Julika erst einmal mit zu mir …«

»… wohnt hier, und das wird sich auch nicht ändern, nur weil …«

Ich lehne mich langsam zurück und betrachte die beiden brüllenden Erwachsenen. Ihre Münder bewegen sich, klappen auf und zu, einmal spuckt meine Mutter ein paar Tröpfchen durch die Luft, so aufgeregt ist sie. Sie hat sich weit nach vorne gebeugt und hält ihre Tasche so fest umklammert, dass ihre Fingerknöchel ganz weiß und spitz aussehen. Die Hände meines Vaters sind zu Fäusten geballt. Jeden Moment könnte er aufspringen und verschwinden. Oder einen Stuhl umtreten. Oder auf sie losgehen. Seine Augenbrauen bilden eine einzige Linie, ein Winkel unter einer in Zornesfalten gelegten Stirn. »Jetzt reicht's!« Mit der flachen Hand schlägt er auf die Tischplatte, so fest, dass sowohl ich als auch meine Mutter zusammenzucken. »Du verschwindest jetzt sofort aus der Wohnung!«

»Nur zu gern!«, schreit sie zurück. »Julika, pack ein paar Sachen, wir gehen!«

Was? Moment, was?

»Du nimmst Juli nicht mit! Das steht dir nicht zu!«

»Das ist nicht deine Entscheidung! Sie ist sechzehn! Natürlich kann sie mit mir kommen, wenn sie möchte!« Sie dreht sich zu mir um, und es gelingt ihr tatsächlich, ihre Stimme runterzuschrauben. »Julika, es tut mir wirklich leid. Das ist sicher kein schöner Moment …«

»Kein schöner Moment soll es sein, wenn du einfach reinplatzt und Julika völlig unvorbereitet hier rauszerren willst?«

»… aber ich glaube wirklich, es ist besser so. Stefan könnte für einige Zeit bei einem Freund wohnen. Wir hätten die Wohnung nur für uns beide. Wir müssen über so vieles reden …«

»Juli bleibt hier!«

»… und erst, wenn du die andere Wohnung und die Umgebung kennst, kannst du wirklich eine Entscheidung treffen!« Die letzten Worte hat sie wieder geschrien, um meinen tobenden Vater zu übertönen. »Das hier war nicht mein Plan, aber ich werde nicht zulassen, dass du meine Tochter gegen mich aufhetzt!«

Die beiden starren sich so hasserfüllt an, dass ich kotzen könnte.

Mit einem Ruck stoße ich meinen Stuhl zurück. Polternd kracht er zu Boden. Nicht mal das dringt zu ihnen durch. Ich stürze aus dem Esszimmer, und erst jetzt ruft mein Vater meinen Namen.

Raus hier. Einfach nur raus hier. Stimmen schallen durchs Treppenhaus hinter mir her.

»Juli!«

»Julika!«

»Bleib hier! Das ist doch …«

Was auch immer es ist, ich kann es nicht mehr hören. Die Haustür schlägt hinter mir zu, und ich renne so schnell, dass mir die Tränen kommen.

Mein Handy liegt in meinem Zimmer auf dem Bett, sonst hätte ich mich angekündigt. Selbst durch die Gegensprechanlage ist Marc seine Überraschung anzumerken, aber für den Moment ist mir das egal.

»Hey.« Barfuß steht er auf dem Treppenabsatz vor der Metalltür und sieht aus, als habe er in Jeans und T-Shirt geschlafen und sei gerade erst aufgestanden. »Das ist jetzt unerwartet.« Er klingt nicht nur überrascht. Irgendwas stimmt nicht.

»Stör ich?«

»Lass sie ruhig rein, ich bin gleich weg!«, tönt es von weiter oben. Diese Stimme kenne ich.

Marc tritt ein paar Schritte zur Seite, und gemeinsam steigen wir die restlichen Stufen nach oben.

Auf dem Sofa sitzt ein langer, dünner Typ, der mir bekannt vorkommt. Das ist der von der Party, oder? Der, der zusammen mit Marc hinter mir hergelaufen ist.

»Hi.« Er grinst mich an und schlägt dabei die Klappe seiner Umhängetasche nach vorne. »Ich bin Pascal.«

»Juli.«

»Angenehm.« Pascal steht auf. Obwohl er mir damals geholfen hat, mag ich irgendetwas an ihm nicht. Sein Grinsen ist zu breit, er sieht nicht freundlich aus, eher belustigt. Beinahe schon spöttisch.

Er beugt sich zum Tisch hinunter, und was auch immer da in seiner Hand verschwindet, knistert, während er es in die Tasche steckt. Marc hat sich neben mich gestellt, doch der Abstand zwischen uns ist so groß, dass Pascal bequem hindurchgehen kann.

»Ich melde mich!«, sagt er im Vorbeigehen und schwingt sich die Tasche über die Schulter. »Oder vielleicht zieht es euch heute Abend ja auch noch ins *Lifetime*?«

Marc sieht ihm hinterher, doch erst, als sich unten die Wohnungstür schließt, kommt wieder Bewegung in ihn.

»Hey«, sagt er noch einmal. Sein Blick gleitet über den Tisch und von dort aus zu mir. Er streckt eine Hand aus und zieht mich am Arm zu sich, und als ich meinen Kopf gegen seine Brust sinken lasse, ist das das Erste, was sich hier richtig anfühlt.

»Hey«, seufze ich und kuschele mich in die Wärme seiner Umarmung. Eine Jacke habe ich auch nicht dabei.

»Was machst du hier?« Er schiebt sich ein Stückchen zurück und senkt den Kopf bei dem Versuch, mir ins Gesicht zu sehen. »Ist alles okay bei dir?«

»Mh-mh.«

»Magst du was trinken?«

»Einen Gin Tonic?«

Marc lässt mich stehen, und ich tappe mit hängenden Armen zum Sofa. Irgendwas klappert, eine Schranktür wird geöffnet und wieder geschlossen. Als Marc zurückkehrt, hat er nicht nur ein Glas, sondern auch noch eine Tüte Gummibärchen dabei.

»Hätte nicht gedacht, dass sie so schnell zum Einsatz kommen würden.« Er lächelt. »Aber du siehst so aus, als müsste es jetzt die ganze Packung sein.«

Ich bemühe mich, sein Lächeln zu erwidern. An jenem Abend am See haben wir auch Gummibärchen gegessen, und ich habe gedacht, alles wäre schrecklich, aber das heute toppt es noch mal.

Marc reißt die Tüte auf und hält sie mir entgegen. Mit dem Gin Tonic in der einen und einigen Gummibärchen in der anderen Hand kuschele ich mich bequem auf dem Sofa zurecht.

»Also?« Er setzt sich neben mich und stützt einen Arm auf die Lehne. »Was ist passiert?«

»Ich zieh aus.« Ein gelbes Gummibärchen. »Meine Eltern sind komplett irre.« Ein grünes Gummibärchen. »Du hättest sie vorhin sehen sollen.« Noch ein grünes Gummibärchen. »Am liebsten hätten sie sich umgebracht.« Die restlichen Gummibären verschwinden in meinem Mund, und eine Weile kaue ich auf viel zu viel klebrigem Zeugs herum. »In vier Monaten bin ich siebzehn. Darf ich dann schon ausziehen?«

Marc schüttelt den Kopf. »Keine Ahnung. Ich glaube nicht.«

»Seit wann wohnst du alleine?«

Sein Lächeln gerät ein wenig schief. »Seit ich siebzehn bin.«

»Na also!«

»Ich glaube, bei mir lag die Sache etwas anders.«

»Mir egal.« Frustriert starre ich vor mich hin. In dieser Sekunde möchte ich meinen Eltern am liebsten ins Gesicht schreien.

Marc lässt seinen Arm von der Lehne herunter auf meine Schultern rutschen, und ich schmiege mich näher an ihn. Ewig sitzen wir so da, bis Marc irgendwann sagt: »Dafür hast du jetzt mich.«

Gerade habe ich zum hundertsten Mal vor mir gesehen, wie die Spucketröpfchen meiner Mutter durch die Luft geflogen sind, jetzt schießen mir die Tränen in die Augen. Das klingt so einfach. Ich klettere rittlings auf Marcs Schoß, seine Hände legen sich auf meine Oberschenkel, und jetzt wird sein Griff fester. Marc, denke ich, während ich ihn küsse. Marc, Marc, Marc.

»Mehr Gin Tonic?« Marc richtet sich auf und zieht dabei sein Shirt wieder runter.

»Vielleicht lieber Wasser.«

Er steht auf und läuft über die dunklen Holzbohlen zur Küche. Die letzte halbe Stunde habe ich kein einziges Mal an meine Eltern gedacht, und dass sie mir jetzt wieder einfallen, ärgert mich beinahe. Ich will ohne sie Marc nachsehen, der gerade mit einer Hand seine verwuschelten Haare am Hinterkopf noch mehr durcheinanderbringt und an der Säule vorbei verschwindet.

Träge angele ich nach der Tüte mit den Gummibärchen. Man sollte viel mehr Gin Tonic trinken. Ups.

Ein Bärchenregen ergießt sich auf den Teppich. Mit spitzen Fingern mache ich mich daran, sie wieder aufzusammeln, und entdecke dabei die kleine Smartiesschachtel, die hinter einem der Sofabeine liegt.

Gummibärchen. Smarties. Falls Marc noch Pizza im Eisfach hat, würde ich hier zumindest nicht verhungern.

Verwirrt klappere ich mit der Packung herum. Habe ich das gerade tatsächlich gedacht? Als würde ernsthaft zur Debatte stehen, bei Marc einzuziehen.

»Wo kommen die denn her?« Marc ist mit zwei Gläsern in den Händen wieder aufgetaucht. Das Wasser in einem der Gläser schwappt über den Rand, als er sie abrupt auf dem Tisch absetzt.

»Die lagen auf dem Boden.«

Irgendwas hat sich gerade ganz grundlegend verändert.

Das ist der erste Marc, der hier vor mir steht, der mit dem undurchdringlichen Gesichtsausdruck. Er streckt eine Hand aus, und ohne darüber nachzudenken, schnipse ich mit dem Daumen die Smartiespackung auf und schütte ihm einige davon in die geöffnete Handfläche.

Nur dass da gar keine Smarties liegen.

Wir starren beide auf die pastellfarbenen Tabletten, die in Marcs Hand übereinandergefallen sind. Herzen sind darauf eingestanzt und Schmetterlinge. Glücksklee.

VIERZEHN

Die bunten Pillen verschwinden in Marcs Faust. Dann streckt er die andere Hand aus und nickt zu der kleinen Pappschachtel. Stumm reiche ich sie ihm über den Tisch.

Das war Ecstasy, oder? Ich habe darüber schon gelesen. Oder gibt es andere Drogen, die wie Brausebonbons aussehen? Was machen die bei Marc unterm Sofa? Gehören sie ihm? Heißt das, er ist drogenabhängig? Unwillkürlich suche ich seine Armbeugen nach Nadelstichen ab, während er die Tabletten klackernd wieder zurück in die Schachtel gleiten lässt.

Jetzt mal langsam. Jemand, der Partypillen einwirft, spritzt sich deshalb noch lange kein Heroin.

Ich hätte nie gedacht, dass Marc so ein Zeug nimmt. Er sieht doch gar nicht so aus wie … wie … na ja, wie solche Leute eben aussehen. Wie auch immer die aussehen.

»Sind das deine?«, frage ich endlich. Er steht noch immer vor dem Tisch, und was er gerade denkt, kann ich nicht mal erahnen. »Nimmst du Ecstasy?« Sag, dass sie Pascal gehören. Sag, dass sie ihm vorhin aus der Tasche gefallen sein müssen.

»Marc?« Je länger er schweigt, desto stärker breitet sich ein unangenehmer Druck in meinem Magen aus. Es ist schlimmer. Es ist viel schlimmer. Ich sehe ihn mit dieser Plastiktüte in der Hand an mir vorbeigehen, sehe, wie Pascal sich vorbeugt und etwas einsteckt. Alufolie vielleicht. Oder einen Blister. Da war dieser Typ vor dem Kino. »Kann ich nicht direkt«, hat er begonnen, und was wollte er wohl sagen? Kann ich nicht direkt was kaufen? Kann ich nicht direkt von dir was bekommen?

Marc vertickt das Zeug! Er verkauft es, zusammen mit diesem Pascal! Nur Ecstasy? Oder auch noch andere Sachen? Härteren Stoff?

Meine Knie stoßen beim Aufstehen gegen die Tischkante. Sag was, Marc. Bitte, sag was. Erklär es!

Aber Marc sagt nichts, und plötzlich überrollt mich die Wut. Ausgerechnet! Ausgerechnet Marc! Jetzt auch noch das!

»Du bist nur so ein Dealer?«, wispere ich. Mehr Luft. »Du drehst Leuten so eine Scheiße an?« Mit jedem Wort wird meine Stimme fester. »Und mir erzählst du, das alles hier kommt von deinem Vater, den du nie siehst, wo du doch eigentlich deine Kohle mit Drogen machst?«

»So ist es nicht.«

»Was? Was meinst du mit ›so ist es nicht‹? Wie ist es dann?«

Marc wendet sich ab. Er wirft die Smartiespackung auf den Tisch. Wenn der Ausdruck in seinem Gesicht eben noch undurchschaubar war, so ist er jetzt verschlossen, und ich fühle mich so zurückgestoßen, dass ich ihn am liebsten schlagen würde. Ungelenk schiebe ich mich am Tisch vorbei und gehe auf die Treppe zu. Er unternimmt keinen Versuch, mich aufzuhalten, und erst, als die Metalltür dumpf hinter mir zuschlägt, wird mir bewusst, dass ich genau darauf gewartet habe.

Er ist ein Dealer, rattert es unablässig in meinem Kopf. Einfach nur ein mieser Dealer, der Geld damit verdient, andere von irgendeinem Dreck abhängig zu machen.

Wow, was hab ich nur für wahnsinniges Glück, bei wem muss ich mich eigentlich dafür bedanken?

Ich versuche, mit meiner Wut mitzuhalten. Lieber wütend sein. Die Enttäuschung ausblenden. Alles andere ausblenden.

Vor der U-Bahn-Haltestelle bleibe ich stehen. Wohin will ich überhaupt? Nach Hause?

Zu Katinka?

Wohin?

Oh Gott, ich bin so unfassbar alleine. Wie konnte das passieren?

Ich schaffe es noch bis runter auf den Bahnsteig. Dort kauere ich mich auf einen der weißen Drahtsitze, vergrabe mein Gesicht zwischen den Armen und heule. In einer Frankfurter U-Bahn-Station interessiert das sowieso absolut niemanden.

Als ich endlich fertig bin, wische ich mein Gesicht am T-Shirt trocken. Die Wärme der letzten Wochen steckt noch in den U-Bahn-Tunneln fest, und ich fühle mich verschwitzt und klebrig. Verheult, verschwitzt und klebrig.

Ein Luftzug kündigt die nächste Bahn an, bringt die einzelnen Blätter der Zeitung in dem Papierkorb neben mir in Bewegung. Sekunden später fährt sie quietschend ein, Türen öffnen sich, Leute steigen ein und aus, dann ist ein saugendes Geräusch zu hören, während sich die Türen wieder schließen.

Was mach ich jetzt? Wo geh ich hin?

Wieso hat Marc gesagt, es sei nicht so? Wie kann er mit dieser Smartiespackung in der Hand dastehen und so was behaupten?

Das Gitter der Rückenlehne presst sich gegen meine Schulterblätter, und ich verlagere mein Gewicht.

Kurz bevor ich bei Marc geklingelt habe, hat er doch wohl zusammen mit diesem Pascal das ganze Zeug in die Smartiesschachteln gefüllt. Um ein Haar hätte ich die beiden dabei auch noch überrascht. Eine dieser Schachteln muss beim hastigen Zusammenräumen vom Tisch gerutscht sein, ohne dass es jemand bemerkt hätte. Das alles ist so offensichtlich – wie kann er mir ins Gesicht lügen und behaupten, es wäre anders?

Und überhaupt – warum hat er mir von dieser Sache nicht schon vorher erzählt?

Ich lasse den Kopf in den Nacken sinken und fahre mir mit der Hand über die Stirn. Nee, klar, er hätte auf meine Frage, was er macht, einfach antworten können: Ich deale gelegentlich.

Oder auch im großen Stil, was weiß denn ich. Ausgehend von seiner Wohnung eher Letzteres.

Und doch sagt er, es sei anders.

Ich könnte zurückgehen. Ihn noch mal fragen. Hoffen, dass er mir die Wahrheit sagt. Noch mehr hoffen, dass ich danach aufhören kann, mich von ihm so hintergangen zu fühlen.

Aber wenn er mich wieder nur anschweigt? Mich vielleicht erst gar nicht reinlässt? Und was mache ich, wenn das, was er sagt, überhaupt nicht so klingt, als sei es anders? Oder – mein Kopf ruckt in die Höhe, und ich zucke zusammen, weil sich ein paar Haare zwischen den Gitterstreben verfangen haben – oder ich frage einfach diesen Pascal. Wenn ich dem direkt ins Gesicht sage, was ich unter Marcs Sofa gefunden habe, kann er sich kaum ahnungslos stellen. Ich werde ihn nur fragen, was genau Marc damit zu tun hat. Und dann überlege ich mir, wie ich weiter vorgehe.

Einströmender Wind lässt das Papier im Mülleimer wieder flattern, und ich stehe auf. Wuchtig schiebt sich die Bahn durch den Tunneleingang, wälzt sich an mir vorbei und kommt zum Stehen. Heute fahre ich schon zum zweiten Mal schwarz. Auch egal. Ich habe kein Ticket, andere dealen.

Gegen eine der Trennwände gelehnt, starre ich so lange auf die Frau direkt vor mir, bis ihr unbehaglicher Gesichtsausdruck zu mir durchdringt und ich woanders hinsehe. Pascal hat vom *Lifetime* gesprochen. Das kenne ich. Normalerweise würde ich niemals freiwillig in diesen Dancefloor-Schuppen gehen. Grauenvolle Musik, für die sich keiner von meinen Freunden interessiert.

Und wie will ich Pascal dort überhaupt entdecken? Aber solange er das Zeug nicht ausschließlich auf den Männertoiletten vertickt, werde ich ihn finden. Der ist doch nicht da, um zu tanzen. Nicht mit einer Umhängetasche voller Smarties.

Seit etwa zehn Minuten stehe ich auf der gegenüberliegenden Straßenseite des riesigen Gebäudes, vor dem sich eine lange Menschenschlange die Hauswand entlangwindet. Mittlerweile ist es dunkel und sehr viel kälter geworden, und mit um mich geschlungenen Armen suche ich nach einer Lösung. Ich habe meinen Ausweis nicht dabei, und bei meiner Größe brauche ich den oft genug, um in Clubs überhaupt reinzukommen. Außerdem fehlt mir das Geld für den Eintritt. Jemanden anzubetteln kommt nicht infrage, aber vielleicht kann ich mich in der langsam vorrückenden Schlange in eine Gruppe mogeln? Mich irgendwo dazwischenquetschen? Da warten so viele Leute, da kann man schon mal den Überblick verlieren.

Meine Hände fühlen sich feucht an, als ich tief ein- und wieder ausatme und über die Straße laufe. Vorsichtig stelle ich mich hinter einige Mädchen, die lachen und quatschen und ihre langen Haare dabei schwungvoll zurückwerfen. Sie sind viel zu sehr mit sich selbst beschäftigt, um mich überhaupt zu bemerken. Wenn ich Glück habe, wird die ganze Gruppe komplett reingelotst.

Je näher wir zum Eingang rücken, desto nervöser werde ich. Wenn mich doch jemand anspricht, werde ich einfach behaupten, ich hätte mein Geld vergessen. Kann ja passieren. Und dann werde ich eben vor dem *Lifetime* auf Pascal warten. Und mich im Laufe der nächsten Stunden totfrieren.

Die beiden Türsteher werfen jetzt prüfende Blicke in unsere Richtung. Von hier aus kann ich bereits durch den Eingang sehen. Drinnen ist es dunkel, ich werde mich einfach so lange unter diese Mädchen mischen, bis ich im allgemeinen Gedrängel an den Stempel gekommen bin. Es könnte funktionieren.

»Wie alt bist du?« Einer der Türsteher berührt meinen Arm.

Mist. »Sechzehn.«

Er mustert mich mit zusammengekniffenen Augen. »Unter sechzehn nur in Begleitung.«

»Aber ich bin sechzehn!« Das letzte Mädchen schlüpft hinein, und verärgert sehe ich ihr hinterher. »Ich gehöre dazu. Ich werde im Februar siebzehn.«

»Ausweis?«

»Hab ich nicht dabei.«

»Dann tut's mir leid.« Desinteressiert schiebt er mich zur Seite.

»Sie gehört zu uns.«

Ich fahre herum. Zwei Typen in Jeans und offenen karierten Hemden grinsen mich belustigt an. Einer von ihnen legt mir jetzt die Hand auf die Schulter. »Genaugenommen gehört sie zu mir. Ich verspreche, ich werde auf sie aufpassen.«

Der Türsteher rollt mit den Augen, macht aber keine Anstalten, mich aufzuhalten, während der Typ mich mit sich zieht.

»Danke.« In dem halbdunklen Gang vor der Nische zur Kasse sehe ich zu ihm hoch. »Das war nett, ich … meine Freundin ist irgendwo hier.«

»Ja?« Seine Hand ist von meiner Schulter verschwunden, und er zieht ein paar Scheine aus der Hosentasche. »Du hast kein Geld dabei, oder?« Er wartet erst gar nicht auf eine Antwort. »Dreimal.«

Die Frau hinter dem schwarzen Tresen stempelt gleichgültig unsere Handrücken ab. »Irgendwelche Mäntel oder Taschen?«, will sie wissen und wendet sich den Leuten hinter uns zu, weil wir die Köpfe schütteln.

»Viel Spaß beim Suchen.« Der Typ nickt. »Wird bestimmt nicht leicht, deine Freundin hier zu finden.«

Ich sehe ihm und seinem Freund für einen Moment hinterher, bevor ich mich im Gewühl weiter nach vorne treiben lasse. Wie recht er mit dieser Aussage hat, stelle ich schon nach wenigen Minuten fest. Die Treppe, die nach unten führt, ist nur spärlich beleuchtet, schon hier ist es schwer, einzelne Gesichter auszumachen. In dem riesigen Raum, der sich am Ende der Stufen öffnet, bewegen sich tanzende und schwitzende Leute zwischen Lichtblitzen. Selbst wenn Pascal pinkfarbene Haare hätte und zwei Meter groß wäre, würde er in diesem Gedränge untergehen. Planlos drücke ich mich an klebrigen Rücken und schweißfeuchten Achselhöhlen vorbei. Es ist heiß hier unten, und die Bässe bringen meinen Magen zum Schaukeln. Wo würde sich Pascal hinstellen, um seine Pillen zu verkaufen? Ob es so etwas wie einen Code gibt, ein geheimes Erkennungszeichen? Vielleicht verkauft er die Dinger ja auch gar nicht direkt im *Lifetime*, sondern nur irgendwo in der Gegend?

Mühsam arbeite ich mich zu dem Gang vor, von dem aus die Toiletten abzweigen. Mit Sicherheit wird er jedenfalls nicht mitten auf der Tanzfläche stehen. Doch Pascal ist nicht hier, und niemand sieht auch nur so aus, als warte er auf mögliche Käufer. Trotzdem gehe ich bis ganz nach hinten, dorthin, wo in einem Ständer Gratispostkarten hängen und Flyer auf Konzerte und Kinofilme hinweisen. Die Toiletten selbst lasse ich aus. Wenn Pascal sich dort drin aufgebaut hat, habe ich eben Pech gehabt.

Langsam schiebe ich mich möglichst nah an der Wand entlang, umrunde knutschende Pärchen und Leute, die gegen die Musik anbrüllen. Weiter hinten im Barbereich ist es ruhiger. Pinkfarbene und lila Flecken schwirren über den Boden, über Sessel, Tische, gepolsterte Barhocker und über die Gesichter derjenigen, die hier sitzen oder stehen oder sich über den endlos langen Tresen hängen. Verspiegelte Wände reflektieren orangefarbenes

Licht, Flaschen und Gläser glitzern in dicht gedrängten Reihen. Ich schubse und drücke die Leute auseinander, und ich werde geschubst und zur Seite gestoßen. Einmal verfehle ich eine Stufe und stürze nur deshalb nicht, weil es selbst dafür zu voll ist.

In einem Nebenraum meine ich, jemanden zu sehen, der sich etwas in den Mund steckt und mit Bier herunterspült, aber ich wage es weder, länger hinzuschauen noch direkt nachzufragen.

So wird das nie was.

Irgendwann lande ich wieder in dem Toilettengang, und diesmal fällt mir ein Typ in schwarzen Klamotten auf, der sich keine Mühe gibt, so zu tun, als würde er mich nicht beobachten. Seine dunklen Haare sind an den Seiten abrasiert, sein Gesicht wirkt lang und schmal durch diese Frisur. Ich starre zurück. Wenn man diese Typen an den einschlägigen Plätzen versehentlich ansieht, reagieren die eigentlich immer.

»Suchst du was?« Er lächelt nicht bei dieser Frage.

»Vielleicht.« Oh Gott, was sagt man denn in so einer Situation? Ich habe noch nie versucht, Drogen zu kaufen, aber ich nehme nicht an, dass man quasi eine Bestellung aufgibt, als würde man beim Bäcker stehen. Warum kann er es nicht einfach so machen wie diese Straßendealer und mir sein Angebot runterrattern?

»Verkaufst du Ecstasy?«

Seine Brauen gehen in die Höhe, dann grinst er. »Wie kommst du darauf?«

Verwirrt sehe ich ihn an. Hat er nicht eben noch durchblicken lassen …? Ohne mich weiter zu beachten, löst er sich von der Wand. Ich zögere nur kurz, bevor ich ihm folge. Wir durchqueren den Barbereich, schlängeln uns zwischen Sesseln und niedrigen Tischen hindurch. Im nächsten Moment ist er hinter einer schweren, undurchsichtigen Glastür verschwunden. Mann!

Noch bevor ich die Glastür erreicht habe, taucht er wieder auf.

»Wie viele?«

Das geht jetzt zu schnell. Ich hatte gar nicht vor, was zu kaufen. »Ähm – das ist nicht für mich, sondern für eine Freundin.«

Das ohnehin kaum im Ansatz greifbare kühle Interesse in seinem Gesicht löst sich auf. Mit seinen Augen stimmt was nicht. Sie sind beinahe schwarz und seltsam starr. Eidechsenaugen.

Wortlos lässt er mich stehen.

»Warte!«, rufe ich, »kennst du einen Pascal?«

Die Menge verschluckt ihn, ohne dass er sich auch nur nach mir umdrehen würde.

Das lief ja großartig. Ich lehne mich am Ende der Bar gegen den langen Tresen, weil sich meine Beine plötzlich schwach anfühlen. Keine Ahnung, ob ich das noch mal kann. Mein Kopf fühlt sich an, als kämen die wummernden Bässe direkt aus der Mitte meines Hirns, und für einen Moment wird mir so schlecht, als hätte mir jemand seine Faust in den Magen gerammt. Das hier ist ganz eindeutig kein Ort, an dem ich sein will. Plötzlich wird mir klar, dass mein winzigkleines Ziel nicht einmal ein winzigkleines Ziel war. Was auch immer Pascal mir erzählen würde, es würde nichts verändern. Gar nichts. Weder das mit Marc noch irgendwas anderes. Wenn überhaupt, dann muss ich mit Marc selbst reden.

»Hi!« Jemand lehnt sich neben mich. »Lust, mit mir anzustoßen? Ich hab heute Geburtstag!« Der Typ ist nicht sehr groß, seine beiden Schneidezähne stehen ein winziges Stück zu weit auseinander. Bevor ich ihm antworten kann, winkt er einen der Barkeeper zu uns heran. Wenige Minuten später stehen zwei Gläser vor uns, in denen Eiswürfel in etwas, das wie Orangensaft aussieht, schaukeln.

»Was ist das?« Bis eben habe ich das Geschehen nur an mir vorbeiziehen lassen, doch weil der Typ mir jetzt eines der beiden Gläser zuschiebt, fühle ich mich bemüßigt, etwas zu sagen.

»Tequila Sunrise. Extra süß, nur für dich. Ich bin Luca, und wie heißt du?«

»Juli.« Langsam umfasse ich das hohe Glas.

»Bist du alleine hier?« Ein schwacher Ruck, als er sein Glas gegen meines prallen lässt.

»Ich …« Ach egal. »Bin ich.«

»Na dann.« Er grinst zahnlückig. »Auf mich!«

Versuchsweise ziehe ich an dem roten Strohhalm, der zwischen den Eiswürfeln hervorragt. Es schmeckt tatsächlich süß, jedenfalls im ersten Moment. Wie Orangensaft mit ein bisschen Alkohol.

Luca quatscht ziemlich viel. Wie oft er hier ist. Dass er mich im *Lifetime* noch nie gesehen hat. Dass er in einer Band singt. Wenn ich das richtig mitbekomme, tritt er demnächst irgendwo in Frankfurt auf, und an genau diesem Punkt stelle ich fest, dass mich das alles überhaupt nicht interessiert. Ein bisschen benebelt stelle ich das noch halb volle Glas zurück auf den Tresen.

»Gehst du schon?« Luca sieht überrascht aus. Marc sieht nie überrascht aus. Fast nie.

»Ich bin noch woanders verabredet.« Irgendetwas scheint mit der Reihenfolge der Worte nicht ganz zu stimmen. »Vielen Dank für den Tequila.«

Luca lächelt nur schmal. »Alles klar. Mach's gut.«

Mit gesenktem Kopf arbeite ich mich quer durch die Halle zu der Treppe vor, die nach oben zum Ausgang führt. Jedes Mal, wenn ich aufsehe, frieren die Lichtblitze andere Bilder ein. Lachende Typen in bläulich-weißem Licht. Ein Mädchen mit glitzernden Herzen auf ihrem engen Top. Jemand, den ich erst auf den zweiten Blick bemerke, weil er seltsam gebückt zwischen den ganzen Leuten steht. Ich gerate ins Stolpern. Das eben war Pascal, oder? Der sah doch genauso aus wie Marcs Freund! Jetzt sind da nur noch Menschen, denen die Haare im Gesicht kleben, und irgendjemand drückt mir seinen Ellbogen gegen die Schulter, um Platz für sich zu schaffen.

Mit dröhnendem Kopf komme ich am Fuß der Treppe an und greife Halt suchend nach dem Geländer. War er das wirklich? Oder habe ich mir das nur eingebildet?

»Warum suchst du mich?«

Heftig fahre ich herum. Pascal hat sich direkt neben mir materialisiert. Er legt eine Hand auf meinen Rücken und schiebt mich von der Treppe weg, nicht in Richtung der Tanzfläche, sondern an ein paar Sesseln und Tischen vorbei zu einer Ecke, die in erster Linie vom Licht eines Zigarettenautomaten beleuchtet wird. »Also?« Er beugt sich weit vor, um sich verständlich zu machen.

Ich schwanke zurück, suche in meinem wirren Hirn nach den Fragen, die mir vorhin an der U-Bahn-Station noch so wichtig erschienen. »Was hat Marc mit dieser Ecstasy-Sache zu tun?«

Wow. Glanzleistung. Pascals Gesicht nach zu urteilen, ist er selten so dezent auf seinen Job hin angesprochen worden. Im nächsten Moment tritt er einen Schritt nach vorne, und ich stoße mir den Kopf, weil hinter mir nicht mehr so viel Platz ist, wie ich gerne zurückgewichen wäre.

»Was redest du da für eine Scheiße?«

Eigentlich sollte ich jetzt Angst haben, irgendein Teil von mir mit einem letzten Funken Vernunft weiß das. Der ganze Rest jedoch dreht gerade völlig frei. Die drückende Enge hier unten, die ohrenbetäubend laute Musik, das flackernde Licht, das mir mittlerweile helle Flecken auf die Netzhaut gebrannt hat, und nicht zuletzt das Zeug, das ich vorhin getrunken habe. »Ich rede von den Smartiespäckchen, die ihr abgefüllt habt. Was genau hat Marc damit zu tun? Macht ihr das zusammen?«

Pascal steht so dicht vor mir, dass ich sehen kann, wie seine Pupillen mein Gesicht abtasten. »Ich habe keine Ahnung, was du überhaupt von mir willst.«

»Das weißt du ganz genau!« Alles, was ich hier tue, ist vollkommen lächerlich, trotzdem kann ich nicht aufhören. »Ich will nur wissen, wie weit Marc mit drinhängt! Ist das euer gemeinsames Ding? Verkauft ihr zusammen?«

Mit gelangweiltem Gesicht richtet Pascal sich auf. Wie bin ich überhaupt auf die Idee gekommen, ich müsse ihn nur nett fragen, dann würde er mir schon alles erzählen?

»Vielleicht rede ich einfach mal mit jemand anderem darüber, dann werden wir ja sehen, wer von uns beiden hier Scheiße erzählt!«, brülle ich ihm hinterher.

Pascal, der sich bereits einen Schritt von mir entfernt hat, dreht sich langsam wieder um. Dann legt er mir eine Hand in den Nacken und zieht mich zu sich, schmiegt seine Wange an meine. Ich erstarre vor Ekel.

»Pass mal gut auf.« Das Bedrohliche in seiner Stimme kommt nicht durch die Lautstärke. »Denkst du, ich mach das hier alleine? Denkst du, wenn du mich anschwärzt, ist dein Problem erledigt?« Sein Griff verstärkt sich, und jetzt tut er weh. »Besser, du hältst dich da raus. Wenn nämlich nicht … Mädchen tut es meistens ganz besonders leid, wenn sie sich in Dinge reinhängen, die sie nichts angehen.«

Er lässt los, und ich stolpere zurück.

Pascal sieht auf mich runter, und jetzt scheint ihm noch etwas einzufallen. Sein Mundwinkel hebt sich, und ich habe gerade noch Zeit, mir zu wünschen, ich wäre nie hierhergekommen, da lehnt er sich noch einmal vor, bis seine Stirn beinahe meine berührt. »Marc macht das übrigens für eine andere«, sagt er. »Lohnt also nicht, wegen ihm Stress zu kriegen.«

Dann geht er weg, und die Musik hämmert weiter auf mich ein, und ich denke … nichts. Gar nichts.

FUENFZEHN

Vielleicht dachte Pascal, mit seinem letzten Satz hat er mich. Vielleicht dachte er, wenn er das sagt, ist er mich auf jeden Fall los. Vielleicht hatte er auch einfach nur Spaß daran, mir richtig einen reinzuwürgen.

Ich wälze mich in meinem Bett herum. Es ist halb zwei.

Mein Vater sah vorhin so angespannt aus, dass ich unmittelbar, nachdem sich die Haustür öffnete, glaubte, er werde mir jetzt gleich zum ersten Mal in meinem Leben eine reinhauen. Stattdessen zog er mich so fest an sich, dass mir jetzt noch die Rippen schmerzen. »Wir reden morgen«, sagte er. »Es tut mir so verdammt leid, Juli!«

Auch meine Mutter hat mich noch mal gedrückt, bevor sie gegangen ist, während mein Vater in seinem Arbeitszimmer war, um die Polizei darüber zu informieren, dass ich wieder aufgetaucht sei. Keine Ahnung, was die beiden in den letzten Stunden alleine in der Wohnung gemacht haben. Zumindest haben sie sich nicht gegenseitig umgebracht. Immerhin. Trotzdem hat sich meine Mutter nicht von meinem Vater verabschiedet, und er hat es nicht für nötig gehalten, sie auch nur noch einmal anzusehen, bevor sich die Haustür hinter ihr schloss.

Leider bin ich nicht mehr fünf und kann mir deshalb auch schlecht wenigstens die Nacht über einbilden, mein Verschwinden könne die beiden wieder zusammengeschweißt haben oder so. Ihr Film läuft einfach weiter und meiner eben auch.

Zwanzig vor zwei.

Die Schlaftabletten klemmen unter dem Lattenrost. Ich könnte eine nehmen und fürs Erste aufhören, über alles nachzudenken. Will ich aber nicht. Vielleicht liegt es am Tequila, denn obwohl ich weit davon entfernt bin, müde zu sein, fühle ich mich dumpf.

Katinka hat zweimal angerufen und mir mehrere Nachrichten geschrieben. Ich gehe nicht davon aus, dass sie meine SMS gegen eins noch gelesen hat, aber wenn sie morgen früh aufwacht, wird sie sich melden, nehme ich an.

Mein Vater schnarcht. Er muss die Tür zum Schlafzimmer offengelassen haben.

Und Pascal sagt, Marc mache das wegen einer anderen.

Damit hast du mich überhaupt nicht, du blöder Arsch.

Ich kann mir vorstellen, dass Marc dealt. Leider, verdammter Mist, kann ich mir das vorstellen. Aber wegen eines anderen Mädchens? Wieso sollte er das tun? Außerdem hätte er doch wohl kaum mit mir auf dem Sofa rumgemacht, wenn es da noch eine andere gäbe.

Du bist so naiv, höhnt Juli Zwei, deren Gegenwart ich nur dann gut ertragen kann, wenn ich lieber gleichgültig gucken möchte, statt zu heulen. Jetzt gerade wäre es mir lieber, sie würde einfach still sein. Vielleicht bin ich ja naiv, na und? Ich glaube trotzdem nicht, dass Marc sich mir gegenüber so verhalten hätte, wenn es noch eine andere gäbe.

Mein Handy piepst.

Pascal hat gerade angerufen. Ich klär das.

Ich zähle ungefähr zwanzig Möglichkeiten, wie ich das nun zu verstehen habe, bevor ich einschlafe.

Graues Licht. Schon wieder.

Mein Telefon liegt in dem Spalt zwischen der Matratze und der Wand, und noch mit halbgeschlossenen Augen versuche ich, es zu befreien. Keine neuen Nachrichten.

Ich fühle mich zermatscht, und nachdem mir Stück für Stück wieder ins Hirn sickert, was gestern alles passiert ist, bekomme ich auch noch Kopfschmerzen.

Eine Weile lang liege ich einfach nur herum, die Decke über den Kopf gezogen, bis das Handy, das ich neben das Bett auf den Boden gelegt habe, summend zu vibrieren beginnt. Eine Zehntelsekunde später halte ich es in der Hand. »Hallo?«

»Juli? Guten Morgen, bist du schon wach?« Katinka klingt mindestens doppelt so ausgeschlafen wie ich. Kann man überhaupt doppelt so ausgeschlafen sein? Egal. »Was war los gestern? Du hast dich gar nicht mehr gemeldet.«

»Hier gab's eine Spontanaussprache zwischen meinen Eltern.«

»Oh. Okay. Und? Was kam dabei raus?«

Darüber muss ich kurz nachdenken. Kam etwas dabei raus?

»Ich hab das Ende verpasst. Ich bin abgehauen, als sie damit begonnen haben, sich anzubrüllen.«

»Ach Mann, Juli.« Mehr fällt Katinka nicht ein, aber mir ja auch nicht.

»Katinka, können wir uns heute sehen?«

»Klar. Jako wollte später auch noch vorbeikommen und –«

»Nein, ich meine, können wir uns heute sehen?«, betone ich. »Nur wir beide? Ohne Jako?«

Ein paar Sekunden ist es still. »Okay«, sagt Katinka dann. »Wo?«

»Ich komm zu dir, wenn das geht.«

»Klar«, wiederholt sie. »Wann?«

»Wie viel Uhr ist es?«

»Viertel nach neun.«

»Vielleicht so gegen elf?«

»Okay.«

Nachdem das Gespräch beendet ist, springe ich aus dem Bett und steuere das Badezimmer an. Auf halbem Wege gehe ich noch einmal zurück, nehme das Foto von Levin und mir vom Nachttisch und schiebe es behutsam zwischen ein paar Hefte in der Schreibtischschublade. Dann habe ich es eilig. Duschen, Haarewaschen, Klamotten raussuchen.

Mein Vater sitzt auf einem der Barhocker, vor sich eine Zeitung und seinen Kaffee, als ich in die Küche komme. »Guten Morgen, Juli.«

»Morgen.«

Ich gehe an ihm vorbei zum Kühlschrank. Hier steht wohl auch noch ein Gespräch an, aber mir wäre es lieber, das hätte noch etwas Zeit. Erst will ich mit Katinka reden.

»Willst du weg?«, fragt mein Vater, nachdem er mir dabei zugesehen hat, wie ich mir Orangensaft einschenke, die Packung zurück in den Kühlschrank stelle und mich gegen den Küchentresen lehne.

»Ich will zu Katinka.«

»Zu Katinka?« Er verkneift sich ein »»Wirklich?«, aber ich höre es trotzdem. »Juli, wo bist du gestern gewesen?«

»Im *Lifetime.*« Das kennt er bestimmt nicht.

»Alleine?«

»Mhm.«

»Wann musst du denn jetzt weg?«

»Gleich?«

Sorgfältig faltet er seine Zeitung zusammen. »Ich finde, wir sollten vorher kurz miteinander reden. Oder zumindest möchte ich dir noch etwas zu gestern sagen.«

Jetzt setze ich mich doch. Wenn er das Gespräch schon so umständlich einleitet.

»So, wie das gelaufen ist … das haben deine Mutter und ich völlig vermurkst. Ich … es … es tut mir leid.« Seine Stimme wird leiser. »Diese ganze Situation bringt in uns nicht gerade das Beste hervor.«

Wortlos sehe ich ihn an. Das finde ich auch.

»So etwas wie gestern – das kommt nie wieder vor«, fährt er schließlich fort. »Auch deine Mutter ist der Ansicht, dass wir da … dass das zu weit gegangen ist. Sie wird dich heute anrufen, hat sie gesagt.« Er fährt sich mit der Hand über den Hinterkopf, und für eine Sekunde taucht Marc vor meinem inneren Auge auf. In so einem Moment. Na toll.

»Julika, ich möchte mich bei dir entschuldigen.«

Ich atme tief ein und wieder aus. »Okay«, sage ich und versuche zu lächeln. Mehr ist nicht drin.

Mein Vater scheint das zu spüren, denn er unterbricht die Stille, die sich über uns zu legen droht, indem er aufsteht, um sich neuen Kaffee zu machen. Für ein paar Sekunden sitze ich da und betrachte seinen Rücken.

Ich weiß das zu würdigen, dass er sich entschuldigt hat, wirklich. Aber passiert ist es trotzdem, nicht wahr?

Und dadurch hat sich etwas verändert, zwischen mir und meinen Eltern, so wie sich auch durch die Tage und Wochen und Monate vorher schon etwas verändert hat. Von einer Sekunde auf die andere breitet sich ein bitteres, hartes Gefühl in mir aus, ein trauriges Gefühl, und in diesem Moment bin ich so voller Wehmut, es würde mich nicht wundern, wenn mein Vater sie spüren und sich zu mir umdrehen würde.

Doch nichts dergleichen geschieht, und ich rutsche vom Hocker. »Keine Ahnung, wann ich wieder da bin. Ich hab das Handy dabei.«

»In Ordnung«, sagt er.

Katinka öffnet mir die Haustür. Noch während ich im Flur stehe, steckt ihre Mutter den Kopf aus dem Wohnzimmer.

»Hallo, Juli!«, sagt sie lächelnd, wartet meine Begrüßung aber nicht ab, bevor sie sich wieder zurückzieht. Im Vorbeigehen bekomme ich mit, dass sie dabei ist, Tom etwas für Mathe zu erklären. Der Gedanke an Schule fühlt sich banal an.

»Wir gehen hoch, oder?« Katinka springt bereits auf Socken die ersten Stufen zu ihrem Zimmer hinauf. Dort angekommen, streife ich meine Sneakers von den Füßen und setze mich ans Fußende ihres Bettes, während Katinka sich im Schneidersitz auf dem Kopfkissen niederlässt. Sie hat Keep on Dreaming laufen und kippt zur Seite, um die Musik leiser zu machen.

»Okay, erzähl«, sagt sie, nachdem sie sich wieder aufgerichtet hat. Ich lausche dem Song hinterher, der gerade aus den Boxen klingt. In *Without You* gibt es eine Stelle, da klingt die Gitarre ganz genau so, wie ich mich in diesem Moment fühle. Sehnsüchtig. Verloren. Ein bisschen klagend.

»Katinka, das mit Levin … das ist wirklich zu Ende.«

Katinka atmet seufzend aus. Sie sieht so enttäuscht aus, dass ich mich um ein Haar entschuldige, für was auch immer.

»Wieso denn? Ich bin immer noch sicher, wenn du nur mit ihm reden würdest –«

»Aber ich will gar nicht, verstehst du? Ich will nicht noch mal mit Levin darüber reden. Ich will nicht mehr mit ihm zusammen sein.«

Ich bin ihr mitten in den Satz gefahren, und einen winzigen Moment lang steht ihr Mund noch offen, bevor sie ihn schließt. In ihrem Gesicht streiten Überraschung und Verständnislosigkeit darum, wer stärker hervortreten darf. »Aber ich dachte … du warst doch so fertig, weil er mit dir Schluss gemacht hat! Ich dachte, du willst nicht, dass ihr nicht mehr zusammen seid.«

»Ich war auch fertig deshalb! Weil es ja nicht so ist, dass ich Levin plötzlich nicht mehr mögen würde. Ich mag ihn immer noch, und ich könnte heulen, wenn ich ihn sehe, weil es sich total scheiße anfühlt, dass wir nicht mehr miteinander reden. Aber … nicht erst seit Levin Schluss gemacht hat, sondern schon vorher …« Ich gerate ins Schlingern. Das, was ich jetzt sage, ist mir selbst noch nicht so ganz geheuer, auch wenn ich spüre, dass es die Wahrheit ist. »Da gibt es noch Marc.«

»Marc.« Katinka schiebt sich mit beiden Händen die dichten Locken aus dem Gesicht und stützt die Ellbogen auf ihre Knie. »Dann hatte ich doch recht.«

Es gelingt ihr, diesen Nachsatz ohne jeden Vorwurf auszusprechen. Trotzdem beiße ich mir so fest auf die Unterlippe, bis nur noch ein bisschen mehr Druck fehlt, damit sie aufplatzt.

»Bist du jetzt also mit Marc zusammen?«

Ich zucke mit den Schultern. Starre auf eine Falte in der Bettdecke. »Weiß ich nicht.«

»Versteh ich nicht.« Sie sagt das ganz vorsichtig. »Weißt du nicht, ob du was von ihm willst? Oder weiß er es nicht?«

»Nein, es ist anders, es ist … ich weiß ganz genau, dass ich was von ihm will. Das ist ja das Schlimme.«

Katinka ist sofort bei mir, als ich jetzt in Tränen ausbreche, ohne etwas dagegen tun zu können. Sie fließen einfach aus mir heraus, völlig undramatisch, und ich wehre mich weder dagegen, dass sie meinen Kopf an ihre Schulter drückt, noch bemühe ich mich, mit der Heulerei aufzuhören.

Ich habe nicht damit gerechnet, dass es mich hier erwischen würde, aber jetzt ist er plötzlich da, der Punkt, an dem ich nicht mehr kann. Nicht mehr so tun kann, als sei alles halb so wild und ich müsse mich nur ein wenig zusammenreißen, dann wird es schon wieder.

Zwischen meinen Schluchzern dringt hin und wieder Katinkas Stimme zu mir durch, hilflose Sätze, die mit »Ich wusste nicht« beginnen und »Juli, ich hatte keine Ahnung«.

Irgendwann steht Katinka auf und holt Taschentücher für uns beide, und noch etwas später, nachdem wir uns halbwegs wieder zusammengesammelt haben, sage ich: »Er dealt.«

Wir liegen immer noch nebeneinander auf ihrem Bett, als draußen im Flur jemand vorbeirennt und im nächsten Moment eine Zimmertür zugeknallt wird.

»Tom!«, brüllt Katinkas Mutter nach oben. »Schlag gefälligst die Tür nicht so laut zu!«

Katinka grinst mich mit Tränenspuren auf den Wangen an, und ich muss kichern. »Noch ein Taschentuch«, murmele ich und angele über sie hinweg nach dem Päckchen. So viel geheult wie in den letzten Tagen habe ich noch nie.

»Woher weißt du das? Dass Marc dealt, meine ich?«

Ich bemühe mich, an der richtigen Stelle anzufangen, kann aber nicht verhindern, dass mein Bericht wirr ausfällt. Katinka hört zu und fragt nach und hört wieder zu, und danach schweigen wir.

»Ich würde noch mal zu ihm fahren«, sagt sie schließlich. Überrascht sehe ich auf. Déjà-vu. Katinka bemerkt es auch und lächelt. Vor einigen Monaten bin ich es gewesen, die ihr geraten hat, noch mal hinzugehen. Nachzufragen. Sie dreht sich auf den Rücken und sieht zur Decke. »Ich würde ihn direkt fragen, was er damit gemeint hat, wenn er sagt, es sei nicht so. Vielleicht ist es ja wirklich nicht so.«

»Und das Smartiespäckchen unterm Sofa?«

»Gehört diesem Pascal.«

»Aber das hätte er doch sagen können. Marc, meine ich. Das hätte er mir doch einfach erklären können.«

»Er hat vielleicht gedacht, das glaubst du ihm sowieso nicht.«

Marc war bisher immer recht klar in seinen Äußerungen. Und deshalb passt es auch nicht, dass er versucht haben soll, sich rauszureden. Der schweigende Marc, der mich einfach nur anschaut, mit dieser verdammten Smartiespackung in der Hand, okay. Aber der, der sagt »So ist es nicht«, der passt überhaupt nicht.

»Ich fahr hin. Jetzt.«

»Du willst direkt zu ihm fahren?«, fragt Katinka zweifelnd. »Wäre es nicht klüger, ihr trefft euch irgendwo?«

»Marc ist nicht wie Pascal.«

An Pascal zu denken und daran, wie er mich zu sich rangezogen hat, holt den Ekel wieder hoch.

»Ruf mich trotzdem an, bevor du in seine Wohnung gehst, ja? Und wenn du dich eine Stunde später noch nicht wieder gemeldet hast, ruf ich die Polizei.«

»Katinka!«

»Im Ernst! Ihr solltet euch doch besser in einem Café oder so treffen.«

Ich bin schon dabei, mir die Schuhe zuzubinden. Das würde nicht funktionieren. Der Marc, der loslässt, was auch immer er da um sich herum hochzieht, ist noch nie aufgetaucht, wenn wir nicht alleine waren. »Ich ruf dich an. Davor und danach. Versprochen.«

Dieses Mal steckt mein Telefon im Rucksack, aber ich warne Marc trotzdem nicht vor. Keine Ahnung, warum. Vielleicht denke ich, wenn er keine Möglichkeit hat, sich auf meine Fragen vorzubereiten, bekomme ich eher eine Antwort.

Mit klopfendem Herzen stehe ich vor der schweren Haustür und kann mich nicht überwinden, den Klingelknopf zu drücken. Ich werde ihn erst nach dem Ecstasy fragen. Und dann nach dem Mädchen, das Pascal erwähnt hat. Oder ich frage ihn vielleicht doch nicht danach, weil's völliger Schwachsinn ist. Einfach nur ein fieser Tritt von diesem Riesenarsch Pascal. Oder ich frage ihn doch. Zuallererst müsste ich jedoch endlich mal klingeln, wenn ich überhaupt irgendwas in Erfahrung bringen will.

Aus meiner Tasche ertönt ein Summton.

Bist du schon bei ihm?

Ich steh vorm Haus, tippe ich zurück.

Mit einem Knacken öffnet sich die Eingangstür, und eine ältere Frau tritt auf die Straße. Im Vorübergehen wirft sie mir einen gleichgültigen Blick zu. Ich klemme einen Fuß in den Türspalt.

Das Holz der alten Stufen knarzt. Schritt für Schritt für Schritt bewege ich mich immer weiter nach oben. Hinter einer Tür dringt Stimmengewirr hervor, ein Kind weint, und eine Frau schreit herum.

Vielleicht ist er gar nicht da? Dann gehe ich einfach wieder. Noch eine Treppe. Ich kann die Metalltür von diesem Absatz aus schon sehen.

Oder ich schreibe ihm eine Nachricht. Und wir treffen uns doch in einem Café. Katinka hat vielleicht recht.

Eine Stufe. Noch eine Stufe.

Bin ich gerade zu leichtsinnig? Ich hätte ja auch nicht gedacht, dass Marc so eine Drogenscheiße machen würde.

Letzte Stufe.

Aber ich will es wissen. Jetzt. Später traue ich mich vielleicht nie wieder, noch einmal all die Stufen bis zu seiner Wohnung hochzugehen.

Hinter der blassweißen Tür ist kein Geräusch zu hören. Man hört auch das Geräusch der Klingel nicht, wenn man auf den Knopf drückt, und man hört nicht, ob jemand die Treppe runterkommt. Die Tür öffnet sich einen Spalt, dann etwas weiter. Im ersten Moment lächelt Marc sogar, doch es verschwindet so schnell wieder aus seinem Gesicht, wie es aufgetaucht ist. »Hey.« Mit der Schulter lehnt er sich gegen den Türrahmen.

»Hi.«

Er macht keine Anstalten, zur Seite zu treten, und noch bevor ich ihn fragen kann, ob wir reden können, kommt jemand polternd die Treppe runter, und die Tür wird ganz aufgerissen. Automatisch trete ich zurück.

Pascal sieht genauso aus wie gestern Nacht, das Shirt hängt aus seiner Jeans, und der Blick, den er mir zuwirft, ist feindselig. »Genau das ist das Problem!« Er dreht sich um, rempelt Marc dabei so fest mit der Schulter an, dass der fast ins Schwanken gerät, und stapft die Stufen wieder nach oben. Marcs Gesicht bleibt ausdruckslos.

»Wenn du unten nach rechts gehst und dann gleich wieder rechts, ist an der Ecke ein Kaffeeladen, *Ellys* heißt der. Ich komme in zehn Minuten nach, okay?«

Er schließt die Tür, und ich sortiere ein paar Sekunden durch, was das eben gewesen ist, bevor ich die Treppe wieder hinunterlaufe.

Katinka klingt erleichtert, als ich sie auf dem Weg zum Café anrufe, und ich bin es auch ein wenig. Sehr viel mehr beschäftigt mich allerdings die Frage, was genau Marc mit einem Typen wie Pascal zu schaffen hat. Wenn er mit dem wirklich gemeinsame Sache macht, will ich mit Marc nichts mehr zu tun haben, gleichzeitig hoffe ich so sehr, es möge nicht so sein, dass es fast weh tut.

Auf dem runden Holztisch vor mir, der wackelt, wenn man sich mit den Armen aufstützt, steht ein Vanilleshake. Die meisten anderen Tische sind besetzt. Es gibt hier Snacks, viele Leute sind am Essen.

Die zehn Minuten sind lange vergangen, bevor Marc endlich auftaucht, und das Erste, was an ihm auffällt, ist, wie blass er trotz seiner gebräunten Haut wirkt. Was auch immer er mit Pascal geklärt hat, scheint nicht besonders gut gelaufen zu sein. »Hey.«

Kann man jemanden nach so kurzer Zeit schon so gut kennen, dass man merkt, dass der andere unter seinem gewohnt verschlossenen Ausdruck nervös und angespannt ist? Entweder man kann das, oder ich bilde es mir gerade ein.

Die Kellnerin kommt an unseren Tisch, aber Marc schüttelt nur den Kopf, ohne sie richtig anzusehen. »Juli, hör zu«, beginnt er, und so abrupt er das Gespräch begonnen hat, so plötzlich scheinen ihm auch schon wieder die Worte zu fehlen. Für einen Moment starrt er auf den Shake, dann versucht er es neu. »Bleib weg von Pascal, okay?«

»Das ist alles?« Ich kann es kaum fassen. »Das ist echt alles, was du zu sagen hast? Unter deinem Sofa liegen …« Gerade noch rechtzeitig wird mir bewusst, dass hier vermutlich nicht der geeignete Ort ist, um herumzubrüllen, was genau unter Marcs Sofa liegt. »Was hast du gestern damit gemeint, als du gesagt hast, es sei nicht so? Was genau hast du damit zu tun?«

Marc lehnt sich in dem Moment zurück, in dem ich mich nach vorne beuge. »Juli, ich kann dir das hier nicht erklären.«

»Dann erklär es mir woanders! Draußen? Auf der Straße?« Wütend springe ich auf. »Irgendwo, wo wir alleine sind? Ich will das wissen!« Nur am Rande bekomme ich mit, dass einige der Umsitzenden uns neugierig angaffen.

Marc sieht für einen Moment zu mir hoch, dann erhebt er sich ebenfalls. »Komm mit.« Er wirft einen Schein auf den Tisch, greift nach meiner Hand und zieht mich aus dem Café, raus ins graue Tageslicht und immer weiter, bis wir vor einer mit Efeu bewachsenen, hohen Mauer anhalten, hinter der ein riesiges Haus das letzte bisschen Licht der blassen Sonne abschirmt. »Ich deale nicht.«

»Aber das Ecstasy …«

»Gehört Pascal.«

Mit beiden Händen in den Taschen seiner Jeans steht er vor mir, und obwohl er genau das sagt, was ich unbedingt habe hören wollen, bin ich sicher, dass da doch mehr ist.

Seine Augen wirken unruhig, angespannt presst er die Zähne aufeinander, und dort, wo die Wangenmuskeln hervortreten, ist eine scharfe Kante entstanden.

»Warum fliegt das Zeug dann bei dir rum?« Wenn er jetzt behauptet, Pascal habe es wohl verloren, glaube ich ihm den ganzen Rest auch nicht.

Marc atmet einmal tief ein, dann räuspert er sich. »Ich stelle ihm meine Wohnung zur Verfügung. Seine Ware wird an mich geliefert. Sein Name bleibt frei davon, und meine Wohnung ist so ungefähr die sicherste Adresse dafür.«

»Warum?«

»Weil sie meinem Vater gehört. Über jeden Verdacht erhaben.«

Ich starre ihn an und versuche zu verstehen. »Wieso? Wieso tust du das für jemanden wie Pascal?«

»Pascal und ich kennen uns schon ewig!« erwidert Marc heftiger, als ich erwartet habe. »Er war da, als kein anderer mehr da war. Aber es hat sich einiges verändert, seit Längerem schon, und ich will nicht, dass du in seine Schusslinie gerätst. Also bleib weg von ihm, okay?«

Das alles ist völlig verrückt. So was passiert doch nicht einfach mal so. Davon liest man doch nur.

»Wenn ich von Pascal wegbleibe, was ist dann mit uns?«

Marc antwortet nicht gleich. Ein Auto fährt langsam die Straße entlang, und Marc sieht zur Seite, wirft einen Blick ins Fahrzeuginnere. »Ich hab dich schon viel zu sehr mit reingezogen.«

»Hör doch einfach damit auf. Sag Pascal, er soll sich eine andere Adresse suchen.« Ich höre selbst, wie das klingt. Es ist, als wäre ich aus meiner Welt gefallen, und alles, was ich sage, scheint hier irgendwie nicht mehr zu passen.

»Das geht nicht«, erwidert Marc, und die Müdigkeit in seiner Stimme lässt mich einen Schritt auf ihn zugehen. Obwohl er direkt vor mir steht, fühlt es sich so an, als sei er ganz woanders. Meine Hände fahren über seine Hüften nach oben. Wo genau bist du, Marc?

Ich muss gar nicht viel tun. Er kommt mir von ganz allein entgegen. Ich sehe noch, wie sich seine Augen schließen, bevor er endlich die Hände aus den Taschen zieht und seine Arme um mich legt. Warum, denke ich, während ich ihn küsse und ein glühender Punkt in meiner Körpermitte sich in alle Richtungen ausbreitet, warum kann nicht wenigstens das hier einfach sein?

»Irgendwie muss es doch aber gehen«, murmele ich gegen seine Lippen. »Pascal ist dein Freund, oder nicht?«

Marc richtet sich auf. Er lässt mich nicht los, aber er driftet wieder fort. »Darum geht es nicht. Es ist nicht Pascal.«

»Sondern das andere Mädchen?«

Einen Atemzug lang sieht er verwirrt aus, dann wird sein Gesicht finster. »Was hat Pascal dir erzählt?« Seine Arme sinken herab.

»Er hat gesagt, du würdest das alles für eine andere tun.«

Ausnahmsweise stehen ihm seine Gefühle für einen Augenblick ins Gesicht geschrieben, und mir läuft ein Schauer den Rücken entlang.

»Ich melde mich bei dir, okay?«

Schon tritt er rückwärts einige Schritte nach hinten. Hilflos sehe ich ihm nach, als er sich umdreht, einen schnellen Blick über die Straße wirft und losläuft, bemüht langsam. Ich bin sicher, sobald er die Ecke erreicht hat, wird er rennen.

SECHZEHN

Es ist mein Telefon, das mich endlich dazu bringt, mich aus der Starre zu befreien. Bis das Klingeln allerdings zu mir durchgedrungen ist und ich das Ding aus der Tasche gezogen habe, hat meine Mutter bereits aufgegeben. Soll ich zurückrufen? Später.

Mit tauben Beinen setze ich mich in Bewegung und stupse dabei jeden einzelnen Satz der letzten zwanzig Minuten noch einmal an. Er dealt nicht. Das ist gut. Das ist sehr gut. Das ist mehr als sehr gut, denn ich hätte nicht gewusst, wie ich damit hätte klarkommen sollen, auch wenn ich damit hätte klarkommen wollen.

Aber der ganze Rest – wenn ich heute Vormittag daran gezweifelt habe, ob es diese andere, von der Pascal gesprochen hat, überhaupt gibt, hat mich Marcs Blick eben ziemlich heftig wieder auf den Boden zurückgeholt.

Pascal hat nicht gelogen, und während ich mechanisch einen Fuß vor den anderen setze, drehen sich meine Gedanken schließlich nur noch um die Frage, wer diese andere ist. Warum Marc das für sie macht. Und was sie ihm bedeutet.

Zu Hause finde ich eine Notiz von meinem Vater an meiner Zimmertür. Er sei mit einem Kunden essen, aber es werde nicht spät. Ich zupfe den Klebestreifen ab und werfe den Zettel in den Papierkorb. Dann hänge ich mein Handy ans Ladekabel und hole mir das Festnetztelefon.

Meine Mutter ist nach dem zweiten Klingeln in der Leitung. »Du hast uns gestern einen ganz schönen Schrecken eingejagt.«

»Tut mir leid, dass ich nicht gewartet habe, bis ihr euch gegenseitig ins Gesicht gesprungen seid.«

»Julika!«

Ich lasse zu, dass sich das anschließende Schweigen in die Länge zieht. So braucht sie mir schon mal gar nicht zu kommen. Als ob ich keine anderen Probleme hätte.

»Also, Julika. Vielleicht hast du recht. Nein, du hast sicher recht damit, dass dein Vater und ich gestern über das Ziel hinausgeschossen sind. Aber du kannst doch trotzdem nicht stundenlang verschwinden, ohne dass wir eine Möglichkeit haben, dich zu erreichen!«

Hat sie doch gesehen, wie ich das kann.

»Wo bist du gewesen?«

»Einfach unterwegs.«

»Du bist die ganze Zeit nur durch die Gegend spaziert? Bis kurz vor Mitternacht? Kannst du dir vorstellen, dass wir uns Sorgen um dich gemacht haben? Wir haben sogar die Polizei informiert!«

Was wäre wohl passiert, wenn die Polizei mich zusammen mit Pascal entdeckt hätte? Also, nur falls Polizisten sich mit einem Fahndungsfoto von mir ganz zufällig im *Lifetime* rumgetrieben hätten. Hätte sich das Problem Pascal dann erledigt? Oder hätte ich erst recht eins? Was, wenn ich heute zur Polizei gehen und erzählen würde, was ich weiß? Käme Pascal dann in den Knast? Und Marc? Was wäre mit ihm?

»Hallo? Julika?«

»Ich bin noch dran.«

»Julika, noch einmal zu dem, was ich gestern gesagt habe – du könntest wirklich jederzeit zu mir kommen. Ich hoffe, du denkst zumindest darüber nach. Tust du das?«

»Was?«

»Darüber nachdenken?« Sie wartet einige Sekunden. »Vielleicht wäre ein gewisser Abstand zu allem auch gar nicht mal verkehrt? Du müsstest für die Schule ein bisschen früher aufstehen, aber sonst …«

»Nein.«

»Wie bitte?«

»Nein. Ich will nicht nach Neu-Isenburg.« Es überrascht mich selbst, dass sich ein Gedanke von ganz alleine hinter meine Worte setzt: Und ich will lieber bei Papa bleiben.

Die Stimme meiner Mutter klingt anders, als sie wieder zu reden beginnt. Vielleicht hat sie den ungesagten Satz irgendwie gespürt. »In Ordnung. Ich versteh dich ja auch. Es ist nur … ich fühle mich so unvollständig ohne dich.«

Dieser Satz schmerzt, obwohl meine Mutter ein schnelles Lachen hinterherschickt, um ihm die Wucht zu nehmen. Ich habe nicht erwartet, dass sie sich so ähnlich fühlen könnte wie ich.

»Wir werden sehen«, sagt sie. »Auf jeden Fall kannst du immer zu mir kommen. Immer. Egal wann.«

Ich habe auch nicht damit gerechnet, dass mich das Gespräch mit meiner Mutter davon abbringen könnte, um Marc herumzukreiseln. Lange sitze ich an meinem Schreibtisch und kritzele Spiralen auf einen Block. Es geht nicht nur darum, dass ich in Frankfurt bleiben will. Zwischen meinem Vater und mir passt es einfach besser. Was nicht heißt, dass mir meine Mutter egal wäre, wenn ich es mir aussuchen könnte, wünschte ich mir immer noch, sie würde zurückkommen. Vorausgesetzt, das zwischen ihr und meinem Vater würde nicht so katastrophal schräg laufen.

Aber wenn ich mich tatsächlich entscheiden muss – und danach sieht es ja wohl aus – will ich lieber hierbleiben.

Kurz werfe ich einen Blick auf mein Handy, das still und stumm auf dem Tischchen neben meinem Bett liegt, dann nehme ich das andere Telefon wieder auf. »Hi.«

»Hey, Juli! Und? Was hat Marc gesagt?«

Es dauert nicht sehr lange, Katinka auf den aktuellen Stand zu bringen.

»Vielleicht eine Ex-Freundin?«, überlegt sie.

»Aber warum sollte er Pascal wegen einer Ex-Freundin seine Wohnung für so einen Scheiß zur Verfügung stellen?«

»Hat er gesagt, dass er das umsonst macht?«

Ich halte den Atem an. Nein, hat er nicht. Er macht das für eine andere, und was könnte er wohl von Pascal dafür bekommen, dass der sein Zeug an Marcs Adresse schicken lassen kann? »Vielleicht besorgt er seiner Ex so Drogen.« Natürlich! »Vielleicht ist die süchtig, und Marc verschafft ihr über Pascal Stoff.«

»Könnte sein.« Katinkas Stimme klingt um einiges zurückhaltender als meine. »Aber wenn es so wäre … wenn er tatsächlich Drogen für sie besorgt, muss sie ihm ja noch ziemlich wichtig sein.«

Die Euphorie, die mich ergriffen hat, löst sich in Luft auf. Stimmt. Sie muss ihm wichtig sein. Oder er fühlt sich verantwortlich für sie. Hat er sie vielleicht irgendwann selbst darauf angesetzt? Oder sind sie beide …?

Habe ich Marc eigentlich gefragt, ob er auch irgendwelchen Mist nimmt?

Verdammt.

»Was willst du jetzt machen?« Katinkas Stimme reißt mich aus meinen Gedanken.

»Weiß ich noch nicht. Er hat gesagt, er meldet sich.«

»Wirst du ihn fragen, ob er das macht? Also, ob er jemandem Drogen besorgt?«

»Keine Ahnung. Wenn er selber nichts dazu sagt, vermutlich schon.«

»Weißt du, wann er sich melden will?«

»Nein.«

Katinka macht ein Geräusch, eine Art Schnauben, das vielleicht Ratlosigkeit oder Ungeduld ausdrücken soll. Dann fragt sie: »Vermutlich hast du nicht so viel Lust, könnte ich auch verstehen, aber … Jako schaut nachher vorbei, wir treffen uns noch irgendwo mit den anderen. Willst du auch mitkommen?«

»Ich weiß nicht …« Was, wenn Marc sich meldet? Oder sogar hier auftaucht? Nein, Letzteres ist wohl unwahrscheinlich. »Sag Bescheid, wenn ihr wisst, wo ihr hinwollt, ja? Ich überleg's mir.«

Aufseufzend werfe ich Sekunden später das Telefon auf den Schreibtisch. Eine Weile grübele ich über das nach, worüber Katinka und ich gesprochen haben. Dann setze ich mich auf mein Bett, ziehe das Handy zu mir und tippe eine Nachricht ein. Vielleicht sollte ich einfach warten, bis er sich meldet, aber zumindest das muss ich jetzt wissen.

Meine Frage erscheint im Display. Sonst passiert nichts.

Die Zeitanzeige wechselt von 17.52 Uhr auf 18.01 Uhr, bevor ich das Handy wieder zur Seite lege.

Gegen halb acht stehe ich zwischen Jeans, Röcken und Shirts und räume meinen Kleiderschrank neu ein. Der Summton meines Handys lässt mich ein gerade zusammengefaltetes Teil einfach zur Seite werfen.

Wir treffen uns ab acht im Easy.

Enttäuscht atme ich aus. Wann meldet sich Marc endlich?

Nach Katinkas Nachricht habe ich keine Lust mehr, Klamotten zu sortieren. Stattdessen fische ich ein Tanktop und ein Shirt mit weitem Ausschnitt aus dem Kleiderberg und gehe ins Bad, um Kajal zu benutzen und mich umzuziehen.

Meinem Vater habe ich eine knappe SMS geschrieben, bevor ich die Treppe hinunterlaufe und unten die Haustür aufdrücke. Mittlerweile kann ich mir gar nicht mehr vorstellen, dass es vor wenigen Wochen noch warm gewesen ist. Die Jacke fester um mich ziehend, atme ich tief die kühle Luft ein. Es riecht nach feuchten Blättern und Autoabgasen. Noch einmal überprüfe ich, ob mein Handy in der Tasche steckt, dann laufe ich zur U-Bahn. Levin wird bestimmt auch im *Easy* sein, aber ich kann ihm ja nicht ewig aus dem Weg gehen.

Als ich beim *Easy* ankomme, habe ich bereits viermal nachgesehen, ob Marc sich gemeldet hat. Widerwillig ziehe ich die Eingangstür auf, weil ich jetzt gerade lieber irgendwo rumsitzen und das Handy anstarren würde. Wenn er sich bis Mitternacht nicht gemeldet hat, rufe ich an.

Der Erste, den ich an einem der Tische entdecke, ist Levin. Mit seinen weißblonden Haaren fällt er einem immer sofort ins Auge. Katinka springt auf und läuft mir entgegen, um mich zu umarmen, dann zieht sie mich zu Jako und Finn auf die Bank. Milla sehe ich nirgends, aber Lea sitzt mir direkt gegenüber. Neben Levin. Ich nicke ihm zu, und er nickt zurück.

Katinka sorgt dafür, dass erst gar keine unangenehme Stille entsteht. Sie plaudert sich unbeirrt durch die emotionalen Schräglagen am Tisch, erzählt erst von einem Konzert, dann von einem Interview, und als sie irgendwann einen blöden Spruch über James McMillan macht und Jako ein wenig ungnädig die Augenbrauen hochzieht, muss sogar ich lachen.

Lea flüstert Levin etwas ins Ohr, dann stößt sie ihm ihren Ellbogen in die Seite. »Hörst du mir zu?«

Ich glaube nicht, dass Levin ihr zuhört. Er wirft mir einen kurzen Blick zu, und ich sehe schnell zu Katinka. Die kräuselt ihre Nase, ansatzweise heben sich ihre Schultern.

»Bin gleich wieder da.« Ich habe noch nichts zu trinken und aufs Klo will ich auch noch.

»Warte!« Katinka schiebt sich hinterher.

Wir steuern erst die Toiletten an. In der Kabine überprüfe ich mein Handy – keine Nachricht von Marc.

Katinka trocknet sich gerade die Hände ab. »Ist das jetzt blöd für dich?«

»Du meinst wegen Levin? Au!« Der aus dem Hahn herausschießende Strahl ist kochend heiß. »Richtig gut fühlt es sich nicht an.«

»Er tut mir leid. Es macht ihm echt was aus.«

Schweigend ziehe ich einige steife Papiertücher aus dem Spender, bevor ich mich wieder zu Katinka umdrehe.

Sie stupst mich an. »Sorry. Ich wollte dir kein schlechtes Gewissen machen.«

An der Bar bestelle ich eine Cola. Während Katinka und ich darauf warten, denke ich an Gin Tonic und an Marc. Was macht er gerade? Ob er schon mit Pascal gesprochen hat? Und wenn ja, worüber? Als Allererstes vermutlich über Pascals Bemerkung im *Lifetime*. So stinksauer habe ich Marc noch nie gesehen.

»Achtung«, murmelt Katinka.

Levin taucht am Tresen auf. Er bestellt drei Bier, dann lächelt er mich verlegen an. »Hey«, sagt er, als hätten wir uns gerade erst getroffen.

»Ich geh schon mal zurück.« Katinka verzieht sich.

Die Cola wird vor mir abgestellt. Unschlüssig lege ich die Finger um das Glas. Es ist so kalt, dass das obere Drittel beschlagen ist. »Soll ich dir tragen helfen?«, frage ich schließlich.

»Okay.« Um ein Haar fügt er noch etwas hinzu, er hat den Mund bereits geöffnet, kommt aber offenbar zu dem Schluss, dass es bessere Orte für bestimmte Sätze gibt. »Danke.«

Sein Oberarm drückt gegen meine Schulter, und ich sehe für einen Moment in sein schmales Gesicht. Irgendwann habe ich mal zu Katinka gesagt, wenn Levin etwas blasser wäre, könnte er jederzeit in Jacksons *Herr der Ringe* die Rolle eines Elben übernehmen.

Nach meiner Mutter ist er der Zweite heute, bei dem ich spüre, dass ich ihn verletze, einfach dadurch, dass ich mich für etwas und damit gegen etwas anderes entscheide. Die drei Biergläser landen vor uns auf dem Tresen, und ich nehme eines davon. Levin ist dicht hinter mir, während wir zurück zum Tisch gehen.

Die nächste Stunde über vermeiden wir es, uns auch nur anzusehen, und zumindest ich fühle mich völlig bescheuert dabei – ich meine, er sitzt mir gegenüber!

Es ist kurz nach zehn, als ich ein schwaches Piepsen meines Handys zu hören meine. Abrupt stehe ich auf. »Bin gleich wieder da!«

Vor der Damentoilette warten mehrere Mädchen, und ich schwenke ab nach draußen. Meine Jacke liegt im *Easy* neben Katinka auf der Bank, aber ich bemerke kaum, wie kalt es mittlerweile ist. Hastig zerre ich das Telefon aus der Tasche.

Nein.

Einfach nur Nein.

Verflucht, Marc! Wäre es nicht mein Handy, würde ich es jetzt gerne gegen die Hauswand werfen.

Noch einmal lese ich meine Frage und seine Antwort darauf.

Nimmst du irgendwelche Drogen?

Nein.

Okay, er hat geantwortet, und okay, mehr habe ich nicht gefragt, aber verdammt noch mal, das kann doch jetzt nicht alles sein! Ich rufe seine Nummer auf.

»Juli?«

Erschrocken fahre ich herum. Levin steht hinter mir. Mist, denke ich und fühle mich in der nächsten Sekunde schlecht deswegen. Kann Levin ja nicht ahnen, dass ich demnächst überschnappen werde.

»Hast du kurz Zeit?« Er lehnt sich mit der Schulter gegen den schmutzigweißen Rauputz neben uns. »Ich hab nachgedacht«, beginnt er, und ich spüre, wie mein Atem flacher wird.

Oh nein. Oh, bitte, Levin, sag das jetzt nicht. Er sieht an mir vorbei zu ein paar Typen, die in einiger Entfernung am Rauchen sind. »Ich glaube …«, setzt er an und beginnt noch einmal neu. »Ich habe nicht wirklich zugehört, oder?«

»Was? Wann?«, erwidere ich überrascht.

»Die ganze Zeit. Die ganzen letzten Wochen.« Noch immer geht sein Blick an mir vorbei. »Habe ich's dadurch kaputtgemacht?«, fragt er plötzlich, und jetzt sieht er mich doch an.

Für einen Moment möchte ich ihn am liebsten in den Arm nehmen, aber irgendwas in mir warnt mich davor, das zu tun. Langsam schüttele ich den Kopf. »Wahrscheinlich waren wir es beide«, suche ich nach den richtigen Worten. »Ich hätte ja auch deutlicher machen können, was los ist.«

Levin beißt sich auf die Unterlippe, senkt den Kopf und nickt mit dem Kinn zum Telefon hin, das ich immer noch in der Hand halte. »Wichtig?«

»Schon.«

»Dann bis gleich.« Er stößt sich von der Hauswand ab, lächelt schief und drängt sich zwischen einigen Leuten hindurch zurück ins *Easy*.

Mann. Jetzt bin ich es, die sich gegen die Mauer fallen lässt. War das in Ordnung? Ich glaube schon, oder? Zumindest fühlt sich der Gedanke, ihn morgen in der Schule zu sehen, nicht mehr ganz so fies an.

Das Telefon klingelt, und irgendwann wird es mich wirklich umbringen, dass das immer so unvorbereitet passiert. Vielleicht sollte ich es zumindest wieder etwas leiser stellen. Ich werfe einen Blick auf das Display. Auch das noch. »Hallo? Was ist denn?«

»Juli?«, meldet sich mein Vater. »Wo bist du?«

»Wieso willst du das denn wissen?« Ich bin mir nicht sicher, ob ich bloß erstaunt oder auch verärgert sein soll.

»Ich bin gerade nach Hause gekommen, und du bist noch nicht da und … alles in Ordnung?«

»Natürlich ist alles in Ordnung! Papa, es ist Sonntag. Und nicht mal Mitternacht. Ich stehe hier vorm *Easy*, drinnen sitzen Katinka, Levin und die anderen – es ist alles bestens.«

»Levin?«

Argh! »Ja, Levin. Und nein, wir sind nicht wieder zusammen. Deshalb sitzen wir uns auch gegenüber. Willst du sonst noch irgendwas wissen?«

Die rauchenden Typen grinsen blöd, und ich drehe mich zur Seite.

»Wann wirst du wieder zu Hause sein?«

»Weiß ich noch nicht«, erwidere ich ein wenig leiser. »In einer Stunde oder so.«

»Okay.« Er räuspert sich. »Ich wollte dir nicht hinterherspionieren oder so. Entschuldige.«

»Schon in Ordnung.« Jetzt tut es mir leid, ihn gleich so angefahren zu haben. »Hast du meine Nachricht nicht gesehen?«

»Doch. Doch … ich weiß auch nicht, warum ich dich jetzt angerufen habe. Grüß Katinka von mir, ja? Und Levin auch. Bis später.«

»Bis später.« Einen Augenblick lang lausche ich in die Stille hinein, die sich nach meinen Worten auftut, dann hole ich tief Luft und tippe endlich Marcs Nummer an. Es dauert eine Weile, bis er rangeht.

»Hi.« Klingt er verhalten oder bilde ich mir das ein? Immerhin hat er nur Hi gesagt. Zwei Buchstaben. Was lässt sich da schon raushören?

»Hi«, erwidere ich. Und warte. Die Sekunden verstreichen.

»Ich hätte …«, sagt Marc.

»Soll ich …«, sage ich gleichzeitig.

»Ja?«

»Nein, erst du.«

Marc atmet ein. »Ich hätte mich bei dir gemeldet«, beginnt er von vorn.

»Wann?«

»Sobald ich hier ein paar Dinge geregelt habe.«

»Was musst du regeln?«

Er schweigt, und ich fasse nach, gleich mitten rein. »Du sagst, du nimmst keine Drogen. Aber du besorgst jemandem welche, oder?« In mir steigt das Bedürfnis an, irgendeine Reaktion von ihm zu erhalten. »So ist es doch, oder? Du versorgst jemandem mit dem Scheiß! Wen?«

Unwillkürlich habe ich mich mehrere Schritte vom *Easy* entfernt. Wenn ich sein Atmen nicht hören könnte, würde ich denken, er hat aufgelegt. So funktioniert das nicht.

»Ich komm jetzt vorbei.«

»Juli! Verdammt! Das ist keine …«

Bevor er weitersprechen kann, lege ich auf.

Katinkas Blick war besorgt, als ich ins *Easy* gestürzt bin, um meine Jacke zu holen.

»Ich muss weg!«, habe ich in die Runde gerufen. »Wir sehen uns morgen.« Und zu Katinka gewandt: »Ich melde mich bei dir.«

Jetzt sitze ich in der U-Bahn und bin dabei, meinem Vater noch eine SMS zu schreiben. Nicht, dass der plötzlich wieder bei mir anruft. In einem sonst wie unpassenden Moment. Dann lehne ich den Kopf gegen die Scheibe und mustere mein Spiegelbild. Vermutlich sollte ich mir überlegen, womit genau ich bei Marc beginnen will, aber im Inneren meines Kopfes herrscht gerade Chaos. Vielleicht warte ich einfach ab. Irgendwas wird er auch zu sagen haben. Hoffe ich.

Diesmal drücke ich sofort auf den Klingelknopf, und Sekunden später summt der Türöffner. Während ich die Stufen hinaufsteige, immer zwei auf einmal, dränge ich alle Gedanken zurück. Ich werde einfach nicht wieder gehen, bevor ich nicht ganz genau weiß, was Sache ist.

Erst als ich die Metalltür erreiche, kommt mir Pascal in den Sinn, doch meine Sorge verfliegt in der Sekunde, in der Marc die Tür weit aufreißt und zur Seite tritt, um mich reinzulassen.

Ich mache mich an den Aufstieg der steilen Treppe und bleibe oben stehen, unschlüssig, ob ich mich aufs Sofa setzen soll oder nicht. Leise Gitarrenmusik, gedämpftes Licht. Es könnte richtig romantisch sein. »Okay«, sage ich. »Erklär es jetzt.«

Marc greift sich in den Nacken, dann geht er zur Küche. »Willst du was trinken?«

»Nein.«

»Ich aber.« Mit einem Glas in der Hand taucht er zwischen den Säulen wieder auf. Zitrone und Eiswürfel. Okay. Ohne mich anzusehen, lässt er sich aufs Sofa fallen, trinkt einen Schluck und setzt das Glas auf seinem Bein ab. »Was willst du also wissen?«

»Ich will wissen, was du von Pascal dafür bekommst, dass er dieses Zeug hierher liefern lassen kann. Und an wen du es weitergibst.«

Ausdruckslos sieht Marc mich an.

»Marc? Du machst das doch nicht, weil du und Pascal so gute Freunde seid!«

»Nein.«

»Also habe ich recht, oder? Irgendwas von dem Mist, den Pascal bekommt, ist wichtig für dich. Warum? Ist es für eine Freundin von dir? Hast du … hast du selbst früher mitgemacht und fühlst dich jetzt für jemanden verantwortlich?«

Marc setzt das Glas wieder an, überlegt es sich anders und stellt es auf den Tisch. Beide Ellbogen auf die Knie gestützt, beugt er sich nach vorne, fährt sich mit den Fingern durch die Haare und sieht wieder zu mir hoch.

Mir geht das alles nicht schnell genug. »Ist es so? Hast du selbst gedealt?«

»Nein.«

»Mann, Marc! Jetzt sag es endlich! Sag, was du von Pascal dafür bekommst, dass du bei dem ganzen Scheiß hier mitmachst, und für wen du es brauchst, wenn du es nicht selber nimmst! Wer ist diese andere, von der Pascal gesprochen hat? Eine Freundin? Eine Ex-Freundin?«

Jetzt nimmt er das Glas doch. Trinkt es in einem einzigen Zug aus und steht auf.

»Pascal besorgt Tranquilizer«, sagt er, bevor er wieder zwischen den Säulen verschwindet. »Und das Zeug ist für meine Mutter.«

SIEBZEHN

Er bleibt ziemlich lange in der Küche, und als er wieder rauskommt, ist sein Glas neu gefüllt. »Willst du jetzt was trinken?«

Ich schüttele den Kopf, sehe ihm dabei zu, wie er sich wieder in die Polster sinken lässt, den Blick auf seinen Gin Tonic gerichtet. Mit unsicheren Schritten tappe ich schließlich hinterher und setze mich ans andere Ende des Sofas. »Für deine Mutter?«

Marc hält das Glas locker zwischen seinen Knien. Noch immer scheint seine ganze Konzentration dem Inhalt darin zu gelten. Ich würde ihn gerne berühren, ihm vielleicht nur eine Hand auf den vorgebeugten Rücken legen, aber es fühlt sich unpassend an.

»Marc? Warum … also, warum besorgst du irgendwelches Zeug für deine Mutter? Kann sie das nicht selbst?«

»Nicht mehr in den Mengen, in denen sie es braucht.«

»Sie ist … Heißt das, sie ist süchtig nach … nach …«

»Sie ist tablettenabhängig. Genau. Beruhigungsmittel, Antidepressiva. Trinken tut sie auch.«

Die Eiswürfel klirren.

»Und seit wann ist sie … seit wann besorgst du ihr das, was sie braucht?«

»Seit wann? Ich habe keine Ahnung, wann sie mit den Tabletten angefangen hat. Noch während sie mit meinem Vater zusammen war, auf jeden Fall. Die Dinger lagen ständig überall rum. Irgendwann hat sie sich deshalb mit meinem Vater gestritten, und er hat ihr die Tablettenschachteln hinterhergeworfen. Danach waren sie weg. Und auch die leeren Flaschen waren dann immer weg.« Er stellt das Glas auf dem Tisch ab, lehnt sich zurück. Seine Augen sind geschlossen. »Ich besorge ihr die Medikamente seit fast zwei Jahren.«

»So lange schon? Aber … Weiß dein Vater davon?«

»Was? Dass sie tablettensüchtig ist? Ja, aber es ist ihm mittlerweile egal.«

»Und weiß er auch, dass du … also, dass du …«

»Nein, das weiß er nicht. Wenn er es wüsste, würde ich aus dieser Wohnung fliegen. Könnte ja seine heilige Karriere beflecken.«

»Wer ist dein Vater eigentlich?«

»Olaf Nieholz.«

»Olaf Nieholz? Der Olaf Nieholz?«

Ich kümmere mich selten um das, was über Lokalpolitik in der Zeitung steht, aber Olaf Nieholz – er ist irgendein Abgeordneter, glaube ich. Sein Name taucht nicht nur in den kleinen Stadtmagazinen immer mal wieder in den fett gedruckten Überschriften auf.

Die Musik schwebt sachte an meinem Ohr vorbei, den Sänger kenne ich. Habe ich früher mal gehört. Gefällt mir immer noch, stelle ich abwesend fest.

»Aber warum kümmert sich dein Vater nicht um deine Mutter? Wenn sie doch sogar verheiratet waren?«

»Na und? Jetzt sind sie es nicht mehr. Er zahlt ihr nicht mal was, hat er auch früher nicht. Sie hat eine Art Abfindung gekriegt, aber das Geld ist längst ausgegeben. Ich glaube, sie hat angefangen, ihre Sachen zu verkaufen, kurz nachdem ich ausgezogen bin.«

»Bist du wegen dieser Tablettengeschichte weg?«

»Auch.« Er seufzt unwillig. »Wegen der Tabletten. Ihrer Trinkerei. Ihren Heulkrämpfen und dem Gekreische, das damit verbunden war. Manchmal war sie überhaupt nicht mehr klar im Kopf. Einmal dachte sie, ich sei mein Vater und ist auf mich losgegangen.« Er lacht, ein hartes Lachen.

»Oh Gott.«

Marc atmet tief ein und sehr langsam wieder aus.

»Wieso bist du überhaupt zu ihr gezogen? Wie alt warst du, als sich deine Eltern getrennt haben?«

»Vierzehn.« Sein Lächeln hat etwas Entschuldigendes. »Und sie hatte eben nur mich. Alle Freunde, ihre eigene Familie, alle wussten, dass sie Probleme hat. Alle haben zu meinem Vater gehalten. Ich hätte nicht auch noch abhauen können.«

Gleich muss ich heulen, obwohl Marcs Stimme gleichgültig klingt. Als rede er über eine andere Familie.

»Er hätte sich um dich kümmern müssen«, murmele ich. »Dein Vater hätte dich damit nicht allein lassen dürfen.« Marc erwidert nichts darauf. »Und dann wollte sie, dass du ihr Tabletten besorgst? Woher wusste sie überhaupt, dass du das kannst?«

»Sie wollte nur Geld von mir. Hat das Zeug selbst irgendwo gekriegt. Sie hat gedacht, ich bekäme ja jede Menge Kohle von meinem Vater. Am Anfang hatte ich auch noch genug, aber irgendwann eben nicht mehr. Und Pascal hat damals schon Drogen weitergereicht, wenn auch nicht in den Mengen wie heute.«

»Deshalb weiß er über deine Mutter Bescheid.«

»Nicht nur deshalb. Pascal ist mein bester Freund, schon seit ich denken kann. Es war seine Idee. Wir haben ewig darüber geredet, und wenn er nicht diesen Typen aufgetan hätte … Er hat sich wochenlang umgehört, bis er eine sichere Quelle gefunden hatte.«

»Was ist mit deiner Mutter? Hat sie nie gefragt, woher du das alles bekommst?«

»Nein.«

»Versteh ich nicht. Sie ist deine Mutter! Sie kann doch nicht wollen, dass du so eine Scheiße machst, nur damit sie an ihre Tabletten kommt!«

»Musst du ja auch nicht verstehen.«

Sein neutraler Tonfall macht mich langsam wahnsinnig. »Aber du verstehst es, ja? Ich würde jedenfalls nie jemanden so lange Zeit mit so einem Mist versorgen. Und schon gar nicht jemanden, der mir was bedeutet!«

Er nickt leicht, und sein Blick driftet ab. »Würdest du nicht? Was soll ich denn deiner Meinung nach machen? Soll ich zusehen, wie sie sich auf die Straße stellt, um sich von irgendwelchen Typen abschleppen zu lassen?«

»So was macht sie nicht … Das macht sie doch nicht, oder?«

Marc steht auf und greift nach seinem Glas.

»Sie kann doch nicht ewig Tabletten schlucken!«, rufe ich ihm hinterher. »Was machst du, wenn sie irgendwann daran stirbt?«

Er dreht sich zu mir um. Seine Augen wirken dunkler als gewöhnlich. »Dann hör ich auf.«

Marc bringt mich zur U-Bahn. Zu viel Gin Tonic.

Zu Hause tritt mein Vater aus dem Schlafzimmer, kaum dass ich die Wohnungstür geschlossen habe. Noch bevor er etwas Vorwurfsvolles zur späten Uhrzeit anmerken kann, lasse ich mich einfach gegen ihn sinken. »Alles in Ordnung?«, will er besorgt wissen, und ich nicke. »Nur müde.«

Mein Vater würde so was niemals machen. Er würde mich nie mit so einem schrecklichen Mist allein lassen. Und meine Mutter auch nicht.

In meinem Bett bekomme ich das Bild von Marc nicht mehr aus dem Kopf, wie er alleine auf dem Bahnsteig steht. Die Tabletten unter der Matratze fallen mir ein. Wenn mein Vater nicht bereits im Bett wäre, würde ich sie sofort zurückbringen.

Am nächsten Tag beobachte ich Herrn Lorenz' Versuche, unsere Klasse für ein weiteres mathematisches Abenteuer zu begeistern, und es ist fast so, als habe es die vergangene Nacht nie gegeben. Abgesehen davon, dass ich unendlich müde bin. Und mich wie ausgekotzt fühle. Katinka wirft mir immer mal wieder einen Blick zu. Ich habe ihr gesagt, in der Schule könne ich nicht über die Sache mit Marc reden, und weil sie offenbar über diese Aussage nachdenkt, statt den Smalltalk zu übernehmen, sind die Pausen heute grauenhaft schleppend an uns vorbeigezogen. Jako und Levin saßen wieder bei uns, ohne ein Wort über die letzte Woche zu verlieren, und ich bin sicher, zumindest Jako wird Katinka später fragen, was eigentlich los ist. Das muss ich im Hinterkopf behalten, wenn ich nachher mit Katinka rede. Ehrlich gesagt, bin ich mir noch gar nicht darüber im Klaren, was ich von dem Abend gestern überhaupt erzählen will. Ich muss mir ja nur in Erinnerung rufen, wie Marc auf Pascals Andeutung über Marcs Mutter reagiert hat – er würde sich sicher bedanken, wenn er wüsste, dass ich darüber mit jemand anderem spreche, selbst wenn diese andere Person meine beste Freundin ist. Allerdings rührte seine Wut sicher auch daher, dass Pascal mir Marc miesmachen wollte. Toller bester Freund.

»Julika? Vielleicht können Sie das erklären?« Das Gesicht meines Mathelehrers taucht in meinem Blickfeld auf. Keine Ahnung, worum es geht.

»Entschuldigung, ich hab gerade nicht aufgepasst.«

Er wirft mir einen »Das ist mir bewusst«-Blick zu und kehrt zurück zur Tafel. »Also, dann noch einmal extra für Sie …«

Ich betrachte seinen Rücken und versuche, mich auf Mathe zu konzentrieren. Mathe. Gibt es etwas, das mir im Moment egaler wäre?

»Ich glaube, ich würde jetzt zur Polizei gehen.«

Katinka und ich sitzen einander in meinem Zimmer auf dem Bett gegenüber. Meine Arme liegen auf dem Kissen, das ich über die angewinkelten Beine gezogen habe. Schon seit einigen Minuten habe ich befürchtet, dass sie so etwas sagen wird. Marcs Mutter habe ich nicht erwähnt, sondern stattdessen behauptet, Marc würde von Pascal tatsächlich Drogen für eine Ex-Freundin bekommen. Mir ist klar, dass ich nicht so tun kann, als sei das alles nicht weiter schlimm, aber trotzdem …

»Oder sprich mit deinem Vater.«

»Dann kann ich auch gleich zur Polizei gehen.«

Katinka sucht meinen Blick. »Das wäre wirklich nicht das Verkehrteste.«

»Und was passiert dann mit Marc?«

Wenn es nur um Pascal ginge – aber Marc hängt da mit drin, ganz egal, ob er das für seine Mutter macht oder auch nicht. Käme er ins Gefängnis? Und wenn Marc die Tabletten für seine Mutter nicht mehr besorgen kann, weil ich Pascal auffliegen lasse – würde er mich dann hassen?

Katinka hat ebenfalls mit gesenktem Kopf geschwiegen. Jetzt sieht sie auf. »Am besten wäre es, er würde selbst zur Polizei gehen.«

»Das macht er nie.«

»Aber das wäre gut für ihn! Das würde bestimmt positiv für ihn ausgelegt werden oder so. Wenn er das machen würde, kriegt er vielleicht gar nicht so viel Ärger. Immerhin verkauft nicht er dieses Zeug.«

»Er würde Pascal nie verraten«, murmele ich düster. Und auch nicht seine Mutter. Außerdem wirft sein bescheuerter Vater ihn dann vielleicht raus.

»Also musst du gehen!«, sagt Katinka entschieden.

»Katinka! Das ist nicht so einfach. Dann kann ich auch gleich ›Tschüss, Marc ‹, sagen. ›War nett‹.«

Unwillig schnalzt sie mit der Zunge. »Aber irgendwas muss man doch tun können!«

Ja, irgendwas. Nur was?

Direkt, nachdem Katinka gegangen ist, setze ich mich an den Schreibtisch und schreibe mir fein säuberlich auf, welche Möglichkeiten ich habe.

Erstens: Ich unternehme gar nichts.

Zweitens: Ich gehe zur Polizei.

Drittens: Ich bringe Marc dazu, mit der ganzen Sache aufzuhören, noch besser, ich bringe ihn dazu, selbst zur Polizei zu gehen.

Gibt es noch mehr?

Vielleicht sollte ich das Ganze doch meinem Vater erzählen. Oder meiner Mutter.

Nein. Die würden mir sofort alles aus den Händen nehmen.

Frustriert lehne ich mich zurück und mustere die kurze Liste. Ich will nicht über Marcs Kopf hinweg handeln. Ich will aber auch nicht gar nichts tun. Und ich werde ihn nie dazu bringen können, zur Polizei zu gehen.

Verdammt! Es muss doch etwas geben, das sich einigermaßen richtig anfühlt!

Ich stehe auf, um die Musik zu wechseln. Irgendwas Härteres. Lauter drehe ich das Ganze auch noch.

Was soll ich tun? Was genau mache ich jetzt?

Keine Ahnung, wie lange ich den Kleiderschrank angestarrt habe, aber plötzlich fällt mir eine vierte Möglichkeit ein: Ich könnte mit Marcs Mutter reden. Vielleicht kann ich ihr ja klarmachen, in was für eine beschissene Lage sie ihn bringt, vielleicht ist ihr das gar nicht bewusst?

Wenn sie ihm sagen würde, dass er nichts mehr für sie besorgen muss – dann könnte Marc aufhören, für Pascal die Drogenannahmestelle zu spielen.

Ganz einfach.

Jetzt muss mir nur noch einfallen, wie ich an diese Frau rankommen soll.

Ich habe ewig darüber nachgedacht, wie ich unauffällig aus Marc herausbekomme, wann und wo er die Tabletten an seine Mutter weitergibt, aber als er abends anruft, ist mir dazu immer noch keine Idee eingefallen. Ganz egal, wie ich es anfange – ich an seiner Stelle würde misstrauisch werden. Verhalten schleichen wir umeinander herum, reden über den Tag wie zwei Menschen, in deren Leben alles in Ordnung ist.

»Noch einmal wegen gestern«, setzt Marc mit einem Mal übergangslos an, »ich denke, es war nicht okay, dir das alles zu erzählen. Was willst du jetzt mit dem ganzen Mist anfangen? Vielleicht … wäre es dir lieber, wir würden uns nicht mehr sehen?«

»Nein.« Darüber muss ich nicht nachdenken. Diese Möglichkeit ist mir vorhin verrückterweise nicht mal in den Sinn gekommen.

»Bist du sicher? Vielleicht überlegst du es dir noch mal. Weißt du, mir kommt das alles mittlerweile völlig normal vor, oder zumindest ist es mir bis gestern Abend normal vorgekommen. Ich finde es nicht gut, aber es ist eben so, wie es ist.« Er holt tief Luft. »Ich dachte, ich könnte das mit uns und diese andere Sache auseinanderhalten.«

»Hör doch einfach auf damit«, sage ich leise.

»Juli, das geht nicht.« Marcs Stimme klingt gepresst. »Meine Mutter steht zwei-, dreimal die Woche vor der Tür, ich kann ihr ja nichts auf Vorrat geben. Du hast keine Ahnung, was hier los wäre, wenn ich die Medikamente nicht mehr für sie hätte. Aber ich verstehe, wenn du damit nicht klarkommst«, fügt er hinzu. »Denk wirklich noch mal darüber nach, okay? Und wenn du willst, dann meldest du dich wieder … und wenn nicht, dann nicht.«

»Ich hab aber deine Jacke noch.«

Marc lacht leise. »Die kannst du behalten.«

Ich würde gerne Katinka von meiner Idee erzählen. Mich würde interessieren, was sie davon hält, aber dann müsste ich ihr mehr über Marcs Situation verraten, und das kann ich nicht. Ich wollte auch nicht, dass jemand erfährt, wie mein Vater meine Mutter genannt hat. Und ich würde ganz bestimmt nicht wollen, dass jemand, den ich nicht mal kenne, wüsste, dass meine Mutter tablettensüchtig ist. Trotzdem fällt es mir schwer, nichts zu sagen, und als Katinka am nächsten Tag nach dem Unterricht fragt, ob wir am Nachmittag etwas zusammen unternehmen wollen, druckse ich herum. »Heute passt es nicht so gut.«

Sie ist dabei, ihre Hefte zusammenzuräumen, und sieht auf, ohne sich darin zu unterbrechen. »Gehst du zu Marc?«

»Weiß ich noch nicht genau.«

Katinka zieht den Reißverschluss ihres Rucksacks zu. »Falls du hingehst, rufst du mich heute Abend an?«

»Mach ich.«

Gemeinsam laufen wir zum Schulportal und sind schon draußen auf der breiten Treppe, als sie sagt: »Ruf mich auf jeden Fall an, ja?«

»Okay.«

Jako steht vor der verwitterten Mauer, die das Schulgelände umgibt, und ich drücke Katinkas Arm. »Bis dann.«

Mit einem Winken in Jakos Richtung laufe ich los, während die beiden erst einmal die wahnsinnslange Zeit, in der sie sich seit der Pause nicht gesehen haben, verarbeiten müssen.

Wenn ich so locker und sorglos doch auch mit Marc zusammen sein könnte. Nach der Schule nur darüber nachdenken, wo man sich abends treffen will. Wenn das Nervigste irgendwelche ungemachten Hausaufgaben sind. Muss gut sein. So wie mit Levin früher.

Früher. Als sei das hundert Jahre her.

Seltsamerweise fühlt es sich auch so an.

Ohne jeden Umweg setze ich mich direkt in die U-Bahn, die mich zu Marcs Wohnung bringt. Noch weiß ich nicht, wie ich vorgehen werde. Ich kann mich schlecht direkt vor die Haustür stellen, und ich will auch nicht, dass Marc mich entdeckt, sollte er zufällig die Straße entlangkommen. Trotzdem muss es möglich sein, jeden zu sehen, der bei ihm klingelt. Oder vielleicht hat sie einen Schlüssel? Nein, glaub ich nicht.

Erst positioniere ich mich hinter einer Litfaßsäule, fühle mich jedoch durch das ständige Drumherumschauen wie ein mittelmäßig begabter Privatdetektiv, dann setze ich mich einfach auf die niedrige Mauer auf der anderen Straßenseite. Parkende Autos geben mir Deckung, aber durch die Autofenster habe ich alles gut im Blick. Die ganze Zeit befürchte ich, Marc könne plötzlich auftauchen und mich fragen, was ich hier mache.

Während ich warte, überlege ich, was genau ich seiner Mutter eigentlich sagen will, sollte ich sie tatsächlich treffen. Vielleicht sollte ich einfach zu ihr hingehen und es darauf ankommen lassen. Hi, ich bin Juli, ich bin mit Marc zusammen, ist doch ein ganz guter Anfang, oder?

Im Laufe der nächsten Stunden wird mir kalt, außerdem hätte ich etwas mitnehmen sollen, um die Langeweile zu vertreiben. Irgendwann bin ich nicht mal mehr aufgeregt, während ich alle meine Nachrichten der letzten Tage ein zweites Mal lese und den Platz hier verfluche, an dem es keinen vernünftigen Netzzugang zu geben scheint. Nur wenn jemand aus der dreißig Meter entfernten Haustür tritt oder Frauen ohne Begleitung die Straße hinunterlaufen, beschleunigt sich mein Puls.

Doch niemand bleibt stehen, und die beiden Male, in denen sich die Haustür öffnet, sind es irgendwelche alten Männer.

Nach fast zweieinhalb Stunden rutsche ich von der Mauer. Es ist kurz nach fünf. Mein Hintern tut weh, ich friere, und ich habe Durst. Ich werde es morgen noch einmal versuchen.

Zu Hause bringe ich es nicht über mich, Marc anzurufen, obwohl ich genau das gerne tun würde. Aber ich bin sicher, es würde mir nicht gelingen, ihm nichts von meinem Plan zu erzählen. Heute habe ich ziemlich viel Zeit zum Nachdenken gehabt und mir mittlerweile eingestanden, dass er von meiner Idee garantiert nicht begeistert wäre. Immerhin mische ich mich ungebeten in seine Angelegenheiten ein. Was mache ich eigentlich, wenn seine Mutter ihm davon erzählt? Wenn sie vielleicht wütend wird und sich über mich beschwert?

Auf jeden Fall sollte ich erst mal versuchen einzuschätzen, wie sie so drauf ist. Ob man überhaupt mit ihr reden kann.

Katinka geht nicht ans Telefon, und mir ist das ganz recht. Noch eine, bei der es mir nämlich vielleicht nicht gelingen würde, die Klappe zu halten. Stattdessen kippe ich mein Schulzeug aus dem Rucksack, erledige die Aufgaben von gestern und auch die von heute, räume alles wieder sorgfältig zusammen und spitze sogar meine Bleistifte neu, etwas, das ich normalerweise ausschließlich während des Unterrichts erledige.

Zwischendurch ruft mein Vater an und will wissen, ob er mir was vom Asiaten mitbringen soll. Warum nicht? Mal was anderes als Pizza.

Später essen wir gemeinsam, und jetzt ist da noch eine dritte Person, mit der ich über ganz andere Dinge spreche als über die, die mir im Kopf herumschwirren.

»Wie geht's dir im Moment?« Mein Vater schiebt sich eine Ladung Reisnudeln mit diesen billigen Holzstäbchen in den Mund, die ich immer liegen lasse, weil ich nicht so auf Splitter in der Zunge stehe.

»Ganz gut.«

»Ist gerade alles ein bisschen viel, oder?«

Ich kaue schweigend.

»Die Situation hier bei uns zu Hause, die Trennung von Levin – seht ihr euch jetzt eigentlich gar nicht mehr?«

»Wir sind auf derselben Schule«, erinnere ich ihn.

»Ja, ich weiß. Aber das ist ja etwas anderes.«

Das stimmt wohl. »Es ist schon okay.«

Mein Vater schiebt eine Weile das Gemüse in seiner Plastikbox mit den Stäbchen herum. »Hat eure Trennung eigentlich irgendetwas mit dem zu tun, was hier zu Hause passiert?«, rückt er schließlich heraus, und ich sehe ihn überrascht an.

»Ich denke nicht. Wieso?«

»Na ja.« Er gibt den Versuch auf, ein Karottenscheibchen zu erwischen, das wie ein kleiner Puck am Boden der Box herumrutscht, und steckt es sich mit den Fingern in den Mund. »Hätte ja sein können, dass dich das hier alles so fordert, dass du für Beziehungsgeschichten nicht auch noch Energie hast.«

Hast du ne Ahnung.

»Oder vielleicht glaubst du wegen der Probleme zwischen deiner Mutter und mir, man solle lieber keine Beziehungen eingehen.«

Ich lege die Gabel beiseite. »Ich hab eine neue Beziehung.«

Die Tatsache, dass mein Vater seit einigen Tagen versucht alles richtig zu machen, lässt ihn noch eine Weile angestrengt auf seine Asia-Box blicken, bevor er sich schließlich räuspert. »Aha«, sagt er gedehnt. »Verrätst du auch, mit wem?«

»Mit Marc.«

»Marc«, wiederholt er. »Der, mit dem die Trennung von Levin nichts zu tun hat.«

»Genau.«

Vielleicht wird er jetzt wütend werden. Oder mir Fragen stellen, die ihn nichts angehen. Ob er gerade auch an Mama denkt?

»Wo hast du ihn denn kennengelernt?«

»Am See. Und später haben wir uns auf einer Party wiedergetroffen.« Das war sehr romantisch, hält Juli Zwei dagegen, aber ich beachte sie gar nicht. »Und dann haben wir telefoniert und uns irgendwann wieder getroffen und … das war's schon.«

Warum erzähle ich das meinem Vater überhaupt? Vermutlich, weil ich nicht alles, was in meinem Leben derzeit passiert, vor ihm geheim halten will.

»Ist er auch auf deiner Schule?«

»Nein. Er ist schon ein bisschen älter.«

Wieder ein kurzes Schweigen, in dem mein Vater die Stirn in Falten legt. »Wie alt denn?«

»Einundzwanzig.«

»Einundzwanzig?«

Knapp, Papa, denke ich. Fast wäre es jetzt mit ihm durchgegangen.

»Ich bin fast siebzehn«, sage ich. »So viel älter ist das gar nicht.«

»Du wirst in vier Monaten siebzehn«, erklärt er schmallippig. »Und er wird hoffentlich nicht nächste Woche zweiundzwanzig.«

Ich weiß, mein Vater hat das nicht lustig gemeint, trotzdem muss ich lächeln. »Keine Ahnung.« Wann hat Marc eigentlich Geburtstag?

»Lad ihn doch mal hierher ein.«

»Mh.«

Die Falten auf seiner Stirn sind noch nicht wieder verschwunden, als er einige Minuten später die Stille erneut durchbricht. »Ich wollte dir noch sagen, dass ich von Donnerstag bis vermutlich Samstagabend nicht da sein werde.« Er stapelt die beiden Plastikverpackungen ineinander. »Wobei ich jetzt nicht weiß, ob das so gut ist.«

»Wegen Marc? Wieso? Wir sind zusammen, egal ob du da bist oder nicht.«

Er brummt irgendwas. »Ich möchte nicht, dass er hier übernachtet, in Ordnung?«, fügt er hinzu.

»Okay.«

»Und du auch nicht bei ihm.«

»Mh.«

»Verstanden?«

»Ja!« Meine Güte.

»Und es wäre wirklich schön, wenn du ihn mir mal vorstellen würdest.«

Ich grinse schon wieder, und mein Vater wirft mir einen misstrauischen Blick zu. Gestatten – mein Freund, der Drogendealer. Wobei, er dealt ja gar nicht.

Am nächsten Tag habe ich was zu lesen dabei und außerdem eine Tüte mit Crackern. Und ich trage eine wärmere Jacke. Diesmal will ich länger warten. Mindestens bis sieben.

Doch das Buch fängt mich nicht so richtig ein, und lustlos knabbere ich an einem Cracker. Zwei- bis dreimal in der Woche taucht sie auf, hat Marc gesagt. Gestern war sie nicht da, zumindest nicht nachmittags. Wie hoch ist dann die Wahrscheinlichkeit, dass sie heute kommen wird? Ich werde diese Aufgabe Herrn Lorenz für seinen Matheunterricht vorschlagen. Wenn die Mutter deines Freundes, die du auf ihre Tablettensucht ansprechen willst, zwei- bis dreimal in der Woche – eine Frau kommt die Straße herunter. Sie ist groß und trägt ein elegantes, helles Kostüm. Außerdem hat sie einen Hut auf, der ihr Gesicht völlig verdeckt. Vor Marcs Haustür bleibt sie stehen. Langsam richte ich mich auf. Mit einem Finger drückt sie auf den obersten Klingelknopf.

Das ist sie! Das muss sie sein!

Die Tür öffnet sich, und die Frau verschwindet im Haus.

Ich sitze da wie eingefroren und versuche, meine durcheinanderwirbelnden Gedanken festzuhalten. Wenn sie wieder rauskommt, spreche ich sie an. Ich werde einfach Hallo sagen. Hallo, ich bin Marcs Freundin. Mit dem Rucksack über der Schulter gehe ich an der Mauer entlang, bis ich nur durch die Straße getrennt gegenüber der Tür stehe, durch die sie gerade getreten ist. Lange wird es bestimmt nicht dauern. Marc wird wohl kaum noch einen Kaffee mit ihr trinken.

Nur wenige Minuten später öffnet sich die Haustür ein weiteres Mal, und mit erhobenem Kopf tritt die Frau wieder auf die Straße. Ihr Blick fällt auf mich. Blass sieht sie aus und fertig. Jede Menge Schminke klebt in ihrem Gesicht, die pappig wirkt, wie ausgeschwitzt. Fahrig wühlt sie in ihrer Handtasche, rückt den Hut zurecht und dreht sich um. Jetzt. Geh hin! Sprich sie an! Jetzt, Juli!

Stattdessen stehe ich unbewegt da, und sie läuft los, die Absätze ihrer Schuhe klappern über den Asphalt, bis sie weiter hinten um die Ecke verschwindet.

Ich kann das nicht. Ich kann sie nicht ansprechen und ihr sagen, dass sie Marc nicht so ausnutzen darf. Unmöglich.

Mutlos sinke ich auf die niedrige Mauer zurück. Und jetzt? Wenn ich das nicht hinkriege, was mache ich also jetzt? Mit den Händen fahre ich über den rauen Stein, fühle winzige Körnchen, die in den Fugen liegen. Dann raffe ich mich auf, überquere die Straße und klingele bei Steinweg.

»Ja?«

»Ich bin's, Juli.«

Der Türsummer ertönt, und ich stürze in den Hausflur. Woher soll ich wissen, was zu tun ist? Ich habe keine Ahnung, aber ich will Marc sehen. Sofort.

Gerade habe ich den zweiten Treppenabsatz erreicht, da ertönen Schritte über mir. Im nächsten Moment taucht

Pascal auf, stockt für eine Sekunde und lässt mich beim Weitergehen nicht aus den Augen. Als er direkt vor mir steht, halte ich den Atem an.

»Juli?« Marcs Stimme.

Ein tückischer Blick aus halbgeschlossenen Augen trifft mich, bevor Pascal weiter die Stufen hinunterspringt. Wesentlich langsamer als zuvor steige ich hinauf ins oberste Stockwerk. Marc lehnt wartend im Rahmen der Metalltür.

»Er mag mich nicht besonders.«

»Vergiss ihn einfach.«

Ganz kurz gerät mir aus dem Sinn, warum ich überhaupt hier bin. Am Sonntag haben wir uns zuletzt gesehen, das ist nur drei Tage her. Trotzdem treten jetzt alle Probleme hinter dem Gefühl zurück, das in mir aufkommt, wenn ich in sein Gesicht blicke, auf seinen Mund, der sich in diesem Moment zu einem vorsichtigen Lächeln verzieht.

»Hallo.« Soll ich an ihm vorbeigehen oder ihn in den Arm nehmen? Marc streckt eine Hand aus, und wenigstens diese Frage löst sich in Luft auf.

Ich könnte ihn ständig küssen, könnte ewig hier stehen und spüren, wie er über meinen Rücken streicht, bis hoch zum Nacken und dann meinen Hinterkopf umfasst. Wir stolpern in den winzigen Vorraum, und die Tür, nun nicht mehr von ihm gehalten, fällt schwer ins Schloss. Mein Ellbogen stößt gegen die Wand, doch ich bemerke es kaum.

Irgendwann schaffen wir es endlich die Stufen hinauf, aber nur, um direkt auf das Sofa zu fallen. Es ist wie in einem dieser Filme, in dem sich zwei Menschen in die

Arme stürzen und alles von sich werfen, bis sie das Schlafzimmer erreichen und man dann nichts mehr sieht, aber weiß, was jetzt abgeht. Nur dass bei uns so etwas nicht abgehen wird. Wir kennen uns ja noch nicht so lange, denkt ein eher schwach ausgeprägter Teil in mir, während ich Marcs Shirt nach oben ziehe, bis er sich kurz von mir löst, um es über seinen Kopf zu streifen.

Dass etwas so sein kann. Dass man sich so fühlen kann. Dass alles unwichtig wird, nur nicht der Mensch direkt vor einem, den man am liebsten überall gleichzeitig berühren würde. Mit den Fingerspitzen die Kinnlinie entlangfahren, beide Hände in weiche Haare vergraben, bis Marc plötzlich zurückweicht.

»Moment«, sagt er rau, »einen Moment.«

Ich richte mich auf und rutsche von seinen Hüften runter, folge ihm mit meinem Blick, während er aufsteht und nur in Jeans am niedrigen Tisch vorbei zur Küche läuft. Er stand ja immerhin schon in Badehosen vor mir, aber jetzt ist es anders, jetzt mag ich, was ich sehe, und finde es nicht nur beeindruckend.

Mit zwei Gläsern kommt er zurück, drückt mir eines davon in die Hand und lässt sich mit dem anderen in die Polster sinken. Bei unserem letzten Gespräch hat Marc gesagt, ich solle noch mal über uns nachdenken. Das habe ich zwar nicht getan, aber eine Entscheidung habe ich wohl trotzdem getroffen.

Er lächelt. »Wenn du immer so überraschend auftauchst, werde ich irgendwann durchgehend darauf warten, dass du klingelst.«

»Das wäre kein wirklich schlechter Zustand, oder?«, erwidere ich und komme ihm entgegen, als er sich zu mir beugt, um mich wieder zu küssen. »Wäre es wohl nicht«, murmelt er, und wie verrückt ist es bitte, dass seine Stimme irgendwas in mir alleine dadurch zum Überfließen bringt, weil sie weicher und leiser geworden ist? Alles könnte so perfekt sein, ich könnte einfach verliebt sein, wenn ich nicht ursprünglich hierhergekommen wäre, um seine Mutter abzufangen.

Ich schiebe mich auf dem Sofa zurück. Marc lässt es geschehen und greift nach seinem Wasser, das er vor sich auf den Tisch gestellt hat.

»Marc, ich muss dir was sagen.«

»Mh?«

Er ist im Moment der einzige Mensch, vor dem ich keine Geheimnisse habe, und ich will, dass das so bleibt. »Ich habe vor der Haustür deine Mutter getroffen.«

Wäre ich plötzlich schreiend auf den Tisch gesprungen, die bisherige Stimmung hätte sich kaum schneller in Luft auflösen können.

Seine Hand gleitet vom Glas. Lange sieht er mich an. »Okay«, sagt er endlich. »Woher wusstest du, dass es meine Mutter war?«

»Sie hat bei dir geklingelt, und … Ich wollte mit ihr reden«, gestehe ich schließlich. »Ich dachte, ich könnte ihr vielleicht erklären, dass sie damit aufhören muss. Dass sie aufhören muss, von dir zu erwarten, dass du für sie dieses Zeug besorgst.« Mit jedem Satz, der über meine Lippen kommt, wird mir klarer, wie dämlich diese Idee schon wieder gewesen ist. Ich hätte sie vielleicht ein einziges Mal laut aussprechen sollen, um das zu bemerken. Ein paar Minuten lang bin ich so damit beschäftigt, mich über meine eigene Doofheit zu ärgern, dass ich beinahe Marc vergesse, dessen Blick mal wieder in all seiner Undurchdringlichkeit auf mir liegt.

»Hast du echt gedacht, das würde so funktionieren?«

Okay, denke ich. Okay, sag mir einfach, wie unglaublich bescheuert dieser Gedanke war. Einen Junkie freundlich auffordern zu wollen, sich seine Drogen doch bitte woanders zu besorgen.

Aber ich bin ja auch schon zu Pascal gerannt. Ich glaube, ich komme mit diesem ganzen Ding wirklich nicht besonders gut klar, ich überreiße ja gar nichts.

Marc legt einen Arm um meine Schultern und zieht mich zu sich. Ziemlich lange sitzen wir nur so da, mein Kopf gegen seinen Oberkörper gelehnt, während seine Hand langsam meinen Arm entlangfährt, runter und wieder hoch und wieder runter.

»Sorry«, sagt er irgendwann. »Sorry.«

ACHTZEHN

Am nächsten Morgen sitze ich in der Küche und sehe meinem Vater zu, der dabei ist, mit einem Lappen einige Spritzer Milch von der Espressomaschine zu wischen. Er muss früh los, sein Rollkoffer steht schon im Flur. Kurz schaut er über die Schulter. »Schau doch mal nach, wie viel Geld noch in der Schublade ist.«

Ich rutsche vom Barhocker. »Dreißig Euro.«

Mit einem Brummen lässt er den Lappen in die Spüle fallen.

»Ich rufe dich heute Abend an«, ruft er aus dem Flur, bevor er mit dem Jackett über dem Arm und seinem Portemonnaie in der Hand zurückkommt. »Samstagabend bin ich sicher wieder da, aber es wird später. Wenn etwas ist, kannst du jederzeit anrufen.«

»Okay.«

Er legt ein paar Scheine in die Schublade, dann zieht er mich an sich. »Bis dann, Juli. Mach keinen Blödsinn, ja?«

Nachdem er gegangen ist, umfahre ich eine Weile mit dem Finger den Rand meines geleerten Glases.

Dead End. Meine Idee, vielleicht mit Marcs Mutter reden zu können, hat sich in Luft aufgelöst. Naiv. Ein bisschen fühle ich mich, als sammele ich gerade grundlegend neue Erfahrungen. Wenn ich etwas loslasse, fällt es zu Boden. Wenn ich einen köchelnden Topf auf dem Herd vergesse, flippen meine Eltern aus. Und wenn ich versuche, mit Drogendealern oder Junkie-Müttern zu reden, lassen die mich eiskalt auflaufen. Oder aber ich trau mich erst gar nicht. Was jetzt, denke ich ein ums andere Mal, was jetzt? Ich befinde mich in einer Sackgasse, und wohin genau führt der Weg zurück?

Die Espressomaschine knackt, obwohl mein Vater sie ausgeschaltet hat, und holt mich damit aus meiner ratlosen Benommenheit. In zwanzig Minuten muss ich in der Schule sein.

Hinter mir hat sich die Haustür noch nicht geschlossen, da bleibt mir fast das Herz stehen. Auf der anderen Straßenseite steht der Typ aus dem *Lifetime*, der mit den abrasierten Haaren. Die Hände in den Jackentaschen vergraben, lehnt er an einer Hauswand und sieht zu mir rüber.

Ein paar Sekunden lang starre ich zurück, bevor ich mich hastig umschaue. Die Straße ist menschenleer.

Was will der denn hier?

Irritiert laufe ich los, nur um mich nach wenigen Metern verstohlen umzudrehen. Er schlendert hinter mir her! Der hat sie doch nicht alle.

An der Kreuzung warten ein paar Leute an der Ampel auf das grüne Signal, um unversehrt den Berufsverkehr durchschneiden zu können. Ich muss nach rechts, aber als ich erneut zurückblicke, setzt der blöde Typ gerade einen Fuß auf die Straße, um auf meine Seite zu gelangen. Jetzt reicht's aber. Statt weiterzugehen, bleibe ich stehen.

Sein Schritt stockt für eine Sekunde, und dieser Moment des Zögerns lässt mich die Arme verschränken. Ein Grinsen klebt in seinem Gesicht, als er einen halben Meter vor mir ebenfalls stehen bleibt, doch er wirkt nicht mehr ganz so selbstsicher. Gut.

»Was soll das? Warum läufst du mir nach?«

»Wer sagt denn, dass ich dir nachlaufe?«

»Hau einfach ab!«

»Kann doch wohl jeder laufen, wo er will.« Mittlerweile hat er sich wieder genug gefangen, um sogar spöttisch zu klingen. Man sieht einen Großteil seiner Zähne, als seine Mundwinkel sich noch weiter nach oben ziehen.

Wütend drehe ich mich um und zerre im Gehen das Handy aus der Tasche. »Katinka?«

»Juli, hey, alles klar?«

»Nicht wirklich. Wo bist du? Schon in der Schule?«

»Nein, ich bin vor ein paar Minuten erst los.«

»Kannst du an unserer Ecke auf mich warten?«

»Ja, klar. Wieso denn?«

Ich zwinge mich dazu, nicht schon wieder zurückzuschauen. »Mir läuft jemand hinterher.«

»Was? Wer?«

»Der Typ aus dem *Lifetime*. Der, den ich zuerst angequatscht habe.«

»Der dann diesen Pascal geholt hat?«

»Genau der. Heute Morgen stand der direkt vor unserer Haustür.«

»Oh Gott! Warum? Hat er was gesagt?«

»Nicht wirklich. Er geht mir einfach nur nach.«

»Das ist ja gruselig!«

Finde ich auch. Ich unterbreche die Verbindung erst, als ich Katinka entdecke. »Wo ist er?«

Suchend mustern wir die Leute um uns herum. »Keine Ahnung. Weg.« Beide starren wir in die Richtung, aus der ich gekommen bin. Der ist garantiert nicht weg. Irgendwo steht der und beobachtet mich immer noch.

»Und jetzt?«, fragt Katinka.

»Keine Ahnung«, wiederhole ich. »Ich weiß auch nicht.«

Katinka ist natürlich dafür, zur Polizei zu gehen.

»Und was genau soll ich sagen?« Ich beuge mich zu ihr, damit ich zwischen den anderen in der Klasse nicht so laut reden muss. »Mir läuft ein Typ nach, stellen Sie doch bitte ein Kommando für mich ab?«

»Wenn du das andere auch erzählen würdest –«

»Das mach ich aber nicht! Vielleicht irgendwann, aber im Moment nicht.«

Erst muss Marc da raus sein. Wie auch immer ich das hinkriegen will.

In der Pause besteht keine Möglichkeit, weiter über das Thema zu sprechen. Jako und Levin reden über Finn, doch selbst als Milla nach einer Weile zur Sprache kommt, gelingt es mir kaum, mich auf ihr Gespräch zu konzentrieren.

Das sollte so eine Art Warnung sein, oder? Woher weiß Pascal überhaupt, wo ich wohne? Denn dass dieser Typ von Pascal abgestellt worden ist, daran zweifle ich keine Sekunde.

Ich bin zweimal von Marc aus mit der U-Bahn gefahren, das letzte Mal gestern Abend. Hat Pascal irgendwo gewartet? Ist er mir bis nach Hause gefolgt? Es war dunkel, und ich habe nicht sonderlich auf andere Leute geachtet.

Anders kann ich es mir nicht erklären, denn ich gehe nicht davon aus, dass Marc ihm meine Adresse gegeben hat.

Ich sehe auf und begegne Jakos Blick. Was genau weiß Jako mittlerweile eigentlich? Worüber hat Katinka mit ihm gesprochen? Weiß er auch das mit dem Ecstasy? Mir wird plötzlich kalt bei dem Gedanken, Katinka oder er könnten über meinen Kopf hinweg beschließen, das Problem selbst in die Hand zu nehmen.

Zurück im Klassenraum rutsche ich wieder sehr nah an Katinka ran. »Hast du Jako eigentlich von Marc erzählt?«

»Von Marc ja«, erwidert sie, und ihre Haare schirmen uns von der Außenwelt ab. »Aber nicht von der Drogensache.«

»Danke.« Erleichtert will ich mich wieder zurücklehnen, doch Katinka legt mir eine Hand auf den Arm.

»Ewig kann das so nicht laufen, Juli«, sagt sie.

»Weiß ich«, erwidere ich. »Lass mich noch ein bisschen darüber nachdenken, ja?«

»Wenn dir da jetzt schon dieser Typ hinterherrennt.«

»Ich weiß! Ich überleg mir was.«

Erst als ich sicher bin, dass niemand vor der Schule auf mich wartet, wird mir bewusst, wie angespannt ich den ganzen Tag gewesen bin. Katinka will mich begleiten, doch ich winke ab. Quatsch. Ist ja keiner mehr da.

Vor der Haustür schaue ich mich trotzdem um. Nur ein paar Kinder auf ihren Fahrrädern diskutieren über was auch immer. Im Treppenhaus achte ich auf Schritte hinter mir. Da hat dieser Typ von heute Morgen echt ganze Arbeit geleistet.

In meinem Zimmer rufe ich meine Mails ab und bleibe gleich hängen, weil eine Nachricht von meiner Mutter im Postfach liegt. Wie es mir gehe. Ob ich sie nicht mal wieder anrufen wolle. Wann wir uns das nächste Mal sehen werden.

Mann.

Natürlich hätte ich mich bei ihr melden sollen. Bisher habe ich weder ihr noch meinem Vater von meiner Entscheidung erzählt, weil das garantiert wieder zu neuen Streitereien führen wird. Wie meine Mutter allerdings reagieren wird, wenn sie erfährt, dass ich in Frankfurt bleiben will, kann ich überhaupt nicht einschätzen. Mit einem fiesen Gefühl im Bauch lese ich ihre Mail noch mal.

Ich könnte es ihr einfach schreiben. Jetzt gleich. Der Pfeil auf dem Bildschirm gleitet zögernd über den *Antworten*-Button, dann sinkt er nach unten.

So was sollte man wohl persönlich machen.

Ich klappe den Rechner zu und ziehe meine Englischsachen aus dem Rucksack. Unkonzentriert starre ich eine Weile auf die Vokabeln, lasse den Stift schließlich fallen und laufe zum Fenster. Nichts. Nur ein paar harmlose Fußgänger. Zurück am Schreibtisch mustere ich einen Stapel leerer Karteikarten, bevor ich zum Handy greife. Kann doch wohl nicht sein, dass ich mich kaum traue, aus dem Fenster zu gucken. Als Nächstes liegt ein totes Huhn auf der Fußmatte oder so.

Es klingelt ziemlich lange, bevor Marcs Mailbox anspringt. Na toll. Ich hinterlasse keine Nachricht.

Gegen halb fünf pingt mein Handy. Eine Nachricht von Marc. *Bin unterwegs, es wird später. Ich ruf an.*

Später? Wie spät? Treffen wir uns heute überhaupt noch? Es ist keine vierundzwanzig Stunden her, seit wir uns gesehen haben, trotzdem habe ich schon Sehnsucht nach ihm. Schräg. Minutenlang versinke ich in Erinnerungen an gestern Abend, dann lasse ich Hausaufgaben Hausaufgaben sein und verziehe mich mit einer Tüte Chips ins Wohnzimmer vor den Fernseher. Ich schaffe drei Folgen von *Jessica Jones,* ohne auch nur aufs Klo zu gehen, und eine weitere, nachdem ich kurz im Bad verschwunden bin. Mittlerweile ist es halb neun, und Marc hat sich immer noch nicht gerührt. Ohne dass ich es richtig bemerkt habe, ist es dunkel geworden, und als jetzt der Abspann auf dem Bildschirm auftaucht, stehe ich auf, um Licht zu machen und alle Vorhänge zuzuziehen.

Mein Vater meldet sich nach den ersten zehn Minuten der fünften Folge. »Hi, Juli. Na, alles in Ordnung bei dir? Bist du zu Hause?«

»Du rufst auf dem Festnetz an.«

Er stutzt. Dann lacht er. »Entschuldige, ich bin mit meinen Gedanken woanders. Hast du gegessen? Gehst du noch weg heute Abend?«

»Nein. Also, nein, ich gehe nicht mehr weg, und ja, ich hab was gegessen.«

»Ah, gut. Dass du etwas gegessen hast, meine ich. Wir treffen uns jetzt gleich alle unten im Hotel. Schlaf schön, wenn du demnächst ins Bett verschwindest.«

»Mach ich. Du auch.«

»Gute Nacht«, sagt er.

Es wird wieder still in der Wohnung, und ich beeile mich, den Fernseher weiterlaufen zu lassen. Diese Folge gucke ich noch, dann rufe ich Marc an.

Der Film ist fast zu Ende, da klingelt es an der Haustür.

Marc? Aber der wollte doch anrufen?

Wieder klingelt es, ein langer, schriller Ton. Irgendjemand legt unten auf der Straße sekundenlang den Finger auf den Klingelknopf. Ich taste nach der Fernbedienung. Der Bildschirm wird schwarz. Eine halbe Minute lang lausche ich in die leere Wohnung hinein, bevor ich aufspringe und in den Flur laufe. Der Schlüssel steckt, wie immer, wenn ich über Nacht alleine bin. Mit angehaltenem Atem lege ich den Kopf gegen das lasierte Holz. Im Treppenhaus ist nichts zu hören, keine Schritte, keine Stimmen, nichts. Trotzdem ist meine Kehle trocken, und ich muss husten, als ich versuche zu schlucken.

Wer hat da geklingelt? Es ist halb zehn. Das ist nicht spät, aber auch keine Zeit, zu der zum Beispiel Katinka spontan vorbeikommen würde. Leise tappe ich zurück ins Wohnzimmer, um das Handy zu holen. Marc ist nach nur zweimaligem Klingeln in der Leitung.

»Hey«, sagt er und will weiterreden, doch ich falle ihm ins Wort.

»Marc? Stehst du unten vor unserem Haus?«

»Ähm – nein. Wieso?«

»Irgendjemand hat hier gerade geklingelt.«

»Wer?«

»Woher soll ich das wissen?«

»Hast du nicht aufgemacht?«

»Um diese Uhrzeit? Wenn ich keine Ahnung habe, wer da unten steht?«

Marc überlegt einen Moment. »Ein Versehen vielleicht?«

»Es hat zweimal geklingelt. Das zweite Mal bestimmt fünf Sekunden lang.«

»Könnten es nicht einfach Freunde von dir sein?«

»Meine Freunde rufen an, bevor sie hier klingeln.«

»Nicht so wie du.«

»Marc, das ist nicht witzig! Jemand ist da unten, und heute Morgen hat dieser komische Freund von Pascal direkt vor der Haustür auf mich gewartet!«

»Wer?«

»Irgend so ein Typ, den Pascal kennt. Er hat schwarze Haare, an den Seiten abrasiert.«

»Das ist Lennard.«

»Ist mir völlig egal, wie der heißt! Er ist mir heute bis zur Schule nachgegangen, und jetzt ist es Viertel vor zehn, und es klingelt an unserer Haustür!«

»Ist dein Vater nicht da?«

»Nein!«

»Ich komm vorbei.« Wurde auch Zeit. »Ich brauch nicht lang. Ich ruf dich an, wenn ich da bin, ich klingele nicht, okay?« Das Display meines Handys verdunkelt sich. Ich stehe im Flur in der geschwungenen Kurve, ab der es geradeaus zur Küche und nach rechts zur Wohnungstür weitergeht. Alles ist still. Vor dieser Tür hat mein Vater gekauert, und ich weiß noch, was für eine Angst ich in dieser Nacht gehabt habe. Jetzt ist mein Vater nicht da, aber meine Anspannung ist fast noch größer. Ich fange an, an den Fingernägeln herumzubeißen.

Die nächsten zwanzig Minuten hocke ich im Flur gegen die Wand gelehnt, das Telefon in der Hand, und achte auf jedes Geräusch. Mir ist nie zuvor aufgefallen, wie deutlich man die Schritte der Nachbarn in der Wohnung über uns hört.

Ich trau mich nicht, den Fernseher wieder einzuschalten.

Wenn der Schlüssel steckt, kann keiner die Tür knacken, oder?

Die ganze Zeit warte ich auf das erlösende Klingeln des Handys, und als es endlich so weit ist, rutscht es mir erst mal aus der Hand.

»Ich bin da.«

Meine Befürchtung, Marc könne das alles nicht ernst nehmen, löst sich auf, sobald ich ihm geöffnet habe und in sein Gesicht sehe. Er dreht den Schlüssel um, nachdem er die Wohnungstür wieder geschlossen hat, und steht dann mit hängenden Armen vor mir. Ein bisschen wirkt er bestürzt, aber noch viel mehr stinkwütend.

»Das läuft echt scheiße«, ist das Erste, was er sagt.

Ich winke ihn hinter mir her den Flur entlang. Im Wohnzimmer wirft Marc sich aufs Sofa, und ich setze mich ein Stück von ihm entfernt daneben.

»Pascal hat nur zugegeben, dir heute früh Lennard auf den Hals gehetzt zu haben. Mit dem Klingeln von eben hat er angeblich nichts zu tun«, beginnt er übergangslos.

Ein paar Sekunden lang lasse ich diesen Satz auf mich wirken. »Glaubst du ihm das?«, frage ich schließlich.

Unwillig atmet er aus. »Nein.«

Nein. Ich auch nicht. »Und jetzt?« Pascal ist sein Freund. Also wird er doch wohl wissen, was zu tun ist.

Marc fährt sich mit beiden Händen über das Gesicht. »Ich hab Pascal gesagt, dass ich ihn umbringe, wenn Lennard sich hier noch mal blicken lässt.«

Es hört sich so an, als sei das noch nicht alles, und ich warte.

»Lennard ist ne fiese, kleine Ratte. Hält sich selbst für einen kontrollierten Junkie. Keine Ahnung, bei was für einem Zeug der mittlerweile gelandet ist. Er arbeitet für Pascal, und er …« Marc unterbricht sich. »Pascal hat einfach Panik, du könntest ihn auffliegen lassen. Ist ja nicht so, dass er noch nie jemandem ins Visier geraten wäre. Bei dem, was du weißt … Das ist doch alles ein verfluchter Mist«, murmelt er mit hängendem Kopf.

»Und was heißt das also?«, will ich nach einer Weile wissen.

Marc antwortet nicht gleich. Ich hasse es, wenn er so verschwindet, irgendwie gar nicht mehr richtig anwesend wirkt. Als er endlich wieder aufsieht, ist sein Blick hart, und einen winzigen Moment lang, wirklich nur eine Sekunde oder so, fühle ich mich unbehaglich. »Ich werde ihm klarmachen, dass er dich entweder in Ruhe lässt, oder dass er sich eine andere Adresse suchen kann.«

»Ja?«

»Was denkst du denn? Du glaubst doch wohl nicht, dass ich es in Ordnung finde, was Pascal da abzieht?«

»Nein, aber was ist dann mit den Tabletten für deine Mutter?«

»Keine Ahnung. Ich geh davon aus, dass Pascal dich in Ruhe lassen wird, wenn ich noch mal mit ihm geredet habe.«

»Und wenn nicht?«

»Er wird«, antwortet Marc und versucht, zuversichtlich zu klingen. »Ich kenne ihn lange genug. Er fährt jetzt nur auf. Der kommt auch wieder runter.«

»Okay«, erwidere ich zögernd. Ich kenne Pascal zwar so gut wie gar nicht, aber bei dem, was ich über ihn weiß, kann ich mir nicht vorstellen, dass Marc recht hat. Warum beendet er das Ganze nicht einfach? Warum erst noch mit diesem bescheuerten Typen rumdiskutieren?

Ich starre auf einen Punkt an der Wand, langsam kriecht Ärger in mir hoch. Und das nicht nur, weil ich mich gerade für einen Moment unwohl in Marcs Nähe gefühlt habe. Der Stress mit meinen Eltern reicht mir eigentlich. Und die Tatsache, dass dieser Mist, in den Marc verwickelt ist, die Situation zu Hause fast schon an den Rand gedrängt hat, spricht ja wohl für sich.

»Juli?« Fragend sieht er mich an, und ich ziehe schnell den Daumennagel aus dem Mund. »Alles okay?«

Um ein Haar seufze ich auf. »Nein.« Ich will gar nicht lauter werden, doch es passiert trotzdem. »Was soll denn bitteschön okay sein, Marc? Dein dämlicher Pascal schickt mir irgendwelche Typen hinterher, die vermutlich sogar nachts vor der Haustür stehen! Wann auch immer ich ihm begegne, starrt er mich an, als wolle er mir am liebsten eine reinhauen, und wenn er irgendwann doch mal erwischt wird, kommt vermutlich nicht nur er in den Knast, sondern du auch! Nicht zu vergessen das, was bei mir daheim gerade abgeht! Also frag mich nicht, ob alles okay ist, ja? Es reicht ja wohl, wenn ich dem Rest der Welt immer ins Gesicht lügen muss!«

Diesen Ausbruch muss er erst mal verdauen und ich auch. Nicht, dass ich meine Worte bereuen würde. Es stimmt ja alles.

»Ich weiß, dass das nicht einfach ist«, sagt er schließlich. »Und ich hatte dir angeboten, es zu beenden.«

Genervt springe ich auf die Füße. »Ja, und? Das hast du, aber was bringt mir das? Ich will ja mit dir zusammen sein! Ich will das nicht beenden! Aber ich will auch nicht jemanden wie Pascal an mir kleben haben! Warum soll ich überhaupt die Dumme sein, die eine Entscheidung treffen muss? So, dass du sagen kannst, ich hätte das ja nicht gewollt?«

»Das würde ich nicht sagen.« Diese Erwiderung ist ein bisschen schwach, und seinem Gesichtsausdruck nach zu urteilen, weiß er das auch.

»Marc, du musst mit diesem Scheiß aufhören! Merkst du das denn gar nicht? Vielleicht hast du es ja echt nicht mitgekriegt, aber dein Pascal ist ganz bestimmt nicht der nette Kerl, für den du ihn hältst! Was denkst du denn, was der sich noch überlegt, wenn er sich wirklich Sorgen darüber macht, dass ich zur Polizei gehen könnte? Vielleicht schlägt er mich mal zusammen?«

»Quatsch«, sagt Marc, und dieses eine Wort lässt mich Luft holen. Bevor ich jedoch loslegen kann, redet er weiter. »Juli, ernsthaft – das ist totaler Blödsinn! Du tust so, als sei Pascal ein durchgeknallter Irrer, aber das ist er nicht. Der macht das wegen der Kohle, ansonsten will der einfach keinen Ärger.«

»Und was ist mit seinen Freunden? Mit diesem Lennard zum Beispiel? Kannst du dir da auch so sicher sein?«

Marc seufzt und sieht an mir vorbei. Er kann meine Frage nicht beantworten, natürlich kann er das nicht. Wie sollte er auch? »Lennard tut das, was Pascal von ihm will«, presst er hervor.

»Und wenn Pascal sagt, weil er ja so ein guter Kerl ist und das nicht selber kann, wenn also Pascal zu Lennard sagen würde, sieh mal zu, dass die doofe Freundin von

Marc ganz sicher nichts der Polizei erzählt? Was dann? Was genau passiert dann?«

»Das würde Pascal einfach nicht machen!« Marc steht auf. Sein Tonfall kam meinem gerade schon recht nahe.

»Du hättest ja auch nicht gedacht, dass dieser Lennard hinter mir herläuft, weil Pascal das will, oder? Oder hast du das geahnt? Dann hättest du mir das ja netterweise mal verraten können, bevor ich morgens zur Tür rauskomme und fast einen Herzinfarkt kriege!«, fauche ich.

»Ach, scheiße, Juli!« Jetzt sieht er so zerrissen aus, wie ich mich fühle. Ginge er in diesem Moment auf mich zu, wüsste ich nicht, ob ich mich in seine Arme werfen oder ihn fortstoßen würde.

»Ich will das so nicht«, sage ich.

Der Teil in mir, der sich bereitwillig von ihm zurück aufs Sofa ziehen lässt, gewinnt, dennoch beiße ich die Zähne zusammen. So lässt sich das alles nicht lösen. Auch wenn ich mich anstrengen muss, in seinen Armen nicht weich zu werden, ich will den ganzen Mist erst geklärt haben.

Nach einigen Minuten lässt meine Anspannung nach. Marc liegt mit geschlossenen Augen neben mir, eine scharfe Kerbe zwischen den zusammengezogenen Brauen. Er hat mich nicht losgelassen, aber das ist alles. Ich wende meinen Blick von ihm ab und betrachte die sanft leuchtende Kugel der Wohnzimmerlampe über mir.

»Ich will das nicht beenden, Marc«, flüstere ich, »ich will das wirklich nicht. Aber ich will auch keine Beziehung, in der ich Angst haben muss.« Der Klang meiner Stimme scheint sich wie Wellen in einem See auszubreiten, wird schwächer, löst sich auf. Alles ist wieder still.

Ich fühle sein Herz schlagen, lange, so lange, bis ich einschlafe.

Als ich aufwache, ist er fort. Irgendwann in den letzten Stunden ist er gegangen, und ich habe es nicht bemerkt.

NEUNZEHN

Eine Decke rutscht mir von den Schultern. Im ersten Augenblick hoffe ich noch, er sei vielleicht im Bad. Oder in der Küche. Aber noch bevor ich mich überwinden kann nachzusehen, weiß ich, dass das nicht stimmt. Ich kenne die Stille der leeren Wohnung zu genau, um mich lange täuschen zu können.

Sein Telefon ist ausgeschaltet, und in dem Moment, in dem ich die Ansage höre, legt sich ein Gewicht auf meine Brust. Ist das seine Antwort auf die Entscheidung, vor die ich ihn letzte Nacht gestellt habe?

In der Schule schramme ich gleich zweimal haarscharf daran vorbei, mein Handy abgeben zu müssen, aber abgesehen davon driftet der Tag an mir vorüber, als würde ich ihn vom Fenster aus beobachten. Nach dem Unterricht stehe ich mit Levin wartend vor den Heizkörpern am Rand der Aula, doch außer der Tatsache, dass Marcs Telefon noch immer ausgeschaltet ist, ist kaum etwas zu mir durchgedrungen. Katinka hat sich vor wenigen Minuten von Jako wieder die Treppen hochziehen lassen. Er hat irgendwas vergessen.

»Geht's dir nicht gut?«

Ich werfe Levin schulterzuckend einen kurzen Blick zu. »Geht so.«

»Immer noch wegen deiner Eltern?«

»Auch.«

Er lässt seinen Rucksack sinken und lehnt sich mit der Schulter gegen die Wand. »Deine Mutter ist ausgezogen, hat Jako erzählt.«

»Mhm.«

»Heißt das, du bleibst bei deinem Vater?«

»Wahrscheinlich.«

»Und was sagt deine Mutter dazu?«

»Sie weiß es noch gar nicht.«

»Was machst du heute noch? Vielleicht magst du mal darüber reden?«

»Im Moment nicht, aber danke.«

Levin nickt auf meine Erwiderung hin nur knapp mit dem Kopf, aber ich kenne ihn zu gut, als dass mir der Anflug von Enttäuschung entgehen würde, der für einen Augenblick auf seinem Gesicht aufgeblitzt ist. Ach, Levin.

»Juli?« Katinka steht mit Jako am Fuß der Treppe und nickt mit dem Kinn zum Ausgang hin. »Kommt ihr?«

Vor der Schule verabschieden wir uns von den beiden Jungs, Levins »Bis dann« ist der Dämpfer von eben nicht anzuhören. Trotzdem brauche ich ein paar Minuten, bis ich meine Gedanken von der Frage losreißen kann, wie es ihm wohl gerade geht.

»Und? Was meint Marc also zu diesem Typen von gestern?« Katinka stellt diese Frage, kaum dass wir zwanzig Meter von der Schule entfernt sind.

»Dass der zu Pascal gehört.«

»Na, so eine Überraschung«, erwidert sie. »Und was gedenkt er zu tun?«

»Keine Ahnung. Er wollte mit Pascal reden. Ich habe ihm jedenfalls gesagt, dass er das mit uns vergessen kann, wenn er Pascal weiter seine Wohnung zur Verfügung stellt.«

»Du hast was?« Sie bleibt stehen und hält mich am Arm fest. »Im Ernst? Wieso jetzt das?«

Ein winziges Rädchen in mir dreht sich aufgrund ihres entgeisterten Tonfalls trotzig ein Stück vorwärts, rastet ein, und das, was ich gestern Nacht ins Halbdunkel geflüstert habe, wandelt sich von einem Gefühl zu einer Überzeugung. »Weil ich das einfach so nicht will! Erst dieser Typ, und gegen zehn hat auch noch irgendjemand geklingelt. Zweimal! So was ist doch keine Beziehung, sondern mehr so eine Art Psychothriller.«

»Und wie hat Marc reagiert?«

»Gar nicht. Irgendwann sind wir eingeschlafen, und heute Morgen war er weg.«

Ganz selbstverständlich schlägt Katinka an unserer Ecke ebenfalls den Weg zu mir nach Hause ein. Sie sieht nachdenklich aus.

»Kannst du das verstehen?«, frage ich. »Dass ich so was gerade nicht auch noch brauchen kann?«

»Doch«, erwidert sie zögernd.

»Aber?«

»Aber jetzt läuft es wahrscheinlich genau so, wie dieser Pascal es geplant hat, oder? Dem ging es doch nur darum, dass du Marc abschießt. Und das hat er ja nun anscheinend erreicht.«

Die Sätze fräsen sich durch mein Hirn und hinterlassen eine breite Schneise an zweifelnd ins Leere tentakelnden Synapsen. Das, was sich eben noch so befriedigend in Stein gemeißelt angefühlt hat, löst sich schneller in seine Bestandteile auf, als ich »sich selbst etwas einreden« denken kann.

Katinka hat recht. Ich habe mich von Pascals miesen Aktionen abschrecken lassen. Marc gestern Nacht Knall auf Fall vor die Entscheidung zu stellen, war bescheuert.

Immerhin weiß ich, dass er den Kontakt zu seiner Mutter ziemlich sicher begraben kann, sollte er den Deal mit Pascal knicken. Ach, verdammt!

»Juli?«

Wenn ich durch all das, was bei mir zu Hause in letzter Zeit los war, nicht so brüchig geworden wäre, wäre mir das nicht passiert. Jedenfalls nicht so schnell. Die Wut, die ich auf mich selbst verspüre, umfasst ganz kurz auch noch meine Eltern und richtet sich dann endlich auf Pascal.

»Juli? Hallo?«

Ich habe gar nicht richtig mitbekommen, dass ich gerade die Haustür aufgeschlossen habe. Katinka sieht mich halb besorgt, halb neugierig an. »Verrätst du, was bei dir gerade abgeht?«

»Lass uns hochgehen.«

In meinem Zimmer breite ich zunächst einmal alles vor Katinka aus, was ihr zum Gesamtbild noch fehlt, und ihr Ärger trifft ohne jeden Umweg sofort den Richtigen.

»Für den ist das doch super. Wäre der wirklich Marcs Freund, würde er das mit seiner Mutter nicht ausnutzen!«

Genau mein Gedanke. Mit einem unwilligen Aufstöhnen lasse ich mich auf dem Bett zurücksinken.

»Was ist?«, fragt Katinka.

»Ich hätte das anders angehen müssen.«

»Ja? Wie denn?« Mit aufgestütztem Kopf macht sie es sich bäuchlings neben mir bequem. »Woher sollst du wissen, was man in so einer Situation tut? Und wenn Marc nicht vollkommen verbohrt ist, ist ihm das auch klar. Ich würde ihn anrufen und noch mal mit ihm reden.«

»Das versuche ich schon den ganzen Tag. Sein Handy ist ausgeschaltet.«

»Irgendwann schaltet er es auch wieder ein.«

»Und was sag ich dann?«

»Was genau willst du denn?«

»Mit ihm zusammen sein. Ohne Pascal.« Daran hat sich nichts geändert.

»Dann sag ihm das. Und danach fragst du ihn, wie er sich das vorstellt. Ihr müsst dieses Problem ja auch nicht gleich im ersten Gespräch lösen, oder?« Sie drückt meine Hand, und ich drücke zurück.

Bei Katinka steht heute Abend ein Familienessen an, und um kurz vor sechs verabschieden wir uns voneinander. Seufzend ziehe ich die Wohnungstür zu, nachdem sie die Treppen hinunter verschwunden ist. Irgendwie fällt es mir leichter, daran zu glauben, dass Marc und ich das wieder hinbekommen werden, solange sie neben mir sitzt. Alleine in der zunehmend dunkler werdenden Wohnung jedoch schwindet auch mehr und mehr meine Überzeugung, ich müsse ihn nur endlich erwischen, dann würde uns schon etwas einfallen. Vielleicht will er das ja gar nicht mehr.

Ich denke gerade darüber nach, was Marc wohl davon halten wird, dass meine Versuche, ihn zu erreichen, mittlerweile in den zweistelligen Bereich hineinragen, als das Handy zu summen beginnt. Ein Hoffnungsschimmer flackert in mir auf und verschwindet wieder.

Es ist Levin. »Hi, Juli. Wo bist du gerade?«

»Zu Hause, wieso?«

»Hast du kurz Zeit?«

»Ähm …«

»Es dauert nicht lange«, fügt er hinzu. »Ich könnte in zehn Minuten bei dir sein.«

»Worum geht's?«

»Das passt nicht am Telefon. Ich bin gleich da, okay?«

»Levin …« Er hat schon wieder aufgelegt.

Kurz darauf klingelt es. Immerhin habe ich in dieser Zeit nicht noch einmal versucht, Marc zu erreichen, weil sich meine Gedanken darum drehten, wie ich auf das reagieren soll, was Levin mir zu sagen hat. Warum habe ich nicht einfach behauptet, ich sei gerade am Gehen? Vielleicht hätte er es ein andermal versucht, aber das wäre besser gewesen als ausgerechnet heute.

Levin wirkt unsicher, wie er so auf der Türschwelle steht.

»Tritt ein, oh Elbenkönig«, murmele ich mit einer Handbewegung in die Wohnung hinein, und verwirrt sieht er mich an. »Was?«

»Egal.« Verlegen winke ich ab. »Magst du was trinken oder so?« Zu förmlich. Das habe ich Levin noch nie gefragt.

»Nein. Ich bleib echt nicht lange.« Er betritt mein Zimmer, macht aber keine Anstalten, sich zu setzen. Ich lasse mich aufs Bett fallen, bevor mir durch den Kopf schießt, dass ich lieber den Stuhl vor dem Schreibtisch hätte nehmen sollen.

Levin schiebt beide Hände in die Taschen seiner Jeans. »Es ist so«, beginnt er, zieht die Hände wieder hervor und lehnt sich gegen den Schreibtisch. »Ich … Bist du jetzt mit jemand anderem zusammen?«

»Was?«

Levin ist nicht Marc. Dessen Miene wäre in diesem Moment so unbewegt wie die glatte Oberfläche eines Sees. In Levins Gesicht steht alles zu lesen, was gerade in ihm vorgeht, und Mitgefühl steigt in mir auf, Mitgefühl und Zuneigung.

»Es ist kompliziert.«

»Kompliziert«, wiederholt Levin. »Also gibt es jemanden, oder?« Auf mein vorsichtiges Nicken hin fährt er fort: »Ich würde ein paar Dinge anders machen, wenn es noch einmal dazu käme. Keine Ahnung, warum ich mich so bescheuert verhalten hab … Ich glaube, ich hab echt lange nicht kapiert, wie es dir wirklich geht. Irgendwie konnte ich mir wohl nicht vorstellen … Ich hatte immer das Gefühl, du stehst so über den Dingen.«

»Tu ich nicht.«

»Nein, tust du wohl nicht.« Er lächelt hilflos, und jetzt ignoriere ich die Stimme in mir, die mich vor dem *Easy* noch davon abgehalten hat, gehe zu ihm und nehme ihn in den Arm. Seine Hand, die über meinen Rücken fährt, fühlt sich so vertraut an, dass ich eine Gänsehaut bekomme. Trotzdem. Trotzdem.

Ich löse mich aus der Umarmung, weil sie mich tröstet, und es ist einfach falsch, mich von Levin trösten zu lassen. Wehmut, Trauer, all das, aber kein Herzklopfen. Keine Sehnsucht. Kein Kribbeln, nirgendwo.

Levins Hände stecken wieder in seinen Taschen. »Ich wollte auf jeden Fall, dass du das weißt«, sagt er. »Falls du das Gefühl hast … also, wenn du denkst …« Er unterbricht sich abermals und schüttelt den Kopf. »Egal. Bis dann, Juli.«

Ich begleite ihn nicht zur Tür, lausche nur den Geräuschen im Flur, dem Klicken der Wohnungstür. Alles könnte so viel einfacher sein, wenn meine Gefühle für Levin plötzlich wieder vorhanden wären. Dann klingelt mein Handy, und ich vergesse, was ich gerade gedacht habe.

»Hey.« Seine Stimme. Ein bisschen leise.

»Hi.«

»Juli, es tut mir leid …« Er zögert und beginnt neu. »Hast du Zeit? Soll ich dich abholen?«

»Mein Vater kommt erst morgen. Wir könnten uns auch bei mir treffen.«

»Okay. Ich bin gleich bei dir.«

Langsam lasse ich das Telefon wieder sinken. Es tut ihm leid? Was? Dass er heute Morgen einfach verschwunden ist? Oder das, was er mir sagen will? Bei Levin habe ich geahnt, worauf das Gespräch hinauslaufen würde. Und ich hoffe, jetzt ahne ich es nicht ebenfalls.

In Gedanken habe ich schon hundertmal seine Worte vorweggenommen, bevor endlich die Klingel durch den Flur schrillt, und diesmal bin ich es, die wartend am Türrahmen lehnt. Er taucht auf dem Treppenabsatz auf, stockt, als er mich sieht, und einen langen Atemzug später steht er vor mir. Ich meine die Wärme zu spüren, die von ihm ausgeht, und trete einen Schritt zurück. Marc drückt die Tür hinter sich zu.

»Das gestern Nacht«, setze ich an, bevor er Luft holen kann, »das war –«

»Ich hab mit Pascal gesprochen«, unterbricht er mich. »Ich hab's beendet.«

»Was?«

Nie hat er so unnahbar gewirkt wie in diesem Moment, sein verschlossenes Gesicht gibt mir das Gefühl, er habe das Gegenteil von dem gesagt, was ich gerade gehört zu haben meine, und ich kämpfe meine Verwirrung nieder.

»Du hast Pascal gesagt, dass du … dass er sein Zeug nicht mehr …?«

»Dass ich komplett aussteige.«

Noch immer stehen wir direkt vor der Tür, noch immer scheint sich der Abstand zwischen uns über eine Million Kilometer zu erstrecken, obwohl ich nur den Arm heben müsste, um den weichen Stoff seines Shirts fühlen zu können.

Es ist nicht ganz klar, wer von uns die entscheidenden Zentimeter überwindet, und es ist auch nicht klar, wie wir es schaffen, in mein Zimmer zu stolpern und auf dem Bett zu landen.

Das einzig Wichtige ist nur, so viel von ihm zu spüren wie möglich. Er hat Pascal gesagt, er steigt aus. Er hat sich für mich entschieden.

Seine Lippen flüstern etwas gegen meinen Hals, und ich liebe seine Haare, wenn sie über meine Wange kitzeln, und ich liebe seine Hände, wenn sie meine Haut berühren, in dieser Sekunde liebe ich alles an ihm, und es ist völlig in Ordnung, dass mein Shirt und meine Jeans seinen Sachen hinterherfliegen. Ich habe mich immer gefragt, wie man sich wohl aus seinen Kleidern windet, wenn man ein ganz bestimmtes Ziel im Sinn hat, ohne dass es lächerlich oder peinlich oder störend wirkt, und die Antwort ist, dass nichts lächerlich oder peinlich oder störend wirkt, wenn man die ganze Zeit auf das konzentriert ist, was man spürt, was man fühlt, sich ganz auf das konzentriert, was gleich geschehen wird.

Nur als Marc sich auf einmal etwas abstützt und meinen Blick sucht, in den Sekunden, in denen ich ihm die Haare aus der Stirn streiche und er fragt, ob er aufhören soll, in diesem Moment steht alles still, so lange, bis ich den Kopf schüttele und er sich wegdreht, um auf dem Boden neben dem Bett nach etwas zu tasten.

Ich will seine Augen sehen, wenn es passiert.

»Juli«, flüstert er, und ich umfasse mit beiden Händen sein Gesicht. Alles, was eben noch heftig und hitzig und überschwänglich war, wird plötzlich langsam, vorsichtig, beinahe unerträglich. Ich bin bereit für den Schmerz, aber als ich es wage, wieder zu atmen, als ich mich vorsichtig bewege, bleibt er aus, und für das, was ab jetzt geschieht, fehlen mir alle Worte.

Warum kann man bestimmte Momente im Leben nicht in ihrer ganzen Intensität für immer aufbewahren? Ich stelle mir vor, wie jede verstreichende Sekunde zu einem winzigen, flirrenden Lichtpunkt wird, zu etwas, das man für die Ewigkeit verschließen kann, in einem Gefäß, in einer Schneekugel vielleicht. Hin und wieder könnte ich sie nehmen und schütteln und in das glitzernde Geriesel sehen, und alles, was diesen Augenblick ausmacht, wäre wieder da.

Es dauert lange, bis einer von uns etwas sagt.

»Du bist mir wichtig.« Marcs Stimme über mir, gedämpft, beinahe unhörbar. Ich möchte weinen und lachen und aufspringen und mich so fest an ihn pressen, dass mir die Luft wegbleibt, aber ich beschränke mich auf Letzteres.

Wir liegen immer noch dicht aneinandergeschmiegt, als er von dem vergangenen Nachmittag erzählt. Wie Pascal erst so getan hat, als mache Marc Witze. Wie er dann auf ihn eingeredet und ihn zu überzeugen versucht hat, dabeizubleiben. Und wie Pascal schließlich wütend geworden ist und ihm vorgeworfen hat, er würde ihn im Stich lassen.

»Fühlst du dich jetzt so? Als hättest du ihn im Stich gelassen?«, frage ich leise.

Marc sieht zur Decke. »Ein wenig, ja.«

Ich wünschte, ich könnte mehr tun, als nur seine Hand zu nehmen, um seine Finger mit meinen zu verschränken. Meine Gedanken schweifen zu seiner Mutter.

Es wird sich alles schon wieder einspielen, denke ich. Irgendwie. Er wird erkennen, dass er so jemanden wie Pascal in seinem Leben nicht braucht. Und seine Mutter wird sich eben damit abfinden müssen, dass er für sie nicht mehr den Drogendealer macht. Vielleicht erinnern sie sich ja doch daran, was es eigentlich bedeutet, ein Freund, eine Mutter zu sein.

»Was ist denn das hier?!«

Aus dem Tiefschlaf gerissen, schrecke ich hoch. Das Licht der Deckenlampe sticht in meine Augen, und ich brauche einen Moment, um zu realisieren, dass mein Vater im Zimmer steht. Mit einem Schlag begreife ich, welches Bild sich ihm in diesem Moment bietet. Die auf dem Boden verstreuten Klamotten. Marc, der sich gerade mit wirrem Haar auf die Unterarme stützt. Ich halte die Decke fest, die Marc mit sich zieht, während er sich aufsetzt.

»Raus!« Das kommt leise, voller unterdrückter Wut. Die Augen meines Vaters sind zu schmalen Schlitzen geworden, sein Gesicht ist beinahe weiß. »Sofort raus hier!«

»Was?« Das ist jetzt nicht sein Ernst, oder?

»Julika, du hältst dich jetzt besser zurück! Wir reden morgen früh! Und wenn er«, über mich hinweg weist er auf Marc, »in fünf Minuten nicht auf der Straße steht, dann helfe ich nach!«

»Sag mal, spinnst du?!«

Noch immer bin ich zu geschockt, um irgendwas anderes zu tun, als die Decke an mich zu drücken. Das ist mit Abstand die peinlichste und grauenvollste Situation, in der ich jemals gewesen bin – ich kann nicht fassen, dass das alles hier gerade wirklich passiert.

»Geh raus!«, schreie ich, während mir Tränen in die Augen treten. »Raus aus meinem Zimmer! Sofort! Was denkst du dir eigentlich?!«

»Nicht in diesem Ton, Fräulein! So läuft das hier nicht! Fünf Minuten!« Er tippt auf sein Handgelenk. »Sonst ist hier gleich noch viel mehr los!« Mit einem Krachen schmettert er die Tür hinter sich zu.

Ich schüttele den Kopf. Das ist doch nicht wahr! Was war das denn eben für eine schreckliche Aktion?

Marc bewegt sich, und aus dem Reflex heraus greife ich nach seinem Arm. »Geh nicht!«

»Hör zu«, sagt er leise, und seine Finger fassen warm nach meiner Hand, »das macht jetzt keinen Sinn. Dein Vater soll sich erst mal wieder beruhigen, okay?«

»Aber …«

Mit dem Zeigefinger tippt er zart auf meine Wange, und hastig wische ich die Tränen aus meinem Gesicht.

»Ich verzieh mich jetzt, und wir telefonieren nachher, ja?« Er küsst mich. Dann greift er über mich hinweg nach seinem Shirt und streift es über den Kopf. Noch bevor er nach seinen Boxershorts angeln kann, schwinge ich die Beine aus dem Bett.

»Ich geh mit!«

Marc starrt mich an, als sei mir gerade ein zweiter Kopf gewachsen. Ich schlüpfe in meine Unterwäsche und bin schon dabei, hüpfend meine Jeans hoch zu zerren, bevor wieder Leben in ihn kommt. »Das kannst du nicht bringen, Juli!«

»Kann ich nicht? Wirst du sehen, wie ich das kann!«

»Dein Vater lässt dich niemals mit mir zusammen zur Haustür rausgehen.«

»Da bin ich mal gespannt!« Wütend ziehe ich mir das Shirt über, bevor ich in die Knie gehe, um unter dem Bett nach meinen Sneakern zu suchen.

Als ich wieder hervor krieche, ist Marc dabei, den Gürtel seiner Jeans zuzuziehen. Auf seinem Gesicht liegt so etwas wie ein Grinsen. »Juli, komm, vergiss es. Dein Vater hat gerade den Schock seines Lebens gekriegt. Der rastet aus, wenn du jetzt auch noch mitten in der Nacht aus der Wohnung rennst.«

»Das soll er mal«, murmele ich grimmig und reiße einen Zettel aus meinem Collegeblock. Eine Minute später stampfe ich vor Marc durch den Flur.

Mein Vater tritt aus seinem Arbeitszimmer. »Was soll das denn jetzt?«

»Wir gehen!«

»Oh nein! Julika, du gehst ganz sicher nicht! So weit kommt es noch.«

Ich fetze meine Jacke vom Haken und greife mir die Schlüssel von der Kommode.

»Julika! Du wagst es nicht!« Er macht einen Schritt auf mich zu.

»Siehst du das?« Ich halte meinem Vater den Zettel vor die Nase. »Das war immer – immer! – in Ordnung für euch! Wenn du jetzt ernsthaft auch noch so weit gehst, mich festzuhalten, werde ich nie, nie, nie wieder mit dir reden! Nie wieder! Das, was du da gerade gebracht hast, ist so was von das Letzte!«

Eigentlich wollte ich einen coolen Abgang hinlegen, aber die letzten Worte brülle ich ihm entgegen. Dann hefte ich mit einem Schlag den Zettel an die Tür, bevor ich sie aufreiße und die Treppen hinunterstürze.

Unten auf der Straße drehe ich mich um. Es ist nur Marc, der mir folgt, und als ich sein breites Grinsen bemerke, stehe ich kurz davor, hysterisch loszulachen.

»*Bin bei Marc*?«, sagt er, und das Kieksen in seiner Stimme macht deutlich, dass es ihm ganz genauso geht. »*Bin bei Marc*?«

»Na ja, bin ich doch«, erwidere ich und hoffe aus tiefstem Herzen, dass mein Vater das, was dann passiert, von meinem Zimmer aus beobachtet.

ZWANZIG

Am nächsten Morgen brauche ich eine Weile, um die Ereignisse von gestern in die richtige Reihenfolge zu bringen. Marcs Gesicht, halb unter seinen Haaren verborgen, ist mir zugewandt, und als sich seine Augen öffnen, bin ich noch immer damit beschäftigt, ihn anzusehen. Er lächelt, dreht sich auf den Rücken und zieht mich mit sich.

Mein Vater hat nicht angerufen, und er hat mir auch nicht die Polizei hinterhergeschickt, wie ich gestern Nacht fast befürchtet habe. Wenn ich daran denke, wie ich, die Decke an mich gedrückt, in sein zornbebendes Gesicht gestarrt habe, zieht sich alles in mir zusammen.

Marcs Finger streicheln durch meine Haare, seine Augen sind wieder geschlossen. Ich lasse den Kopf zurück auf seine Brust sinken.

Bei meinem Vater bleiben? So was vielleicht noch mal erleben müssen? Auf gar keinen Fall. Niemals.

Dass mein Atem immer flacher geworden ist, merke ich erst, als ich plötzlich so tief Luft holen muss, dass es fast schon wie ein Seufzen klingt. Das sanfte Streicheln hört für einen Moment auf.

»Denk nicht mehr darüber nach«, sagt Marc.

Denk nicht mehr darüber nach. Wenn das so einfach wäre. Dass mein Vater so was gebracht hat. Dass er da mitten in der Nacht in meinem Zimmer steht und sich aufführt, als hätte er meine Mutter mit diesem Stefan erwischt. Warum war er überhaupt da? Er wollte doch erst heute Abend wiederkommen.

»Vorsicht.« Marc dreht sich zur Seite, und ich rutsche in die Laken. »Bin gleich zurück.«

Er trägt nur Shorts, und einen Augenblick lang treten die Gedanken an meinen Vater in den Hintergrund. Auf nackten Füßen tappt er aus dem Zimmer. Minuten später rauscht Wasser, und unmittelbar darauf knarrt die eiserne Wendeltreppe. Ich lege mich auf den Rücken, mein Blick gleitet über die schrägen Wände bis hoch zum Dachgiebel. Weißes Licht dringt durch die Fenster, gedämpft durch heruntergelassene, durchsichtige Stoffbahnen.

Mit zwei Flaschen Wasser kehrt Marc zurück. »Hast du Hunger? Soll ich was vom Bäcker holen?«

Ich schüttele den Kopf, und er klettert wieder ins Bett.

»Was passiert heute?«, frage ich und kuschele mich an ihn.

»Sag du es mir.«

»Ich such mir eine eigene Wohnung.«

Marc lacht und drückt mich an sich. »Juli, ehrlich, vergiss es. Dein Vater war einfach völlig geschockt.«

»Mir egal.« Meine Wangen werden heiß, als mir ungewollt ein paar Details der vergangenen Nacht einfallen. Details, die einzig und allein mit dem Auftritt meines Vaters zusammenhängen, nicht, dass da Missverständnisse aufkommen. »Das war so daneben.«

»Der sitzt jetzt bestimmt zu Hause und fühlt sich scheiße.«

Das klingt viel zu friedfertig in meinen Ohren. »Hoffentlich.«

Wortlos angelt Marc nach einer Wasserflasche.

»Diese ganzen letzten Wochen«, murmele ich, »erst dieses Anschweigen und dann die Schreierei, ihr ständiges Herumhacken auf dem anderen und die Seitenhiebe und all das – ich hab so was von keine Lust mehr darauf. Und das gestern Nacht war ja wohl der Abschuss.«

»Mhm.«

»Wenn ich könnte, würde ich es wirklich tun. Ausziehen, meine ich. Sollen sie sich doch ohne mich weiter fertigmachen und ihren Frust nicht an mir auslassen.« Mit dem Zeigefinger ziehe ich eine Linie über Marcs flachen Bauch. »Was hat deine Mutter damals gesagt, als du ausgezogen bist?«

»Es war ihr ganz recht so, glaube ich.«

Seine Stimme klingt unbeteiligt, wie immer, wenn er über dieses Thema spricht. Ich schließe die Augen. Für einen Moment habe ich vergessen, wie schräg das bei ihm damals alles gelaufen ist. Immer noch läuft.

»Denkst du, deinem Vater wäre es egal, wenn du ausziehst? Oder deiner Mutter?«, fragt er.

Nein. Darüber muss ich gar nicht nachdenken. Natürlich nicht. Beide würden endlos mit mir darüber reden wollen, ich glaube sogar, dass beide mich lieber bei dem jeweils anderen wüssten, als zuzulassen, dass ich in eine eigene Wohnung ziehe.

»Als ich damals ausgezogen bin«, fährt Marc fort, weil keine Antwort von mir kommt, »habe ich gedacht, das würde meine Mutter irgendwie aufrütteln. Ich hab echt geglaubt, wenn ich ihr damit drohe, würde sie zumindest mal den Versuch starten, sich zusammenzureißen. Na ja, oder zumindest habe ich das gehofft.«

Ich stelle mir Marc vor, wie er seiner Mutter erklärt, er werde ausziehen. »Was hat sie damals gesagt?«, frage ich leise.

»Sie hat gesagt: Dann tu das. Es ist dein Leben.«

Etwas in mir würde sterben, wenn meine Eltern so etwas zu mir sagen würden. So gleichgültig. So lieblos. Ich zieh aus – das ist eine Botschaft. Ein Warnschuss, eine Strafe. Das ist die in den Raum gestellte Frage, wie wichtig man überhaupt ist.

Seine Mutter hat ihn einfach fallen lassen.

Marc in diesem Moment zu küssen, ist traurig und süß zugleich. Er hebt die Schultern, als er danach in mein Gesicht sieht. »Es ist schon so lange her.«

Ich küsse ihn noch mal.

Mein Handy klingelt, und Marc gibt ein Ächzen von sich, als ich mich auf seinem Brustkorb abstütze, um an meine Tasche zu kommen. Einigermaßen perplex starre ich auf das Display. Meine Mutter.

»Hallo?«

»Julika? Guten Morgen. Alles in Ordnung bei dir?«

»Was hat Papa dir erzählt?«

»Er hat … nicht viel«, erwidert sie. »Dass die letzte Nacht wohl etwas unglücklich verlaufen ist. Und dass du bei … Marc übernachtet hast.«

Etwas unglücklich verlaufen. Die Untertreibung des Jahrhunderts.

»Bist du denn da noch? Bei Marc?«

»Ja.«

»Gut, also, hör zu. Du kannst natürlich zurück zu deinem Vater fahren, aber wenn dir das lieber ist, dann pack ein paar Sachen und komm für ein paar Tage zu mir. Nur, bis ihr beide etwas Abstand zu der letzten Nacht gewonnen habt.«

»Hat Papa das gesagt?«

»Das haben wir gerade gemeinsam beschlossen. Dein Vater befürchtet, dass du fürs Erste keine große Lust haben dürftest, ihn zu sehen. Ich soll dir ausrichten, dass er dich aber gerne anrufen würde, wenn das für dich in Ordnung wäre. Geht's dir gut, mein Schatz?«, fragt sie plötzlich. »Es tut mir leid. Es tut auch deinem Vater leid. Das muss ja wirklich ganz blöd gelaufen sein für euch alle.«

»Ich werd's überleben.«

Hinterher tut's ihm immer leid, denke ich, aber der gehässige Unterton von Juli Zwei fehlt. Die macht wohl gerade Pause.

Marc wälzt sich aus dem Bett.

»Bist du in Frankfurt?«, frage ich meine Mutter.

»Nein, ich bin in Neu-Isenburg.«

»Kannst du heute kommen?«

»Ob ich … Ja, natürlich, aber wieso …?«

»Ich will mit euch beiden reden.«

Marc hat sich eine Jeans angezogen und steht in der Küche vor dem Kühlschrank, als ich runterkomme. Vermutlich gucke ich genau so, wenn ich in unseren leeren Kühlschrank starre.

»Musst du einkaufen?«, frage ich.

»Unbedingt.«

»Und was wirst du heute sonst noch machen?«

»Meine Mutter kommt am Nachmittag vorbei. Ich hab noch was, das kann sie haben. Und dann muss ich ihr wohl klarmachen, dass ich ihr vorerst nichts mehr besorgen kann.«

Ich überlege, was mir an diesem Satz nicht gefällt. »Vorerst?«

Marc seufzt. »Nicht vorerst.«

»Bereust du es, mit Pascal gesprochen zu haben?«

Es wäre mir lieber, seine Antwort käme wie aus der Pistole geschossen, aber wann ist das bei Marc schon mal der Fall?

»Nein«, sagt er endlich. »Das ist schon in Ordnung so.« Er wirft die Kühlschranktür zu und legt einen Arm um mich. »Sieht so aus, als hätten wir heute beide ein paar unangenehme Gespräche vor uns.«

»Sehen wir uns heute Abend?«

»Klar.«

Er greift unter meinen Hintern und hebt mich hoch. Ich quieke ein bisschen, was die Frauen in Filmen bei solchen Gelegenheiten nie tun, und schlinge meine Arme um seinen Hals.

»Soll ich jetzt zum Bäcker gehen?«, fragt Marc, nachdem wir irgendwann damit fertig sind, uns zu küssen.

»Vielleicht später.«

Mein Vater ist ganz bestimmt nicht davon ausgegangen, sich heute noch mit mir am Esszimmertisch wiederzufinden. Und dann auch noch zusammen mit meiner Mutter. Er hat Getränke auf den Tisch gestellt, Wasser und Saft, als würden wir uns in einem seiner Meetings befinden. Meine Mutter hat sich einen Tee gekocht, bevor sie sich zu uns gesetzt hat. Während sie in der Küche war, haben weder mein Vater noch ich den Versuch gestartet, über gestern Nacht zu reden. Das muss warten.

»Also.« Meine Mutter wickelt den Teebeutel um ihren Löffel und legt beides beiseite. »Du hast uns was zu sagen?«

Ich lehne mich zurück und stütze ein Knie gegen die Tischkante. »Es geht darum, wo ich bleiben will, wenn ihr euch trennt«, beginne ich, und das ist schon mal nicht der ausgefeilte erste Satz, den ich mir auf dem Weg hierher zurechtgelegt habe, aber egal. »Ich hab mir gedacht, vielleicht könnte man es so probieren, dass ich im Wechsel bei euch wohne. Wochenweise, zum Beispiel.« Nacheinander sehe ich erst meine Mutter, dann meinen Vater an und warte auf ihre Reaktion. Die beiden werfen sich Blicke zu.

Als ich Marc heute Vormittag erzählt habe, es doch mit diesem Wechselmodell versuchen zu wollen, hat er nur genickt.

Die Idee ist noch nicht wirklich ausgereift. Der Gedanke, keinen von beiden auf vierzehntägige Sonntagsbesuche zurückschrauben zu müssen, spielt eine Rolle. Und ja, auch das, was gestern Nacht gewesen ist. Meine Mutter hätte die Tür zu meinem Zimmer einfach wieder geschlossen. Ziemlich sicher hätte sie mich am Morgen zur Rede gestellt, aber ebenso sicher hätte sie damit gewartet, bis Marc gegangen wäre.

Ich finde immer noch nicht gut, dass sie meinen Vater für einen Stefan aufgibt, aber wenn ich an Marc denke, bin ich nicht mehr ganz so überzeugt davon, dass sie sich nur mehr Mühe hätte geben müssen.

»Darüber haben wir auch schon nachgedacht«, unterbricht meine Mutter meine Gedanken. »Ich finde diese Idee nicht schlecht.«

»Ich finde sie nicht gut, ehrlich gesagt«, wirft mein Vater ein. Erstmalig, seit ich vorhin zur Tür hereingekommen bin, sieht er mich direkt an. »Ist das nicht zu viel Stress, vor allem für dich? Mit der Schule zum Beispiel?«

Ich zucke mit den Schultern. »In meiner Klasse kommen viele morgens mit dem Bus.«

»Aber die Umstellung –«, beginnt mein Vater.

»Ihr seid nicht mehr zusammen!«, fahre ich ihm dazwischen. »Das ist die Umstellung.«

Meine Mutter nickt. Sie sieht nachdenklich aus, während mein Vater in erster Linie unglücklich wirkt. Es ist, als würden sie das, was in mir am stärksten miteinander kämpft, wenn es um die Frage geht, bei wem ich bleiben möchte, nach außen tragen.

»Ich würde sagen, dann versuchen wir es erst einmal so«, sagt sie. »Übernächste Woche beginnen die Herbstferien. Bis dahin habe ich bei Stefan ein Zimmer für dich freigemacht. Vielleicht kommst du die Tage vorbei und siehst es dir an? Wir sollten auch Möbel kaufen.«

Mein Vater räuspert sich. »Wenn es das ist, was du wirklich willst«, meint er zögernd.

»Du bist ja auch häufiger mal weg«, erinnert ihn meine Mutter.

»Du doch auch«, kontert er sofort.

»Da ließe sich bestimmt was organisieren.« Ausnahmsweise ignoriert meine Mutter seinen angriffslustigen Tonfall.

»Wenn ich nicht sowieso bei Marc übernachte«, werfe ich ein, und die Augenbrauen meines Vaters schießen in die Höhe.

Meine Mutter hebt die Hand. »Das mit Marc ist also etwas Ernstes?«, fragt sie, und ich nicke. »Das lassen wir am besten erst einmal so stehen.« Sie sieht zu meinem

Vater. »Aber wir wären bestimmt beide interessiert daran, ihn näher kennenzulernen, oder?«

Mein Vater zieht es vor, die Tischplatte zu mustern. Dieses Thema sollten wir wohl verschieben.

»Also dann.« Ich stehe auf. »Ich bin in meinem Zimmer.«

Jetzt muss ich erst mal Katinka anrufen.

Heute schwimmt niemand mehr im See. Auf der Wasseroberfläche treiben Herbstblätter, und die Luft ist kühl.

Marcs Mutter hat erst einen Heulkrampf gekriegt und ihm dann vorgeworfen, er sei genauso gefühlskalt und egoistisch wie sein Vater. Das ist einfach nur krank.

Diese Geschichte ist noch nicht abgeschlossen, und für eine Sekunde flackert Pascals Gesicht vor mir auf. Von Typen wie ihm verabschiedet man sich nicht einfach so.

Marc erhebt sich, seine Jacke gleitet in den Sand. Mit offenem Mund sehe ich ihm dabei zu, wie er sich auszieht, seine Sachen achtlos zur Seite wirft und mit langen Schritten zum See geht. Er steht bereits bis zu den Hüften im Wasser, bevor er sich kopfüber nach vorne wirft.

Schwappend schlagen kleine Wellen gegen das Ufer. Sehr viel weiter hinten taucht er wieder auf.

Ich ziehe mir das Shirt über den Kopf.

Das Wasser ist wärmer als ich erwartet habe. Steinchen pieken in meine Fußsohlen, dann ist es tief genug, um zu schwimmen.

Marc, der mitbekommen hat, dass ich nicht mehr im Sand sitze, treibt mir ohne Hast entgegen. Mit den Zehen taste ich nach dem Grund, doch ich bin schon zu weit draußen. Dann fühle ich Marcs Arme um mich, die mich wieder ein Stück näher zum Ufer ziehen, dorthin, wo zumindest er wieder stehen kann.

»Immerhin hast du ja jetzt mich«, flüstere ich zwischen zwei Küssen, und mein Herz wird leichter, weil ich ihn lächeln sehe.

ENDE

DANKSAGUNG

In dem Buch „Keep on Dreaming“, dem Vorgänger zu „Me, without Words“, hatte ich die Danksagung zunächst vergessen. In der 2. Auflage habe ich sie dann mehr als ausführlich nachgeholt, und so viel hat sich daran eigentlich gar nicht geändert.

Ich danke meinen Ink Rebellinen Franziska Fischer, Jennifer Benkau, Julia Dibbern und Daniela Ohms, Teamkolleginnen und Freundinnen – ich bin noch immer sehr glücklich darüber, euch gefunden zu haben.

Ich danke dem Amrûn Verlag und Jürgen Eglseer, dem Mann, dessen Tag 48 Stunden haben sollte. Mindestens.

Ich danke allen Bloggerinnen und Freundinnen, die sich nach „Keep on Dreaming“ auf „Me, without Words“ gefreut und mich immer wieder angefeuert haben – eine bessere Motivation kann man sich nicht wünschen.

Ich danke meiner Familie, vor allem meinen beiden Kindern, die mich phasenweise sehr, sehr selten zu Gesicht bekamen, und die es trotzdem toll finden, dass ihre Mama Geschichten schreibt.

Ich danke meinen Leserinnen.

So ein Glück, dass es euch alle gibt.

Donnerstag, 13. April 2017
Kira Minttu

ES WAR EINMAL ALEPPO

Jennifer Benkau

506 Seiten
Klappbroschur

14,90 €
ISBN 978-3-95869-277-0

Als E-Book auf Amazon erhältlich!

Es ist wie ein Schlag ins Gesicht. Antonia kommt mit ihrer ganzen Familie aus dem Urlaub, und plötzlich leben mehrere hundert Flüchtlinge nebenan.
Klar - irgendwo müssen sie unterkommen. Aber ausgerechnet hier?
Doch dann trifft Toni auf Shirvan. Und mit jeder skeptischen Frage, die sie ihm stellt, wird die Sache verzwickter.

KEEP ON DREAMING

Kira Minttu

ca. 278 Seiten
Klappbroschur

12,90 €
ISBN 978-3-95869-278-7

Als E-Book auf Amazon erhältlich!

Woher soll ich wissen, was ich will, wenn der eine nicht mit mir redet und der andere gar nicht da ist?

Eigentlich wollte Katinka mit Keep on Dreaming nur ein Interview für ihren Musikblog machen. Aber dann bringt dieser verfluchte Kuss, der keiner war, alles durcheinander. Und James McMillan, der sexy Frontmann der Band, kann ziemlich überzeugend sein.

Wenn doch Katinka nur ebenso gut wüsste, was sie will …